MINE

SMARAGD DESIRE

EMILY KEY

Korrektorat+: Marion Mergen
Cover: Art for your Book
Satz & Layout: Emily Key

prointernet GmbH & Co. KG
C/o Emily Key
Marktplatz 8
56288 Kastellaun
Germany

Für C.

Glaub' an dich. Du bist es wert.

VORWORT

Das Erste, das der Mensch im Leben erfährt, das Letzte, wonach er die Hand ausstreckt, das Kostbarste, was er im Leben besitzt, ist die Familie. Die schützenden Arme, wundervoller Geborgenheit sind die der Familie.

ZUM INHALT

Manchmal muss man sich erst verlieren, um sich neu zu finden ...

Heiß, selbstbewusst, frisch verlassen, komplett verzweifelt!
Das alles spiegelt das Leben der taffen New Yorkerin Olivia Mine perfekt wieder, seit sie ihren Verlobten inflagranti mit seiner Assistentin im Bett erwischt hat.
Olivia möchte ausbrechen und ihr altes Leben einfach hinter sich lassen, doch das Schicksal hält einen ganz anderen Plan für sie bereit.
Ihren Neubeginn hätte sie nämlich garantiert niemals mit Caine Stella verbunden.
Diesem unglaublich reichen und gutaussehenden Mistkerl von einem Mann.
Eine heiße Nacht, zu viel Alkohol und eine Entscheidung, die das Leben von beiden für immer verändern wird, denn

Caine hat Pläne mit Olivia, von denen sie nichts ahnt, bis sie sein Geheimnis lüftet.
Ein Geheimnis, das ihr Vertrauen auf die Probe stellt – und diesen manipulativen Mann in ein vollkommen anderes Licht rückt.
Wenn Leidenschaft zu Liebe wird.
Sehnsucht zu grenzenlosem Vertrauen und das Schicksal zu deiner wahren Bestimmung.

Der Auftakt einer neuen Reihe, die dir den Atem rauben wird. Das Buch ist abgeschlossen und wird unabhängig von den anderen Bänden zu lesen sein.

PROLOG

OLIVIA

Unvorstellbar

»Kannst du dir das vorstellen?«, fragte ich meine beste Freundin Jess und trank sehr schnell und in sehr großen Schlucken von meiner Bloody Mary. »Er hat mich wirklich sitzen gelassen für … für so eine.«

Jess nickte und seufzte. »Denk nicht mehr an ihn.«

»Das sagst du so leicht. Es ist so … abgefuckt.«

»Hast du gerade geflucht?«

Nun war es an mir, zu nicken. »Sieht ganz danach aus.« Ich bedeutete dem Kellner, dass wir noch eine Runde dieser Happy-Macher nehmen würden. »Ich meine … ehrlich? Seine verdammte Sekretärin?«

»Ich kann es auch nicht fassen.«

»Wie alt ist die Kleine? Achtzehn?«

»Na ja, ich bin mir ziemlich sicher, sie ging gestern noch zur High School.«

»Er bumst eine Achtzehnjährige!«, entfuhr es mir und ich schüttelte angewidert den Kopf. »In unserer Wohnung! In UNSEREM BETT!«

»Ach, Süße …«

Tränen stiegen wieder in meine Augen und ich zwang sie mühsam zurück.

Wie schon die ganze Woche über.

So lange war es nämlich her.

Sieben Tage.

Einhundertachtundsechzig Stunden … seither war mein Leben komplett anders.

»Weißt du«, begann ich erneut und beugte mich etwas mehr in ihre Richtung. Hoppla! Ich musste mich an ihrem Arm festhalten, der Alkohol zeigte Wirkung. Und ich war dankbar dafür. Er ließ mich vergessen. »Weißt du, wenn es eine Frau in meinem Alter gewesen wäre … oder … oder eine ältere … eine dicke oder eine dünne. Wie auch immer, aber gegen einen Teenager, gegen eine Berufsanfängerin ersetzt zu werden, das ist schon mit Abstand das Beschissenste, was mir passieren kann.«

»Wäre es echt so egal, wenn sie keine bildhübsche Modelmaße-Tussi wäre?« Skeptisch beäugte mich Jess.

»Nein, vermutlich nicht, verdammte Scheiße!«

»Schon wieder ein Fluchen?«

»Siehst du? Siehst du das!«, rief ich nachdrücklich, umklammerte wütend den Stiel der Cocktail-Schale und pikte Jess mit dem freien Zeigefinger in den Arm. »DAS macht er aus mir. Ein fluchendes, Cocktail trinkendes Weib, das überhaupt keine Dame mehr ist.«

»Du lässt dich viel zu selten gehen. Und dummerweise hat er es geschafft, dass du genau zum Gegenteil wirst.«

»Meinst du? Und darum hat er mich betrogen? Weil ich mich nicht gehen lasse, nicht mit ihm experimentiert habe? Hätte ich zu dem Dreier, den er wollte, etwa Ja sagen sollen?« Wieder schüttelte ich den Kopf.

»Spinnst du, Süße?« Meine Freundin rüttelte mich an der Schulter. Alles drehte sich. Oho! Scheinbar war ich noch betrunkener, als ich bisher angenommen hatte. »Das darfst du niemals denken. Du bist perfekt, wie du bist.«

»Ich habe mir wegen ihm, diesem widerlich geschleimten Dreckskerl, das Fluchen abgewöhnt!«

»Ich weiß, Süße. Ich weiß. Und ich habe dir gleich gesagt, dass er ein Penner ist und das nicht gut gehen wird.«

»Nicht nur du.«

Meine Brüder hatten es mir ebenso gesagt, aber ich hörte nicht auf sie. Ich war das jüngste Kind einer sechsköpfigen Familie. Ich hatte drei große Brüder, und bei Gott, sie waren wirklich große Brüder. Sie verhielten sich genauso, wie man es erwartete. Für mich als einziges Mädchen war das natürlich ziemlich beschissen, denn egal, wo ich wann und mit wem war, tauchte einer der drei auf und sorgte dafür, dass ich bis beinahe zum Beginn meines Studiums Jungfrau blieb, dass ich den ersten Alkohol wirklich erst mit einundzwanzig bekam – zumindest dachten sie das – und dass es kein Junge an der Schule wagte, mich auch nur anzusehen. Egal, wie sexy ich mich anzog. Als Teenager hasste ich meine Brüder gleichermaßen, wie ich sie liebte, denn sie waren trotz ihres verdammt ausgeprägten Beschützerinstinktes immer für mich da, auf die gute Art. Als Stephan – der Captain des Football-Teams in der High School – meinte, er könnte mich verarschen, weil mir mein Cheerleader-Kostüm während eines Spagats im Schritt riss, kümmerte sich Joe um ihn. Einen Tag später kam Stephan mit einem blauen Auge angekrochen und entschuldigte sich unterwürfig. In der achten Klasse, als meine Mutter mich zwang, diese hässlichen flaschengrünen Cordhosen zu tragen, denn gottverdammt, die waren so was von aus den Siebzigern, war es Jim, der sich ebenfalls solch ein uraltes Teil anzog und mich singend und pfeifend in seinem alten Camaro von der Schule abholte, als wäre es ganz normal, so hässliche Klamotten zu tragen. Jim wurde angehimmelt und mit den Augen gevögelt, auch wenn meine Freundinnen und Cheerleader-Kolleginnen wesentlich jünger waren als er. Ein paar Tage später kamen einige Schüler in verfluchten Cordhosen zum Unterricht. Als ich in der Bone-Fire-Night von einem Jungen begrabscht wurde, ich ihm zwischen die Beine trat und anschließend mit einem gezielten Schlag die Nase brach, war es mein ältester Bruder Andy gewesen, der mich auf der Polizeiwache abholte und mit mir einen Burger bei *Wendy's* essen ging, um zu feiern, dass ich mich verteidigen konnte wie ein Mann. Es kam bei unseren Eltern nie auf den Tisch, also sagen wir so ... meine Brüder schützten mich, verteidigten mich und hatten mich vor meinem Arschloch-Exfreund gewarnt.

»Ich meine, ich wollte den Kerl heiraten!«, rief ich lallend zu meiner Freundin und sie nickte.

»Ich weiß, Baby!«

»Bin ich echt so ein Naivchen, dass ich es nicht gecheckt habe?«

»Wie hättest du es denn merken sollen, dass er die Kleine fickt?«

»Dass sie anders aussieht? Anders riecht? Er anders riecht? Ich meine, ICH habe diese Tussi eingestellt.«

»Na ja, es stand ja wohl nicht im Lebenslauf: ›Hey, stell mich ein, ich ficke seit Monaten mit deinem Verlobten und wenn du mir jetzt dafür Gehalt zahlst, kann er mich auch im Büro ficken.‹«

»Ich zahlte nicht ihr Gehalt.«

»Aber du hast dafür gesorgt.« Jess stieß ihr Glas an meines und wieder kippten wir den Drink in Rekordgeschwindigkeit hinunter. Um uns in der Bar wurde es immer voller, die Musik lauter und die verschwitzten Körper, die sich auf der Tanzfläche bewegten, immer mehr. »Hast du eigentlich schon einen neuen Job?«

»Nein, aber Joe meinte, er spricht mit einem seiner Kumpels, der würde wohl eine Assistentin brauchen.«

»Wann erfährst du hierzu mehr?«

»Der Vertrag wurde schon abgeschickt und ich muss ihn nur noch unterschreiben.«

»Das klingt doch gut.«

»Ich weiß allerdings nicht, ob ich wieder für einen Anwalt arbeiten will. Anwälte sind alle verfickte Wichser!«

»Nur weil Bill ein Wichser ist, müssen nicht alle Anwälte ...«

»Bill ist ein Wichser und mein Ex auch, das sind schon zwei Anwälte.«

Mein Ex-Verlobter hatte sich gerade in einer großen New Yorker Anwaltskanzlei etabliert. Bill war einer der Partner und ich dessen Assistentin. Dass mein Ex-Verlobter dort überhaupt eine Chance bekam, sollte er besser mir verdanken, denn ich hatte sie ihm besorgt. Wie konnte es also sein, dass ich diejenige war, die jetzt ohne Job dastand? Okay, ich war extrem wütend gewesen und hatte alles hingeschmissen und fristlos gekündigt. Ich würde lieber in der Gosse verrotten, als noch einen Tag länger diesen Wichser sehen zu müssen.

»Hast du dir schon ein neues Bett gekauft?«

»Nein, noch nicht. Ich werde am Wochenende losziehen. Die Jungs und ich haben das alte feierlich im Garten meiner Eltern verbrannt und ich schlafe jetzt auf der Couch.«

Mit den Jungs meinte ich meine Brüder. Wir waren mittlerweile alle älter, aber nicht weniger zusammengeschweißt.

»Wie hat Jim eigentlich reagiert?«, fragte mich Jess und ich hob eine Augenbraue.

Mahnend sah ich sie an. »Er ist nichts für dich, lass das!«

»Was denn?«, fragte sie und hob abwehrend die Hände. »Ich frag doch nur.«

Jess und mein Bruder Jim hatten eine Vergangenheit. Keine sehr gute. Also war es besser, wenn die beiden die Finger voneinander ließen.

»Bringst du uns bitte Tequila-Shots?«, fragte Jess jetzt an den Barkeeper gewandt, und nachdem die beiden geklärt hatten, ob weißen oder braunen, stellte er direkt eine Flasche vor uns ab.

»Ich trinke so ein Zeug normalerweise nicht.«

»Ich weiß«, sagte sie und grinste. »Aber besondere Umstände, besondere Maßnahmen, richtig?«

»Ich dachte, Vegas wäre schon die Maßnahme?« Und, dass wir unser gemeinsames Erspartes, was wir eigentlich für eine Hochzeitsreise nach Hawaii ausgeben wollten, jetzt in eine Suite im *Whyn Las Vegas Hotel* investiert hatten. Ohne den Wichser. Und von seinen Flugmeilen hatten wir uns Tickets von New York nach Las Vegas besorgt. Auch ohne ihn.

Jess schenkte uns beiden Tequila ein. »Ich verspreche dir, dass du nach dem zweiten Shot das Brennen nicht mehr merkst.«

»Ja, und auch sonst nichts.«

»Vertrau mir, danach geht es dir besser. Und darum sind wir doch hier, oder? Wir wollen diesen Arsch endlich hinter uns lassen.«

Ich lächelte. Es war echt süß, dass Jess sagte, *wir* wollten ihn hinter uns lassen.

Jess war nämlich Single, und das schon sehr lange. Als Chefärztin hatte sie kaum ein Privatleben. Und nach meinem Bruder Jim stand es scheinbar nicht mehr in ihrem Fokus, eine Beziehung zu haben. Aber das war für uns eine Art Tabu-Thema, weil sie meine Freundin war und mein Bruder sich ihr gegenüber nun mal beschissen benommen hatte.

»Vertrau mir!«, sagte sie wieder und übertönte die ätzende Musik, die hier lief. Wir sollten dringend den

Schuppen wechseln, aber das erst nach dem Tequila. »Wenn die Flasche leer ist, hast du ihn vergessen.«

»Dein Wort in Gottes Ohr!«, murmelte ich und legte den Kopf in den Nacken, um den Tequila mit einem Ruck zu trinken. Mühsam schaffte ich es, ein Würgen zu unterdrücken, und schüttete den zweiten, den sie mir einschenkte, direkt hinterher.

Irgendwie beschlich mich das Gefühl, dass Tequila eine ziemlich, ziemlich, ziemlich miese Idee war.

Und ich sollte recht behalten.

1

CAINE

VERKATERT

Ein Klingeln, das immer lauter wurde, kroch in mein Unterbewusstsein und weckte mich. Heilige Maria, so ein Scheißdreck! Ich tappte mit der Hand nach meinem Handy, erwischte aber eine Flasche und kippte sie um. Krachend fiel sie zu Boden und dieses höllisch laute Geräusch bewirkte, dass ich meine Augen aufschlug und mich umsah.

»Scheiße!«, flüsterte ich, als ich die Wecker-App auf meinem Handy, die ich scheinbar heute Nacht im Nebel noch gestellt hatte, ausschaltete und mich mit dröhnendem Kopf aufsetzte.

Wo zur Hölle war ich? Definitiv nicht in meinem Apartment in der Stadt. Ich sah mich um, sah eine dunkle Haarmähne, die sich deutlich vom Weiß der Laken abhob, und entdeckte einen verdammt heißen, verdammt nackten Körper neben mir.

Ich kniff die Augen zusammen, stand langsam auf und betete, dass die Frau neben mir nicht aufwachen würde.

Auf Gespräche hatte ich absolut keine Lust.

Oder auf Ausreden.

Auf all das, was es mit sich brachte, wenn man nicht direkt nach dem Sex ging, sondern über Nacht blieb. »Shit!«, murmelte ich, suchte meine Klamotten zusammen, die ich direkt vor dem riesigen Bett fand, und erkannte, dass ich in einer Hotel-Suite war. Überall lagen leere Fläschchen aus der Minibar, die Klamotten der Frau waren ebenso verstreut wie meine. Ihr pinkfarbener Spitzenslip baumelte am Decken-Ventilator, der sich leise drehte. Rasch zog ich mich an, griff nach meinem Handy und sah, dass ich noch eine Stunde hatte, bevor ich am Flughafen sein musste, um mit dem Privatjet der Kanzlei zurück nach New York zu fliegen.

Es dämmerte mir langsam, als ich den Blick über ihren üppigen Busen und den prallen herzförmigen Arsch gleiten ließ. Ich hatte sie angesprochen, wir hatten getrunken ... wir hatten sehr viel getrunken und waren miteinander im Bett gelandet. Normalerweise vergaß ich mich nicht so, was den Alkohol betraf, aber gestern hatte ich einen verdammt miesen Tag. Vor mein geistiges Auge schob sich ein Bild, wie sie im Doggy Style vor mir auf den zerwühlten Laken kniete, wie ich eine faustvoll ihres Haares gegriffen und sie gefickt hatte. Wie ihre Schreie durch die Nacht hallten und ich nicht genug von ihrer süßen Pussy bekommen konnte.

Heilige Scheiße!

Ich fuhr mir durch mein Haar und erstarrte mitten in der Bewegung. Ungläubig ließ ich meine Hand nach unten sinken und starrte ... auf einen mit Kugelschreiber gezeichneten Ring an meinem Finger der linken Hand.

Und da dämmerte es mir.

Wir hatten nicht nur getrunken.

Wir hatten nicht nur gevögelt.

Wir hatten – verflucht beschissene abgefuckte Scheiße – geheiratet. Ein absolut klischeehafter Elvis hatte uns getraut und wir beide hatten Ja gesagt.

Die Frau im Bett neben mir hatte irgendwann erzählt, dass sie ihren Verlobten beim Sex mit seiner Sekretärin erwischt hatte. In ihrem eigenen Bett. Mein Gott, was für eine Horrorvorstellung! Und dass sie hier war, um alles zu vergessen. Mit ihren großen rehbraunen Augen hatte sie mich angebettelt, dass ich sie vergessen lassen sollte. Und bei Gott, ich ließ sie vergessen. Hektisch griff ich in die Tasche meiner Jeans und fand, wonach ich suchte. In geschwungenen Lettern, mit dem Firmenstempel der *Elvis Cooperation & Churches* stand auf einem schneeweißen Blatt Papier:

Heiratsurkunde

Im Affekt – aufgrund meines Berufes sollte ich eigentlich wissen, dass Affekt ein ziemliches Arschloch war – knüllte ich das Dokument zusammen und steckte es zurück in die

Hosentasche. Die Frau auf dem Laken vor mir bewegte sich und schob ihr Knie so weit nach oben, dass ich den perfekten Ausblick auf ihre feuchtglänzende Pussy hatte. Ich erinnerte mich, wie gut sie sich um meinen Schwanz anfühlte, wie weich und warm sie war und dass ich sie in sämtlichen Positionen gefickt hatte.

Moment, hatten wir …?

Schnell sah ich mich um und entdeckte erleichtert aufgerissene Kondom-Päckchen neben dem Bett. Okay, wenigstens das. Es war wohl besser, ich würde mich aus dem Staub machen, bevor sie aufwachte. Wegen der Heiratsurkunde – zum Glück konnte man das in Las Vegas binnen achtundvierzig Stunden ohne Probleme rückgängig machen – würde ich sie nachher anrufen. Ihre Daten standen auf dem Blatt, die Telefonnummer würde ich schon herausfinden.

Wieder klingelte mein Handy. Ich zog es rasch aus der Tasche, ignorierte den blau gemalten Ring um meinen Finger und stellte auch die zweite Weckerinnerung aus. Ich musste jetzt wirklich los.

Wehmütig betrachtete ich die schöne Unbekannte und unterdrückte einen Fluch, als sie ihr Knie noch etwas weiter Richtung Nasenspitze zog und sie mir somit einen noch besseren Ausblick auf ihre Muschi schenkte.

Gottverdammt!

Nein, ich würde meine eigenen Regeln nicht brechen, nicht noch einmal!

Es reichte aus, dass ich letzte Nacht schon zwei der drei Grundregeln gebrochen hatte, da musste nicht noch mehr folgen. Genau deshalb würde ich jetzt gehen – egal, wie verführerisch ihre Pussy mich stumm rief und bettelte.

Und mein Schwanz, der miese Verräter, diesen Ruf erwiderte.

Hastig und so leise, als würde ich das öfter machen, verließ ich die Suite. Auf der Straße rief ich mir ein Taxi und blickte zurück zum Eingang. Das *Whyn Las Vegas Hotel*, aha! Scheinbar hatte ich mir zumindest keine mittellose, abgefuckte Tussi ausgesucht und war noch so schlau gewesen, dass wir in ihr Hotel gingen.

Mein Kopf dröhnte, die Hitze der Stadt war nichts für meinen verkaterten Schädel. Das Taxi kam, dankbar über die Klimaanlage stieg ich ein und schloss die Augen. Ich brauchte ein Aspirin oder zwei, etwas zu essen und eine Dusche. Aber das würde ich direkt im Flugzeug erledigen.

»Zum Flughafen bitte!«, wies ich den Fahrer an, tastete nach meiner Kreditkarte und war beruhigt, dass ich den Klauen dieses seltsamen One-Night-Stands so simpel entkommen war. Mit Abscheu betrachtete ich die am Autofenster vorbeifliegende Stadt.

Ich hasste Vegas.

So sehr!

Weil mich hier nichts mehr hielt. Auch wenn meine Wurzeln in Nevada lagen, aber nach der Beerdigung gestern war es endgültig vorbei.

Es lag nicht an der Stadt selbst. Fuck! Um die Wahrheit zu sagen, doch das tat es. Ich hasste Vegas einfach. Nicht ohne Grund war ich in das meilenweit entfernte New York gezogen. Nicht ohne Grund überließ ich die Geschäftsführerstelle in Vegas meinem Partner und konzentrierte mich auf die neue Außenstelle im weltoffenen, anonymen New York.

Okay, das und weil ich einfach etwas anderes brauchte. Ich war in Vegas aufgewachsen und lediglich für mein Studium weggegangen. Die Semesterferien mit meinen Kumpels in deren Poolhäusern oder in den Hamptons waren super gewesen. Klar, meine Familie war auch liebevoll, auf ihre Art, aber es war einfach toll – gerade für einen Teenager –, wenn man den Sommer nicht zu Hause verbrachte. Und bei allem, was meine Kumpels und ich angestellt hatten, war das vermutlich auch besser so.

Und nach dem Studium ... na ja, mein junges Erwachsenenleben war perfekt gewesen. Vegas war dafür perfekt. Diese Leichtigkeit, grenzenlose Möglichkeiten, die wir in diesem Teil der Welt besaßen ... damals liebte ich es.

Aber all das, was die meisten an der Stadt, die niemals schläft, aufregend fanden, langweilte mich mittlerweile. Das Bunte, das Laute, die Oberflächlichkeit ... all das schläferte mich regelrecht ein. Ich kannte die Clubs, ich kannte die Casinos, ich kannte die Frauen. Und all das langweilte mich.

Zumindest meinte ich, dass dieses Loch von Stadt mir schon alles gezeigt hatte, bis ich diese wunderschöne, heiße, extrem sexy Brünette an der Bar sitzen sah, einen Shot nach dem nächsten trinkend. Sie hatte sich jedes Mal geschüttelt, weil der Tequila in ihrer Kehle brannte, aber sie machte einfach weiter.

Während ich nun zum Flughafen fuhr, durchzuckten mich weitere Erinnerungen. Entgegen der fünfundneunzig anderen Prozent an Frauen in der Bar war sie scheinbar nicht auf einem Junggesellinnenabschied gewesen, denn die Brünette hatte nur mit einer Frau an der Bar gesessen. Keine von beiden trug einen dieser peinlichen Schleier oder eines dieser komischen Krönchen, um zu beweisen, wie glücklich verliebt sie doch war und nun das letzte Mal in Freiheit unterwegs, um sich die Hörner abzustoßen.

Ich hatte viele – zu viele – Frauen erlebt, die verliebt und verlobt in Vegas ankamen und anschließend mit einem schlechten Gewissen nach Hause fuhren, weil sie mit einem x-beliebigen Kerl gevögelt hatten, obwohl sie doch in nur einer Woche ihren Traumprinzen heiraten wollten.

Heiraten war für mich tabu. Ich hatte keinen Bock auf Anhänglichkeit, auf Verpflichtungen. Ich genoss den ungezwungenen Sex und das Leben. Natürlich schützte ich mich und meine Partnerin immer, denn ich wollte nicht nach neun Monaten eine Nachricht bekommen, dass ich ab jetzt unterhaltspflichtig wäre. Oh nein, nichts lag mir ferner. Ich mochte nicht mal Familienfeiern, geschweige denn zu einer bestimmten Uhrzeit nach Hause kommen zu müssen oder morgens auf meine Routine zu verzichten. Nein, Beziehungen, anhängliche Damen und sämtliche Familienangelegenheiten waren nicht mein Ding.

Genau das war der Grund, wieso ich ein Radar dafür hatte, wenn eine Frau auf der Suche nach etwas Ungezwungenem war. Und genau das hatten mein Schwanz und ich letzte Nacht in dieser Brünetten gefunden.

2

OLIVIA

Reue

»Oh Mann!«, wisperte ich, kniff die Augen zusammen und versuchte, das Stechen und Dröhnen in meinem Schädel zurückzudrängen. »Was habe ich nur getan?«, wimmerte ich weiter und ein Schwall Übelkeit stieg in mir auf. Langsam, wirklich nur millimeterweise, setzte ich mich auf und tastete nach den Kopfschmerztabletten, die auf dem Nachttisch platziert lagen.

»Scheiße!«, entfuhr es mir. Ich brauchte all meine Konzentration, nicht direkt neben das Bett zu kotzen. Mein Magen drehte sich und ich war dankbar, als ich mit einem halb geöffneten Auge feststellte, dass ich tatsächlich die Schmerztabletten in der Hand hielt und eine Flasche stilles Wasser an meine Lippen setzte, um sie hinunterzuspülen.

Stöhnend legte ich mich wieder auf den Rücken, versuchte, mich keinen Zentimeter mehr zu bewegen, und schloss die Augen. Ich musste weiterschlafen. Wenn ich wieder einschlafen konnte, würde das die Übelkeit vertreiben.

Tatsächlich schaffte ich es, wieder einzuschlummern, und war dankbar, als ich das nächste Mal aufwachte, dass das hämmernde Männchen in meinem Kopf verschwunden war. Mein Magen fühlte sich noch flau an, aber das Sonnenlicht stach nicht mehr so erbarmungslos zu und ich setzte mich langsam in dem großen Bett auf.

Ich war nackt. Aber ganz ehrlich? Ich hatte gerade weitaus größere Probleme als nackt zu sein. »Shit!«, murmelte ich, sah mich um und stellte fest, dass der heiße Kerl von letzter Nacht, mit dem ich mir meinen Ex-Verlobten aus dem Kopf trinken und vögeln wollte, verschwunden war. Na ja, diese Nacht zählte wohl nicht zu meinen Glanzstunden und darum war es vermutlich auch besser, wenn ich ihn nicht mehr sehen musste. Blinzelnd angelte ich nach meinem Handy, das auf dem Boden lag, atmete mehrmals tief durch und sah auf das Display. Es war gerade mal zehn Uhr vormittags. Wie lange hatte ich geschlafen? Wann war ich ins Bett? Auf meinem Telefon entdeckte ich eine ungelesene Nachricht von Jess, in der sie mir mitteilte, dass sie die Nacht bei einem süßen Kerlchen – ihre Worte, nicht meine – verbrachte und ich die Suite mit *Mr. Hot and Sexy* für mich allein hatte.

Fetzen des gestrigen Abends und der Nacht zogen an meinem inneren Auge vorbei, stoppten aber beim zweiten

Tequila-Shot und setzten erst wieder ein, als ich hier in der Suite war. Halleluja! Der Kerl war eine Erfüllung gewesen.

Langsam ging ich zum Beistelltisch im Wohnraum, öffnete die Schiebetür zum Balkon weit und sog tief die laue Luft Nevadas in meine Lunge. Es war bereits richtig warm. Ich ging zur Tür der Suite. Zum Glück war das Zimmer so modern, dass ich kein Pappschild außen an die Tür hängen musste, nein, hier konnte man einfach auf einen Knopf drücken und wurde nicht gestört. Nachher, wenn ich das Zimmer verließ, wäre ich jedoch dankbar, wenn jemand das Chaos hier aufräumen würde. Überall lagen Fläschchen aus der Minibar. Jetzt waren sie leer und mir war schlecht. Ich griff im Vorbeilaufen eine Banane aus der Obstschale und aß sie. Sobald ich etwas im Magen hätte, würde es mir bestimmt besser gehen.

Ich hob meine Wäsche vom Boden auf und fand meinen Slip drehend am Ventilator. Augenrollend stieg ich aufs Bett und angelte ihn herunter. Kurz drehte es mich. Verdammt, der Alkohol war wohl noch nicht ganz abgebaut. Kopfschüttelnd, weil ich normalerweise eher von der braven Sorte war und nicht so sehr über die Stränge schlug, ging ich ins Bad und stellte mich unter die Dusche. Heißes Wasser würde Wunder wirken, meine geschundenen Muskeln wieder zum Leben erwecken.

Während ich mich einseifte, spürte ich ein angenehmes Ziehen zwischen den Beinen. Der Kerl gestern war wirklich ein Meister seines Handwerks gewesen. Ich erinnerte mich daran, dass er groß und dunkelhaarig war, einen extrem gut trainierten und muskulösen Körper besaß und ich mit meinem Zeigefinger eine Spur über seinen Bauch gezogen und ihn Waschbrett genannt hatte. Ich erinnerte mich daran, dass er ... bei Gott ... ein riesiges Teil zwischen den Beinen hatte und dass der Sex grandios gewesen war.

Er hieß Caine, auch das wusste ich noch.

Tja und jetzt? Jetzt war Caine weg und ich hatte weder eine Telefonnummer noch seinen Nachnamen. Na gut, aber brauchte ich den?

»Nein, eigentlich nicht, denn das hier ist mein neues Ich«, sagte ich entschlossen und grinste. Die Olivia, die es sich gut gehen ließ und die sich selbstbewusst das nahm, was sie sich nehmen wollte. Oh ja, es war perfekt gewesen. Ich war befriedigt, ich war betrunken gewesen, ich hatte Spaß gehabt und ich würde heute noch einen genialen Tag mit meiner Freundin in Las Vegas verbringen, bevor ich morgen nach Hause fliegen und mir einen neuen Job suchen musste. Jepp, meine Mission war erfolgreich gewesen, denn ich hatte mich zumindest für ein paar Stunden vollkommen frei und unabhängig gefühlt. Genauso wie früher.

Nein, natürlich hatte ich jetzt nicht vor, eine Schlampe zu werden und mich billig herzugeben. Auf keinen Fall! Aber um die Wahrheit zu sagen, war der Sex mit meinem Ex-Verlobten nicht besonders gut gewesen. Ich sollte etwas mehr auf Qualität statt Quantität setzen, das wäre ein Anfang. Und gut war obendrein, dass der Kerl von gestern Nacht verschwunden war, denn so musste ich mich nicht schämen, weil ich wie eine verkaterte Vogelscheuche aussah. Außerdem entging uns so dieser peinliche Moment, von dem meine Brüder immer sprachen, wenn sie nicht wussten, wie sie einer Tussi klarmachen sollten, dass es nach einem One-Night-Stand kein Wiedersehen gab. Wie auch immer ...

Beschwingt, weil ich scheinbar letzte Nacht alles richtig gemacht hatte, und meine Brüder stolz auf mich wären, drehte ich das heiße Wasser der Dusche ab und zog mich an. Ich hatte Hunger und irgendwo in diesem Laden hier würde ich doch wohl etwas zu essen finden, bevor Jess und ich uns ins Vergnügen stürzten.

Was in Vegas passiert, bleibt in Vegas. Richtig?

»Da bist du ja wieder, Schätzchen!«, sagte meine Mom und umarmte mich fest. Direkt danach drückte sie Jess. »Wie schön, dass ihr wieder zu Hause seid.«

»Mom, wir waren in Vegas, für drei Tage ... und nicht sechs Monate in Europa!«

»Das ist doch egal, ihr seid wohlbehalten zurück.«

»Hi, O!«, sagte Joe und die Haustür fiel ins Schloss. Es war Sonntag, alle würden heute zum Lunch kommen.

»Nenn mich nicht so, du Penner!«, rief ich und boxte ihn in den trainierten Oberarm. Der Kerl neulich hatte auch Muskeln aus Stahl. Wieder durchzuckten mich Erinnerungen an mein Vegas-Geheimnis. Meine Familie würde davon definitiv nichts erfahren. Joe wusste, dass ich es hasste, wenn er »O« zu mir sagte. Das erinnerte mich immer daran, dass in der High School alle auf der Suche nach dem magischen O waren, und zwar dem O wie Orgasmus – nicht O wie Olivia. Joe verarschte mich früher damit, aber in der Schul-Cafeteria hatte er einen der Schnösel am Kragen gepackt und gedroht, ihm die Hosen runterzuziehen, dass alle beobachten könnten, wie er sich die Unterwäsche vollpinkelt, wenn er eine seiner Geschichten über ihn auspacken würde. Darum war es irgendwie auch wieder in Ordnung, wenn Joe mich so nannte ... obgleich ich den Spitznamen hasste. Meine beste Freundin begrüßte ihn ebenfalls und war auf dem Weg ins Wohnzimmer, aus dem die Stimmen meiner anderen Brüder und meines Vaters drangen. Nachdem wir uns alle begrüßt hatten, scheuchte uns meine Mom auf die Veranda. Dort wartete selbstgemachte Limonade. Durstig nahm ich mir ein Glas und hob Jess auch eines entgegen.

»Starr ihn nicht so an!«, zischte ich und Jess zuckte zusammen.

»Was?« Abwehrend hob sie die Hände, drehte der Glasfront meines Elternhauses den Rücken zu und nippte an der Limo. »Er ist eben heiß.«

»... und soweit ich weiß, ist er vergeben.«

»Was?«, entfuhr es ihr und ihre Augen weiteten sich.

»Jepp, ich denke schon. Er isst dreimal die Woche abends außer Haus, und zwar nicht bei *Wendy's* oder mit Andy oder Joe zusammen. Ich kann mir nicht erklären, was er ohne die beiden macht, wenn es nichts mit einer Frau zu tun hat.«

Meine Brüder und ich hatten von unseren Eltern jeder die gleiche Summe Startkapital bekommen. Jim und ich wohnten im selben Haus. Natürlich in getrennten Wohnungen. Nicht, dass in meinem Leben so wenig los war, um permanent meinen Bruder gegenüber im Blick zu haben … nein, auf keinen Fall … natürlich nicht. Mein Leben mit dem Penner von Ex war toll gewesen.

Oder eben nicht.

»Aha!«, sagte Jess, ich jedoch nichts mehr, da alle auf die Veranda kamen. Meine Mutter hatte ihre berühmte Lasagne gekocht, die angeblich der Grund war, wieso sich mein Vater in sie verliebt hatte.

»Bleibst du zum Essen?«, fragte Jim meine beste Freundin und ich verengte die Augen zu Schlitzen. Es war natürlich nicht zu übersehen, dass sich die beiden zueinander hingezogen fühlten, dennoch war es besser, wenn sie nichts miteinander hatten. Und dabei wollte ich jetzt nicht meinen Bruder schützen, sondern meine beste Freundin. Jess nickte, und ich glaubte zu spinnen, als sich ihre Wangen zartrosa verfärbten. Ich griff nach ihrem Ellbogen, zog sie etwas zur Seite und war froh, dass Jim von unseren beiden anderen Brüdern abgelenkt wurde.

»Lass das, Jess!«, wiederholte ich eindringlich. »Glaube mir, das geht nicht gut. Ich habe dir doch erzählt, dass er momentan sehr selten zu Hause ist, da steckt hundertprozentig eine Frau dahinter.« Jess senkte den Blick und nahm einen Schluck von ihrer Limo. »Entspann dich!«, sagte sie mit einem milden Lächeln. »Er ist einfach heiß, lass mich ihn doch anschauen und gönne mir wenigstens einen Blickfick.« Ich rollte mit den Augen und fragte mich, ob es so weitergehen würde wie in der High School. Das war natürlich unfair, denn Jess war anders. Sie fand meine Brüder zwar schon immer ziemlich scharf, aber sie war nicht deshalb mit mir befreundet, wie es damals in der Schule oft bei anderen der Fall gewesen war. Jedes Mal hat es mich wahnsinnig geschmerzt, wenn einer meiner Brüder ein Mädchen fallen ließ und sie plötzlich nichts mehr mit mir zu tun haben wollte. Erst, als ich meinen Abschluss machte, hatte ich endlich den Mut aufgebracht, auf den Tisch zu hauen und die drei Jungs wissen zu lassen, dass ich ihr Verhalten scheiße fand, weil das immer auf meine Kappe ging. Damals hatten sie mir geschworen, nie wieder eine meiner Freundinnen anzufassen, und sie hielten sich auch daran.

»Wie war's denn in Vegas, Schätzchen?«, erkundigte sich mein Dad, während uns Mom ihre Lasagne auf die Teller schaufelte. Wir wünschten uns einen guten Appetit und sofort begannen meine Brüder, das Essen gierig in sich hineinzustopfen, was vor allem daran lag, dass außer Joe keiner von ihnen kochen konnte.

»Wenig überraschend«, antwortete ich.

»Wenig überraschend?« Andy beäugte mich skeptisch.

»Du weißt schon«, sagte ich salopp, »was in Vegas passiert, bleibt in Vegas.«

Joe grinste breit, Andy schüttelte den Kopf und Jim taxierte mich aufmerksam.

»Habt ihr wenigstens verhütet?«, fragte Andy in einem Tonfall des Missfallens.

»Na sag mal!«, stieß ich viel zu laut aus und fühlte jetzt die Röte auf meinen Wangen. »Niemand hatte in Vegas mit irgendjemandem Sex!«, stellte ich klar.

Joe lachte wieder und unser Vater zog die Stirn in Falten. »Könnt ihr Kinder das bitte unter euch besprechen?«

»Können wir Kinder das bitte gar nicht besprechen?«, entfuhr es mir. Mein Vater nickte zustimmend, meine Mutter murmelte irgendetwas von wegen, sie müsste die Jungs mal wieder zur Rechenschaft ziehen, und Jess senkte den Kopf so tief, dass ihre Nase beinahe die Lasagne auf ihrem Teller berührte.

»Hast du dir den Vertrag angesehen, den von meinem Kumpel?«, fragte schließlich Joe und ich war froh, dass wir über etwas anderes als meine Vagina sprachen. Obwohl mein nicht mehr vorhandenes Beziehungsleben oder meine überstürzte Kündigung in der Kanzlei auch nichts war, was ich hier diskutieren wollte.

»Ich komme direkt vom Flughafen, wann genau hätte ich den Vertrag lesen sollen?«, konterte ich zickig und hoffte, dass Joe verstand, dass auch dieses Thema vom Tisch musste.

»Ich finde, du hast genau das Richtige getan!« Mein Vater legte sein Besteck zur Seite und griff nach dem Weinglas. Da meine Mutter italienische Wurzeln hatte, war es bei uns vollkommen normal, dass zum Abendessen oder eben zum Sonntagslunch Wein serviert wurde. Mittlerweile auch für uns, da wir alle alt genug waren, um Alkohol zu trinken. Ich war allerdings erstaunt, dass nach meinem Alkohol-Exzess der Wein überhaupt in meinem Magen blieb.

»Danke, Dad«, sagte ich und legte meine Hand auf seine. Ich saß direkt neben ihm, auf seiner anderen Seite saß meine Mutter, dann meine Brüder und meine beste Freundin. Es fühlte sich alles so gut an ... im Grunde war auch alles gut, wenn da nicht dieser klitzekleine schwarze

Punkt wäre, dass mein Leben vor genau einer Woche den Bach runtergegangen war. Letzten Sonntag noch saß ich mit meinem Verlobten auf unserer Dachterrasse, er hatte uns Burger gegrillt, während wir unsere Hochzeit planten … und das alles, obwohl er wusste, dass er mit seiner Assistentin ins Bett stieg.

In *unser* Bett!

»Wir können ihn immer noch verprügeln, Kleine«, schlug Andy vor und sowohl Joe als auch Jim nickten entschlossen.

»Das werdet ihr nicht tun!«, grätschte unsere Mom dazwischen.

»Wieso?«, fragte Joe. »Das wäre mal ein wenig Abwechslung.«

»Du kriegst genug Abwechslung, wenn Stella hier ist, oder?«, fragte Jim gerade und ich hob verwirrt den Kopf.

»Stella?« Den Namen hatte ich noch nie gehört. »Eine Neue? Ich wusste gar nicht, dass das mit Celina schon vorbei ist.«

»Shit Happens!«, brummte Joe und drehte sein Weinglas. »Manchmal muss man eben einfach weiterziehen!« Sein Tonfall war locker und lässig, als hätte er nicht gerade verkündet, dass er – wieder einmal – einer Frau das Herz gebrochen hatte.

Jim lachte und Andy kniff Joe in die Wange. »Du kleiner Herzensbrecher, du!«

»Lasst das, Kinder!«, sagte mein Vater, grinste aber ebenfalls. Mom warf ihm einen vielsagenden Blick zu und sofort hob er entschuldigend die Hände. »Was denn? Wir wissen doch, dass er ein Schwerenöter ist.«

»Dieses Wort existiert noch?«, fragte ich und Jess kicherte.

»In unserer Welt schon. Dein Vater war auch ein kleiner Schwerenöter.«

»Casanova wohl eher ...« Die beiden sahen sich verliebt an.

»Mom, Dad, lasst das!«, rief Andy unsere Eltern zur Ordnung, die sich gerade am Tisch, während des Mittagessens, küssten.

»Bitte!«, fügte Jim stöhnend hinzu. »Lieber Gott, mach, dass sie aufhören!«

»Lass den Herrn aus dem Spiel!«, unterbrach mein Vater die Jungs und wieder lachten alle. Ich liebte diese lockeren und leichten Tage mit meiner Familie. Ich hatte es aber auch geliebt, als der miese Wichser, der seinen Schwanz in seine gottverdammte Assistentin steckte, seine Zeit mit mir verbrachte. Schwermut überkam mich und natürlich war mir klar, dass gesunde Wut besser war als diese blöde Traurigkeit.

»Das wird wieder, Kindchen«, flüsterte meine Mom, denn die Männer am Tisch konzentrierten sich jetzt auf ein Gespräch über das Footballspiel vergangene Woche. Meine Brüder waren ziemlich fanatisch, was den Sport anging. Und die Cheerleader.

»Ich weiß, Mom«, erwiderte ich leise. »Ich fasse es nur nicht, dass ich es nicht bemerkt habe, wie sehr er mich verarscht.«

»Woher solltest du das auch wissen?«, fragte Jess rhetorisch und ich war froh, dass sie an meiner Stelle antwortete. »Das kann man nicht wissen, Süße. Wenn ein Mann ein Arschloch ist, dann ist er eben ein Arschloch. Da bringt ihm sein gutes Aussehen auch nichts.« Mir entging nicht, dass ihre Augen immer wieder zu Jim huschten. Ich musste sie dringend fragen, was da lief. Wenn die beiden tatsächlich wieder was miteinander hatten, würde ich ausflippen.

»Keine Ahnung, wenn ich ehrlich bin. Wirklich ändern tut sich ja nichts und gleichzeitig aber halt irgendwie alles«, gab ich zerknirscht von mir.

»Was meinst du damit?«, fragte meine Mom und sah mich aufmerksam an.

»Na ja, er war meistens im Büro und kam erst spätabends nach Hause ... und dann ist er direkt ins Bett.«

»Mag ja sein, aber trotzdem wolltest du ihn heiraten.«

»Ja.« Tränen schossen in meine Augen und nur mit viel Willenskraft schaffte ich es, sie zurückzudrängen. »Ich war mit jemandem verlobt, den ich scheinbar gar nicht wirklich kenne. Und jetzt werde ich für immer die sitzengelassene Frau sein.« Trotzig richtete ich mich auf und hob das Kinn. »Die sitzengelassene, betrogene Frau ohne Job.«

»Du hast eine geniale Chance in der Kanzlei von Joes Freund. Mach das doch! Zumindest so lange, bis du weißt, wie es weitergeht und mit wem.«

»Sicher mit niemandem mehr.«

»Ach, Baby«, sagte meine Mutter und drückte mich von der Seite an sich. Wir Mädels schwiegen und aßen weiter, während die Jungs munter über Football plauderten.

»Weißt du, ich kann ihn immer noch ordentlich vermöbeln, wenn du willst«, flüsterte mir Joe zu. »Ich scheue keinen guten Kampf.«

»Hör auf damit!«, sagte ich und musste lachen, denn Joe boxte in die Luft, als würde er jemandem einen Kinnhaken verpassen. Was wäre ich nur ohne meine Familie? Wie würde ich weiter atmen können, wenn da nicht diese verrückten, manchmal nervenden Menschen wären, die ich über alles liebte?

Es würde alles gut werden, ich wusste das.

Die Frage war nur: Wann?

3

CAINE

VERTRAUEN

Manche Menschen besaßen das Talent, jemanden um den Finger zu wickeln, bevor man sich auch nur bewusst dafür entscheiden konnte, dass man ihnen vertrauen wollte. Meine Assistentin Maria war genau so eine Frau. Maria hatte nicht nur meine Arbeitswelt organisiert, nein, ihre Tätigkeiten gingen weit darüber hinaus, und damit meinte ich jetzt nicht Sex. Sie war absolut einzigartig. Sie sorgte dafür, dass immer ein frisches Hemd in meinem Schrank hing, dass ich an Geburtstage dachte und sogar informiert wurde, wenn einer der Anwälte ein bisschen Aufmerksamkeit brauchte. Ich wurde daran erinnert, wann Meetings anstanden oder Events, an denen ich teilnehmen musste. Ehrlich, Maria war einer der Menschen, denen ich blind vertraute. Maria würde mich niemals hintergehen und mir stets den Rücken stärken.

Ja, sie sagte mir ihre Meinung, auch wenn sie etwas nicht gut fand, was ich tat, und das war einiges. Selbst dann verteidigte sie mich vor allen anderen. Na ja, das war kaum nötig, denn aufgrund meines Rufs und meiner Stellung in der Kanzlei wagte es niemand, mir zu widersprechen. Und die, die es trotzdem taten, hatten in den meisten Fällen sogar mit einer Beförderung zu rechnen, weil ich diesen Mut honorierte, solange er konstruktiv war.

Maria gehörte zu den Frauen, mit denen ich niemals im Leben Sex haben würde, weil sie mir in allen anderen Bereichen so wichtig war.

Ich brauchte sie.

Und ich hatte keine verdammte Ahnung, wie ich ohne sie leben sollte.

Das wurde mir nun schmerzlich bewusst, als mein Telefon in einer Tour klingelte und ich immer aggressiver wurde, weil ich nicht mehr hinterherkam mit all den Kinkerlitzchen, die sie mich wissen ließen. FUCK! Es war mir scheißegal, ob sie die Häppchen für den Empfang nächste Woche auf ordinärem Toastbrot oder auf irgendeiner speziellen Dinkelbrotmischung drapierten. Verflucht noch mal!

Es fühlte sich so an, als wäre in meinem Büro Tag der offenen Tür, denn ständig – also WIRKLICH ständig – stand einer der Anwälte vor mir, die bereits seit ein paar Monaten hier arbeiteten oder noch vom alten Personal waren.

Mein Geschäftspartner Bill und ich hatten beschlossen, unsere Kanzleien fusionieren zu lassen, daher und durch meinen Wunsch, den Standort zu wechseln, kam es, dass er nun in Vegas zusammen mit meinen ehemaligen Partnern arbeitete und ich hier in New York. Allerdings nicht in den alten Geschäftsräumen, ich wollte einen Neuanfang mit allem, was dazugehörte. Na ja, mit fast allem. Bill, der gottverdammte Sack von *Partner*, hatte Personal mitgenommen. Er vögelte die eine oder andere Sekretärin, daraus machte er keinen Hehl. Bei der letzten Partnerversammlung hatte es mir Spaß gemacht, ihn damit aufzuziehen, aber jetzt nervte es mich, denn es wäre für mich hier weitaus einfacher, wenn er mir wenigstens eine Sekretärin vom alten Team gelassen hätte, zumal Maria in Vegas bleiben musste.

Aber es gab Hoffnung. Mein Kumpel Joe, wir kannten uns schon ewig, hatte mir gesagt, er wüsste jemanden für den Job. Seine Schwester war nach ihrem Studium in einer Anwaltskanzlei untergekommen, hätte aber vor Kurzem dort gekündigt.

Mürrisch textete ich Maria eine kurze Nachricht, auch wenn sie nicht mehr für mich arbeitete. »Ich dachte, du hast der Neuen letzte Woche den Vertrag geschickt? Wieso ist er nicht bereits unterschrieben wieder hier?«

Es vergingen keine zehn Sekunden, da rief sie mich an. Mit einem Lächeln nahm ich ab. Wie gesagt, wir arbeiteten lange Zeit zusammen und waren ein eingespieltes Team.

»Ich wünsche dir auch einen wundervollen guten Morgen, Caine!«

»Morgen!«, brummte ich. »Und es ist nichts Schönes an ihm.«

»Was ist passiert?«

»Hier kommt ständig jemand in mein Büro und nervt mich mit Scheiße.«

»Was?« Ihre Stimme klang entsetzt. »Wie furchtbar!«

»Du kannst mich mal!«, erklärte ich und vermisste sie schmerzlich. »Was ist jetzt mit dem Vertrag?«

»Unvorstellbar, dass jemand nicht für dich arbeiten will!«

»Eben«, knurrte ich. »Also, wo ist der Vertrag?«

»Keine Ahnung. Abgeschickt habe ich ihn.«

Ich hörte das Grinsen beinahe aus ihrer Stimme heraus. »Wie wäre es, wenn du so mutig bist und persönlich mit ihr sprichst?«, schlug sie vor. Ich rollte genervt die Augen und bezwang den Drang, meine Krawatte zu lockern. Im Büro war ich immer akkurat gekleidet, und dazu gehörte nun mal einer meiner maßgeschneiderten Anzüge. Außer am Casual Friday – an dem Tag der Woche, wenn auch ich in Jeans, Sneakers und Kapuzenpulli ins Büro ging. Natürlich nur dann, wenn ich keine Termine hatte und einfach meiner Büroarbeit nachgehen konnte.

»Ich brauche eine Assistentin, Maria!«, jammerte ich wie ein Fünfjähriger.

»Gott bewahre, dass du dich selbst um dich kümmern musst.«

»Wieso noch mal habe ich angerufen?«

»Weil du mich liebst.« Ihre Stimme strotzte nur so vor Selbstbewusstsein. »Und weil du mich brauchst.«

»Komm zu mir zurück, ich kann ohne dich nicht leben!«

»Ach, Caine, das schaffst du schon. Ich bin sicher, du

bekommst das hin, den verfluchten Hörer in die Hand zu nehmen und sie anzurufen.«

»Aber …«

»Nichts aber. Tu es und dir wird geholfen!«

»Bist du sicher, dass du in Vegas bleiben willst?«

Ihr Seufzen kam wirklich aus vollem Herzen. »Du weißt, ich muss.«

»Ich weiß«, murmelte ich und lenkte ein. Ja, natürlich wusste ich es, denn Marias Mutter war schwer krank und na ja … die Ärzte meinten, es sähe nicht gut für sie aus. Ich unterstützte Maria und ihre Mutter, indem ich ihnen die Last der Arztrechnungen abnahm. Maria war bei mir zwar sehr gut versichert worden und arbeitete ab sofort weiterhin in der Kanzlei in Vegas, aber ihre Mutter war aufgrund der Krankheit und der Wiedereingliederung vor einigen Jahren nicht versichert worden. Das war allerdings in unserem Land typisch. Maria hatte mich nie um Hilfe gebeten, aber da sie für mich quasi zur Familie gehörte, galt das für ihre Mutter ebenfalls. Das würde ich sonst für niemanden tun, zumindest für niemanden, der eine Vagina hatte.

»Wie geht's deiner Mom?«

»Gestern war es nicht so gut. Ich habe ihr versprochen, dass ich heute Abend Makkaroni mit Käse koche, die liebt sie.«

»Du bist eine gute Tochter«, erklärte ich mit weicher Stimme. Wenn uns beide jemand hören würde, müsste er wohl denken, wir hätten etwas miteinander. »Und du warst eine exzellente Assistentin. Ich vermisse dich.«

Zu niemandem in meinem Umfeld war ich so ehrlich

wie zu Maria. Na gut, zu fast niemandem. Joe gehörte auch dazu. Er war einer meiner besten Freunde, aber das auch nur, wenn ich nicht noch ewig auf eine Nachricht seiner Schwester warten musste. Steve, mein anderer Kumpel, arbeitete als Privatdetektiv und hatte zum Glück eine Zulassung für sämtliche Bundesstaaten. Ich würde seine Dienste auch hier in New York nutzen. Ich brauchte ihn. Es gab nicht viele Menschen, die ich brauchte, aber meine beiden Kumpels gehörten eindeutig dazu. Und Maria sowieso. Gott, wir hatten in Vegas mehr als einen feuchtfröhlichen Abend miteinander verbracht. Verrückterweise war nie etwas Körperliches zwischen uns gewesen. Zum Glück! Nicht, dass Maria nicht scharf war. Oh Gott, das war sie durchaus, aber ... Ihre Stimme durchbrach meine Gedanken.

»Bist du noch dran?«

»Komm zu mir zurück!«

»Bettelst du gerade?« Die Leichtigkeit unseres Gesprächs war wiederhergestellt. »Ruf sie an! Sie ist geeignet, ich habe schon mit ihr gesprochen.«

»Wie heißt sie noch mal!«

»Olivia. Das steht in den Unterlagen. Abgesehen davon ist sie die Schwester von deinem Kumpel, nicht von meinem.«

»Ich habe dir schon fünfmal erklärt, dass ich sie nicht kenne. Das letzte Bild, was ich von ihr gesehen habe, wurde aufgenommen, als sie zehn oder elf war. Ach, egal ... Ich hasse dich. Das weißt du, oder?«

»Du liebst mich. Und ja, auch das weiß ich.« Maria lachte. »Ich muss jetzt weiterarbeiten, mein neuer Boss ist nicht so easy gestrickt wie du, der ist ein richtiges Arschloch!«

»Mehr als ich?«

»Das ist ja wohl kaum möglich.« Ein ehrliches, breites Grinsen bildete sich auf meinem Gesicht. »Ruf sie an und sag Bescheid, wie es lief. Melde dich, wenn du was brauchst.«

»Wird erledigt!« Ich sparte mir weitere Bettelversuche, denn ich wusste ja, dass Maria nicht nach New York kommen konnte. Scheiße! Ich vermisste sie. Es war wirklich erstaunlich, wie gut sie mein Leben unter Kontrolle hatte. Immer noch wehmütig ignorierte ich das Klingeln meines Telefons und öffnete die E-Mail mit den Details.

»Olivia Mine«, sagte ich laut und dann traf mich die Erkenntnis so plötzlich und massiv wie ein Vorschlaghammer. Oh nein, das konnte, das durfte nicht sein.

Fuck! Das ... das war unmöglich, oder?

Olivia Mine sollte ich anrufen, meine neue Assistentin, die Schwester meines Kumpels, mit dem ich schon so viele Jahre befreundet war. Der Name Mine war mir also geläufig, aber ich kannte ihn noch aus einem anderen Zusammenhang.

Olivia Mine stand nämlich nicht nur in ihrem Arbeitsvertrag.

Der Name stand auf unserer Heiratsurkunde.

4

OLIVIA

PROVOKANT

Ich kam gerade aus der Dusche und wollte mir einen Kaffee machen, als mein Handy zu klingeln begann. Kurz überlegte ich, es zu ignorieren, da ich nur in ein Handtuch gewickelt in der Küche stand, entschied mich allerdings dagegen.

»Olivia Mine«, meldete ich mich und drückte genau in dem Moment auf den Knopf der Kaffeemaschine, der die Bohnen mahlte. Das war ziemlich dumm, denn ich bekam nicht mit, wer mich anrief.

»Hallo?«, fragte eine dunkle Stimme. »Sind Sie noch dran?«

Schnell räusperte ich mich, denn das tiefe Timbre bewirkte, dass ich plötzlich wieder an diesen Mann denken musste, mit dem ich die Nacht in Las Vegas verbracht hatte. »Ich bin noch dran. Wie kann ich Ihnen helfen?« Ich würde einfach mal so tun, als hätte ich den Durchblick, wer er war.

»Wie gesagt, es geht um die Stelle, wegen der Sie meine Assistentin letzte Woche kontaktiert hat.«

»Ah, ich erinnere mich«, entfuhr es mir unbedacht. Das war vermutlich nicht so gut, denn das klang, als hätte ich hunderte von Bewerbungen laufen und mindestens halb so viele Verträge zur Durchsicht hier liegen. »Ich meine, ich habe den Vertrag erhalten.«

»Dann stellt sich mir umso mehr die Frage, wieso er nicht schon unterschrieben in meinem Postfach liegt und Sie an Ihrem Schreibtisch vor meinem Büro sitzen.«

»Also hören Sie mal!«, erwiderte ich schroff und kniff die Augen zusammen, während ich an meinem Kaffee nippte. »Noch arbeite ich nicht für Sie.«

»Miss Mine, ich habe mich auf Ihren Bruder verlassen, der sagte, dass Sie zuverlässig und höchst motiviert wären.«

»Das bin ich auch.«

»Dann noch mal: Wieso sitzen Sie nicht auf Ihrem Hintern vor meinem Büro und nehmen diese gottverdammten Telefonate an, die hier im Drei-Minuten-Takt ankommen?«

»Weil ich gerade aus der Dusche komme und Kaffee trinke?«, sagte ich frech. Keine Ahnung, was der Kerl in mir anrührte, dass ich mich so aufführte. Das war völlig untypisch für mich.

»Dann trinken Sie Ihren verfluchten Kaffee hier im Büro!«

»Wie wäre es, wenn Sie mal bitte sagen?«

»Was?«, kam es entsetzt von ihm, und das brachte mich zum Grinsen. Seine Stimme klang mindestens drei Oktaven höher und ich war ehrlich gesagt bei seinem Ausruf dankbar, dass er nicht mehr dieses tiefe Brummen, den düsteren, sexy Klang draufhatte und meinem Unterleib somit ein weiteres Zusammenziehen erspart blieb.

»Ja, Sie wollen doch etwas von mir. Also wie wäre es, wenn Sie bitte sagen?«

Hallo? Welcher Teufel ritt mich hier gerade? Das war nicht nur unhöflich, das war auch noch wahnsinnig unverschämt. Auf der anderen Seite hatte ich es so satt, dass mich irgendwelche Geschäftsmänner abwertend behandelten, weil ich ›nur‹ eine Assistentin war. Gottverdammt, ich war in meinem Job eine der Besten, und das würde ich ihm auch beweisen. »Sagen Sie bitte und ich mach's.«

»Das meinen Sie nicht ernst?« Entsetzen sprang mir aus seiner Stimme entgegen und ich begann beinahe zu kichern wie ein kleines Mädchen.

»Ist das so abwegig für Sie?«

»Haben Sie sich den Vertrag überhaupt angesehen?« Jetzt war die Stimme wieder dunkel und klang beinahe so dreckig, als würde er mir versaute Dinge ins Ohr flüstern. »Ihr Bruder meinte, Sie würden etwas suchen, und das sehr bald.«

Shit! Richtig, mein Bruder. Ehrgefühl stieg in mir auf, denn es war mir sowieso schon höchst unangenehm, dass mein Bruder diesen Kontakt vermittelt hatte.

»Damit hat er auch recht.«

»Dann frage ich mich umso mehr, wieso der Vertrag

noch nicht hier liegt und Sie – auch auf die Gefahr hin, dass ich mich wiederhole – nicht an dem leeren Schreibtisch vor meiner Tür sitzen!«

»Sind Sie immer so arrogant?«

»Vorsicht, Miss Mine!«, sagte er und wieder klang seine Stimme rau. Mir war klar, dass er dies auf das Arbeitsverhältnis bezog, aber für mich und meine Vagina fühlte es sich anders an. »Sagen Sie mir hier und jetzt, ob Sie morgen auftauchen werden oder nicht. Wenn nicht, werde ich mich nach jemand anderem umsehen.«

Als würde für dich jemand arbeiten wollen!, dachte ich für mich und schloss die Augen. Ich brauchte das Geld, weil ich wieder nur auf mich gestellt war und sicherlich nicht meine Eltern fragen würde, sobald mir das Geld ausging. Also brauchte ich einen Job. Dieses Angebot, auch wenn der Kerl ein Scheißarschloch war, schien perfekt. Somit könnte ich ein Assessmentcenter oder eine Agentur umgehen, die dann auch noch einen ordentlichen Batzen Vermittlungsgebühr einstecken würde. Ich sollte also zusagen. Alles in mir schrie danach, es zu tun. Das Blöde an der Geschichte war nur, dass ich irgendwie Spaß daran fand, ihn zu provozieren, obwohl ich den Kerl gar nicht kannte.

Was war nur mit mir los?

Seit wann war ich so auf Krawall aus?

»Ich werde auftauchen«, presste ich also knurrend hervor. Ja, die Vernunft war eindeutig stärker, auch wenn mich der anmaßende Ton des Kerls abschreckte und ich die Schnauze voll von arroganten Anzugträgern hatte, die glaubten, dass sie der Mittelpunkt des Universums wären.

Aber die Provision, die eine Agentur einstreichen würde … die lange und ungewisse Zeit, bis ich wieder einen sicheren Arbeitsplatz hätte, die würde mir niemand ersetzen. Den Vertrag hatte ich mir heute Morgen direkt nach dem Yoga durchgelesen. Und wenn ich ehrlich war, gab es kaum eine Firma in den USA, die meine Krankenversicherung übernehmen und mich als Assistentin über ein Bonussystem an den gewonnenen Fällen beteiligen würde. Natürlich bezogen sich diese Fälle nur auf den Namenspartner, für den ich arbeitete, aber das war mir egal. Die Erfolgsbilanz von Caine Stella war mit Sicherheit eine extrem hohe, wenn ich mir das Gehalt ansah, das er mir bezahlen wollte. Das war schon fast unverschämt.

»Dann erwarte ich Sie morgen früh um sieben. Ich beginne immer pünktlich, außerdem trinke ich meinen Kaffee schwarz. Keine Milch, keinen Zucker, keinen Starbucks-Scheiß, der nichts mehr mit Kaffee zu tun hat.« Er räusperte sich und seine Stimme wurde eine Nuance milder. »Verstanden?«

»Verstanden«, quetschte ich heraus und machte mir gedanklich eine Notiz, dass er sich seinen Kaffee selbst holen konnte. Ich war seine Assistentin, nicht seine Sklavin oder Ehefrau.

»Dann bis morgen!« Ohne ein weiteres Wort legte er auf und ich nahm mein Telefon vom Ohr und starrte es an.

War ich verrückt?

War er verrückt?

Was zur verdammten Hölle war das eben?

5

CAINE

Stimmungsvoll

Ihre Stimme klang weich und süß und fuhr mir direkt in meinen Schwanz.

Verfluchte Scheiße! Ich war am Telefon ein Arschloch gewesen, aber nachdem ich nun wusste, wer sie war, nachdem mich nun eigentlich nichts drängender interessierte als die Frage, ob sie nur so tat oder tatsächlich keine Ahnung hatte, wer ich war, riss ich mich zusammen.

Sie würde morgen anfangen und ich könnte endlich wieder dem Job nachgehen, den ich liebte. Mein Telefon klingelte und ich beschloss, es nun auf stumm zu stellen. Alle Mandanten, die ich momentan vertrat, hatten meine Handynummer oder wussten, wie sie mich anderweitig erreichen konnten. Ab morgen hätte ich wieder eine Assistentin. Und würde ich nicht in diesem verdammten Schlamassel stecken, dass ich meinem Freund versprochen hatte, seiner Schwester aus der Bredouille zu helfen, dann hätte ich vermutlich nach der Erkenntnis, wer verflucht noch mal sie war, einfach weitergesucht.

Aber nein, die Frau, die ab morgen für mein Leben zuständig wäre, sich darum kümmern würde, war ironischerweise meine ... meine Ehefrau.

»Fuck!«, rief ich laut, sprang auf und kramte in meiner Aktentasche nach dem Dokument aus Vegas. Ich hatte dort noch nicht angerufen. »Scheiße!« Heute war Montag. Wir hatten am Freitagabend oder in der Nacht irgendwann – aus einem betrunkenen Spaß heraus für sie und aus einem absolut nicht nachvollziehbaren Grund für mich – diesen Vegas-Heiratsklischee-Mist verzapft. Mit schnellem Blick las ich das Dokument. Erschüttert ließ ich mich auf meinen Bürostuhl fallen und meine Augen weiteten sich fassungslos.

»Wie konnte das passieren? MIR?!«, fragte ich mich laut und warf das Dokument angewidert auf meinen Schreibtisch. »Das ist doch ein schlechter Scherz, oder?« Ich war Anwalt. Ich hatte Jura in Harvard studiert und jetzt vergaß ich eine gottverdammte Frist, damit diese irrsinnige Ehe für ungültig erklärt wurde? Das war ein beschissener Dreizeiler, den ich hätte verfassen müssen.

»Fuck!«, rief ich erneut aus und seufzte tief. Wenn Maria noch bei mir wäre, hätte ich ihr diesen Mist auf den Tisch gelegt und sie hätte das für mich erledigt.

Nein, hätte sie nicht, kam mir der Gedanke, denn Olivia Mine und ich hatten Freitagnacht geheiratet, also hätte der Widerruf spätestens Sonntagnacht eingereicht werden müssen.

»Ich bin ein Vollidiot!«, rief ich laut und hörte plötzlich von der Tür aus ein: »Yes, das bist du.«

Mein guter Freund Joe lehnte am Türrahmen und sah sich neugierig um. »Du hast dich ja noch nicht mal eingerichtet.«

Ich stand auf und legte irgendwelche Akten über die Heiratsurkunde, damit er sie nicht zufällig entdeckte. »Nein, habe ich nicht, du Sack!« Ich umrundete den Schreibtisch, wir umarmten uns und klopften uns gegenseitig auf den Rücken. »Was willst du hier?«

»Ich wollte schauen, wie leicht es ist, ohne Termin zum aktuellen Geschäftsführer durchzukommen.« Er deutete hinter sich auf den verwaisten Empfangsbereich und grinste. »Aber siehe da, der kleine Penner hat noch keine Assistentin.«

»Mit deiner Schwester habe ich vorhin telefoniert.«

»Ich weiß, und ich weiß auch, dass du scheiße zu ihr warst, Mann!«

»War ich?«, fragte ich übertrieben freundlich und grinste breit.

Joe nickte. »Das hat sie gesagt. Und sie meinte, wenn du dich so aufführst, dann scheißt sie auf den Job und wird dir den Vertrag morgen um die Ohren hauen.«

Die Kleine war temperamentvoll, aber das wusste ich ja schon.

»Ich bin mir sicher, sie wird, auch wenn ich freundlich zu ihr bin, einen Grund finden, mir etwas um die Ohren zu hauen.« Und das sagte ich in dem Wissen, dass ich mit seiner Schwester verheiratet war und sie in sämtlichen Positionen in Vegas gevögelt hatte. Ich versuchte, mir nicht anmerken zu lassen, dass wir jetzt mehr als nur Freunde waren, sondern sogar verwandt. Weil ich ein Idiot war! Also grinste ich weiterhin so, als könnte mich kein Wässerchen trüben.

»Ich werde nett zu ihr sein«, sagte ich und warf meinen Füllfederhalter vor mich auf den Schreibtisch. »Hast du eine Ahnung, wie Menschen ohne Assistentin existieren können?«

»Keine Ahnung, ich habe eine.«

»Eine, mit der du schläfst!«, stellte ich klar und jetzt war es an ihm, breit zu grinsen.

»Ertappt!«

»War nicht zu übersehen.«

Joe und ich hatten uns Samstagabend, als ich zurück in New York war, auf ein Bierchen in einer Sportsbar getroffen. Wir plauderten über alte Zeiten, über die Zukunft und die Dringlichkeit, dass ich hier nicht ohne Sekretärin klarkommen würde. Er hatte dann so eine Anspielung gemacht, dass er mir seine ausleihen würde, aber sie einfach zu gut wäre. Sein Blick dabei sprach Bände.

»Wenn ich sie richtig wütend mache, dann haben wir den besten Sex unseres Lebens. Und ganz ehrlich?«

»... du kannst mindestens so ein Arschloch sein wie ich«, stellte ich nüchtern klar und wieder nickte er.

»Ein Arschloch, das zwei Brüder hat. Wenn du auch nur in Erwägung ziehst, unsere Schwester anzufassen, Stella!«

Zu spät, schrie es in mir, aber ich ließ mir nach außen hin nichts anmerken.

»Ich schlafe nicht mit meinem Personal.«

Nicht, wenn ich wusste, dass sie für mich arbeiteten. Vor meinem geistigen Auge begannen Bilder zu zucken, wie Olivia es genossen hatte, dass ich sie berührte und von einem Orgasmus zum nächsten trieb.

»... besser für dich!«, murmelte er und deutete wieder auf die Kisten, die unausgepackt in meinem Büro standen. »Lass uns was essen gehen. Ich kann das Elend in dieser Kanzlei nicht länger ertragen.«

»Du bist echt ein Arschloch. Versuch du mal, ohne Assistentin klarzukommen!« Wie zur Bestätigung läutete das Telefon auf dem Empfangstresen, meines war ja stumm gestellt.

»Olivia wird morgen hier sein und sich um alles kümmern. Sie ist echt die Beste. Wäre sie nicht meine Schwester und würde meine Sekretärin nicht Einblicke in mein Leben haben – damit meine ich ausnahmsweise nicht mein Sexleben –, dann hätte ich Olivia schon längst eingestellt.«

»Zu viele Details, die sie nicht wissen sollte?«

»Definitiv, Bruder. Definitiv!«

Wir lachten beide, denn wir wussten natürlich, was damit gemeint war. In unseren Jobs bewegten wir uns oft in einer Grauzone und es war immer besser, wenn die eigene Schwester nichts davon mitbekam. Aber er konnte mir nichts vormachen, denn auch sein Sexleben war etwas, von dem er ganz sicher nicht wollte, dass sie darüber Bescheid wusste. Auf der Uni hatten wir uns ein Zimmer geteilt und ließen es damals ordentlich krachen. Aber so richtig! Wir hatten eine Geheimsprache entwickelt für den Fall, dass wir ungestört Sex haben wollten, was eigentlich jeden Abend passierte. Schließlich stellten wir einen klaren Plan auf, wer im Zimmer sein durfte und wer es außer Haus treiben musste. Es war eine aufregende Zeit und trotz unseres lockeren Verhaltens meisterten wir beide als Beste unseres jeweiligen Studiengangs den Abschluss. Joe war heute Art Director bei einem bekannten Männermagazin und ich ein nicht ganz unerfolgreicher Anwalt.

»Entspann dich, Alter! Morgen ist Olivia da ... Ach, übrigens bin ich geschäftlich hier.«

»Aha! Was willst du?«

»Würde es nach mir gehen, müssten wir dieses Gespräch nicht führen, aber unser Chefredakteur meint doch tatsächlich, dass wir dich brauchen. Der Idiot!«

»Worum geht's?«, fragte ich und wechselte sofort in den Geschäftsmodus.

»Ruhig bleiben, Tiger! Niemand braucht rechtlichen Beistand.«

»Ich mache nicht schon wieder bei irgendeinem Interview mit.«

»Lass mich überlegen ... doch, das wirst du.«

»Auf keinen Fall!«

»Es ist ja kein Interview in dem Sinn, es geht um was Gutes, etwas Wohltätiges. Wird sich prima in deinem Lebenslauf machen.«

»Das Wort ›prima‹ aus deinem Mund will ich nicht hören, Mine!«, knurrte ich dunkel und griff nach meinem Handy. Sieben Anrufe in Abwesenheit.

»Doch, das ist super. Fabelhaft! Außerdem schuldest du mir was.«

»Ach! Ich kann mich nicht erinnern. Weshalb?«

Bedeutungsvoll lehnte er sich zurück, sah durch die geöffnete Tür nach draußen und ich wusste, dass er den Blick auf den leeren Empfangstresen geheftet hielt.

»Du bist ein Arschloch!«, brummte ich und schob mein Handy in die Tasche meiner Anzughose. »Ein viel größeres als ich.«

»Ich weiß, Bruder, ich weiß. Aber hey, dafür gehen wir jetzt ins Steakhouse und das Magazin zahlt.«

»Immer noch ein Geschäftsführer und Aufsichtsratsvorsitzender, wie er leibt und lebt.«

»Davon kannst du ausgehen.« Joe ging nach draußen in den Vorraum, wo ab morgen Olivia arbeiten würde. Seine Schwester, die ich gevögelt und geheiratet hatte, ohne zu wissen, wer sie war.

»Kommst du jetzt? Ich habe Hunger!«

Das war mein Freund Joe. Lachend verließen wir den Geschäftsführerbereich. Da ich ohne Assistentin scheinbar vollkommen aufgeschmissen war, würde ich mir heute noch einen freien Tag gönnen und später von zu Hause einige E-Mails bearbeiten. Heute oder morgen ...

Morgen! Wie sollte ich nur mit Olivia umgehen?

Ich hatte mit ihr gevögelt.

Nicht nur einmal.

Und der Sex war verflucht gut gewesen.

6

OLIVIA

REIZ

Ich wusste, dass man normalerweise eine halbe Stunde vor Arbeitsbeginn da sein sollte, damit man an seinem ersten Tag zur Personalabteilung gehen konnte, um all das Wichtige zu erfahren, das die neue Firma für einen bereithielt.

Keine Ahnung, was mich geritten hatte, als ich diesen Beschluss fasste, aber ich erschien mit purer Absicht erst um sieben Uhr, genau wie vereinbart. Und natürlich war klar, dass ich Probleme an der Sicherheitskontrolle haben würde und zur Personalabteilung müsste. Mit einem breiten Grinsen stellte ich schließlich fest, dass es bereits sieben Uhr dreißig war, als ich meine Personalnummer sowie eine Schlüsselkarte zu den abgesicherten Bereichen erhielt und von einer Angestellten nach oben in die Etage der Geschäftsführung gebracht wurde.

Gestern nach meinem Telefonat mit Mr. Stella hatte ich meinen Bruder Joe angerufen, um mich auf der einen Seite bei ihm zu bedanken, dass ich diese Stelle bekommen würde, und ihn andererseits zu fragen, ob er mich gottverdammt verarschen wollte, weil mein neuer Chef ganz offensichtlich ein Diktator war. Joe hatte nur gelacht und mich wissen lassen, dass Caine Stella eigentlich ganz handzahm sei und ich mit ihm klarkommen würde.

Na ja, das sollten wir wohl gleich herausfinden. Zumindest war jetzt klar, dass Joe keine Neue hatte, sondern Stella der Nachname seines Kumpels und meines neuen Chefs war.

»Mr. Stella?«, sagte Judy aus der Personalabteilung und drückte nach einem sanften Klopfen vorsichtig die Tür zu seinem Büro auf. »Ich bringe Ihre neue Assistentin. Olivia Mine.«

»Wird aber auch Zeit!«, donnerte er und entgegen all meinen Vorsätzen schoss seine Befehlsstimme direkt in meinen Slip.

»Ich musste noch in die Personalabteilung und einige Formalitäten klären, Mr. Stella«, sagte ich so selbstbewusst, wie es mir nur möglich war, und betrat hinter Judy den Raum. Sie stand neben der Tür, als würde sie die erstbeste Möglichkeit nutzen wollen, sofort flüchten zu können. Pure Provokation war in seinem Blick zu erkennen, als ich schließlich den Kopf hob, das Kinn reckte und … in meinem Blick stand pure Fassungslosigkeit. Mit doppelter Geschwindigkeit pochte mein Herz in meiner Brust und das Adrenalin rauschte durch meine Adern.

Das konnte doch nicht wahr sein!

Das durfte doch hier gerade nicht wirklich passieren!

Wie hoch war die Wahrscheinlichkeit?

Völlig geschockt und über mich selbst entsetzt, starrte ich in diese Augen, die mich an eine Nacht voller Orgasmen, an Küsse auf meiner Haut und seinen riesigen Schwanz in meiner Vagina erinnerten. Ich fühlte die Röte, die mein Dekolleté entlangkroch, über meinen Hals wanderte und sich bis unter meine Haarwurzeln zog. Ich bekam keine Luft mehr.

Caine Stella war mein erster und einziger One-Night-Stand.

Mit aufgerissenen Augen starrte ich ihn an, erkannte an seinem arroganten Blick, dass er wusste, wer ich war, dass er sich an jedes verfluchte Detail aus dieser Nacht erinnerte, und eine neue Welle der Scham rollte über mich hinweg.

»Danke, Judy«, sagte er nun mit dieser verfluchten Höschen-Stimme. »Sollte Miss Mine noch etwas brauchen, wird sie sich melden.«

Mit einem knappen Nicken und einem mitleidsvollen Blick in meine Richtung machte sie sich davon. Mein Gefühl, dass diese Judy nicht schnell genug hier wegkommen wollte, bestätigte sich, als ich keine Sekunde später die Glasschwingtür zufallen hörte, die mein und sein Büro vom Trakt der anderen Anwälte abgrenzte.

Es verging eine gefühlte Ewigkeit, bis ich es wagte, ihm wieder ins Gesicht zu blicken.

»Du Arsch!«, kam es unüberlegt von mir. Das war schon immer so, wenn ich mich für etwas schämte, dann versuchte ich, es erst einmal von mir wegzuschieben, bis ich wieder klar denken konnte. »Was bezweckst du damit?«

Er legte den Kopf auf diese sinnliche Weise schief, wie es schon in Vegas geschehen war. Bilder unserer beiden nackten Körper blitzten vor meinem geistigen Auge auf. »Hast du das gewusst?«

»Nicht wesentlich länger als du.« Da er gefasst, selbstbewusst und wirklich maßlos arrogant klang, war ich mir sicher, er wusste es sehr wohl länger als ich.

Idiot. Verdammter Idiot!

»Ich«, dabei betonte ich das Wort extrem, »weiß es seit gerade eben!« Die Worte kamen gezischt, mein Kopf dröhnte und mir wurde heiß.

»Na gut, dann weiß ich es vielleicht ein paar Stunden länger.«

»Das kann nicht sein!«, sagte ich und stemmte energisch beide Hände in meine Hüften, die von einem dunkelblauen Bleistiftrock bedeckt waren. Dazu trug ich ein weißes Seidenoberteil, das akkurat im Bund des Rockes steckte. »Wie hoch ist die verdammte Chance, dass *das* passieren kann?«

»Keine Ahnung. Eins zu hunderttausend?«, fragte er mich provokant und ein schiefes Grinsen zupfte an seinem Mundwinkel. An einem Mund, den ich neulich verschlungen hatte, und der mich verschlungen hatte, als er mich leckte und fingerte und vögelte. Scheiße!

»Ich bin in Mathe vielleicht nicht sonderlich gut«, begann ich.

»Das sollte man seinem Chef nicht sagen!«, grätschte er dazwischen, doch ich fuhr unberührt fort: »Ich bin vielleicht in Mathe nicht sehr gut, aber sogar *ich* weiß, dass die Chance weitaus geringer ist als in deiner Theorie.«

Sein Blick heftete sich auf den Spitzenausschnitt meines Oberteils, das von zwei breiten Trägern gehalten wurde. Er scannte meinen Körper, schien sich mit allem, was er hatte, an mich zu erinnern, wie ich mich auch an ihn erinnerte.

Makellos gebräunte Haut über gestählten Muskeln. Ich erinnerte mich an seinen knackigen Hintern und seinen talentierten Schwanz. Mein Blick rutschte eine Etage tiefer, und selbst wenn ich es hätte verhindern wollen, kam ich nun nicht mehr umhin, dass er es bemerkte. Fuck! Wenn ich dachte, dass Caine Stella in schwarzen Jeans und Shirt gut ausgesehen hatte, dann wurde ich jetzt eines Besseren belehrt. Der dreiteilige Maßanzug stand ihm ausgesprochen gut.

Sein Blick streichelte ebenfalls über mich, als würde er meinen Körper wahrhaftig berühren. Der dunkle Stoff, der sich um seine breiten Schultern spannte, das weiße Hemd, das genau in der perfekten Leichtigkeit seinen Hals umschloss, und die akkurat gebundene Krawatte, deren Farbton, mit dem seines Anzugs harmonierte. Gott, er war ein Bild von einem Mann. Alles an ihm verströmte Power, Macht, Ehrgeiz. Er war ein Gewinner, und vor allem ein Gewinner mit Sexappeal.

»Tja«, knurrte er schließlich dunkel, nachdem auch er seinen Scan über meinen Körper beendet hatte und wir uns wieder in die Augen blickten, »dann werden wir das wohl professionell handhaben müssen.«

»Auf keinen Fall!« Energisch schüttelte ich den Kopf und kreuzte die Arme vor der Brust, damit er sah, wie ernst ich es meinte. »Ich arbeite für niemanden mehr, mit dem ich geschlafen habe.«

»Ach so?«, fragte er wieder mit diesem provozierenden Unterton und hob eine der schön geschwungenen Augenbrauen. »Du machst so was öfter?«

Hörte ich da Bitterkeit in seiner Stimme?

»Arschloch!«, murmelte ich wütend. »Das geht dich einen Scheiß an.« Ich drehte mich um und wollte aus dem Büro stürmen. So war das immer, wenn ich mit einer Situation überfordert war, ich wurde gemein und fuhr die Krallen aus wie eine Oberzicke.

»Dein Bruder hat sehr gekämpft, um diesen Job für dich zu bekommen, Olivia.« Seidig strömte seine Stimme zu mir herüber und auch ohne dass ich ihn sah, wusste ich, dass er aufgestanden und nun mit wenigen Schritten bei mir war. Das verräterische Ziehen in meinem Unterleib und sein markanter Duft nach Meeresbrise und Bergamotte verrieten ihn.

»Er meinte, du würdest den Job dringend brauchen, weil du auf eigenen Beinen stehen möchtest.« Natürlich war mir klar, dass er es mit umgedrehter Psychologie versuchte.

»Lieber lebe ich von meinem Ersparten«, zischte ich selbstbewusst und drehte mich um. Ein Fehler. Caine war nämlich näher, als ich dachte ... näher, als mir lieb war. »Dein Kommentar war unter der Gürtellinie, Stella.« Bewusst redete ich ihn mit seinem Nachnamen an.

Irgendwie hatte ich das Gefühl, es würde Distanz zwischen uns schaffen.

»Mein Kommentar?«, grollte er nun. Seine tiefe Stimme und seine Nähe bewirkten, dass meine Nippel steif wurden. Ich war wütend, entsetzt und sauer und musste jetzt auch noch mit meinem verräterischen Körper kämpfen, der sich sehr wohl an diesen Mann erinnerte. Ich hätte doch niemals einen One-Night-Stand mit diesem Mann gehabt, wenn ich ihn nicht extrem heiß finden würde.

»Shit!«, zischte er und stützte eine Hand flach neben meinem Kopf ab. Ob bewusst oder unbewusst hatte er mich gegen die Tür gedrängt. Ich inhalierte seinen Duft, genoss den Atemzug und versuchte, mir seinen Geruch einzuprägen. Es sollte verboten werden, dass ein einzelner Mann so riechen durfte, aber ich wäre die nächste Zeit – nach der Erfahrung mit meinem Ex und der Erfahrung, dass ich einen One-Night-Stand mit meinem neuen Chef gehabt hatte – eindeutig kuriert, was Männer betraf. Gottverdammtes Pack! Vielleicht sollte ich doch ausprobieren, ob ich nicht Frauen auch heiß fand.

»Es tut mir leid.«

Brummend krochen seine Worte in mein Bewusstsein. »Was genau?«

Weshalb konnte ich es nicht lassen, ihn zu provozieren?

Caine holte tief Luft und sah mich mehrere Herzschläge lang an. Sämtliche Emotionen, dieselben, die auch ich empfand, flossen durch seine Augen. Schock, Wut, Enttäuschung, Verzweiflung ... und Lust. Viel Lust.

»Olivia, ich entschuldige mich nicht. Nie!«

Er brach ab und sein Blick heftete sich auf meinen Ausschnitt. Ich räusperte mich. Zwar wollte ich seinen Blick auf mir spüren, aber nicht, dass er mitbekam, wie knallrot ich war. Vor Schock und Verzweiflung und Lust.

»Also genieße diesen seltenen Moment ... ich brauche dich!« Wieder hob ich fragend eine Braue. Mehrere Atemzüge lang blieb er unbeweglich vor mir stehen, bis er gequält die Augen schloss. »Ich brauche eine Sekretärin, eine Assistentin, die mir hilft. Sowohl beruflich als auch im Privaten.«

»Privat?«, keuchte ich. »Ich werde nicht mehr mit dir ins Bett gehen. Einmal reicht!«

»Du schämst dich«, sprach er das Offensichtliche aus.

»Natürlich! Ich habe mit meinem Boss gevögelt, in sämtlichen Positionen. Du hast es gewusst, du Bastard, und hast es nicht für nötig gehalten, etwas zu sagen. Also ja, ich schäme mich und ich bin stinkwütend.«

»Ich schwöre dir, dass ich in Vegas nicht wusste, dass du Joes kleine Schwester bist.«

»Aha!« Ich glaubte ihm das, irgendwo tief in mir drin, aber ich wollte nicht, dass er zurückwich. Ich mochte es, wie er kämpfte, damit ich nicht ging. Das verschaffte mir ein wenig die Oberhand über die Situation oder zumindest einen Hauch Kontrolle. »Ich habe schon gehört, dass du ohne deine Assistentin ein Jammerlappen bist.«

»Verdammter Joe!«, stieß er aus und sein Atem traf mich. Normalerweise turnte mich so etwas total ab, aber Caine schaffte es, dass ich nur mit Mühe und Not nicht einen tiefen Atemzug tat. Heilige Scheiße! So tief war ich schon gesunken?

»Bitte, Olivia, bleib!«

»Ich weiß nicht.« Auf einer Skala von eins bis zehn – wie verrückt war ich? Die Scham trat in den Hintergrund, denn er hatte recht, ich brauchte und wollte diesen Job.

»Ich werde es nicht noch einmal sagen!«, knurrte er dunkel und ich presste meine Hände flach an das Holz der Tür, um zu verhindern, dass ich ihn an seiner Krawatte packte, den Rest Distanz zwischen uns gut sein ließ und ihn an mich zog.

Es war eine verdammt blöde Idee, für den Mann zu arbeiten, mit dem ich vor ein paar Tagen den besten, atemberaubendsten Sex meines Lebens hatte. Vor allem deshalb, weil ich ihn immer noch wollte. So sehr, dass es bedeutete, ständig mit feuchtem Höschen herumzulaufen. Es würde mich alles kosten, ruhig und gelassen meiner Arbeit nachzugehen, denn er schaffte es jetzt schon, mich binnen Sekunden auf hundertachtzig zu bringen.

Mit einem dunklen Seufzer stieß er sich von der Tür ab und wandte sich abrupt um. »Dann geh und ich suche mir eine andere Assistentin.«

»Ich mach's!«, entfuhr es mir. Ich war es Joe schuldig und ich war es mir schuldig. Caine und ich waren erwachsen, und so lange nicht noch einmal etwas zwischen uns lief, wäre doch alles in bester Ordnung. Wir mussten einfach abhaken, was in Vegas passiert war. Frei nach dem Motto: Was in Vegas passiert, bleibt in Vegas. Oder? »Aber denke nicht, dass ich mir von dir auf der Nase herumtanzen lasse!«, fügte ich noch an, drehte mich um und knallte beinahe gegen die Tür, so sehr brachte er mich durcheinander. Mit energischen Schritten verließ ich die maskuline Eleganz seines Eckbüros – natürlich hatte er ein Eckbüro – und stolzierte in den ebenfalls wunderschönen Bereich davor. Mein neues Büro bestand aus einem großen Schreibtisch, auf dem Tresen davor waren frische Orchideen in einem Glas drapiert. Neben Lilien waren das meine Lieblingsblumen.

»Ich finde das ja echt gut, dass du bleibst, ehrlich, verstehe mich nicht falsch ... aber dann solltest du jetzt vielleicht in mein Büro kommen und ich sage dir, was ich von dir erwarte, oder?«

Seine seidenweiche Stimme überrumpelte mich, denn ich war so darauf fokussiert, ihn zu ignorieren. Er hatte recht. Schon wieder! Auch wenn ich es nicht zugeben wollte, aber ja, er hatte recht. Er brauchte mich, das bewies mir das Chaos in seinem Büro in Form der immer noch nicht ausgepackten Kisten.

7

CAINE

Wahrheit

Scheiße! Ganz ernsthaft.

Ich saß so richtig tief und dicke in der meterhohen Scheiße.

Dass Olivia verflucht scharf war, daran konnte ich mich natürlich erinnern. Aber dass sie so frech und scharf war, das war mir neu. Dummerweise turnte mich diese selbstbewusste, beinahe trotzige Art dermaßen an, dass ich mich zusammennehmen musste, um sie nicht mit dem Gesicht voran an die Bürotür zu pressen, ihr diesen verflucht engen, verflucht heißen Rock über die Hüften zu schieben und mich zwischen ihren Beinen zu versenken, sie zu ficken, als wäre ich nicht seit Vertragsunterzeichnung ihr Chef.

Klar durfte zwischen uns nichts mehr passieren, aber

konnte diese Info auch mal jemand meinem Schwanz geben? Verflucht hart und verflucht energisch drängte er gegen den Reißverschluss meiner Hose. Olivia ließ sich nicht anmerken, dass sie etwas davon mitbekam, aber sicher blieb es ihr nicht verborgen.

Ich musste mir dringend eine andere Frau suchen, die mich davon ablenkte, wie sehr ich Olivia unter mir haben wollte, denn ich vermied tunlichst, Privates und Geschäftliches miteinander zu vermischen. Es gab nur wenige Überschneidungen und eine davon war dieser verdammte Joe Mine, dem ich einen Gefallen schuldete. Es war ein Teufelskreis, und zwar einer, aus dem ich vermutlich nicht so schnell wieder ausbrechen konnte.

»Also?«, fragte mich Olivia. »Das Wichtigste vorab!«

Moment mal! Wer hatte hier jetzt das Ruder in der Hand?

»Caine oder Mister Stella?« Ihre Stimme klang geschäftig und nüchtern.

Beinahe begann ich zu grinsen. Ich wusste genau, was das bedeutete, sie versuchte Abstand zwischen uns zu schaffen, weil es ihr zu intim war. Und – damit würde ich mich eindeutig ein anderes Mal auseinandersetzen – sie wollte mich reizen. Auch ich wollte, dass sie die Fassung verlor, so gelöst und locker war wie in Vegas. Ja, mir war klar, dass das nicht ging, aber ... scheiße, sie triggerte etwas in mir. Den Höhlenmenschen, das Alphatier ... irgendeine abartige Form von Besitzgier.

Ich schüttelte den Kopf.

»Was soll mir das sagen?«, fragte sie nach.

»Caine!«, kam es dunkel von mir. »Du wirst mich Caine nennen!«

Olivia zögerte einen Moment, hob die Brauen und schien meine Antwort infrage zu stellen.

»Keine Diskussion! Ich will eine persönlichere Ebene zu meiner Assistentin haben als zu allen anderen Mitarbeitern.« Das stimmte nicht, aber diese Lüge kam mir leicht über die Lippen. Maria und ich hatten erst nach zwei Jahren angefangen, uns zu duzen. Und das auch nur, weil sie mir nach einer durchzechten Nacht aus der Scheiße geholfen hatte und sich die Vertrautheit dann richtig anfühlte.

»Also gut, Caine …« Sie sprach meinen Namen mit aller Vorsicht aus, als würde sie erst einmal abwarten wollen, wie er von ihrer Zunge rollte. »Dann lass mal hören!«

Ich starrte sie an wie ein verdammter Teenager. Wie konnte man nur so schön sein? Olivia trug ihr Haar offen, band es sich aber jetzt mit einem Bleistift und zwei schwungvollen Bewegungen nach oben. Vor meinem geistigen Auge entstand eine Lehrerinnen-Fantasie, die ganz und gar nichts mit züchtig zu tun hatte.

»Ich erwarte, dass du jeden Morgen um sieben im Büro bist. Wir gehen dann meinen Tag durch, besser, du sagst mir, was an diesem Tag ansteht. Keine Sorge, ich wäre nicht dort, wo ich bin, wenn ich nicht die wichtigsten Termine selbst unter Kontrolle hätte.« Knapp nickte sie und biss sich dabei auf die Lippe. Mein Schwanz, der sich gerade eben ein klitzekleines bisschen beruhigt hatte, gab wieder Vollgas. »Das, was ich nicht im Kopf habe, weil es mich einfach einen Scheiß interessiert, sind irgendwelche bescheuerten Abendveranstaltungen, auf denen ich allerdings auftauchen muss, oder meine Hemden aus der Reinigung zu holen.«

»Ich soll mich um deine Wäsche kümmern?«, fragte sie nun und hob den Blick. Kurz entwickelte sich zwischen uns ein Blickduell. Ich grinste schließlich spöttisch, weil ich Arsch genoss, wie unwohl sie sich dabei fühlte. »Nein, Olivia«, erklärte ich mit weicher Stimme, »Nicht um meine Wäsche, nur um meine Hemden. Und Anzüge.« Die hübsche Frau vor mir atmete auf. Okay, ich war wirklich ein ausgewachsenes Arschloch. »Und die Kleider für die Frauen, mit denen ich ausgehe«, setzte ich hinzu. Ihr Kopf ruckte nach oben und ihr Blick durchbohrte mich. »Sicherlich nicht!«, presste sie hervor und ich lächelte matt.

»Doch, das ist Teil des Jobs«, stellte ich klar und deutete auf mein Büro. »Ebenso, wie du mir helfen musst, dass alles hier in die Schränke zu verteilen.«

»Das eine ist das Büro, das andere dein Privatleben.«

»Und davon möchtest du doch ein Teil sein als meine persönliche Assistentin, richtig?«, stellte ich eine Frage, die nur damit beantwortet werden konnte, dass sie sich beugte oder kündigte. Und das würde sie nicht. Ich wusste, dass ich es mit einer Kämpferin zu tun hatte, das war nicht zu übersehen.

»Scheinbar!«, murrte sie nun. Ich grinste zufrieden.

»Reservierst du mir für heute Abend bitte einen Tisch im *La Flue*?« Ich unterließ es, ihr mitzuteilen, mit wem ich mich dort treffen wollte. Irgendetwas sagte mir, dass Olivia genau wie ich einfach nicht aufhören konnte, daran zu denken, was zwischen uns gelaufen war, wie wir es getrieben hatten. Von der Heirat einmal ganz abgesehen. Meine Augen huschten zu dem Dokument, das auf meinem Schreibtisch begraben lag, und ich erinnerte mich daran, dass ich ein netter Kerl sein und mit ihr reden sollte, denn ich wollte ja – und das mussten wir nun unweigerlich beide tun –, dass sie in die Scheidung einwilligte. Wobei … ich musste dringend recherchieren, ob es Sonderregelungen gab, eine Ehe zu annullieren.

Olivia räusperte sich. »*La Flue*«, bestätigte sie. »Zwanzig Uhr?«

»Ähm, ich frage meine Begleitung, ob zwanzig Uhr passend ist.« Wieder ließ ich absichtlich offen, ob es sich um einen Mann oder eine Frau handelte. Ich wollte, dass sie darüber nachdachte, dass ihr Kopfkino anspringen würde und sie sich fragte, was genau ich tat, ob ich wirklich so ein Mistkerl war.

»Deine Begleitung. Natürlich!« Ihre Stimme klang hohl.

»Du arbeitest seit einer Stunde für mich, Olivia. Du solltest unsere gemeinsame Nacht, und nichts weiter war es, zur Seite schieben und dich professionell verhalten.«

All ihre Gesichtszüge entglitten. Ich grinste. Mein Schwanz drückte sich bei ihrer unschuldigen Miene wieder gegen den Reißverschluss meiner Hose. »Ich bin wie ich bin, und wir waren uns einig, dass es nur ein One-Night-Stand war.« Wobei ich den gern ausweiten würde, aber dazu an anderer Stelle mehr. Ich brauchte sie. Ohne verdammte Sekretärin war ich hilflos.

»Aber natürlich, Caine!«, erwiderte sie zuckersüß und mit einem Grinsen, das ich ihr ganz und gar nicht zugetraut hätte. »Es kommt mir nur so vor, als müsste ich mir schon wesentlich länger deinen Kram anhören.«

»Zügle deine Zunge!«, sagte ich durch die Zähne gepresst und kaum merklich nickte sie. Sie würde niemals klein beigeben. »Ich sage dir Bescheid, um wie viel Uhr der Tisch bereit sein soll.«

»Selbstverständlich!«, flötete sie zuckersüß. »Sonst noch etwas, das ich für dich tun kann?«

»Ja, geh an das verdammte Telefon, wenn es klingelt!«

»Aber natürlich.« Wieder klang ihre Stimme künstlich und strotzte nur so vor aufgesetzter Freundlichkeit. Warum berührte es sie scheinbar nicht mehr, was ich gerade angedeutet hatte?

»Ich werde mittags außer Haus essen und ich will nicht gestört werden. Der Bezirksstaatsanwalt wird versuchen, mich zu erreichen, sag ihm dreimal, dass ich nicht zu erreichen bin, bevor du mich überhaupt darüber informierst. Der Scheißkerl soll in der Hölle schmoren.« Wieder nickte sie knapp und notierte lediglich ein Stichwort dazu. Mir war das egal, solange sie sich daran erinnerte, was sie zu tun hatte und die Dinge in meinem Sinne erledigte.

»Ansonsten möchte ich, dass du mir den Freitag generell freihältst und die aktuellen Termine auf nächste Woche verteilst. Maria, meine ehemalige Assistentin, hat das immer getan, damit ich freitags die liegengebliebene Arbeit aufholen konnte. Das war äußerst hilfreich.«

»Okay, den Freitag freischaufeln.« Mitten in ihrem Geschreibsel hielt sie inne und starrte mich an. »Wieso legst du dir überhaupt was auf Freitag, wenn du das doch weißt?«

Kluges Mädchen.

»Damit meine Assistentin was zu tun hat, ist nun wohl die falsche Antwort, nicht wahr?« Flirtete ich etwa mit ihr? Ja! Das tat ich. Und ja, das wollte ich.

Sie sah mich mit einem Blick an, der hieß: *Willst du mich verarschen?* Und ich begann schallend zu lachen. »Das war nicht ich, sondern eine Dame von der Zeitarbeit, die mir Maria letzte Woche hierhergesetzt hat, als ich in Vegas war.« Ehrlichkeit war wohl am besten, zumindest in diesem Fall.

»Wieso bist du eigentlich von Vegas nach New York umgesiedelt?«, rutschte es ihr heraus und sofort danach hob sie abwehrend die Hand. »Vergiss die Frage, das geht mich nichts an.«

»Ich hätte sie dir auch nicht beantwortet.« Ein unergründlicher Blick trat in ihre Augen und ich hielt ihm stand. Darum war ich so gut in dem, was ich tat, weil ich mich zusammenreißen konnte, keinerlei Emotionen zeigte, wo sie nicht angebracht waren. Weil ich einer der besten Schauspieler war, weil ich ein Pokerface besaß, von dem andere Menschen träumten, weil ich mich kontrollieren konnte.

Olivia blickte nach unten und eine Haarsträhne fiel über ihr hübsches Gesicht, die sich aus der schnell zusammengebundenen Frisur gelöst hatte. In mir kam der Drang auf, ihr diese kecke Strähne zurückzustreichen.

Skeptisch sah ich sie an, während Olivia sich wieder auf die geschminkte Lippe biss. Eine Lippe, auf die ich vor nicht allzu langer Zeit gebissen hatte und die mir um meinen Schwanz besonders gut gefiel.

Nachdenklich schaute ich ihr hinterher, als sie nach einem knappen Nicken mein Büro verließ. Ich lauschte, bis sie an ihrem Schreibtisch Platz nahm.

Verdammt! Es war keine sonderlich gute Idee gewesen, darauf zu bestehen, dass sie hierblieb. Und doch konnte ich es nicht zulassen, dass sie woanders arbeitete.

Natürlich nur aus dem Grund, weil ich dringend eine neue Assistentin brauchte.

Sehr dringend!

Ansonsten hätte ich sie mir natürlich aus dem Kopf geschlagen.

Das war doch vollkommen klar.

Oder?

8

OLIVIA

FREUDE

Dankbarkeit durchflutete mich, als es endlich neun Uhr abends war und ich mit einem Glas Wein vor dem Fernseher saß. Immer wieder wanderten meine Gedanken zu dieser heftigen Wendung des Schicksals, die mir zeigte, dass ich nicht einfach nur Sex haben konnte. Nein, dann entpuppte sich dieser Kerl als neuer Chef. Ich musste zugeben, dass Caine Stella mich reizte, er forderte mich heraus und ich würde einen Teufel tun und nachgeben. Mir war natürlich klar, dass er mich in Rage versetzen wollte mit seinen Bemerkungen und der Tatsache, dass er es auch schaffte.

Denn ich fragte mich, mit wem er heute Abend wohl im *La Flue* aß. Gnädigerweise ließ er mich irgendwann wissen, dass zwanzig Uhr in Ordnung gehen würde, aber dieser Mistkerl sagte mir nicht, mit wem er sich dort traf. Es arbeitete in mir, es rührte mich an. Nicht weil ich diejenige sein wollte, mit der er essen ging, sondern weil … Ach, Mist! Es war wohl besser, ich würde mir diese Frage nicht beantworten. Ich hatte diesen One-Night-Stand gewollt, ich wollte unabhängig sein, ich wollte mein Leben komplett umkrempeln. Also ging es mich nichts an. Auch wenn er heiß wie die Sünde, dunkel wie die Nacht und verboten sexy war. Natürlich kam mir der Gedanke, dass ich wieder mit ihm ins Bett gehen und meine Fingerspitzen erneut über diese gestählten, wahnsinnig heißen Muskeln gleiten lassen wollte, aber ich unternahm nichts dafür. Wie denn auch? Es hatte sich ja nun herausgestellt, dass er mein Chef war, und einen Chef vögelte man nicht.

Ganz gleich, wie verflucht sexy er war.

Energisch schüttelte ich den Kopf, um diese aberwitzigen Gedanken zu vertreiben und das Ziehen in meinem Unterleib wieder unter Kontrolle zu bringen. Ich wusste nichts über diesen Mann, und auch wenn das der ursprüngliche Plan gewesen war, nichts über den zugehörigen Teil meines Sexabenteuers zu wissen, konnte ich es kaum erwarten, jetzt endlich zu Hause zu sein. Denn erst hier konnte ich ungehindert seinen Namen bei Google eingeben.

Und scheiße, hätte ich das nur vorher getan! Dann wäre meine Überraschung nicht so groß gewesen, dass ich mit einem der reichsten Männer Amerikas, mit einem der Sexiest Man Alive und einem absoluten Womanizer im Bett war.

Caine Stella verströmte Macht, Arroganz, Sexyness

und diese absolute Gelassenheit, wenn es darum ging, etwas zu bekommen, das er wollte.

Caine Stella wäre mein Untergang. Ich wusste es einfach.

Frustriert hob ich ein Kissen gegen mein Gesicht und schrie hinein. Nicht nur, dass ich mit einem Idioten von Ex meine Zeit vergeudet hatte, jetzt auch noch das.

Ich brauchte den Job und ich wollte den Job. Der Arbeitsmarkt in New York war momentan nicht sonderlich frei, deshalb musste ich froh sein, wenn ich einen gutbezahlte Anstellung inklusive Krankenversicherung bekam.

Dieser gottverdammte Mistkerl!

Zähneknirschend und weil dieses Ziehen in meinem Bauch einfach nicht aufhören wollte, griff ich nach meinem Telefon und wählte die Nummer von Jess. Nach dem ersten Klingeln nahm sie ab.

»Hey!«, sagte sie gut gelaunt und ich hörte, dass sie irgendwo draußen in der Stadt unterwegs war. Feuerwehrsirenen klangen im Hintergrund. »Wie war der erste Tag?«

»Der Horror!«, begann ich ohne Umschweife und wusste natürlich, dass das etwas zu dick aufgetragen war.

»Wieso? Was war denn?«

»Mein One-Night-Stand aus Vegas ist mein neuer Chef.«

»Was?«, entfuhr es ihr schrill und etwas zu laut. »Du verarschst mich.«

»Ich kann mich nicht lachen hören!«

»Doch, du machst Witze!«, rief Jess nun mit einem deutlichen Lachen in der Stimme.

»Ich meine …«, sprach ich weiter, ohne auf ihre Worte

einzugehen, »wie hoch ist diese scheiß Wahrscheinlichkeit?« Unruhig stand ich auf, ging in die Küche und holte mir gleich die Weinflasche statt nur ein Glas. »Eins zu einer Million?«

»Sicherlich noch höher«, sagte Jess. »Du verarschst mich doch.«

»Ich lache immer noch nicht.«

»Hm ... Wieso wusstest du das nicht?«

»Weil ich die Firma nicht gegoogelt und mir nicht die Mitarbeiter angesehen habe.«

»Fehler!«

»Ich habe Joe vertraut.«

»Ach ja, stimmt!«, hörte ich sie durch das Telefon sagen. »Es tut mir leid, wenn ich dich darauf hinweisen muss, aber Joe kann nichts dafür. Woher sollte er auch wissen, mit wem du ins Bett gehst?«

»Besser ist es, er weiß es nicht.«

»Yes!«, rief sie und ich hörte keinen Straßenlärm mehr im Hintergrund, also womöglich kam sie eben zu Hause an. »Besser wäre es, wenn deine Brüder das nicht erfahren.«

»Niemand wird das erfahren.«

»Was in Vegas passiert, bleibt in Vegas!«

»Da haben seine Augen heute eine andere Sprache gesprochen.«

»Hat er dich angebaggert?« Ich hörte, wie sie eine Flasche Wein entkorkte. Auch ich nahm einen großen Schluck.

»Mein Körper scheint nicht zu verstehen, dass er nicht mehr zu haben ist.«

»Oh!«, kicherte es durch die Leitung. »Verstehe.«

»Sein Körper übrigens auch nicht.«

»Das wird interessant werden.«

»Das darf nicht interessant werden.«

»Kannst du das wirklich trennen?«

Ich schluckte schwer. Konnte ich das?

»Ich muss.«

»Süße, wenn dir das zu viel Drama ist, dann kündige. Wir kriegen das hin.«

»Ich weiß.« Und so war es auch. Ich war niemand, der sein Geld einfach verpulverte. In den vergangenen Jahren hatte ich nicht schlecht verdient und mir jeden Monat ein bisschen was auf die Seite gelegt – falls ich ein Auto brauchte oder eine Waschmaschine. Ich war also keinesfalls unvernünftig. Und genau das war das Problem. Auch wenn ich einen Teil der Wohnung bereits abbezahlt hatte, waren die Preise in New York immer noch horrend und ich hatte ja auch laufende Kosten. »Er übernimmt die Krankenversicherung.«

»Scheiße!« Leise drang die Stimme meiner Freundin durch das Telefon. »Das ist echt fies.«

»Ja, ist es.« Es war eine absolute Seltenheit, dass die Versicherung übernommen wurde, denn sie war teuer. Richtig teuer.

»Dann wirst du das trennen müssen.«

»So sieht es aus«, stimmte ich ihr seufzend zu und strich mir eine Haarsträhne aus dem Gesicht. Wieder trank ich Wein. Abendessen wurde überbewertet.

»Wir schaffen das gemeinsam, da bin ich mir sicher. Wir suchen dir am Wochenende einfach jemand anderen«, erklärte Jess voller Elan und ich rollte genervt die Augen.

»Ich kann nicht jedes Wochenende mit einem anderen Mann Sex haben. Was passiert dann? Dann gehe ich am darauffolgenden Montag zum Zahnarzt und blicke meinem One-Night-Stand in die Augen? Ich meine, du weißt, wie verdammt schwer es ist, einen guten Zahnarzt zu finden.«

»Süße, wir kriegen das hin. Wir feiern ein bisschen, wir flirten und dann wirst du sehen, wie schnell du es schaffst, dass er aus deinem Kopf raus ist. Zack! Verpufft! Total raus und weg!«

»Du sagst das so leicht. Du hast echt keine Ahnung, wie verdammt ...« Mir stockte der Atem, als ich an Caine dachte. »Er betritt einen Raum und er nimmt ihn ein. Er ist so ...«

»... so voller Macht über dich?«, beendete Jess meinen Satz. Das liebte ich so an ihr. Sie wusste oft ganz genau, was ich dachte und was ich sagen wollte, wenn mir die passenden Worte fehlten.

»Ja, er dominiert den Raum, alle liegen ihm zu Füßen. Und das weiß ich nach nur einem Tag, den ich für ihn arbeite.«

»Wie meinst du das?«

»Zum Beispiel Stacy aus der Buchhaltung. Herrgott, sie hat quasi gesabbert bei seinem Anblick.«

»So schlimm?«

»Ja, so schlimm.«

»Verdammt!«

»Verstehst du jetzt, was ich meine?«

»Das habe ich davor auch schon verstanden«, murmelte Jess. »Wir gehen am Wochenende deine Optionen durch und dann sehen wir weiter.«

»Das geht nicht«, erklärte ich kopfschüttelnd. »Joe hat mir zuliebe seine Kontakte spielen lassen und das, obwohl es mein Bruder hasst, jemandem etwas schuldig zu sein. Und dass er Caine Stella nun etwas schuldig ist, das steht außer Frage.«

»Hat er das gesagt?«

»Nicht direkt, aber als ich mich umdrehen und sein Büro verlassen wollte, kam was von wegen, ob ich Joe wirklich enttäuschen will.«

»Und das willst du natürlich nicht.«

»Natürlich nicht, er ist mein Bruder. Und er hat mir diesen Job besorgt.«

»Okay, Süße, du steckst gerade ein bisschen in der Klemme, aber das wird wieder. Wir kümmern uns darum.«

»Und wie?«

»Als Erstes vögeln wir dir Caine Stella aus dem Kopf.«

»Na, da bin ich aber gespannt.«

»Das wird schon. Wir schaffen das. Ich verspreche es, und du weißt, ich habe noch nie ein Versprechen gebrochen.«

Ich stimmte ihr zu und wir verabschiedeten uns schließlich. Jess ließ mich noch mehrmals beteuern, dass ich Caine die Stirn bieten würde. Sie meinte nämlich, nur weil wir Sex hatten, durfte er zum einen nicht über mich bestimmen und zum anderen würde das nichts daran ändern, dass ich Ahnung von meinem Job hatte. Ganz gleich, ob Stella versuchen würde, mich unterzubuttern.

Männer, die Macht besaßen, waren doch so, oder?

Sie butterten andere unter.

Andere, die von ihnen in gewisser Art und Weise abhängig waren.

Zumindest war es das, was mein Ex mich spüren ließ.

Er machte einen Fehler und ich war es, die dafür büßen musste. Auch wenn ich selbst gekündigt und ihn aus der Wohnung geworfen hatte.

Da meine Gedanken in eine Richtung wanderten, in der ich sie nicht haben wollte, stellte ich den Fernseher an und kuschelte mich aufs Sofa. Ich brauchte ein neues Bett. Es war gut, dass ich das alte verbrannt hatte, auf dem mein Ex es mit seiner Assistentin getrieben hatte.

Ich besaß Stolz.

Eine ganze Menge davon.

9

CAINE

WOLLUST

Sie langweilte mich. Ehrlich! Sie langweilte mich einfach. Und dabei hatte ich wirklich gehofft, mit diesem Date Olivia Mine aus dem Kopf zu kriegen. Aber sie langweilte mich. Mein Schwanz war so schlaff, als wäre ich wieder sieben und Mädchen mir noch vollkommen gleichgültig. Dabei war Jolie eigentlich eine Garantie dafür, dass wir guten Sex haben würden. Oder überhaupt Sex. Aber nein, ich konnte an nichts anderes denken als an Olivia Mine. Ihre Überraschung und der Schock, als sie erkannte, wer ich war. Und dabei wusste sie offenbar noch nicht mal, dass wir verheiratet waren.

Die heiße Freitagnacht in Vegas schwebte durch meine Gedanken.

An eine nackte Olivia durfte ich gar nicht denken. Dieser herzförmige Hintern … wie sexy er in diesem knallengen Rock aussah, den sie heute bei der Arbeit getragen hatte. Puh! Ich durfte nicht weiter überlegen, was sie die nächsten Tage anziehen würde. Dieser Hintern wäre mein Untergang, so viel war sicher.

Dabei war Jolie das Unterwäsche-Model. Aber Jolie war eben nicht Olivia. Ich hörte kaum hin, als sie mir von ihrem neuen Auftrag erzählte. Gottverdammt, was war nur mit mir los, dass ich so ein unaufmerksamer Bastard war? Scheiße! Jolie war perfekt. Ihr Make-up, ihr Outfit, ihre Figur. Ich fragte mich, ob sie nach einer durchgefeierten und durchgevögelten Nacht auch noch so perfekt aussah oder ob dann ihre Maske bröckelte.

Olivias Haut hatte am Morgen rosig ausgesehen, seidig glänzend. Perfekt!

Was?

Wieso bitte dachte ich an so eine romantische Scheiße? Verdammt, ich musste Sex haben! Nur nicht mit Jolie. Diese sah mich übrigens gerade so an, als hätte sie mir eine Frage gestellt und ich ihr nicht geantwortet.

Wen wollte ich hier noch länger verarschen? Wem wollte ich etwas vormachen? Ich sollte gehen und diese Farce beenden. Olivia ging mir nicht mehr aus dem Kopf. Fuck! Dass ich noch einmal mit ihr schlafen wollte, war wohl kein Geheimnis. Und dass sie sich fragte, mit wem ich heute essen ging, das war ja wohl auch kein Geheimnis. Nein, es hatte ihr offen im Gesicht gestanden.

Obwohl es gegen meine Grundsätze sprach, musste ich

Olivia dazu bringen, noch einmal mit mir ins Bett zu gehen. Vielleicht konnte ich sie mir aus dem Kopf ficken, dann wäre alles wieder in Ordnung und mein Schwanz wieder normal. Um die Wahrheit zu sagen, wusste ich bereits an jenem Morgen in Vegas, dass es nicht genug gewesen war, was Olivia und ich getrieben hatten. Ich wusste es einfach. Es war meine Gewohnheit, meine Vernunft gewesen, die mich aufstehen und gehen ließ, denn ich hatte keine Lust auf dummes Gequatsche, auf dieses »Ich ruf dich an«. Nein, ich wollte das einfach nicht. Egal, wie verdammt heiß sie in der Nacht zuvor gewesen war. Also verpisste ich mich. Und sie hatte geschlafen oder so getan, zumindest folgte keine der üblichen Szenen. Olivia hatte sich nicht beschwert und auch nicht herumgemeckert. Das stachelte mich wohl im Nachhinein noch mehr an. Ich war es gewohnt, dass Frauen mir hinterherliefen und versuchten, mich in ihre Klauen zu ziehen. Aber genau das hatte Olivia weder letzte Woche noch heute getan, was mich noch mehr reizte.

Sie forderte mich heraus und ich würde diese Challenge annehmen.

»Du hörst mir gar nicht zu!« Jolie stand auf. Hochgewachsen – ihrem Job als Model machte sie wirklich alle Ehre – schmiss sie die weiße Damast-Serviette auf den Tisch und stolzierte davon. Sie ließ mich in dem französischen Restaurant sitzen, und auch wenn sich gerade alle Aufmerksamkeit auf mich richtete, zuckte ich die Schultern, denn es war mir egal.

Endlich konnte ich mein Essen in Ruhe genießen.

Bœuf Bourguignon war doch etwas Feines.

Solange man dabei nicht vollgelabert wurde.
Von der falschen Frau.

Am nächsten Morgen, als ich hörte, wie Olivia ihre Tasche auf dem Schreibtisch abstellte, rechnete ich damit, dass sie sofort in mein Büro kam. Mein Schwanz zuckte augenblicklich. Sicherlich würde sie jeden Moment an der offenen Tür stehen, mir einen wundervollen guten Morgen wünschen und meinen Kaffee bringen.

»Guten Morgen!«, rief es und ich wusste sofort, dass sie nicht im Türrahmen stand, denn gottverflucht, ich starrte ihn an, als würde ich sie damit herbeizaubern können.

»Morgen!«, brummte ich und hoffte, dass sie wenigstens einen kurzen Blick in mein Büro werfen würde.

Aber nein, stattdessen klackerten ihre Absätze den Gang entlang. Ihre Schritte verebbten und ich lehnte mich mit einem Stirnrunzeln zurück.

»Was zur Hölle?«, fragte ich mich gerade leise, als sie zurückkam.

Initiative. Das war das Zauberwort. Ich würde sie einfach zwingen, zu mir ins Büro zu kommen und mit mir Zeit zu verbringen. Zeit verbringen? Wir sollten hier arbeiten!

»Olivia?«, fragte ich also mit dunkler Stimme und wenige Sekunden später tauchte sie endlich auf.

Heilige, abgefahrene Scheiße!

Ich hätte es einfach lassen sollen.

Das wäre besser für meine Gesundheit.

Mein Herz setzte aus … Vielleicht bekam ich gerade einen Infarkt?

Mein Schwanz richtete sich fordernd auf.

Meine Finger ballten sich wie von selbst unter dem Schreibtisch, um mich davon abzuhalten, zu ihr zu gehen, in ihren Nacken zu greifen und sie zu küssen.

Eigentlich dachte ich, dass Olivia sich zurückhalten würde, aber nein, am zweiten Tag holte sie zu einem Home-Run-Schlag aus.

High Heels, so hoch, dass ich mich fragte, wie sie darin laufen konnte. Ehrlich! Und ich war eigentlich nur mit Models oder Schauspielerinnen zusammen, die permanent auf diesen Dingern stolzierten. Ein Kleid, das im Grunde schlicht war, aber ihre Figur so aufreizend betonte, dass ich es ihr am liebsten über diesen Wahnsinnshintern ziehen wollte. Es war cremefarben mit aufgedruckten Blumen in dezenten Braun- und Beigetönen. Ein schmaler Gürtel um die Taille betonte ihre schlanke Figur, der Stoff am Dekolleté schmiegte sich in genau der perfekten Weise an ihren vollen Busen. Titten, die die herrlichsten Nippel hatten, die ich jemals berühren durfte. Die nahezu gerade Linie ihres Schlüsselbeins … wieder durchfuhren mich Erinnerungen daran, wie ich mit meiner Zunge darüber geleckt hatte.

Ihr schlanker Hals, das hübsche Gesicht mit den vollen Lippen, die in einem Ton geschminkt waren, der perfekt zu ihrem Kleid passte. Ihr dunkles Haar hatte sie in große Wellen gelegt, es fiel ihr offen über die Schultern. Ihre dunklen Augen waren groß und verrucht, zumindest sah es für mich so aus. Das war völlig bescheuert, aber so kam es mir eben vor.

»Ja, Caine?«, flötete sie mit dieser lasziven Fick-mich-und-bring-mich-zum-Schreien-Stimme. Mein Körper geriet außer Kontrolle. Ich wollte sie gegen die Tür drücken, das Kleid hochziehen und ihr den Hintern dafür versohlen, dass sie mich so aufreizend ansah, dass sie mich so quälte, dass sie nicht aufhörte, mit mir zu flirten. Gerade biss sie sich auf die Unterlippe und etwas Gewaltiges flutete meinen Körper. Mein Blut schlug Wellen und ich konnte nur mühsam das aufsteigende Knurren in meiner Kehle unterdrücken. Verdammt, ich wollte sie zurechtweisen, an ihren Schreibtisch ketten, an mich binden und ihr diese gottverdammte Süße aus dem Leib vögeln ...

... aber statt all das zu tun, denn nichts auf der Welt gab einem Mann das Recht, eine Frau ungefragt anzufassen, fragte ich heiser: »Wo ist mein Kaffee?«

»Dein Kaffee?«, wiederholte sie, die Augenbrauen in die Höhe gezogen. »Vermutlich in der Maschine?« Herausfordernd stemmte sie die Hände in die Taille. Gott, sie war so sexy, so ... mein Schwanz drückte hart gegen den Stoff der Hose. Ich konnte nicht aufstehen mit dieser Rakete zwischen meinen Beinen, denn ich trug nur mein Hemd und meine Weste mit Krawatte. Das Jackett hatte ich abgelegt. Warum nur? Ich hätte es besser wissen müssen.

»Wie wäre es, wenn du mir als meine Assistentin einen Kaffee holst?« Dunkel schwang meine Stimme zwischen uns hin und her, aber sie hatte nicht die gewünschte Wirkung.

»Habe ich diese Passage etwa in meinem Arbeitsvertrag überlesen?«, zickte sie weiter. »Der Kaffee ist für alle Mitarbeiter frei zugänglich in der Maschine. Vielleicht würde es dir guttun, dich wenigstens einmal am Tag unters Fußvolk zu mischen.«

Boom! Da platzte mir der Kragen. »Sag du mir nicht, was ich zu tun und zu lassen habe! Du holst mir jetzt Kaffee! Schwarz! Und wirst dich beeilen!«

Trotzig reckte sie ihr Kinn und sah mich finster an, bevor ihr Gesichtsausdruck weich wurde und sie zu lächeln begann. »Total gern, Caine. Ich laufe schnell zum Barista im Erdgeschoss.« Sie drehte sich bereits um und bescherte mir somit eine Aussicht auf ihre herrliche Rückseite. Schmale endlose Beine in diesen verdammt hohen Schuhen mit der roten Sohle. Ich dachte darüber nach, ob sie halterlose Strümpfe trug, und das ärgerte mich. »Ich gehe noch bei Jackson in der Personalabteilung vorbei, vielleicht will er auch Kaffee.« Sie säuselte die Worte und natürlich wusste ich, dass das vollkommen irrational war, aber ich konnte nicht aufhören, daran zu denken, dass sie was mit ihm hatte.

Jackson Bellfleur war der größte Wichser, den diese Kanzlei zu bieten hatte. Er fickte alles, was zwei Beine und eine Vagina besaß. Und da wir innerhalb der Kanzlei Beziehungen untereinander nicht strikt verboten hatten, knallte er alles, was ihm vor den Schwanz kam.

Eifersucht durchfuhr mich, als sie mir mit einem strahlenden Lächeln andeutete, was ich dachte. Ich ballte die Hände noch energischer zu Fäusten, bohrte meine Nägel in meine Haut. Ich wusste, dass sie mich nur reizen wollte, ich wusste es ... und doch kam ich aus dieser verdammten Abwärtsspirale nicht heraus.

Man sollte niemals mit jemandem schlafen, wenn man auf Personalsuche ist.

Nie-fucking-mals!

10

OLIVIA

Neid

Nachdem ich kichernd mein Handy vom Schreibtisch geholt hatte und einige Zeit im Erdgeschoss verbrachte, rief ich Jess an. Sie lachte über meine Aktion, schimpfte mich aber gleichzeitig eine Idiotin, weil er mein Chef war und mich dadurch irgendwie in der Hand hatte.

Ja, das wusste ich, aber ich konnte einfach nicht aufhören, ihn zu ärgern. Er flirtete mit mir oder eigentlich tat er es eben *nicht*, und das ärgerte mich. Gestern Abend und die halbe Nacht hatte ich Google bemüht, weil ich einfach nicht schlafen konnte. Es machte mich rasend, dass ich nicht wusste, mit wem er im *La Flue* gewesen war. Die Presse hatte nicht darüber berichtet. Okay, es war ja nicht so, dass ich es hier mit einem Promi zu tun hatte. Caine war kein Schauspieler oder Rockstar, dem die Paparazzi permanent hinterherjagten. Also hatte ich direkt heute Morgen andere Wege gesucht, um herauszufinden, wer sein Date gestern Abend gewesen war. Da ich mittlerweile Zugriff auf seinen digitalen Kalender besaß, stellte ich fest, dass er immer eintrug, mit wem er sich wann und wo traf. Nur gestern Abend nicht. Deshalb war ich überzeugt davon, dass es ein Date war und ich den Tisch für eine andere Frau reservieren durfte.

Welche verfickte Ehre!

Mürrisch trank ich am Barista-Stand in der Eingangshalle meinen Latte Macchiato. Mit richtiger Vollmilch, nicht diesem Soja-Ersatz. Ich ließ mir extra viel Zeit, bis meine Wut halbwegs verflogen war und ich sichergehen konnte, dass Caine lange genug auf mich gewartet hatte. Grinsend machte ich mich mit seinem Kaffee auf den Rückweg. Es wäre doch gelacht, wenn ich ihn nicht genauso reizen konnte wie er mich.

Während einer doppelten Ration Yoga heute Morgen, die ich brauchte, um meine überschwappenden Gefühle zu kontrollieren, hatte ich mir vorgenommen, dass ich mich nicht weiter darum scheren würde, was zwischen uns gewesen war. Das klappte auch, bis ich in den Fahrstuhl stieg und mir der Duft seines Rasierwassers in die Nase kroch. Derselbe Duft, den er in Vegas getragen hatte und der mich jetzt in diese heiße Nacht zurückkatapultierte. Damit musste Schluss sein! Ob ich es wollte oder nicht, mir blieb einfach nichts anderes übrig. Aber auch wenn ich mich anständig benehmen musste und Caine definitiv am längeren Hebel saß, würde ich einiges dafür tun, dass sich unser Verhältnis ... na ja, abkühlte. Ich hatte in seinen schwarzen Kaffee, von dem ich ja wusste, dass er ihn wirklich nur schwarz wollte, Süßstoff getan. Hoppla!

Mit schwingenden Hüften und einem hübschen breiten Grinsen betrat ich unseren Bereich und beinahe fiel mir der Kaffeebecher aus der Hand. Wollte er mich verarschen? Das war doch jetzt nicht sein beschissener Ernst! Er schickte mich zum Kaffee holen, damit er mit irgendeiner Chica im Büro rummachen konnte? Und das, obwohl er doch gestern noch deutlich zu verstehen gegeben hatte, dass hier gearbeitet wurde.

Dieser Scheißkerl!

Ich räusperte mich und klopfte übertrieben an die offene Tür. Aber die beiden dachten nicht daran, mir ihre Aufmerksamkeit zukommen zu lassen. Sie fühlten sich nicht einmal ertappt, denn Caine schob den Arm nicht zur Seite, den diese rothaarige hochgewachsene Tussi auf seiner Schulter abgelegt hatte.

Beide grinsten breit, als sie mich sahen.

Niemand sagte etwas und ich stand wie ein bedröppelter Pudel mit diesem blöden Kaffee da. Caine blickte mir direkt ins Gesicht und zog diese Rothaarige noch ein wenig näher zu sich heran. Obwohl sie selbst sicher eine Größe von einem Meter achtzig maß, war sie kleiner als er, weshalb sie ihren Kopf zurücklehnen musste, um ihn anzuhimmeln. Mir wurde schlecht.

Verdammtes Arschloch! Flammende Eifersucht raste durch meinen Körper und ich presste die Lippen aufeinander, als ich den Raum betrat. Trotz meiner High Heels war ich kleiner als diese Tussi. Es fühlte sich herablassend an, wie sie mich ansah. Arroganz strahlte aus jeder ihrer Poren, und um die Wahrheit zu sagen, auch aus jeder seiner Poren. Ich fühlte mich plötzlich klein und hässlich, weil sie verfluchte Modelmaße besaß. Ich war ... ach, es fühlte sich einfach nur scheiße an.

Erinnerungen an meinen Ex wurden wach. Seine Assistentin hatte mich auch immer so angesehen und ich fragte mich plötzlich, ob das so gewesen war, weil sie längst wusste, dass ich bei ihm abgeschrieben war, weil er mit ihr vögelte. Es stand nämlich völlig außer Frage, dass die Rothaarige mit Caine ins Bett stieg. Wenn ich nicht gerade hier aufgetaucht wäre, hätten die beiden es jetzt vermutlich auf dem Schreibtisch getrieben. Der Gedanke triggerte etwas in mir, ein fieser, verletzender Stich in meinem Inneren. Ob es daran lag, was der Arsch von Ex mir angetan hatte oder was Caine hier veranstaltete, wusste ich nicht, aber auf jeden Fall handelte ich blitzschnell und dummerweise völlig unüberlegt.

Ich tat so, als würde ich stolpern und vom Kaffeebecher platzte im richtigen Moment der Deckel ab. Die braune Brühe war nur noch lauwarm, als sie sich über Caines weißes Hemd und über das schwarze Top der Rothaarigen ergoss. Sie wich mit einem entsetzten Aufschrei zurück.

»Oh!«, sagte ich mit einem Unschuldsblick. »Das tut mir jetzt aber wahnsinnig leid.«

Caine sagte kein Wort, nicht eine Silbe. Er sah mir einfach nur mit tödlicher Ruhe in die Augen. Seine Kiefer mahlten aufeinander, kein Mucks verließ seine Lippen. Seine Muskeln spannten sich an, was ich genau erkennen konnte, da sein Hemd so durchnässt war, dass er einen Wet-T-Shirt-Contest gewinnen würde. Nur mühsam konnte ich dieses befriedigende Grinsen unterdrücken, das in mir aufstieg.

Haha! Nimm das, du rothaarige Tussi!

Irrationale Eifersucht war ein verbotenes Gut, aber ich konnte nicht anders, als sie zu empfinden. Die Konsequenzen, vor allem weil ihr Oberteil vermutlich mehr kostete, als ich in einem Monat bei Caine verdiente, waren mir egal. Das war es wert gewesen. Wieso hatte Caine eigentlich schon eine Neue am Start? One-Night-Stand war also tatsächlich One-Night-Stand? O nein, mein Freund, so nicht! Nicht mit mir! Nicht noch einmal! Die Rothaarige zeterte und schimpfte mich eine Idiotin, aber ich sagte nichts, grinste nur und war zufrieden mit meiner Tat.

»Dein Kaffee!«, säuselte ich und reichte Caine den tropfnassen Becher. Dabei legte ich den Kopf schief und genoss, wie sich seine Hand um den Becher und somit um meine legte. Sie war warm, beinahe heiß, versprach Macht und Kraft. Ich schluckte schwer, zog meine Finger allerdings schnell zurück und würdigte diese arrogante Dreckskuh keines Blickes.

»Wie soll das nur jemals wieder sauber gehen?«, fragte sie und in meinem Kopf korrigierte ich ihre Grammatik. Hoffentlich musste sie in ihrem Job nicht sprechen … Na ja, wenn man im liegenden Gewerbe arbeitete, sprach man ja nicht sooo viel, oder? »Das Top werde ich wohl wegschmeißen müssen.«

Mir egal, dachte ich, drehte mich um und verließ das

Büro. Ich reckte stolz mein Kinn in die Höhe und war froh, dass ich heute meine hohen Schuhe trug, in denen ich mich jetzt weniger klein fühlte.

Ich hörte die beiden leise miteinander sprechen, verstand allerdings nicht, was sie sagten. Alles, was ich fühlte, war stechender Neid, denn eines hatte ich erkannt: Ich wollte diejenige sein, die ihn anfassen durfte. Ich wollte es sein, die sein wunderschönes Lächeln empfing. Ich wollte von Caine in ein französisches Restaurant ausgeführt werden, auch wenn ich französisches Essen nicht mochte. Ich wollte es sein, die er beachtete. Und nur ich!

Warum das so war, wieso ich mir das so sehnlichst wünschte, wollte ich mir wiederum nicht näher eingestehen. Nicht jetzt! Also schob ich meine wirren Gefühle darauf, dass unser Sex noch nicht sehr lange her war. Mein Ego war schuld. Denn wie konnte er mich nur so schnell vergessen?

Aber es entsprach nun mal der bitteren Wahrheit, dass ich ihn heiß fand, sexy, dass er sinnliche Macht ausstrahlte … und dass ich ihn wollte.

Noch einmal!

Die rothaarige Irre – Wer war hier noch mal die Irre? – verließ mit einem verächtlichen Schnauben das Büro. Als sie am Empfangstresen vorbeilief, zischte diese blöde Kuh: »Sie hören von mir!«

Lächelnd nickte ich. Denn was brachte es mir, die Show jetzt abzubrechen? Ich hätte mich natürlich entschuldigen können. Aber wollte ich das? NEIN! Die beiden mit Kaffee zu überschütten, damit sie auseinandergerissen wurden, war das, was ich aus tiefstem Herzen gewollt hatte. Meine Gedanken überschlugen sich, denn dieser wundervolle Triumph fühlte sich großartig an … so lange, bis ich Caines Stimme hörte.

»In mein Büro!«, knurrte er vom Türrahmen aus. »Sofort!« Er betonte jede Silbe. Aber ich würde nicht klein beigeben. Ja, meine Gefühle waren vollkommen fehl am Platz, aber ich würde einfach bei der Ausrede bleiben, dass ich gestolpert wäre und alles nur ein peinliches Missgeschick war.

»Schließ die Tür!«

»Bitte!«, korrigierte ich ihn, schloss aber die verdammte Tür. Als ich mich zu ihm umdrehte, stand er plötzlich sehr nah vor mir.

Fantastisch nah.

Unheimlich nah.

Mir stockte der Atem, trotzdem sah ich ihm direkt in die Augen. »Halte bitte etwas Abstand, du bist in meiner Intimzone!«

Er seufzte und schaute mich spöttisch an. »Aha! Dein Tanzabstand, mein Tanzabstand?«

»Zitierst du gerade *Dirty Dancing*?«, fragte ich vollkommen perplex und vergaß, dass ich eine Rolle spielen musste. »Wie auch immer. Was kann ich für dich tun, Chef?«

»Dich wie eine gottverdammte Angestellte verhalten?«, schlug er mit funkelnden Augen vor.

»Hab ich doch!«, erwiderte ich und setzte eine Unschuldsmiene auf. »Ich habe dir Kaffee gebracht.« Beinahe entfuhr mir ein Kichern, denn Caine wirkte jetzt wie ein Racheengel. Wütend und aufgebracht. Sinnlich und leidenschaftlich.

»Den du mir über mein Hemd gekippt hast.«

Gespielt tadelnd schnalzte ich mit der Zunge, was ihm ein Knurren entlockte. »Vergiss nicht, dass ich auch das Oberteil deiner ... Freundin getroffen habe«, stellte ich herausfordernd klar.

Caine schloss gequält die Augen, öffnete sie dann wieder und funkelte mich mit seinen braunen Iriden an, die mir jetzt schwärzer, geheimnisvoller und düsterer vorkamen. »Darum geht es also.«

»Worum?« Ich tat weiterhin so, als wüsste ich nicht, worauf er anspielte. »Dass du jetzt ein frisches Hemd brauchst? Wie gut, dass du deine Weste vorher schon ausgezogen hattest.« Warum hatte er das eigentlich getan? Weil er diese rothaarige Tussi tatsächlich hier im Büro vögeln wollte? Unschlüssig biss ich mir auf die Lippe, was ihn dazu brachte, noch einen Millimeter näher zu kommen.

Wenn uns jemand sah, würde die Gerüchteküche brodeln. Nein, sie würde überkochen. Jane Austen würde das als nicht schicklich bezeichnen, aber ich genoss jeden Moment, auch wenn Caine vor Zorn bebte. Er roch so unfassbar gut nach Meeresbrise und Bergamotte ... nach seinem ganz eigenen Körperduft ... und nach Kaffee ... einer Menge Kaffee. Ein breites, fieses Grinsen zupfte jetzt an meinen Mundwinkeln, das aber schnell wieder verschwand.

Ruhig trat er einen Schritt zurück, öffnete langsam die Manschettenknöpfe an den Ärmeln, löste den Knopf am

Kragen, dann die Krawatte und zog in einer geschmeidigen Bewegung das Hemd aus dem Bund seiner tiefsitzenden Anzughose und anschließend über den Kopf. Mein Mund klappte auf und zu wie ein Fisch auf dem Trockenen. Gebannt sah ich seinen nackten Oberkörper, leckte mir die Lippen, richtete mich dann aber auf und holte tief Luft. Nein, ich würde nicht geifernd glotzen wie eine … wie …

Mit einem Augenzwinkern ließ Caine das Hemd an Ort und Stelle fallen. Seine gebräunte Haut zog sich straff über gestählte Muskeln. Was war dieser Mann – ein Gott oder Photoshop entsprungen? Ja, ich erinnerte mich daran, dass er extrem muskulös war und verdammt sexy, aber nicht, dass er wie eines dieser Models aussah, das für Unterwäsche posierte. Dieser Mann könnte sogar Feinripp mit Eingriff tragen und mir würde wie einem Teenager bei seinem ersten Porno die Slips feucht werden. Caine wusste um seine Erscheinung und wie es mich aus der Bahn warf, meinen Chef an Tag zwei halb nackt zu sehen.

Wieder einmal.

Arschloch!

Berechnender Bastard!

»Wie schön, dass wir das klären konnten. Ich arbeite dann mal weiter.« Sämtliche Willenskraft lag in diesen Worten. Erneut drehte ich mich um und wollte die Tür öffnen, als sie von seiner großen Hand wieder zugedrückt wurde.

»Wir sind hier noch nicht fertig!«, flüsterte er von hinten an mein Ohr. Sinnliche Hitze, die von seiner nackten Haut ausging, übertrug sich auf mich. Ich spürte seine Nähe durch den dünnen Stoff meines Kleides.

»Glaubst du im Ernst, ich lasse zu, dass du dich hier so aufführst?«

Zur Antwort schluckte ich lediglich schwer, jedes Wort wäre zu viel.

»Was genau passt dir nicht an meiner Freundin?«, sprach er weiter und durch seine Stimme, auch wenn die Worte in mein Innerstes schnitten, richteten sich meine Nippel auf. »Jolie ist wunderschön, nicht wahr? Sie modelt. In Unterwäsche. Sie sieht fantastisch aus, wenn sie Spitze trägt. In schwarzer Spitze am besten.«

»Du bist ein Arschloch!«, entfuhr es mir. Sexy hin oder her, er machte mich wahnsinnig, aber ich ließ mich nicht so scheiße behandeln. Auf keinen Fall! Diese Retourkutsche war ein paar Stufen über meiner Kaffeeaktion. »Hoffentlich ist ihre Unterwäsche dann nicht bekleckert!«, zischte ich wie eine aufgescheuchte Schlange. Er reizte mich, und das war mir natürlich bewusst, aber ich stieg voll darauf ein. Caine keilte mich zwischen seinen Armen ein und scheiße, er roch so verdammt gut. Wir blickten uns tief in die Augen, ich vergaß zu atmen.

Und plötzlich seufzte er. »Du hast das mit Absicht getan.«

»Habe ich nicht!«, zickte ich erneut und presste die Hände flach gegen die Tür. Ich richtete meinen Blick stur geradeaus, obwohl alles in mir schrie, in seine Arme zu fallen.

»Du bist eifersüchtig.«

»So ein Scheiß!«

»Natürlich!« Im Augenwinkel sah ich, dass er mich auf

eine Weise betrachtete, die mir eine Gänsehaut über die Haut jagte. Ich fühlte mich nackt, hilflos, ausgeliefert.

»Und du hast dich gefragt, ob ich sie hier im Büro gefickt hätte, wenn du nicht gekommen wärst. Richtig?«

»Du laberst gequirlte Scheiße!«

Gott, wann war ich zu dieser fluchenden Zicke mutiert? Ich war erwachsen, aber ich sprach gerade das Erste aus, was mir in den Sinn kam. »So ein Bullshit!«

»Ich sehe es, Olivia …«, flüsterte er, löste eine Hand vom Holz der Tür und strich mir eine Haarsträhne über die Schulter. Auch wenn er mich nur durch den Stoff des Kleides berührte, versengte er meine Haut. »Ich kann Menschen lesen, ich bin Anwalt, ich muss das können.«

»Du bist ein Arschloch, das mich schikaniert.«

»Stehst du hier ohne Hemd oder ich?«

Der Punkt ging an ihn.

»Ich bitte dich, Caine!«, erwiderte ich mit einem theatralischen Seufzer. »Du hast doch gesagt, man sollte sich im Büro immer professionell verhalten, oder?« Ich tat seine Worte ab, als wären sie das Absurdeste, was ich jemals gehört hatte. Hitze schoss in meinen Schoß, als sein Atem meinen Hals streifte.

»Reiz. Mich. Nicht. Olivia!«, knurrte er und ballte die Hand zur Faust, die eben noch beinahe zärtlich die Strähne zurückgestrichen hatte. »Du wirst das Echo nicht vertragen!«

»Ach nein?«, fragte ich spöttisch und erkannte mich selbst nicht wieder. Ich hob die Hände, und bevor ich genau beschlossen hatte, was ich hier tat, drückte ich ihn mit aller Macht von mir. Meine Handflächen brannten lichterloh, doch ich schaffte es nicht, ihn auch nur einen Millimeter zu bewegen. »Du bist in meiner Intimzone, ich kann nicht atmen.«

»Dass du nicht atmen kannst, liegt an deinem schlechten Gewissen.«

»Ich habe kein schlechtes Gewissen. Ich sah es als meine Pflicht, denn wir sind in einem Büro und dort verhält man sich professionell. Chef hin oder her. Ich schütze deinen guten Ruf, denn das ist meine Aufgabe als deine Assistentin. Ich hole dir auch Kaffee oder ein neues Hemd im Laden unten an der Ecke, aber ich werde nicht zulassen, dass hier irgendwelche Chicas herumspazieren und dich von der Arbeit abhalten.« Meine Wangen glühten, so sehr hatte ich mich in Rage geredet. Die Absurdität meiner Worte drang langsam in mein Bewusstsein, trotzdem sprach ich weiter. »Ich habe nämlich keine Lust, meinen Job zu verlieren, nur weil du deinen Schwanz nicht in der Hose behalten kannst, Stella!« Ich spie ihm die Worte beinahe vor die Füße und mehrere Herzschläge lang war ich mir sicher, dass er mich feuern würde, weil ich gleich mehrere Grenzen überschritten hatte. Ich war überzeugt davon, er würde jetzt toben, ausrasten und mich anbrüllen, dass mich das einen Scheiß anging. Ich war mir so was von sicher. Und doch war es mir egal, denn ich war stinksauer und eifersüchtig, wütend und voller plötzlichem Hass ihm gegenüber. Ich war entsetzt, weil er das alles so locker sah. Und vor allem war ich verletzt, weil er mich und unsere Nacht in Vegas so schnell vergessen hatte.

»Mit dem schnellen Sex scheinst du es ja zu haben,

immerhin ist der zwischen uns noch keine Woche her«, setzte ich nun die Kirsche auf das Sahnehäubchen und erschrak, weil er mich so intensiv ansah. Seine Augen waren fast schwarz wie im tiefsten Wald und von mindestens ebenso vielen Emotionen durchzogen, wie ich sie fühlte.

Hass.

Wut.

Zorn.

Sehnsucht.

Leidenschaft.

Tief in mir wünschte ich es mir. Tief in mir wollte ich, dass es passierte. Tief in mir fragte ich mich, wie ich es noch einen Atemzug länger aushalten sollte.

»Sag es!«, kam es schließlich dunkel von ihm. Seine Stimme klang rau und belegt. Sein Herz wummerte viel zu schnell unter meinen Handflächen, die immer noch auf seiner Brust lagen. »Bitte mich darum! Ich werde mir nichts ungebeten nehmen.«

Einen Wimpernschlag lang war ich versucht, so zu tun, als wüsste ich nicht, was er meinte, doch dann besiegte die Sehnsucht meinen Stolz. Sanft kratzte ich mit meinen dunkelgrau lackierten Nägeln über seine Haut und senkte den Blick auf seine Brust.

»Erlaube es mir … und ich tu's.«

»Küss mich!«, flüsterte ich, ohne dass ich noch einen weiteren Gedanken an die Konsequenzen verschwendete. »Tu es endlich!«

11

CAINE

VERSUCHUNG

Ich wusste, ich sollte nicht, aber ich tat es trotzdem. Ich beugte mich nach vorn, ihr entgegen, und ließ mein Knie zwischen ihre Beine gleiten. Die unfassbare Süße, welche von ihr ausging, machte mich schon die ganze Zeit wahnsinnig. Genauer gesagt seit dem Moment, als ich sie heute Morgen in ihrem Kleidchen sah.

Hungrig – dieser Kuss hatte nichts Sanftes an sich – presste ich meine Lippen auf ihre und fuhr augenblicklich mit meiner Zunge über ihre Unterlippe. Sie ließ mich sofort ein und ich konnte ein Stöhnen nicht länger unterdrücken. Ihre kleinen Hände, lagen sie bis gerade eben noch warm und weich auf meiner Brust, krallten sich nun in meinen Nacken. Olivias Zunge drang in meinen Mund und ich erwiderte diesen Kuss in derselben Intensität. Ich brauchte sie, ich brauchte sie näher. Ich drängte sie gegen die Tür, fühlte ihre harten Nippel durch den zarten Stoff ihres Kleides an meiner Brust und konnte nicht mehr. Meine Finger verselbstständigten sich und packten ihren herzförmigen Hintern, und Olivia verstand unaufgefordert. Sie schlang ihre Beine um meine Hüften, als ich sie hochhob.

Wir beide, sie und ich, wir harmonierten perfekt miteinander. Als hätten wir die letzten Jahre nichts anderes getan, als uns gegenseitig zu erkunden und unseren Körpern zu erlauben, sich zu vereinigen. Olivia stöhnte, warf ihren Kopf zurück und rieb sich an meinem Schwanz.

Heilige Scheiße, ich war so hart. Hungrig presste sie sich noch näher an mich und wir knutschten wild wie verdammte Teenager. Ich brauchte meine Hände frei, ich musste sie berühren. Ich brauchte sie bei mir. Vollkommen bei mir.

Auf mir.

Vor mir.

Unter mir.

Das Verlangen, sie hier und jetzt vögeln zu wollen, wurde übermächtig. Knurrend ließ ich von ihr ab. Wimmernd drückte sie ihre Lippen an meinen Hals und küsste mich, während ich sie zu der schwarzen Ledersitzgruppe trug, die eigentlich für Gespräche vorgesehen war. Bei jedem Schritt fühlte ich, wie mein Schwanz darum bettelte, dass ich ihn in die Freiheit entließ, und ich fühlte, wie feucht Olivia war. Schwungvoll ließ ich mich auf die

Couch fallen, das kalte Leder an meinem erhitzten Rücken tat gut.

Mit gespreizten Beinen kniete Olivia auf mir, bewegte sich rhythmisch, als wäre ich bereits in ihr. Sie legte die Lippen wieder auf meine, krallte sich mit ihren Händen in meine Haare und wiegte die Hüften hin und her. Stöhnend ließ sie ihre Zunge in meinen Mund gleiten, als meine Finger in ihr Dekolleté wanderten und ich damit begann, ihre Titten zu kneten. Diese herrlichen Titten, die darum bettelten, dass ich sie massierte, liebkoste. Sie waren groß und schön, Olivia war von der Natur gesegnet – ganz anders als viele Frauen, mit denen ich sonst in die Kiste stieg.

Wir küssten uns und sie rieb sich an mir, immer schneller und schneller drückte sie ihre Hüften nach unten und ich meine nach oben, um die Reibung zu intensivieren. Und doch war es nicht genug. Meine rechte Hand löste sich von ihrer Brust, ich packte eine Faust voll ihres offenen Haares und zog ihren Kopf zurück. Automatisch richtete sie sich etwas auf, aber ich ließ ihr kein Spiel. Unbarmherzig raffte ich ihren Rock und griff darunter.

»Du bist ein verdammt freches Weib!«, zischte ich keuchend. Sie musste durch ihre Position meinen Mund freigeben.

»Ich habe keine Ahnung, was du meinst.« Sie stöhnte vor Wonne und schob ihre nasse Pussy meinen Fingern entgegen.

»Du trägst kein Höschen«, knurrte ich. »Wieso nicht, Olivia?« Ich leckte über ihr Schlüsselbein, küsste die sanfte

Linie, wie ich es mir heute Morgen schon vorgestellt hatte. »Hast du gehofft, dass ich es rausfinde? Willst du, dass ich mich jeden Tag frage, ob du einen Slip trägst oder nicht?« Ich strich mit meinem Daumen über ihren Kitzler und entlockte ihr damit ein kehliges Stöhnen.

»Ich werte das als ein Ja.«

»Nein!« Seufzend drückte sie sich weiter gegen meine Hand.

»Wieso ist dann deine süße Pussy nackt?«

»Das wirst du nie erfahren!« Ihre Stimme klang belegt, ich glitt mit zwei Fingern in sie und fühlte, wie unfassbar feucht sie war.

»Bitte ...«

»Bitte was?«

»Bitte, ich will kommen.«

»Nein!«, kam es bestimmend von mir und dass einfach nur, weil ich sie ärgern wollte. Mein Schwanz protestierte, trotzdem blieb ich dabei. »Nein, du wirst nicht kommen.«

»Was?«, fragte sie entsetzt und genau in diesem Moment klingelte mein Telefon. »Das kannst du nicht machen!«

Grinsend schob ich sie von mir und stellte fest, dass ihre tropfende Pussy einen Fleck auf meiner Hose hinterlassen hatte. Auch wenn es irre war, was wir hier taten, es fühlte sich verdammt gut an.

Olivia schnaubte frustriert, als ich aufstand. Mein harter Freund stand senkrecht und beulte meine Hose aus. Im Gegensatz zu heute Morgen war es mir jetzt egal, dass Olivia sah, wie scharf sie mich machte. Ich lehnte mich an den Schreibtisch, als ich mich am Telefon meldete.

»Stella?«

»Wow! Das klingt, als würde ich dich stören, Honey«, säuselte Jolie und wieder schlich sich ein breites Grinsen auf mein Gesicht. Auch wenn sie mich unwahrscheinlich nervte, war ihr Anruf doch eine willkommene Gelegenheit, um Olivia noch etwas mehr zu reizen. Immerhin hatte ihre geschürte Eifersucht bewirkt, dass wir gerade wild übereinander hergefallen waren und Olivia darum bettelte, dass ich ihr gab, was sie brauchte.

»Nein, nein, Jolie! Du störst keineswegs«, antwortete ich mit weicher Stimme und beobachtete amüsiert, wie sich Olivias Augen weiteten. Schmollend schob sie ihre Unterlippe nach vorn. »Was gibt's denn?«

Hatte ich schon erwähnt, dass ich ein gottloser Bastard war? Ich stellte Jolie auf Lautsprecher und ging durch den Raum zu einem Kleiderständer, auf dem ein frisches Hemd hing. Mit zusammengekniffenen Augen taxierte mich Olivia.

»Ich wollte dich fragen, ob du mich am Wochenende zu einer Veranstaltung von einem bekannten Magazin begleitest.«

»Um welches geht es?« Eigentlich war es mir scheißegal, ich würde sicherlich nicht mitgehen. Langsam zog ich das frisch gestärkte Hemd aus der durchsichtigen Hülle und schob es mir über die Arme und Schultern. Olivia sah mir dabei zu und wirkte ... verletzt. Ich hatte sie eiskalt zurückgestoßen wegen der Frau, auf die sie vorhin rasend eifersüchtig gewesen war.

»Das *People Magazine*. Wir stehen kurz vor der *Fashion Week* und da wird immer etwas übertrieben. Ein schöner und erfolgreicher Mann an meiner Seite kann da nicht schaden.«

»Wann ist das denn?«, erkundigte ich mich weiter, lief zurück zum Schreibtisch und würdigte Olivia keines Blickes. Ich hatte den Bogen überspannt und konnte den Schmerz in ihren Augen nicht ertragen.

»Samstagabend. Einundzwanzig Uhr.«

Ich schaute in meinen Kalender und fand keinen Eintrag für diesen Abend, aber ich tat so, als würde ich mir den Termin erst freischaufeln müssen. »Ich werde sehen, was ich machen kann«, antwortete ich, richtete mich auf und erschrak beinahe. Olivia hatte den Platz auf dem Sofa verlassen und stand direkt vor mir.

»Und sag deiner Assistentin, dass sie mir dreihundert Dollar für ein neues Top schuldet. Diese unfähige Tussi!«

»Sie ist nicht unfähig, sondern die Beste auf ihrem Gebiet.« Während ich die Worte aussprach, sah ich Olivia direkt in die Augen. Jetzt stand auf ihren Zügen kein Schmerz oder Enttäuschung mehr, ich erkannte Wut, grenzenlose Wut. In ihren Augen tobte ein dunkler Sturm, von dem ich wusste, auch wenn ich ein dominanter Mann war, dass er mich in den Abgrund ziehen würde.

»Wir reden Samstagabend darüber, Honey«, sagte Jolie jetzt und ich schüttelte mich leicht. Wenn es Olivia bemerkte, dann ließ sie sich nichts anmerken.

Ohne ein weiteres Wort legte ich auf und es dauerte nur noch weitere vier Sekunden, bevor ich eine schallende Ohrfeige von meiner Assistentin kassierte. Meine Wange brannte, aber das würde ich niemals zugeben. Olivia hatte einen verdammt heftigen Schlag drauf.

»Du beschissener Wichser!«, rief sie und drehte sich von mir weg. »Du gottverdammter, beschissener Wichser!« Ihre Stimme klang zornig und ein Stückchen weit resigniert.

Ich hielt sie nicht auf.

Und ich antwortete nicht.

Denn sie hatte recht.

12

OLIVIA

Zwiespalt

Nach dieser miesen Aktion packte ich meinen Kram zusammen, verließ das Büro und suchte nach Gründen, wieso ich wiederkommen sollte. Ich war so unfassbar angepisst von seiner grenzenlosen Arroganz, von der ich in meiner Wut hoffte, dass sie ihm eines Tages das Genick brechen würde.

»Hi, Mom!«, rief ich laut, als ich das Haus meiner Eltern betrat. »Jemand da?«

»Ich bin in der Küche, Schätzchen!«, hörte ich schließlich die helle Stimme meiner Mutter. Ich zog ordentlich, wie sie es von mir erwartete, die Schuhe aus und ging in die Wohnküche. Meine Eltern hatten eine dieser weißen Küchen mit einer riesigen Fensterfront, die in den Garten gerichtet war. Hinter einer großen Kochinsel, über der diverse Pfannen und Töpfe hingen, stand ein ebenfalls weißer Esstisch, an dem problemlos zwölf Menschen Platz fanden. Die Terrassentüren waren weit geöffnet und wie immer wirkte alles in dieser Küche blitzblank und doch chaotisch. Mom arrangierte gerade rosa Tulpen in einer Vase. Obwohl sie zu Hause war, wirkte sie perfekt frisiert und geschminkt.

»Wow!«, sagte ich und gab ihr ein Küsschen auf die Wange.

»Ebenfalls, mein Kind. Du siehst gut aus.«

»Danke«, murmelte ich und unterdrückte die erneute Wut. »Wo ist Dad?«

»Der ist noch in der Firma. Du weißt doch, niemand kann so gut wie er irgendwelches Zeug erledigen.«

»Er sollte langsam mal in den Ruhestand gehen.«

»Ich denke, er wird mit der Firma ins Grab fallen. Und solange sie keiner von euch übernehmen will, muss dein Dad wohl ran.« Ich hasste diesen leisen Vorwurf, aber wenn ich ehrlich sein sollte, war es gerade heute durchaus verlockend, meinen Job zu kündigen und in der Firma meines Vaters anzufangen. »Willst du ein Stück Apfelkuchen? Ich habe ihn gerade frisch gebacken.«

»Ja, den brauche ich jetzt.« Seufzend öffnete ich den großen Kühlschrank, um nach der Sahne zu suchen.

»Solltest du nicht im Büro sein? Joe meinte, du arbeitest jetzt in der Kanzlei seines Freundes.«

»Das stimmt, aber ich überlege, direkt wieder zu kündigen.«

»Was?« Erstaunt sah sie mich an. »Was ist passiert?«

»Er hat sich wie ein Arschloch verhalten.«

»Dein Boss?«

»Ja, mein Boss!«, zischte ich und hob meinen Hintern auf den Barhocker, um den Kuchen in Sahne zu ertränken.

»So spricht man aber nicht über seinen Chef, Mäuschen!«

»Ich weiß, aber glaube mir, er hat echt Scheiße gebaut.«

»Solltest du ihn nicht als seine Assistentin davon abhalten?«, fragte meine Mom, ließ die Kaffeemühle Bohnen mahlen und spannte anschließend das Sieb in den Espressoautomaten ein. Bilder von heute Morgen zuckten durch mein Hirn, ich dachte an den Kaffee, durch den das Drama eigentlich erst entstanden war.

»Er hat sich mir gegenüber scheiße verhalten.«

»Ach so?« Meine Mom goss etwas Milch in einen Krug und wärmte diesen in der Mikrowelle auf. Sie kannte mich und wusste, dass ich kalte Milch in heißem Kaffee hasste. Ich mochte meine Getränke grundsätzlich nicht lauwarm. Kalt oder heiß, dazwischen gab es nichts. Schweigen breitete sich zwischen uns aus, während sie meine rosa Minnie-Mouse-Tasse, die ich schon als Kind geliebt hatte, mit Kaffee füllte und mir hinschob. Ich trank davon, stocherte im Apfelkuchen, während meine Mutter begann, Kartoffeln zu schälen und Gemüse zu putzen. »Möchtest du darüber reden?«, fragte sie mich und ich verneinte. Bei Gott, nein! Das war definitiv kein Thema, das ich mit meiner Mom besprechen wollte.

»Er war einfach scheiße und heute ist erst Tag zwei. Deshalb überlege ich, direkt wieder zu kündigen. Ich meine … das ist doch nicht normal, oder?«

»Na ja …« Ein schwärmerisches Lächeln erschien auf dem Gesicht meiner Mutter. »Wenn ich zurückdenke, dann muss ich sagen, ging es mir mit deinem Vater genauso. Ich war mir nämlich sicher, dass er ein Idiot war und ich nicht für ihn arbeiten wollte.«

»Hat dir Onkel Ben die Stelle vermittelt?«, fragte ich scherzhalber.

»Ja, hat er. Dein Vater war ein sehr guter Freund von ihm.«

»Du machst Witze!« War ich jetzt vollkommen paranoid oder wurden hier gerade wirklich Parallelen sichtbar?

»Nein, ich kam damals frisch von der Uni und suchte einen Job. Mein Bruder kannte Frank, der seit einiger Zeit in der Destillerie arbeitete. Auch wenn ihm die Firma damals noch nicht gehörte, brauchte er eine Sekretärin.« Meine Mutter lächelte verträumt. »Er hat mich in den Wahnsinn getrieben, er hielt sich für was Besseres und war ziemlich arrogant. Und dann seine Frauengeschichten.« Kopfschüttelnd ging sie zum Kühlschrank und holte ein paar Hähnchenschenkel heraus. Meine Mom konnte richtig gut kochen, es würde hier also gleich herrlich duften, auch wenn es erst früher Nachmittag war. »Ich musste ständig hinter ihm herräumen, also hinter den Damen. Das war nicht schön. Und irgendwann habe ich ihm dann eine Ohrfeige verpasst, weil er mich ungefragt geküsst hat.«

»Richtig so, Mom!«, rief ich und fragte mich ernsthaft, ob sie mein Leben stalkte und ihre Geschichte hier abwandelte, oder ob sie das tatsächlich so erlebt hatte.

»Daraufhin wollte ich kündigen. Ach, was rede ich,

meine Süße!« Sie legte ihre Hand auf meinen Rücken und drückte mich an sich. »Jeden Tag wollte ich kündigen. Mehrmals.«

»Wieso bist du nicht gegangen?«

»Weil ich deinen Vater auch süß fand.«

»Mom!«

»Was denn?« Sie zuckte die Schultern. »Du hast gefragt.«

»Und dann?«

»Dann habe ich beschlossen, mich nicht von einem Kerl kleinkriegen zu lassen, der glaubte, er könnte Frauen benutzen, wie er es wollte.«

»Und du bist geblieben.«

»Natürlich! Aber nicht ohne ein klärendes Gespräch und eine saftige Gehaltserhöhung.«

»Sie hat gesagt, dass sie mich ansonsten verlassen würde und ich meine Angelegenheiten selbst regeln müsste. Das konnte ich doch nicht zulassen.«

»Dad!«, rief ich und stieg vom Hocker, um meinen Vater zu umarmen.

»Hallo, mein Mädchen!« Er drückte mich in einer Art und Weise an sich, wie es nur ein Vater konnte. Anschließend ging er zu meiner Mom und küsste sie. Die beiden liebten sich wie am ersten Tag. Ja, das war eine Seltenheit und ich war dankbar, dass ich es erleben durfte, denn meine Familie war alles für mich. Außer Joe, auf ihn war ich gerade sauer. Immerhin war er es gewesen, der mich an Caine vermittelt hatte.

»Und was ist dann passiert?«

»Dann haben wir uns ignoriert. Und irgendwann, als

deine Mom ein Date mit irgendeinem Kerl aus der Firma andeutete, änderte ich die Regeln. Ich ließ sie wissen, dass Beziehungen unter den Angestellten ab sofort verboten waren, und zog mir erneut ihren Zorn zu.«

»Aber wie kommt es dann, dass ihr beide trotzdem zusammengekommen seid?«

Mein Vater setzte sich neben mich an den Tresen und bedankte sich bei seiner Frau, die ihm ebenfalls ein Stück frischen Apfelkuchen reichte.

»Ich habe ihr das ja nur erzählt, damit sie nicht mit diesem Schwachkopf ausging.«

»Also hast du gar nichts geändert?«

»Auf keinen Fall! Damit hätte ich mir ja selbst verboten, sie nach einem Date zu fragen.«

»Und dann?«

»Ich habe ihn zappeln lassen«, warf meine Mom ein. »Die beste Waffe einer Frau. Willst du gelten, mach dich selten!«

Hm, damit hatte sie wohl recht, auch wenn Caine und ich über den Punkt bereits weit hinaus waren. Er hatte ja bereits alles bekommen. Was sollte es nützen, ihn jetzt zappeln zu lassen?

»Also soll ich nicht mehr zur Arbeit gehen?«, fragte ich, weil ich nicht so genau verstand, was sie mir sagen wollte.

»Natürlich gehst du zur Arbeit, Süße!«, sagte mein Dad. »... und du wirst ihm zeigen, dass er dich nicht kleinkriegt. So einfach ist das.«

Ich hatte den Rest des gestrigen Tages bei meinen Eltern verbracht und jede Minute genossen. Wir hatten gemeinsam zu Abend gegessen, denn wie gesagt, meine Mutter kochte absolut fantastisch. Irgendwann rief Joe an und fragte mich, wieso ich nicht im Büro sei. Ich erklärte ihm nichts, nahm mir aber vor, dass ich direkt heute Morgen mit Caine einige Grenzen abstecken würde.

So ging es nicht weiter. Ich brauchte den Job, aber ich ließ mich nicht erniedrigen. Anders als bei meinen Eltern, bei denen alles wie in einem Märchen geendet hatte, würde es bei mir auf ein Massaker hinauslaufen, wenn er mich noch einmal so behandelte. Es war schon richtig, dass es immer eine Person gab, die etwas tat, und eine Person, die es zuließ, aber Himmel, verarschen lassen würde ich mich nicht.

So kam es, dass ich erstaunt den Kopf hob, als ein schmächtiger Collegeboy durch die Glastür kam, in der Hand einen Blumenstrauß, der breiter war als er.

»Eine Lieferung für Miss Mine«, sagte er und hob mir hektisch ein Klemmbrett entgegen. Er wirkte genervt, aber während ich heute Morgen meine Yogasession absolvierte, hatte ich mir vorgenommen, dass ich mich nicht mehr stressen lassen würde, also lächelte ich freundlich, unterzeichnete und nahm die Blumen entgegen.

»Warten Sie!«, sagte ich, als er sich bereits zum Gehen umwandte. »Von wem sind die denn?« Der junge Kerl in dem grünen Poloshirt zuckte nur mit den Schultern. Vermutlich war es ihm scheißegal.

Seufzend wickelte ich den riesigen Strauß mit wunderschönen Lilien aus. »Wow!«, entfuhr es mir und als ich hochsah, stand Caine vor mir. Er hatte zwischenzeitlich das Büro betreten. Mein Herz klopfte wild, doch ich zwang mich, an meinem Vorsatz festzuhalten, freundlich zu sein. »Guten Morgen!«

»Ein Verehrer?«

Ich sagte kein Wort, lächelte nur und suchte im Schrank nach einer passenden Vase. Schließlich war ich nicht blöd und wusste natürlich, von wem die Blumen waren.

»Okay, Olivia, hör mal …«, begann er.

»Bin ganz Ohr!«, sagte ich und steckte meine Nase in einen der duftenden Lilienkelche.

»Ich habe mich gestern wie ein Arschloch verhalten, und wenn es dazu kommt, dann gebe ich es auch zu. Also, es tut mir leid.« Er schien in meinem Gesicht nach einem Anzeichen zu suchen, das ich ihm nicht vergab. »Es tut mir aufrichtig leid!«, fügte er hinzu und schließlich nickte ich.

»Das darf nicht mehr vorkommen. Ich habe mich von dir mies behandeln lassen, aber das wird kein zweites Mal passieren. Okay?«

»Okay«, sagte er und nickte ebenfalls knapp. »Verstanden.«

Bevor ich noch etwas Dummes sagen konnte, drehte ich mich von ihm weg und lief Richtung Küche, um Wasser in die Vase zu geben und tief durchzuatmen.

Was bedeutete es, dass er sich entschuldigte? Und das mit den Lilien? Woher wusste er nur, dass neben Orchideen auch Lilien meine Lieblingsblumen waren? Wieso bedeutete mir das so viel und wieso fand ich es insgeheim scheiße, dass er mir zustimmte, als ich sagte, dass das von gestern nicht noch einmal passieren durfte? Meine Gedanken rasten, überschlugen sich regelrecht und es machte sich ein klein wenig Enttäuschung in mir breit. Auch das musste aufhören. Er war mein Chef, sonst nichts. Vegas war endgültig Vergangenheit, das sollte ich endlich kapieren. Ich war doch eine intelligente Frau, also sollte ich mich auch so verhalten.

Zurück an meinem Schreibtisch schickte ich Jess eine Nachricht, dass sie Samstagabend mit mir rechnen konnte, und widmete mich dann meiner Arbeit. Ablenkung war wichtig, um zu verhindern, dass ich in sein Büro rannte und mich ihm erneut an den Hals warf. Denn auch heute sah er in seinem Anzug wieder aus wie ein verdammter Sexgott.

Jess hatte so was von recht. Samstagabend würde ich die Gelegenheit beim Schopfe packen und mir von wem auch immer den Kopf freivögeln lassen. Nicht jeder One-Night-Stand musste so gehörig schiefgehen wie dieser.

13

CAINE

WOCHENENDE

Noch nie in meinem Arbeitsleben hatte ich mich so auf einen Freitag gefreut wie heute. Normalerweise war es mir vollkommen gleichgültig, aber in den vergangenen Tagen war so extrem viel schiefgelaufen, dass ich gelinde gesagt keinen Bock mehr hatte und das Wochenende herbeisehnte.

Das passierte sonst nie.

Nachdem ich mich am Mittwoch in der Früh bei Olivia entschuldigt hatte, versuchte ich wirklich, mich professionell zu verhalten. Ich integrierte sie in meine Arbeit, ließ sie wissen, wie ich Notizen haben wollte und an welchen Fällen ich arbeitete. Sie übernahm von Maria das Verzeichnis mit den wichtigsten Telefonnummern und ich stellte fest, dass Joe und auch ihr Lebenslauf nicht einmal ansatzweise ihre Fähigkeiten wiedergaben. Sie kümmerte sich darum, dass der Bezirksstaatsanwalt darüber informiert war, dass wir Revision eingelegt hatten, und sie achtete darauf, dass meine Hemden aus der Reinigung zu dem Zeitpunkt in meine Wohnung geliefert wurden, wenn meine Haushälterin da war. Olivia lernte mich besser kennen und ich sie.

Trotzdem konnte ich nicht einfach so alles vergessen. Jeden Tag, und das war wirklich die pure Qual, fragte ich mich, ob sie unter ihrer Kleidung ein Höschen trug. Ich fragte mich, ob ihr eigentlich bewusst war, wie unfassbar sexy sie sich gab und wie sehr mein Schwanz sie noch immer wollte. Aber ich riss mich zusammen. Natürlich tat ich das, denn ich hatte keine andere Wahl. Als ich Joe letzten Dienstag wütend anrief, weil seine Schwester einfach so den Nachmittag freigenommen hatte, war mir klar geworden, dass ich nichts zu sagen hatte. Was sollte ich auch meinem Kumpel erzählen? Sollte ich sagen: ›Hey, deine Schwester und ich hatten eine heiße Nacht in Vegas, und weil ich keine Ahnung habe, wie ich damit umgehen soll, habe ich sie mies behandelt, bis sie mir eine geknallt hat‹? Nein, ich konnte niemandem davon erzählen. Die Sache war einfach zu absurd und moralisch alles andere als einwandfrei.

Das war es.

Ihre Ohrfeige, und dafür hätte ich jeden anderen Menschen auf diesem Planeten gekillt, war gerechtfertigt gewesen. Deshalb hatte ich auch beschlossen, nicht den Boss raushängen zu lassen, sondern auf rechtliche Konsequenzen zu verzichten. Ich war eben gut darin, Berufliches und Privates zu trennen. Und diese Ohrfeige war sehr privat und darüber hinaus absolut verdient gewesen. Nur aus diesem Grund hatte ich mich bei Olivia entschuldigt, denn meine Mom würde sich im Grab umdrehen, wenn sie wüsste, was ich getan hatte.

Nämlich beinahe mit meiner Assistentin gevögelt, die ich im Suff geheiratet hatte.

Ein Wunder, dass meine tote Mutter nicht als Geist erschien und mir die Hölle heißmachte.

Das einzig Gute diese Woche war, dass Olivia nicht gekündigt und Jolie meine Absage für diese beschissene Party akzeptiert hatte. Ich musste jetzt nur noch für klare Verhältnisse sorgen und Jolie wissen lassen, dass die Geschichte zwischen uns vorbei war. Natürlich hatte das nichts – rein gar nichts – mit Olivia zu tun.

Okay, es war nicht zu leugnen, dass ich sie am liebsten wie ein Höhlenmensch über meine Schulter werfen wollte, um sie in meine Wohnung zu schleppen und es mindestens noch einmal mit ihr zu treiben. Aber ich tat es nicht. Stattdessen sah ich mir, sobald ich zu Hause war, einen Porno nach dem nächsten an.

Ich war erbärmlich, ich war nicht mehr ich selbst und deshalb stürzte ich mich noch mehr in die Arbeit. Der Donnerstag war ganz gut verlaufen, die Agentur des Privatdetektives, mit der ich zusammenarbeitete, hatte brisante Infos über den gegnerischen Mandanten ausgegraben. Die Freude darüber teilte ich mit Olivia – redete mir ein, dass ich es ihr nur erzählte, weil sie nun mal meine Assistentin war, und verbot mir jeden Gedanken daran, dass ich es ihr einfach sagen wollte, weil ich die Zeit mit ihr genoss. Und obwohl sie mich fair und gesittet wie ihren Chef behandelte, kreisten meine Gedanken nur um sie.

»Caine?«, fragte es plötzlich von der Tür aus. Bei Maria hatte es zwei Jahre gedauert, bis wir uns duzten und sie einfach so in mein Büro marschieren durfte. Bei Olivia war das nie Thema gewesen. Ganz im Gegenteil, ihre Anwesenheit störte mich keine einzige Sekunde. »Brauchst du noch was?«

Ich sah sie einfach nur an, nahm ihre Schönheit und ihre unfassbare Sinnlichkeit in mich auf, denn ich wusste, wenn sie gleich Feierabend machte, würde ich die nächsten knapp sechzig Stunden ohne sie verbringen müssen.

»Kann ich noch etwas für dich tun?« Ihre seidige Stimme hüllte mich ein und legte sich um mich wie damals ihre kleine Faust, als sie mir in Vegas einen heruntergeholt hatte. Tief räusperte ich mich und mal wieder war es mir nicht möglich, meinen Schreibtisch zu verlassen und aufzustehen, weil die Beule in meiner Hose nämlich etwas komplett anderes sagte als: ›Ich lass dich in Ruhe und wir sind ab jetzt professionell!‹

»Nein, danke. Alles bestens.«

»Ich kann noch bleiben, wenn du willst«, bot sie an und deutete hinter sich. »Ein bisschen was hätte ich schon noch zu tun.«

Ihr Angebot klang verlockend, so verlockend, aber ich traute mir selbst nicht über den Weg, dass ich meine Finger bei mir behalten konnte, wenn sie noch länger in dieser engen Röhrenjeans, den hohen Schuhen und diesem schwarzen Seidentop vor mir stand. Es war Casual

Friday, weshalb auch ich Jeans und einen dünnen Kapuzenpullover trug, dabei aber nicht annähernd so heiß aussah wie Olivia.

Sie schaute mich immer noch fragend an. Einzelne Strähnen ihres hochgebundenen Zopfes fielen auf ihre Wangen, die Spitzen ihrer Haare streichelten über die nackte Haut an ihren Armen und ich wünschte, es wären meine Finger, die das taten.

»Nein, alles bestens«, begann ich erneut und versuchte, etwas überzeugender zu klingen. »Genieß dein Wochenende!« Ich sah mich um und stellte fest, dass es bereits dämmerte. Es war schon nach acht an einem Freitag, und sie war immer noch hier bei mir …

»Joe und ich gehen ins Diner was essen«, kam es plötzlich von ihr. »Möchtest du uns begleiten?«

Ja, ja, das will ich! Und danach will ich dich! Innerlich brüllte mein Löwe, der besitzergreifende Teil von mir, der sie einfach wie letzte Woche für sich haben wollte. Letzte Woche. Sieben Tage waren vergangen seit unserer Nacht in Vegas und es fühlte sich immer noch so an, als wäre ich in ihr.

»Danke für die Einladung«, erklärte ich formell, denn ich durfte jetzt nicht nachgeben, »aber ich habe hier noch einiges zu tun.«

Olivia taxierte mich mit einem undurchdringlichen Blick und beinahe wirkte es so, als würde sie etwas sagen wollen, aber sie tat es nicht. Stattdessen kam sie zu mir, beugte sich nach vorn und schaltete die Schreibtischlampe an. »Ein schönes Wochenende, Caine!« Mein Herz hatte einen Schlag ausgesetzt, doch bevor ich etwas sagen konnte, war sie bereits zur Tür hinaus.

Es war besser so. Olivia und Caine ergaben eine explosive Mischung, ich sollte also froh sein, dass wir es nach anfänglichen, verdammt heißen Schwierigkeiten doch noch geschafft hatten, unsere Beziehung auf eine professionelle Ebene zu heben.

Ich hörte, wie die Glastür zufiel und lehnte mich in meinem Ledersessel zurück. Frustriert fuhr ich mir mit beiden Händen über mein Gesicht und seufzte. Anschließend öffnete ich die oberste Schublade meines Schreibtisches und zog ein Dokument heraus, das mit der Schrift nach unten darin gelegen hatte.

Es war die Heiratsurkunde, die uns in Vegas ausgestellt worden war.

Was für eine beschissene Ironie, dass ich jetzt verheiratet war, aber keinen Sex mehr hatte.

»Wir sehen uns!«, verabschiedete ich mich von Joe, der gerade in ein Taxi sprang. Wir waren zu einem frühen Lunch verabredet gewesen, denn wie er angekündigt hatte, brauchte er mein Gesicht oder besser meinen Körper für eine demnächst erscheinende Ausgabe seines Magazins. Freitagabend, nachdem für mich klar gewesen war, ich würde die halbe Nacht im Büro verbringen und mich diesmal nicht mit einer Frau treffen, hatte ich ihm eine Nachricht geschrieben und den heutigen Samstag als Termin vorgeschlagen. Ich schob vor, dass ich gerade an einem großen Fall arbeitete und somit die kommenden Wochen wenig bis gar keine Zeit hätte. Er fragte nicht weiter nach, denn sicher würde er mit Olivia darüber sprechen. Aber wie ich heute in einem Nebensatz von ihm erfuhr, erzählte sie gar nichts über mich oder die Firma. Damit punktete sie bei mir, mehr noch als mit ihrer Ohrfeige oder der nun professionellen Art. Auch wenn ich ihre freche Seite vermisste, hielt sich Olivia offenbar an die Verschwiegenheitsklausel, und das entlockte mir ein Stückchen gute Laune.

Ich wollte gerade ein Taxi anhalten, als ich sie sah. Wie groß war die Wahrscheinlichkeit, in New York jemanden Bekannten zu treffen? Na ja, wie groß war die Wahrscheinlichkeit, mit einer Frau verheiratet zu sein, die davon nichts wusste?

Sie überquerte gerade eine Straße, ohne auf die rote Ampel zu achten. Sie wirkte abwesend und doch wunderschön. Das Taxi war vergessen und ich folgte ihr. Es war gottverdammt magisch, wie sie mich anzog. Und auch wenn alle meine Alarmglocken hell und laut schrillten, wusste ich, dass ich nicht mehr zurückkonnte.

Olivia verschwand in einem Geschäft für Betten und ich ging ihr nach.

»Verflucht noch mal, Stella!«, schimpfte ich mich leise einen Idioten, und als wäre es gottverdammtes Schicksal, sah sie sich gerade um und entdeckte mich.

»Hi!« Als wäre es vollkommen normal, dass wir uns hier trafen, schlenderte sie zu mir. Sie trug weiße Sportschuhe, dazu enge Jeans, die an den Knöcheln hochgekrempelt waren und ihr bis zur Taille reichten, was ihren herzförmigen Hintern noch mehr betonte. Im hohen Bund der Jeans verschwand ein locker sitzendes Shirt, auf dem stand: *Snuggle this Muggle.* Ihr langes dunkles Haar war verführerisch zu einem unordentlichen Ding auf ihrem Kopf geschlungen und schrie mich an, dass ich meine Hände darin vergraben und sie an mich ziehen sollte. Olivia legte lächelnd den Kopf schief und erst dadurch bemerkte ich, dass ich sie wie ein Vollidiot anstarrte.

»Harry Potter? Ehrlich?«, stellte ich die erste Frage, die mir in den Sinn kam.

»Nichts gegen Harry, Stella!«, kam es von ihr mit einem bestimmenden Unterton und ich grinste breit.

»Niemals!«, ließ ich mich gespielt in die Enge treiben und hob abwehrend die Hände. »Was machst du hier? Gar nicht in Vegas dieses Wochenende?«

Olivia biss sich auf die volle Unterlippe, ihre Wangen wurden nach meiner Anspielung von einer zarten Röte überzogen und ich stellte fest, dass ihr Blick auch an mir auf und ab glitt. Gut so! Sie sollte jederzeit wissen, was sie hatte und jetzt verpasste.

»Ich brauche ein neues Bett.«

»Echt?«, fragte ich und haute mir innerlich gegen die Stirn. Auf einer Skala von eins bis zehn, wie bescheuert war ich eigentlich? Es war kaum zu glauben, dass ich mein Jurastudium mit Auszeichnung abgeschlossen hatte. »Wieso denn das?«

»Das alte Bett ist …«, begann sie und räusperte sich verlegen. »Willst du mir aussuchen helfen?«

14

OLIVIA

SHOPPINGTOUR

Ich war mir ziemlich sicher, dass das gerade nicht professionell war und ich eine Grenze überschritt, die ich nicht übertreten sollte. Und doch war es genau das, was ich wollte. Er beachtete mich, und zwar auf diese andere Art. Nicht beruflich, denn bei Gott die Woche mit ihm im Büro war der Wahnsinn gewesen, so viel Input hatte ich bekommen und so viele Einblicke. Für mich war nun vollkommen nachvollziehbar, warum er als Anwalt so geschätzt und gleichermaßen gefürchtet war, wenn er vor Gericht stand. Caine war unglaublich. Ja, er hatte viele nützliche Kontakte, gerade der Kerl, der für ihn die Scheiße der anderen ausgrub, war Gold wert, aber er handelte niemals unüberlegt. Nein, Caine Stella wusste genau, was er tat. Und eben das war auch der Grund, wieso er ohne Probleme solch horrende Honorare und Erfolge vorzuweisen hatte. Er war jeden Cent wert, den er kostete. Und ich war mir sicher, wenn ich die Kanzlei irgendwann verließ, würde ich mit Kusshand von jedem anderen Anwalt genommen werden. Caine Stella war gefürchtet und begehrt. Eindeutig! Und er war, was die direkte Arbeit mit seinen Mandanten anging, kein Arschloch. Er war freundlich und hörte sich aufmerksam die jeweiligen Anliegen an, allerdings lehnte er die meisten Vertretungen ab. Er begründete es mir gegenüber damit, dass er niemanden vertrat, der in seinen Augen nicht zu einhundert Prozent unschuldig war.

Seine Ehre und Konsequenz machten ihn für mich noch begehrenswerter.

Gestern Abend, als ich ihn fragte, ob er mit Joe und mir ins Diner gehen wollte, war ich dankbar gewesen, dass er ablehnte. Denn wie sich herausstellte, war das kein einfaches Essen zwischen Geschwistern gewesen, sondern meine komplette Familie war anwesend. Wie hätte ich ihnen erklären sollen, weshalb mein Boss dabei war? Die blöden Sprüche meiner Brüder wären die Hölle gewesen.

Andererseits hätte ich Caine gern dabeigehabt, aber eben nicht als Boss. Nach meiner Ansage war er den Rest der Woche so professionell und in sich gekehrt gewesen, dass mir seine Arroganz und das Flirten fehlten. Ja, meine Gefühle waren verdammt widersprüchlich, aber ich konnte einfach nicht anders, auch wenn es bescheuert war.

Peinliches Schweigen herrschte jetzt zwischen uns. Und nachdem er nicht antwortete und ich mir jedes Detail seines heißen und lässigen Outfits eingeprägt hatte, wollte ich mich gerade verabschieden, als er mit dieser tiefen, dunklen Stimme, die ihm garantiert reihenweise Höschen einbrachte, sagte: »Bist du sicher, dass du mit mir noch einmal ins Bett gehen willst?«

Ja! Ja! JAAA!

Alles in mir schrie danach, meine Eierstöcke jubelten und mein Herz pochte. Natürlich wusste ich, dass er nicht dieses ›ins Bett gehen‹ meinte, aber ...

Scheiße, jaaa!

»Klar, wieso nicht?«, antwortete ich ebenso zweideutig. »Eigentlich wollte mir mein Bruder Andy helfen, aber dem ist wohl etwas dazwischengekommen.« Ich zwinkerte keck. »Oder jemand!« Mein Bruder Andy hatte es genauso faustdick hinter den Ohren wie die anderen beiden ... aber er posaunte es nicht so in die Welt hinaus.

»Du wolltest mit deinem Bruder ein neues Bett kaufen?«, fragte Caine grinsend und ich schüttelte den Kopf. Gerade noch so konnte ich unterdrücken, ihm einen Schlag auf den Oberarm zu verpassen, auf einen durchaus sehr trainierten Oberarm.

»Laaannnggeee Geschichte!«, erklärte ich und er folgte mir durch das Geschäft.

»Ich habe zufällig Zeit.«

»Seltsam ...«, überlegte ich laut, was ich lieber hätte sein lassen sollen. »Es wundert mich, dass mein Bruder nicht von einem Lunch zu einem Nachmittagscocktail übergegangen ist.«

»Du weißt von unserem Treffen?«

»Möglicherweise hat er das gestern Abend erzählt«, redete ich mich heraus.

»Aha!«, kam es von ihm.

»Also nur, dass ihr zum Mittagessen verabredet seid, nicht warum und wer noch dabei ist«, stellte ich schnell klar, denn ich wollte nicht, dass er meinen Bruder nach all den Jahren ihrer Freundschaft für eine Tratschtante hielt.

»Entspann dich! Es waren nur dein Bruder und ich, und es ging um das Magazin.«

Ich wusste, welches Magazin er meinte, aber näher wollte ich gar nicht involviert werden. Außerdem war es mir peinlich, dass er scheinbar meine Gedanken erraten hatte. Ich fühlte die Röte in meine Wangen steigen, wandte mich ab und strich mit den Fingerspitzen über ein schwarzes Boxspringbett. Das Kopfteil und die Seitenteile waren aus Leder.

»Das hier ist hübsch!«, lenkte ich ab und er lächelte.

»Ein Bett muss nicht hübsch sein«, sagte er und zog die Augenbrauen nach oben. »Ein Bett muss bequem sein.« Ohne weiter darüber nachzudenken, warf er sich darauf und klopfte auf die freie Seite neben sich. Zögerlich legte ich mich zu ihm. Wir berührten uns nicht, waren uns aber so nah, dass ich seine Hitze spüren konnte. Sie kroch langsam meine Arme entlang und fesselte mich unsichtbar.

»Wie fühlt sich das an?«, fragte er mit heiserer Stimme. »Schließ deine Augen, lass dich fallen und fühle einfach nur!«

Als ich meine Lider schloss, spürte ich beinahe, wie seine Stimme mich streichelte. Es war Balsam für meine Seele, Erinnerungen fluteten meinen Körper …

»Ich brauche ein neues Bett, weil ich meinen Ex-Verlobten in flagranti mit seiner Assistentin in unserem alten erwischt habe«, gestand ich ihm leise und wagte es nicht, die Augen zu öffnen. »Ich habe es verbrannt. Und ich mag nicht länger auf der Couch schlafen.« So, jetzt war es raus. Ich atmete tief durch. »Meinst du, ich sollte die Couch auch austauschen? Vielleicht hat er es dort auch mit ihr getrieben.«

Caine atmete ruhig, der Lärm im Geschäft wurde zur Nebensache, wir lagen einfach nur nebeneinander auf diesem Boxspringbett.

»Ich finde, wir kaufen dir jetzt erst mal ein neues Bett.« Er klopfte mit der flachen Hand auf die Matratze. »Das hier ist doch ganz bequem, oder?«

»Ich weiß nicht«, sagte ich skeptisch. Warum sagte er nichts zu dem, was ich gerade erzählt hatte?

»Du musst dich ein wenig bewegen, dann wirst du es merken, wie super die Matratze ist.«

»Meinst du?«

»Ja klar!« Caine hob und senkte die Hüften. Seine Bewegungen wirkten anzüglich. Wollte er das Bett wirklich nur testen?

»Echt jetzt?«, fragte ich und setzte mich auf. »So testest du also ein Bett? Dir ist schon klar, wie das aussieht?« Bedeutungsvoll sah ich ihm in die Augen und ein schiefes, verruchtes Lächeln schlich sich auf sein Gesicht.

»Wie sieht es denn aus?« Auch wenn er unschuldig wirken wollte, wusste ich doch, dass die Finsternis in seinen Iriden eine andere Sprache sprach. Es knisterte wieder zwischen uns. Die Bewegung seiner Hüften brachten mir das Kribbeln in meinen Unterleib zurück. Unbewusst waren wir näher aneinandergerückt, und ich kämpfte mit meinen Erinnerungen an jene heiße Nacht in Vegas. Wir hatten nicht nur gevögelt wie zwei ausgehungerte Teenager, er hatte mich zärtlich geliebt. Oder war das nur Wunschdenken?

»Wie kann ich Ihnen helfen?«, platzte die Frage einer jungen Verkäuferin in diesen einzigartigen Moment. Ich hatte Mühe, wieder ins Hier und Jetzt zurückzukehren, aber als ich bemerkte, dass sie mich nicht mal ansah – Hey, ich wollte hier ein Bett kaufen! – schnaubte ich.

»Wir brauchen ein Bett«, sagte Caine gerade und fuhr sich durch sein Haar. Die blonde Trulla verfolgte seine Bewegungen mit Adleraugen. Warum also sollte ich angesichts ihrer subtilen Flirtversuche die Situation aufklären? Bei Gott, ganz ehrlich? Sie blickfickte ihn! Es war unfassbar, aber sie *blickfickte* ihn!

Was war nur mit den Frauen los? Immerhin war er mit mir hier und sie konnte gar nicht wissen, ob wir ein Paar waren oder nicht. Besaßen diese Weiber kein Ehrgefühl mehr, keinen Funken Anstand im Leib, der ihnen wie eine Sirene mitteilte, dass sie verflucht noch mal die Finger von einem verheirateten Mann lassen sollten?

Was sollte das?

Caine stand vom Bett auf, die Bewegungen geschmeidig wie eine Raubkatze. Ich kannte diesen Blick bei Männern, er verhieß nichts Gutes. Er bedeutete, dass er begehrte, dass er hungrig war. Scheiße! Viel zu lange hatte ich diesen Blick bei meinem Arsch von Ex und seiner Sekretärin ignoriert. Viel zu lange!

Was mich jetzt nur wunderte, war die Tatsache, dass Caine diesen Blick nicht dem vollbusigen Pamela-Anderson-Verschnitt schenkte. Oh nein ... er sah mich so an, als wollte er mich jeden Augenblick vernaschen.

»Haben Sie denn schon konkrete Vorstellungen?«, fragte Blondie und würdigte mich keines Blickes. Das war wohl echt das Allerletzte! Genau solche Tussis ruinierten unseren Ruf und schafften es, dass Männer fremdgingen. Okay, dazu musste der Kerl auch ein gewisses Maß Scheiße im Hirn haben ... aber hallo? Ich war auch noch da!

Meine Mom hatte mich früher immer davor gewarnt, wenn ich zu impulsiv war. Aber jetzt gerade war es mir scheißegal.

»Oh ja!«, säuselte ich also, stand ebenfalls auf und stellte mich neben Caine. Nah.

Sehr nah! Er verkniff sich jeden Kommentar. Gut so! »Wir wissen genau, was wir wollen.«

»Hm«, Pamela Anderson 2.0 schaute weiter nur zu Caine und schürzte kokett die Lippen, »das kann ich mir sehr gut vorstellen.«

Caine schien zu verstehen, wie es gerade in mir brodelte, denn er legte den Arm auf meinen Rücken und zog mich näher an seine Seite. Ich passte perfekt dorthin, schmiegte mich an ihn, als würde ich an seine Seite gehören. »Wie findest du dieses Bett, Babe?«, fragte er mich, nur mich. Ich war ihm so dankbar, dass er nicht den Macker raushängen ließ und auf die Flirtversuche dieser Tussi einging.

»Ich weiß nicht.« Ich sah ihn von unten herauf an und

verlor mich kurz in seinem Blick. »Was meinst denn du?« Irgendetwas musste ich sagen, also sagte ich das Erste, was mir in den Sinn kam.

»Ich finde, es passt nicht so gut zu uns.«

»Sie können sich gern noch einmal hinlegen und ich ... richte alles zurecht«, bot die Tussi mit einem lüsternen Blick auf Caine an.

»Hören Sie mal!«, platzte es aus mir heraus. »Sie kriegen doch mit, dass dieser Mann vergeben ist. Ich stehe direkt neben ihm!« Ja, mir reichte es jetzt. Ich wollte der aufdringlichen Kuh zeigen, was ich von ihrem Scheiß hielt. »Finden Sie das moralisch nicht ein wenig verwerflich, wenn Sie einem Mann offensichtliche Avancen machen, der hier mit einer Frau auftaucht, um ein gemeinsames Bett zu kaufen?« Blondie schluckte schwer und nahm mich das erste Mal wahr. Vermutlich kapierte sie jetzt endlich, wie bescheuert sie sich verhalten hatte. Trotzdem setzte ich noch einen drauf: »Was zur Hölle stimmt nicht mit Ihnen?«

Caine sagte nichts dazu, stattdessen gab er mir einen Kuss auf den Scheitel. Ich schnappte überrascht nach Luft. Da war wieder dieses Kribbeln, nur weil er mich im Arm hielt.

»Die Straße runter ist noch ein Geschäft, Babe. Lass uns dort hingehen!« Er schob mich sanft vorwärts, ohne die Frau noch weiter zu beachten, und ich nickte kaum merklich. Mein Herz pochte laut in meiner Brust. Zum einen war ich unfassbar wütend auf diese blonde Kuh, die sinnbildlich für all die Tussis stand, die sich an vergebene

Männer ranmachten. Zum anderen war da Caine, der so großartig reagiert hatte.

Dass wir gar nicht zusammen waren und er somit auch nicht vergeben war, verdrängte ich.

Ziemlich erfolgreich sogar.

15

CAINE

Unerwartet

Sie war so heiß.

Sie war so verdammt heiß, wenn sie wütend war, dass ich nicht anders konnte, als sie direkt gegen die Hausmauer zu drücken, nachdem wir den Laden verlassen hatten, und meine Lippen auf ihre zu pressen. Rational war an dieser Geschichte nichts mehr, es war nur noch blindes Verlangen, das durch meine Venen raste.

Olivia stieß mich nicht weg, sondern krallte beide Hände in mein Haar. Ihre Zunge drang fordernd in meinen Mund. Sie kämpften miteinander, obwohl sie keine Feinde waren, und wir stöhnten beide auf. Ich schob mein Knie zwischen ihre Beine, genoss, dass sie so viel kleiner war als ich, dass ich ihren heißen, extrem sexy

Körper vor den Passanten, die uns schon eindeutige Dinge zuriefen, abschirmen konnte.

Bei dem nächsten »Nehmt euch ein Zimmer!« riss ich mich von ihr los. Die Hand an ihrer Wange, meine Stirn an ihrer, atmeten wir beide schwer.

»Ich will dich! Scheißegal, wie falsch es ist. Ich muss noch einmal in dir sein, damit ich dich aus meinem Kopf bekomme, Olivia.« Mein Daumen fuhr über ihre volle Unterlippe. Mein Schwanz war hart und drückte gegen die Knopfleiste meiner Jeans. »Ich kann nicht mehr. Ich gebe auf. Ich will dich. Ganz egal, ob du für mich arbeitest. Ich brauche dich noch einmal ... nur eine Nacht und dann schwöre ich dir, ich lasse dich in Ruhe. Nur ... ich kann nicht mehr atmen, ich kann nicht mehr schlafen und ich kann nur noch daran denken, wie es war, in dir zu sein.«

»Nicht sehr romantisch ...«, seufzte sie leise und ich verlor schon jegliche Hoffnung. Aber dann krallten sich ihre Finger in mein Shirt und zogen mich zurück an ihren heißen Körper. »Ich kann auch nur noch daran denken, wie du dich anfühlst, Caine ...«, wisperte sie. Und bei dem Klang, wie mein Name von ihrer Zunge rollte, wäre ich beinahe in meinen Shorts gekommen. »Nur eine Nacht. Nur eine Nacht und dann nie wieder!«, sagte sie und ich stöhnte wie ein dummer Teenie, dem gerade ein Blowjob versprochen wurde.

»Lass uns zu dir gehen«, murmelte sie und ich nickte.

Endlich! Mein Atem ging viel zu schnell, als ich mich von ihr losriss, ihre Hand umklammerte und Olivia hinter mir herzog. »Taxi!«, rief ich und winkte hektisch. Wir hatten Glück, dass sofort eines neben uns anhielt. Wir stiegen ein und ich grinste wie ein Idiot. Irgendjemand dort oben hatte meine Gebete erhört. Endlich würde ich von dieser Gier erlöst werden, endlich wieder klar denken und schlafen können.

Zumindest hoffte ich das.

Ich ließ ihr keine Zeit, sich in meiner Wohnung umzusehen, zu dringend war mein Bedürfnis, endlich wieder in ihre seidige Wärme eintauchen zu dürfen. Und Olivia schien es ähnlich zu gehen. Unsere Hände waren in einer Hast unterwegs, als würde unser Leben davon abhängen, binnen kürzester Zeit nackt zu sein. Seufzend fuhr ich mit meinen Lippen über ihren Hals, sie zerrte am Saum meines Shirts und stöhnte laut, als ich oberkörperfrei vor ihr stand.

Auch ich war hin und weg, als ich ihr das Harry-Potter-Shirt über den Kopf zog, den BH von ihrem bebenden Körper zerrte, sich ihre Haare lösten und in großen Wellen über ihre Brüste fielen. »Fuck!« Keuchend packte ich ihre Titten und senkte den Kopf, um einen dieser rosigen Nippel in meinen Mund zu ziehen. »Du bist so verdammt schön.«

Olivia stöhnte. »Die Hose!«

Sie zog an meinen Haaren und schaffte es, dass ich meinen Mund von dem aufgerichteten Diamanten löste. Scheinbar hatten wir beide denselben Gedanken. Damit es etwas schneller ging, öffnete ich den Gürtel, kickte meine Sneakers von den Füßen und mit einem Ruck war auch die Knopfleiste der Jeans offen. Ich schob sie von meinen Hüften, die Boxershorts gleich inklusive. Als ich wieder hochsah, stellte ich fest, dass Olivia schneller gewesen war und bereits vollkommen nackt vor mir stand. Zischend zog ich die Luft in meine Lunge und trat einen Schritt zurück, um sie zu bewundern. Im Vergleich zu den Frauen, mit denen ich sonst ins Bett ging, die sich schamhaft versteckten und nicht selten ein Problem mit ihrem makellosen Körper hatten, war Olivia selbstbewusst und fühlte sich offenbar wohl – so nackt und sinnlich. Sie seufzte tief und streckte die Hände nach meinem Schwanz aus. Mit einem breiten Grinsen ließ sie sich auf die Knie sinken und nahm mich sofort komplett in den Mund. Fuck! So verflucht sexy hatte ich unsere Nacht gar nicht in Erinnerung. Sie verpasste mir mit ihrer Zunge winzig kleine Schläge auf meine Kuppe. Wow! Ich musste mich mit meiner freien Hand an der Wohnungstür abstützen, die andere legte ich auf ihren Hinterkopf und drückte sie noch näher an mich.

Noch näher.

Noch tiefer.

Noch intensiver.

Olivia musste würgen und ich lockerte meinen Griff um ihren Kopf, auch wenn ich mich am liebsten in sie gerammt hätte. Sie lutschte weiter meinen Schwanz und massierte meine schweren Eier. Gott, wie sehr sehnte ich mich nach Erlösung. Ich konnte nicht mehr. Es fühlte sich an, als würde ich sterben, wenn ich nicht sofort in ihr war.

Mit einem heftigen Ruck zog ich sie nach oben, umgriff

ihre Hüften und setzte sie auf meine. So wie ich es damals schon an der Tür in meinem Büro getan hatte.

»Nimmst du die Pille?«, fragte ich und sie nickte knapp. »Ich schwöre dir, ich habe nichts. Ich bin sauber …«

Offen ließ ich den Satz zwischen uns schweben. Es vergingen zwei Atemzüge, bevor sie nickte. »Ich auch. Nach Vegas habe ich mich testen lassen.«

Sie lächelte. Das war das Startsignal. Endlich! Stöhnend schob ich mich in sie. Gottverdammt, sie war eng … und heiß … und feucht.

Olivia schloss die Augen, lehnte den Kopf an die Tür und spannte ihre Muskulatur an.

»Fuck!«, stöhnte ich wieder. »Kannst du das lassen, sonst komme ich.«

Sie kicherte. Und normalerweise war das der absolute Overkill für mich, aber bei ihr … Ich zog mich aus ihr zurück, brauchte eine Sekunde, um nicht komplett die Kontrolle zu verlieren. Aber dann … dann presste ich mich in sie.

Ruckartig und hart.

Olivia schrie, krallte ihre Nägel in meine Schultern und meinen Nacken. Es war mir egal, es war mir so vollkommen egal, ob ich von diesem Sex Spuren davontragen würde.

»Mehr!«, stöhnte sie und rammte erneut ihre Zunge in meinen Mund.

Ich verdoppelte mein Tempo. Nichts auf der Welt würde mich jetzt davon abhalten, in ihr zu kommen.

»Du bist so verdammt heiß und feucht und eng!«, rief ich und plötzlich war sie mir nicht nah genug. Ich schob

Olivia von meinen Hüften, drehte sie um und drückte ihren Oberkörper sanft nach vorn. Als würden unsere Körper unsere geheimsten Bedürfnisse kennen, beugte sich Olivia tiefer, dass ich sie tief ficken konnte. Genau das, was ich wollte. Ich musste sie mir aus dem Kopf vögeln. Ich musste sie nur noch einmal spüren, dann wäre dieser verdammte Voodoo-Zauber vorbei und ich würde auch wieder bei anderen Frauen einen hochkriegen.

Stoß um Stoß keuchte sie, knallte ihre Hände an die Tür und fand doch keinen Halt. Ihre vollen Titten schaukelten hin und her, ich legte meine Hand auf ihren Kitzler, rieb ihn im selben Rhythmus, wie ich mich immer wieder in sie trieb. Kraftvoll, immer und immer wieder. Ich vögelte sie und mich in andere Sphären und brüllte schließlich meinen Orgasmus wie ein verdammter Urmensch hinaus.

»Ich komme!«, schrie sie im selben Moment, während sich meine Eier eng an meinen Körper zogen, ihre süße Pussy um meinen harten Schwanz krampfte und ich mein Sperma in sie spritzte. Wie erschlagen, als wäre ich gerade einen Marathon gelaufen, kippte ich nach vorn und auch ihre Kräfte ließen nach.

Keuchend legte ich meine Wange auf ihren Rücken. »Fuck!«, kam es wieder von mir. Es war befriedigend festzustellen, dass sie genauso heftig und schwer atmen musste wie ich. Ihr Herz wummerte in ihrer Brust, die ich eng umschlungen hielt.

»Das kannst du laut sagen!« Olivias Stimme klang rau vor Verlangen und heiser vom Schreien. Sie war so verflucht heiß!

Eine Weile standen wir so und rangen nach Luft. Ich umfasste ihre vollen Brüste und spielte an ihren Nippeln. Sofort wurden sie hart. Olivia seufzte erneut, und ich grinste an ihrer weichen, gebräunten Haut.

»Dein Ernst?«, fragte sie, als ich mich wieder in ihr bewegte.

»Scheinbar ist meinem Schwanz einmal vögeln nicht genug.« Während ich diese Worte aussprach, richtete ich mich auf und bewegte mich schneller.

»Sieh mich an!«, befahl ich dunkel, löste mich von ihr, um sie zu mir zu drehen. »Diesmal will ich sehen, wie du kommst!« Sie öffnete die Augen wieder und biss sich auf die Lippe. In ihrem Blick lag so viel Verlangen, ich wusste, auch wenn ich mich gleich das zweite Mal in Olivia versenken würde, wäre das nicht genug.

16

OLIVIA

Zweisamkeit

Mit gemischten Gefühlen betrachtete ich Caine, als er die freistehende Badewanne volllaufen ließ und seine Hand durch den herrlich duftenden Schaum glitt. Er hatte den perfektesten Rücken, den perfektesten Arsch und die perfektesten Beine, die man sich vorstellen konnte. Ich verstand, wieso mein Bruder alles daran setzte, ihn in seinem Männer-Magazin abzudrucken.

»Gleich geht's los«, sagte Caine leise und gab noch ein paar Badeperlen hinzu. Hätte mich jemand gefragt, ich wäre nie auf den Gedanken gekommen, dass ein Mann wie er sich zu einem Schaumbad hinreißen ließ. Um die Wahrheit zu sagen, freute ich mich darauf, denn das sanfte Ziehen zwischen meinen Beinen wollte nicht nachlassen. Abgesehen davon hätte ich niemals erwartet, dass Caine davon ausgehen würde, dass ich nach dem Sex noch bei ihm blieb. Es war doch so: Wir hatten beide – aufgeheizt durch die Situation beim Bettenkauf – entschieden, dass es besser war, wenn wir noch einmal Sex hätten, um die Sache zwischen uns definitiv zu beenden. Aber schon in dem Moment, als er mich an diese Hausmauer gedrückt und wieder geküsst hatte, wusste ich, dass es nicht mit einem Mal getan wäre.

Er war so unfassbar einnehmend, ergriff von mir Besitz wie eine Art Gift, das sich in jede Pore und jeden Winkel meines Körpers ausbreitete. Mir war klar, dass es absolut bescheuert war, was wir hier trieben, aber ich konnte nicht anders. Es ging einfach nicht.

»Komm rein!« Caine saß bereits in der Wanne und hielt mir seine Hand entgegen.

Sollte ich sie nehmen, die Chance ergreifen? Wenn ich jetzt tatsächlich meine Finger in seine Hand legte, würden wir damit nicht etwas Neues erschaffen? Etwas, das über impulsiven Sex hinausging? Etwas, das zwischen einem Chef und seiner Angestellten nicht sein sollte. Und doch tat ich es und folgte dem Ruf meines Herzens, dem Ziehen zwischen meinen Beinen und dem Kribbeln in meinem Bauch. Ich spürte seine weiche Haut, als ich zu ihm in die Wanne stieg. Er lehnte sich mit dem Rücken gegen das eine Ende und zog mich zwischen seine Beine. Sein Schwanz war schon wieder hart, der Mann war einfach unersättlich, und ich würde lügen, wenn ich behauptete, dass Caine nicht ein Meister im Liebesspiel war. Er hatte mich bereits in den Wahnsinn getrieben.

»Was ist das hier?«, brach ich schließlich das Schweigen zwischen uns.

»Ich weiß es nicht …«, murmelte er, tauchte einen Naturschwamm ins Wasser, um damit sanft über meine Haut zu streichen.

»Dir ist klar, dass das, was wir hier tun, falsch ist?«

»Wieso fühlt es sich dann so verdammt gut an?«

Genau das war mein Gedanke, aber es durfte nicht sein. Meine Stimme klang verzweifelt, als ich sagte: »Wir haben vereinbart, dass wir noch einmal miteinander schlafen würden, damit wir die Nacht in Vegas vergessen und im Büro professionell miteinander umgehen können.«

»Ich weiß …«, brummte er und strich mit dem Naturschwamm weiter sanft über meinen Rücken, »aber es ist nicht genug.«

Nichts außer das Platzen der kleinen Badeschaum-Bläschen und das Kreisen des Schwamms auf meiner Haut durchbrach die Stille. Sekundenlang sagten wir nichts, bis ich schließlich das Schweigen brach: »Das zwischen uns darf nicht sein!« Meine Stimme klang weniger fest, als notwendig gewesen wäre.

»Glaubst du wirklich, ich wäre ein Mann, der sich vorschreiben lässt, was sein darf und was nicht?«

Nein, das war er bestimmt nicht.

»Lass uns das Wochenende genießen …«

»Und was sollte das ändern?«, fragte ich, obwohl alles in mir laut JAAA brüllte.

»Vielleicht erkenne ich dann, was du für eine Zicke sein kannst.«

Ich schaute über meine Schulter in sein wunderschönes Gesicht. Sein maskulines Kinn war von einem sexy Bartschatten überzogen. Ich liebte diesen Anblick. Seine Lippen, die perfekten Zähne – weiß und ebenmäßig, die dunklen Augen, in denen so viel Sinnlichkeit aber auch Intelligenz und Konsequenz lag. Er war wunderschön, insofern man dieses Attribut für einen Mann verwenden durfte. Konnte ich wirklich das ganze Wochenende mit ihm verbringen, ohne danach mehr zu erwarten? Die richtige Antwort würde wohl »Nein!« lauten, denn Sex ohne Liebe existierte für mich nicht. Jedenfalls bis zu dieser Nacht in Vegas oder vielmehr bis zu jenem Zeitpunkt, als ich meinen Ex mit seiner Sekretärin erwischte. Die Erinnerungen an all den Schmerz übergossen mich jetzt wie ein Kübel Eiswasser. Allerdings war genau das nötig, um wieder halbwegs klar denken zu können.

»Okay, schließen wir einen Vertrag!« Meine Stimme klang nun geschäftsmäßig. Caine zog eine seiner schön geschwungenen Augenbrauen in die Höhe und ein schiefes Grinsen zupfte an seinem Mundwinkel. »Nein, ehrlich! Ich meine das ganz ernst, schließen wir einen Vertrag.«

»Und woran genau denkst du da?«, erkundigte er sich und fuhr damit fort, den Naturschwamm über meinen Körper gleiten zu lassen. Besondere Aufmerksamkeit widmete er meinen Brüsten, von denen er offensichtlich angetörnt wurde.

»Ich denke, wir sind uns beide einig, dass es nicht geklappt hat, sich mit einmal beziehungsweise zweimal Vögeln den Kopf freizupusten. Darum wäre mein Vorschlag, dass wir einfach unser Chef-Angestellten-

Verhältnis bis Sonntag, punkt Mitternacht 0:00 Uhr, außer Kraft setzen.« Okay, in meinem Kopf hatte der Vorschlag irgendwie besser geklungen. Aber was hatte ich zu verlieren – außer meine Ehre, meinen Stolz und ein Stückchen meiner Unschuld? »Und ab Montag sind wir dann wieder professionell.«

»Findest du es denn etwa gut, wie es momentan im Büro läuft?« Er strich mit seinem Zeigefinger über meinen hart aufgerichteten Nippel, was mir ein Stöhnen entlockte. »Das war doch eine Katastrophe!«, fügte er hinzu und ich kicherte. Echt jetzt? Seit wann kicherte ich eigentlich? Ich hasste Frauen, die kicherten. Ich war doch keine blöde Tussi!

»Genau deshalb sollten wir das durchziehen. Ich vermute nämlich recht stark, dass wir uns sowieso bald nerven werden und dieses Verlangen dann ein für alle Mal beendet ist.« Was zur verdammten Hölle tat ich hier? Es fühlte sich so an, als wäre ich außerhalb meines Körpers und würde beobachten, wie sich hier gerade eine Frau um Kopf und Kragen beziehungsweise direkt in die Scheiße redete.

»Ich verbringe keine Tage oder Nächte mit Frauen«, sagte er mit fester dunkler Stimme.

Was sollte denn jetzt dieser Kommentar? Hatte er nicht gerade gesagt, wir sollten das Wochenende genießen?

Innerlich zog ich mich zurück, denn dass ich solch ein Angebot überhaupt aussprach, war nicht typisch für meinen Charakter. Ich war weder der Mensch für One-Night-Stands noch für Affären und schon gar nicht dafür, mit seinem eigenen Chef ins Bett zu steigen ... oder in die

Badewanne. Es hatte mich also Überwindung gekostet, ihm diesen Vorschlag zu unterbreiten.

Und jetzt? Merkte Caine denn nicht, dass er mir wehtat?

»Dann eben nicht«, erwiderte ich schwach und hoffte, dass er nicht merkte, wie heftig mein Herz wummerte. Am liebsten wäre ich vor Scham im Boden versunken oder einfach weggelaufen, aber beides ging nicht. Stattdessen befreite ich mich aus seiner Umklammerung. Wut brachte mir jetzt überhaupt nichts, denn ich war eine erwachsene Frau und hatte den Sex genauso gewollt wie er. Ohne Kondom. Ich sollte mich also zusammenreißen und nicht irgendwelche vollkommen irrationalen Dinge von mir geben.

Caine ließ mich aufstehen, und ich hatte bereits ein Bein über den Rand der Wanne auf seinen weichen anthrazitfarbenen Badteppich geschwungen, als er nach meiner Hand griff. Ich sah mich nicht um, denn ich wollte keinesfalls, dass er in meinen Augen erkennen konnte, wie sehr mich seine Ablehnung traf.

»Bleib!«, flüsterte er, die Stimme dunkel und rau, ein wenig heiser vom Stöhnen.

»Bleib, bitte!«

17

CAINE

Unehrlich

Verdammt! Das, was ich hier gerade tat, war total scheiße. Dessen war ich mir durchaus im Klaren, aber ich hatte es satt, mich dagegen zu wehren und so zu tun, als würde es mir reichen, was wir hatten.

In mir flüsterte eine Stimme, dass ich uns dieses Wochenende geben würde ... und dann müsste ich ihr von der Heirat in Vegas erzählen, denn scheinbar konnte sie sich wirklich nicht daran erinnern. Nächste Woche würde ich es ihr sagen. Bis dahin wollte ich einfach nur genießen, dass sie bei mir war. Was konnte verboten daran sein? Ich meinte es ernst, dass sie bleiben sollte, auch wenn ich nicht sofort auf ihren Vorschlag mit diesem mündlichen Vertrag eingegangen war. Jetzt war ich froh, dass sie blieb.

»Also, Vegas-Girl«, sagte ich, als sie wieder zwischen

meinen Beinen saß. »Wie kommt es, dass dein Bruder dich bisher nie erwähnt hat?«

Sie schenkte mir ein glockenhelles Lachen und war plötzlich wieder so gelöst wie an jenem Abend in der Bar, als ich sie abschleppte. Es war wohl genau dieses Lachen, weshalb ich diesem Wahnsinn in der *Elvis Church* überhaupt zugestimmt hatte.

»Meine Brüder finden es nicht so cool, wenn ich ihre Freunde abschleppe.«

»Passiert das denn oft?«

»Nein, eigentlich nicht.« Sie wurde tatsächlich ein bisschen rot und strich mit ihren manikürten Fingern über meine Knie, die aus dem Wasser ragten. »Tatsächlich warst du mein erster One-Night-Stand. Ich habe so was zuvor noch nie gemacht.«

»Mit keinem Freund deiner Brüder meinst du?«, frage ich explizit nach und hoffte, dass die Antwort eine andere wäre.

»Nein, generell. Du warst mein erster überhaupt und du warst der erste Kumpel meines Bruders, mit dem ich was hatte.« Sie drehte sich in meinen Armen, ihr Hintern rieb an meinem Schwanz, der mehr forderte. »Er weiß nichts davon und es wäre schön, wenn das so bleiben würde.«

Vermeintlich lässig zuckte ich die Schultern. Für mich war das okay und es war mir ganz recht, wenn niemand erfuhr, dass ich es tatsächlich mit einer Angestellten trieb. Zwar verbot es die Firmenpolitik nicht, aber es warf auch kein gutes Licht auf mich. Und vor allem auf Olivia.

Es war mir unbegreiflich, warum gerade sie es schaffte,

diesen abgefuckten Beschützerinstinkt in mir wachzurufen. Und nicht nur das. Heute Morgen war mir beinahe der Kragen geplatzt, als ich Jolie für die Veranstaltung am Abend absagte und sie allen Ernstes fragte, ob das an dieser Kaffeebecher-Lady liegen würde. Ja, verdammt! Aber das erklärte ich ihr natürlich nicht. Es war doch so: Servierte man eine Frau für eine andere ab, war es so sicher wie das Amen in der Kirche, dass es noch mehr Stress gab. Und vom Stress, also privatem Stress mit Frauen, hielt ich mich fern. Schon seit der Uni. Mein Job war anstrengend genug.

»Ich werde es Joe nicht sagen«, stellte ich klar.

»Schämst du dich etwa für mich?«, fragte sie erst geknickt, kicherte dann aber munter. »Ich verarsch dich nur. Entspann dich! Nichts liegt mir ferner, als dass einer meiner Brüder hiervon ...«, sie wedelte mit der Hand zwischen uns hin und her, »erfahren würde.«

»Gut«, murmelte ich, einfach weil ich sonst nicht wusste, was ich dazu sagen sollte, und gab ihr einen Kuss auf das nasse Haar.

»Ich habe immer noch kein Bett«, sagte sie seufzend. »Ich brauche aber eins. Vielleicht sollte ich online schauen, mit dir gehe ich jedenfalls in kein Betten-Geschäft mehr.«

Ich grinste und fühlte mich plötzlich wie achtzehn – ohne Sorgen, als ich noch glaubte, ich könnte alles im Leben haben, sowohl eine glänzende Karriere als auch eine wundervolle Frau. Heute wusste ich, dass man eines von beidem immer vernachlässigen würde, deshalb kam für mich nur eine Affäre infrage. »Wir könnten nachher zusammen online schauen.« Ich fühlte ihren Hintern überdeutlich an meinen Eiern, sicher entging es ihr nicht, dass mein Schwanz schon wieder hart nach oben stand.

»Wundert mich eigentlich, dass deine Brüder deinen Ex noch nicht verprügelt haben«, sagte ich, um irgendetwas zu sagen. Abgesehen davon war dieser Einwand durchaus berechtigt. Ich kannte Andy, Jim und Joe. Wir waren früher öfter zusammen bei einem Footballspiel gewesen und da ich jetzt in Manhattan lebte, wollten wir uns abends öfter auf ein Bier treffen, sofern es meine Zeit zuließ.

»Ganz ehrlich? Mich auch.« Wir lachten beide. »Aber ich will das gar nicht. Ich bin einfach nur froh, dass ich herausgefunden habe, was für ein Scheißkerl er ist, bevor wir geheiratet haben. Ich würde niemals einen Mann heiraten, der nicht monogam sein kann.« Sie machte eine Pause, als würde sie auf eine Reaktion von mir warten. Ich blieb stumm, weshalb sie weitersprach. »Ich teile nicht gern, auch wenn ich mit drei Brüdern großgeworden bin. Abgesehen davon glaube ich, es liegt nicht in der Natur der Menschen, sich gegenseitig zu betrügen. Ich zumindest will das nicht.«

»Es muss ein Schock gewesen sein, als du die beiden entdeckt hast.«

»Wenn ich dir die Wahrheit sagen soll? Nein, eigentlich nicht. Ich habe es geahnt, denn ich bin ja nicht vollkommen bescheuert. Nur hätte ich niemals vermutet, dass er echt so fies wäre und es bei uns zu Hause mit ihr treibt. In meinem Bett. In meiner Wohnung.«

»Ist er schon ausgezogen?«

»Yes«, erklärte sie, »das habe ich für ihn erledigt.«

»Und das bedeutet was?«

»Dass ich ihm seinen Scheiß auf den Bürgersteig geworfen habe.« Sie reckte jetzt wenig damenhaft den Mittelfinger in die Luft und fügte hinzu: »Inklusive seines Computers.«

Ich lachte laut, legte meine Hand auf ihren Bauch und zog sie noch näher an mich. Sie war so klein und zierlich, sie passte perfekt zwischen meine Beine und ich wollte ihr mit dieser Geste zeigen, dass sie meiner Meinung nach richtig gehandelt hatte. »Es tut mir leid, dass du das erleben musstest.«

»Mir auch. Aber nur deshalb bin ich nach Vegas gekommen und habe endlich mal was Verrücktes getan.«

»Ach so?«, fragte ich scheinheilig. »Und was?«

»Ich hatte Sex mit einem Unbekannten. Aber sag es niemandem!«

Sie war so süß ... und es war verrückt, aber mein Herz stolperte. Vollkommen untypisch für mich. Olivia war es egal, dass das Wasser zu beiden Seiten der Wanne überschwappte, als sie sich drehte und rittlings auf meine Hüften setzte. »Und jetzt ... kann ich nicht genug von ihm bekommen.«

»Die Pizza ist da!«, rief ich und suchte in einer Schublade nach diesem runden Schneideding. Ich war mir absolut sicher, so ein Teil zu besitzen, aber wo ... keine Ahnung.

Ich war erst ein paar Tage in der Stadt und vorher hatte ich diese Wohnung eher stiefmütterlich behandelt, zumal ich eine Haushälterin hatte, die mir eigentlich das Essen im Ofen warmstellte, sofern ich nicht außerhalb aß. Aber das würde ich heute Abend nicht tun und Olivia auch nicht. Sie hatte gerade mit ihrer Freundin telefoniert und ihr abgesagt. Die beiden wollten wohl irgendwie auf Tour gehen, um sich »abzulenken«, wie Olivia mir erklärte. Ich verstand, was sie meinte, verdrängte den Gedanken aber sofort, denn die Vorstellung, dass sie mit einem anderen Mann zusammen war, brachte mein Blut zum Kochen. Und das nicht in positiver Weise.

Nachdem ich endlich den Pizzaschneider gefunden hatte, trug ich unser Abendessen ins Wohnzimmer. Wir saßen entspannt vor dem Fernseher, weil ich ihr zuvor erzählt hatte, dass ich den Harry-Potter-Spruch über Muggel auf ihrem T-Shirt nicht verstand, weil ich weder die Bücher noch die Filme kannte. Und so ließ es sich Olivia nicht nehmen, mich dazu zu zwingen, wenigstens den ersten Teil anzusehen. Und ganz ehrlich? Ich genoss es. Okay, ich war kein Fantasy-Liebhaber, eigentlich sah ich generell nicht sonderlich viel fern, außer es kam Sport, aber mit ihr war es super. Ich liebte, wie sie lächelte, als die für sie vertraute Musik ertönte.

»Weißt du«, erklärte ich und angelte ein Stück Pizza aus dem Karton, »ich verstehe nicht, wie man das Zeug lieben kann.«

»Was?« Sie sah mich entsetzt an. »Du sollst nichts gegen Harry sagen!«

»Nein«, unterbrach ich sie. »Ich meine die Ananas auf deiner Pizza. Das gehört verboten! Das hat Gott nicht gewollt. Gott wollte Fleisch auf Pizza und Käse und Tomaten, aber halleluja sicher keine Ananas.«

»Ach, du hast einfach keine Ahnung. Jemand, der französisches Essen mag, kann das auch gar nicht wissen. Du bist echt richtig arm dran, aber ich führe dich gern in die Geheimnisse der Pizza-Raffinessen und Blockbuster ein.« Sie tätschelte meinen Arm und tat so, als wäre ich tatsächlich ein armer und bemitleidenswerter Kerl, der keine Ahnung hatte. Und ich betrachtete fasziniert, wie sie einfach nur sie selbst war. Nicht die toughe Assistentin, die perfekt gestylt im Büro saß und mein Leben unter Kontrolle hielt. Nicht die Assistentin, die meine Termine koordinierte und sogar den Bezirksstaatsanwalt in seine Schranken verwies ... nein, ich betrachtete einfach nur Olivia, wie sie war.

Wunderschön.

Einzigartig.

Mit jeder Minute mehr ... ein Problem.

18

OLIVIA

ERINNERUNGEN

Dieses Wochenende war der absolute Wahnsinn. Der Sex war fantastisch und ich hatte mich tatsächlich dazu hinreißen lassen, Caine von der dunkelsten Stunde in meinem Leben zu erzählen und sogar davon, dass er mein erster und bester One-Night-Stand ever gewesen war. Es fühlte sich seltsam an, auch heute noch. Verdammt seltsam! Tatsächlich schafften wir es gestern Abend bis zum Abspann vom ersten Teil der Harry-Potter-Reihe, dann fielen wir erneut übereinander her und bei Gott, wenn mir Caine weiterhin solche Orgasmen bescherte, dann war ich mir ziemlich sicher, ich könnte nie wieder einen anderen Mann auch nur ansehen.

Wüsste ich es nicht besser, würde ich sogar sagen, dass er es mit Absicht tat. Okay, jeder Mann wollte wohl für sein Ego, dass die Frauen sich ihm leidenschaftlich hingaben, dass sie sich nach ihm verzehrten, aber Caine schaffte es tatsächlich. Wir hatten ungelogen überall in seinem abartig schönen, riesigen Penthouse Sex. Nur nicht in seinem Bett. Darin schliefen wir, aber er fasste mich nicht an.

Als jetzt die Sonnenstrahlen durch meine Lider und all diese Gedanken in mein Bewusstsein krochen, stellte ich nach mehrmaligem Tasten fest, dass er weg war. Träge öffnete ich die Augen und sah mich in seinem Schlafzimmer um. Es sah aus wie in einem verdammten Wohnkatalog. Alles war akkurat an seinem Platz. Bei den wenigen Dingen, die hier herumstanden, war das eigentlich auch kein Problem. Zu meiner Linken erstreckte sich eine Fensterfront über die gesamte Länge des Schlafzimmers und um eine Ecke. Davor stand ein großer schwarzer Sessel, daneben eine Stehlampe und ein kleiner Beistelltisch, darauf eine ebenfalls schwarze Vase, in der allerdings keine Blumen waren. Sein großes Bett dominierte den Raum. Es war so riesig, dass mindestens die Hälfte des überdimensionalen Lakens nicht mal verknittert war. Auf der anderen Seite der perfekt geputzten Fensterfront war eine Tür, die in sein Badezimmer führte, und vom Badezimmer aus, das hatte ich letzte Nacht festgestellt, gelangte man direkt in seinen begehbaren Kleiderschrank, der eher einem Mr. Grey zu gehören schien statt einem Anwalt. Caine Stella war in jeder Hinsicht beeindruckend, sowohl in seinem privaten Umfeld als auch im Job. Eine immer lauter werdende Stimme in mir sagte, dass ich den Hals nicht voll genug von ihm bekommen würde, und das obwohl ich frisch getrennt und verletzt worden war. Wohin sollte das alles nur führen?

Seufzend setzte ich mich auf, sah mich um und entdeckte auf dem schwarzen Sessel eines seiner Hemden. »Ich werde eine von diesen Tussis!«, murmelte ich mir zu, wusste aber, dass ich es trotzdem tun würde. Ich würde sein Hemd anziehen und hoffen, dass es mir bis zur Mitte meiner Oberschenkel reichte, wie es in Filmen oft der Fall war. Aber ... Pustekuchen. Nachdem ich meine Arme durch die Ärmel gesteckt hatte, stellte ich fest, dass es am Busen ziemlich perfekt saß. Ich verfluchte meine Oberweite öfter mal, aber Caine schien sie wirklich heiß zu finden. Wenn wir heute noch mal Sex hatten – und bei Gott, da unser Arrangement erst heute Abend endete, sollten wir definitiv noch mehr als einmal miteinander vögeln –, würde ich ihn dreist fragen, ob er seinen wunderschönen Schwanz zwischen meine Brüste schieben wollte. Er hatte so etwas schon angedeutet und irgendwie schaffte er es, dass ich über mich hinauswuchs und Dinge, die ich bei meinem Ex als ekelhaft und pornomäßig empfunden hatte, bei Caine heiß und sexy fand.

Ja, ich wollte es.

Ich wollte ihn.

Auf nackten Füßen verließ ich sein Schlafzimmer und ging durch den langen Flur, wo ich einen Spiegel entdeckte. Ich warf einen kurzen Blick hinein und rollte die Augen. Mein Erscheinungsbild war alles andere als sexy. Caine hatte gestern Abend doch allen Ernstes Abschminktücher hervorgezaubert. Welche Tussi hatte die wohl bei ihm vergessen? Na ja, jedenfalls hatte ich es also irgendeiner Frau zu verdanken, dass ich heute nicht wie ein Pandabär aussah. Schnell verdrängte ich den Gedanken, denn ich wollte nicht, dass meine Stimmung getrübt wurde. Nein, ich wollte, dass wir heute noch einen schönen gemeinsamen Tag verbringen würden.

»Guten Morgen!«, sagte ich und betrat seine großzügige Küche, die von einem offenen Essbereich direkt ins Wohnzimmer überging. Allein dieser Bereich war so groß, dass meine Wohnung vermutlich zweimal hineingepasst hätte. Und auch hier fand sich sein klassisch maskuliner Stil wieder. Anders als bei meiner Mom zum Beispiel, wo überall Kram und Deko und Küchengeräte herumstanden, war in dieser Küche alles piekfein aufgeräumt. Alle Fronten waren ohne Griffe und ohne Chichi, das strahlende Weiß auf Hochglanz poliert. Man spiegelte sich darin.

»Guten Morgen!«, murmelte Caine, drehte sich zu mir und erschlug mich mit seiner Schönheit. Wie sollte ich ihn jemals wieder nur als Chef ansehen? Vermutlich würde ich für den Rest meines Lebens immer nur an jenen Mann denken, der in engen Boxershorts einen Pfannenwender in der Hand hielt, um Pancakes zu backen, die im Übrigen verlockend dufteten. Jeder verdammte Muskel seines wie gemeißelten Oberkörpers war überdeutlich zu erkennen und das ausgeprägte V seiner stattlichen Hüften bettelte mich förmlich an, dass ich es mit meiner Zunge nachfuhr.

Ich würde wohl niemals müde werden, ihn zu betrachten.

»Fertig?«, fragte er und grinste mich schief an.

Ertappt biss ich mir auf die Unterlippe. »Was machst du?«

»Pfannkuchen braten.«

»Pfannkuchen werden gebacken.«

»Musst du jetzt wirklich den Klugscheißer raushängen lassen?« Er legte den Kopf schief. Ich umrundete den Küchenblock und griff nach dem Glas Orangensaft, das er mir mit der freien Hand rüberschob.

»… sagt der Mann, der aussieht wie aus Photoshop.«

»Ich kann nichts dafür, ich bin eben fleißig.«

»Was bist du?« Skeptisch hob ich eine Braue und nippte am Orangensaft. Dann beugte ich mich nach vorn, stützte die Ellbogen auf der Marmorplatte ab, die im Gegensatz zu meiner Küche ganz sicher echt war. »Fleißig? Oder einfach nur gut am Computer?« Natürlich war es absoluter Schwachsinn, denn er war ja kein Foto. Aber es machte mir Spaß, ihn damit aufzuziehen.

»Ich habe gestern ziemlich viel Sport gemacht. Beine, Becken, Po …«

»Verstehe!« Ich stibitzte ihm eine der Blaubeeren, die er in den Teig fallen ließ. »Jetzt wird mir einiges klar.«

»Was denn?«

»Na, warum du so aussiehst, wie du aussiehst.« Die Worte waren schneller ausgesprochen, als ich sie mir verbieten konnte.

Caine stockte in seiner Bewegung, wendete schließlich den Pfannkuchen und drehte sich dann in meine Richtung. »In dieser Wohnung, und das ist kein Scherz, war nicht eine einzige andere Frau.« Verwirrt weiteten sich meine Augen. »Nicht eine einzige«, erklärte er weiter.

»Wobei meine Haushälterin, meine ehemalige Assistentin und die damalige Innenarchitektin nicht zählen. Es war nie eine Frau hier, zu der ich eine sexuelle Beziehung hatte.« Fest verankerte er sein dunkles Braun mit meinem. »Nicht ein einziges Mal.«

Das zarte Band, das zwischen uns gewoben worden war, ob wir es wollten oder nicht, wurde fester. Die losen Enden verknüpften sich, die Spannkraft wuchs und es fügte sich zusammen zu einer Einheit.

»Meinst du das ernst?«, stellte ich die dümmliche Frage und war überzeugt, dass er mich verarschte. »Du hattest in dieser Wohnung noch nie Frauenbesuch?«

»Nein. Niemals.«

»Wieso dann die Abschminktücher?«, fragte ich freiheraus. Ich konnte ihm das nicht glauben, der absolute Weiberheld des heutigen Zeitalters sollte noch nie eine Frau bei sich zu Hause gehabt haben? Wen wollte er eigentlich verarschen?

»Versprich mir, dass du nicht lachst.«

»Hm, ich kann es versuchen.«

»Das sind meine.«

»Was?«, entfuhr es mir und ein breites Grinsen schlich sich auf mein Gesicht. »Willst du mir was beichten?«

»Nicht das, was du denkst«, brummte er. »Bei Fotoshootings für eine Zeitung oder ein Magazin oder bei Fernsehauftritten wird man geschminkt ...«

»Ja«, murmelte ich. Mental machte ich mir eine Notiz, dass ich ihn wohl noch genauer googeln musste.

»... aber eben nicht mehr abgeschminkt. Das ging mir auf den Sack. Darum habe ich die Dinger für den Notfall.«

»Dein Ernst?«

»Absolut. Mehr als mir lieb ist, ehrlich.«

»Seelenstrip?«

»Kann man so sagen«, flüsterte er und stellte den Ofen ab, weil der letzte Pancake bereits gebacken war. »Das muss aufhören!«

»Finde ich nicht.«

Ich ging um die Ecke des Küchenblocks und schob mich vor ihn. Sofort stützte er seine Arme zu meinen beiden Seiten ab. »Ich kann es nicht ausstehen, wenn ich mich angreifbar mache.« Er flüsterte die Worte und senkte dabei die Lider. Mir wurde bewusst, dass Caine nur dort war, wo er war, weil er vor der Welt sein wahres Gesicht verbarg. Caine Stella schien arrogant – okay, das war er auch – selbstgefällig, – okay, das war er ebenfalls – und unnahbar zu sein. Nur ließ er mich gerade hinter die Fassade blicken und ich genoss sehr, was ich dort sah.

»Geheimnis gegen Geheimnis«, sagte er leise und fesselte mich mit seinem Blick. »Du hast mir von deinem Ex erzählt und was er dir angetan hat … ich habe dir erzählt, warum ich Abschminktücher besitze. Und das«, er hob den Zeigefinger, »darf niemand wissen.«

Ich machte die allgemeingültige Geste mit den Fingern, in dem ich so tat, als würde ich meine Lippen mit einem Schlüssel absperren. Er lächelte und schaute auf seine Boxershorts, wo eine verdächtige Beule zu sehen war.

»Wie viel Hunger hast du?«, fragte ich und griff ohne Umschweife in seine Shorts, um seinen Schwanz zu massieren.

»Auf die Pancakes oder auf dich?«

Caine neckte mich.

Caine Stella neckte mich tatsächlich.

»Ich bin in deinen Händen beschissenes Wachs, falls du das noch nicht bemerkt hast, Olivia. Ich kann nichts dagegen tun, ich will dich. Immer. Überall.«

»Außer in deinem Bett«, wagte ich mich noch einen Schritt weiter hinter seine Fassade, aber das war wohl der Schreckstoß für ihn.

»Ich habe keinen Sex in meinem Bett!« Seine Stimme klang jetzt nicht mehr weich und seidig. Ohne ein weiteres Wort wischte er all die Utensilien auf der Arbeitsplatte zur Seite, umgriff meinen Hintern und hob mich darauf. Pure Lust leuchtete in seinen Augen auf, als er feststellte, dass ich unter seinem Hemd nackt war. Mit einem Ruck riss er es auseinander, die Knöpfe sprangen in alle Richtungen und mit einer Hast, die im absoluten Gegensatz zu seiner vorherigen Ruhe stand, streifte er es mir vom Körper. Ich stöhnte ungeniert, als Caine einen meiner Nippel tief in seinen Mund zog. Meine Hand war immer noch in seinen Shorts, ich zerrte umständlich den Stoff hinunter und massierte ihn fester. Ich war süchtig nach dieser seidigen Härte, die schwer und pulsierend zwischen meinen Fingern lag. Ich konnte und wollte mir nicht vorstellen, dass ich ab Montag kein Recht mehr darauf hatte, ihn zu berühren.

»Bleib hier!«, knurrte er mir dunkel ins Ohr. »Bleib bei mir, Olivia ...«

Die Art und Weise, wie er meinen Namen aussprach, und das, was er sagte, bescherte mir gleich doppelt wohlige Schauer. »Ich will dich, Caine … ich will dich so sehr, dass ich kaum atmen kann.«

»Ich weiß, Babe«, flüsterte er wieder. »Mir geht es genauso.« Caine griff in mein Haar, wickelte eine lange Strähne um seine Hand und bog meinen Kopf sanft zurück. Er brauchte die Kontrolle. Das, was zwischen uns passierte, machte uns beide so fertig, dass er offenbar nur mit der nötigen Dominanz damit zurechtkam, was nicht länger zu ignorieren war.

Wir passten perfekt zusammen.

Zumindest, wenn wir nicht im Büro waren.

19

CAINE

Bedingungslos

Ihre Finger an meinem Schwanz machten mich wahnsinnig. Sie massierte mich mit genau dem perfekten Druck, in dem absolut perfekten Tempo. Die Pfannkuchen waren vergessen, denn ich roch jetzt nicht mehr den süßen Duft des Teiges, sondern jetzt roch ich, wie sehr sich Olivia nach mir verzehrte und wie feucht sie war.

Ich stöhnte kehlig, als sie meine Eier streifte. »Mach das noch mal!«, wies ich sie an, hielt ihre Haare weiterhin so fest um meine Faust gewickelt, dass sie ihren Kopf kaum bewegen konnte, außer ich würde es zulassen. Sofort leistete sie meinem Befehl Folge und knetete meine Hoden. Gott, das war so gut!

Sie war so gut.

Ich knurrte tief und versenkte zwei meiner Finger

ruckartig in ihr. »Ich wusste es. Ich wusste, du bist feucht für mich. Ich wusste, du bist bereit für mich!« Sie stöhnte und nickte. »Du willst, dass ich dich ficke, richtig? Du willst nicht an meiner Hand kommen, das ist dir nämlich zu wenig … du willst, dass ich meinen harten Schwanz bis zum Anschlag in dir versenke.«

Mein Babe biss sich auf die Lippe und stöhnte nur. Der Dirty Talk machte sie scharf, ihre Muskeln zuckten um meine Finger. »Du bist so wunderbar verdorben, meine Süße …«, flüsterte ich an ihr Ohr. Und sie trieb mich ebenfalls in den absoluten Wahnsinn, weil sie mir so gekonnt einen runterholte, dass ich mich verdammt zusammenreißen musste, um nicht in ihrer Hand zu kommen. »Sieh mich an, wenn du kommst!« Widerwillig nickte Olivia und öffnete keuchend die Augen. Sie bewegte ihre Hüften vor und zurück, während sie meine Hand vögelte. »Nimm dir, was du brauchst, Babe. Nimm es dir! All das, was zwischen uns geschieht, ist echt und wahrhaftig.« Meine Worte schienen ihr den Rest zu geben. Und mir auch. Ihre Muskeln zuckten jetzt stärker, unter gestöhnten Protesten entzog ich ihr meine Hand, aber nur um sie durch meinen Schwanz zu ersetzen. Mit einem heftigen Ruck war ich in ihr. Es waren nur zwei, drei Stöße nötig, dann kamen wir beide, überwältigt von einer Welle der Leidenschaft. Keuchend legte sie ihren Kopf auf meine Schulter, ich umarmte sie und drückte sie ein Stück nach hinten. Ja, verdammt! Ich wollte, dass mein Sperma in ihr blieb. Nicht weil ich sie schwängern wollte, nein, ich wollte sie brandmarken. Sie war mein, auch wenn unsere Deadline nur bis heute Nacht ging. Natürlich würde ich ihr das nicht sagen, denn ich wusste, dass dieses Besitzdenken absolut von gestern war und ich damit wahrscheinlich nur Panik in Olivia auslösen würde.

Trotzdem, sie war mein.

Das würde ich sie spüren lassen.

Scheißegal, was unser Deal besagte.

Scheißegal, ob es Sonntag war und die Uhr tickte.

Scheißegal, was alle anderen sagen würden.

Ich hatte nicht genug von ihr.

Und ich würde sie nicht teilen.

Niemals!

Immerhin waren wir verheiratet.

Punkt Mitternacht verließ mich Olivia, wie es unser mündlicher Vertrag vorsah. Nur widerwillig ließ ich sie gehen, wusste ich doch, dass ich ihr diese Freiheit zugestehen musste, wenn ich sie irgendwann noch einmal besitzen wollte.

Ihr süßer Duft, ihr kluger Geist schwebte durch meine Wohnung, die mir plötzlich zu groß und zu ruhig vorkam. Sie hatte mich tatsächlich gezwungen, drei weitere Harry-Potter-Filme mit ihr anzusehen, und ich hatte sie dazu gebracht, die Hälfte von allen dreien mit mir gemeinsam zu verpassen.

Ich stützte beide Arme auf das Geländer meiner Dachterrasse, drehte eine Bierflasche zwischen meinen Fingern und schaute nach unten, dorthin, wo gerade ein Taxi hielt, in das sie tatsächlich einstieg. Olivia warf keinen Blick zurück, aber das war für mich in Ordnung. Ich wusste, auch wenn sie es nicht ausgesprochen hatte, dass es ihr genauso große Mühe bereitete, jetzt zu gehen, wie es mir schwerfiel, sie nicht zurückzuhalten. Es war absurd. Ich kannte das nicht von mir. Es war vollkommen untypisch, dass ich eine Frau mit nach Hause nahm, und noch mehr, dass ich sie bei mir übernachten ließ und es sogar genoss, am nächsten Morgen für sie ein opulentes Frühstück zu zaubern. Ja, richtig, kein Frühstück aus dem Bistro an der Ecke. Nein, ich wühlte mich durch meine Vorratsschränke, entdeckte Dinge, von denen ich nicht einmal wusste, dass ich sie besaß, und googelte wie ein Irrer nach einem gelingsicheren Rezept für Pancakes. Das war doch verrückt! Ganz gleich, was ich ihr erzählt hatte, normalerweise machte sich ein Mann wie ich sein Frühstück niemals selbst. Und schon gar nicht machte er es für eine Frau.

Und ich tat noch etwas, das völlig bescheuert war. Ich hatte Olivia fotografiert, als sie schlief. Nein, keine Aktfotos, nur ein paar Aufnahmen, wie sie in meinem Bett auf der Seite lag, eine Hand unter ihre Wange geschoben und die Lippen zu einem Schmollmund geformt. Sie sah so unschuldig und süß aus, dass ich den Moment einfach festhalten musste. Denn dieses Wochenende mit ihr wollte ich nicht vergessen. Es hatte mir gefallen. Gottverdammt, es hatte mir wirklich gefallen.

Ich trank einen Schluck Bier, es schmeckte bitterer als sonst. Das Taxi mit Olivia war gerade um die Ecke verschwunden und ich fragte mich, wie es diese Frau nur schaffen konnte, dass ich ihr so verfallen war und jetzt nicht mal mehr allein sein wollte.

Im Grunde sollte ich doch froh sein, dass sie ohne großes Tamtam meine Wohnung verließ, nicht hier und da etwas zufällig vergaß, damit sie wiederkommen konnte. Ich sollte verflucht noch mal dankbar dafür sein, meine Ruhe zu haben und keine Fragen beantworten musste, die mit »Wann sehen wir ...« begannen und die mit »Niemals!« enden würden.

Es fühlte sich einfach nur scheiße an, jetzt wieder allein zu sein. Seufzend leerte ich die Bierflasche und holte mir eine zweite. Ich ging nicht zurück auf die Terrasse, denn das Hupen der Autos, das Rauschen des Verkehrs unter mir halfen nicht, an etwas anderes zu denken als an Olivia. Nein, der Großstadtlärm erinnerte mich vielmehr daran, dass sie im Taxi unterwegs war in ihr Leben ohne mich.

Frustriert starrte ich auf den Fernseher, wo immer noch der Abspann flimmerte und irgendein Streaming-Dienst fragte, ob ich Teil fünf starten wollte. Wie gelähmt beobachtete ich den Countdown, der heruntergezählt wurde, bis der Film begann. Die mir mittlerweile vertraute Musik der berühmten Filmreihe schaffte es, dass ich mich wieder in Bewegung setzte. Ich schnappte mir das Bier von der Theke und setzte mich aufs Sofa. Es roch nach ihr. Alles in meiner scheiß Junggesellenbude roch nach ihr, und das hasste ich plötzlich. Die letzten vierundzwanzig Stunden waren dafür da gewesen, dass ich sie mir aus dem Kopf vögelte, doch das Gegenteil war geschehen.

Ich holte mein Tablet und suchte nach einem Bett für sie.

Ich war verrückt, vollkommen verrückt.

Ich war irre und besessen.

Aber ich konnte nicht anders.

Nachdem ich mich schließlich für ein Modell entschieden, die Lieferadresse umständlich aus den digitalen Personalakten herausgesucht und eingetragen hatte, klappte ich zufrieden die Schutzhülle des Tablets zu und sah tatsächlich den Harry-Potter-Film zu Ende.

Morgen würde ich sie wiedersehen.

Dass ich mich darauf freute, sollte mir Angst machen.

Große Angst!

20

OLIVIA

Schock

Ich war nervös, als ich am Tag danach – so nannte ich es heimlich in meinen Gedanken – das Büro betrat. Caine war schon da. Ich hörte ihn telefonieren, die Tür zu seinem Büro stand offen.

»Bleib ruhig!«, murmelte ich und schluckte schwer. »Du bist erwachsen. Er auch. Ihr habt das so vereinbart. Es ist alles gut.«

»Hallo!«, rief ich laut, als er sein Telefonat beendete. Ich hatte lange mit Jess darüber diskutiert, wie ich mich verhalten sollte, und wir waren uns einig gewesen, dass ich Abstand einhalten musste. Ansonsten würde ich nicht aufhören, mich nach ihm zu verzehren.

»Guten Morgen!«, kam es aus seinem Büro und ich starrte wenige Sekunden auf den leeren Türrahmen. Er schien sich nicht zu bewegen, was bedeutete, dass ich womöglich Glück hatte und vorläufig einer Begegnung entkam. Natürlich nicht auf Dauer, aber zumindest konnte ich noch kurz verschnaufen. Also holte ich mir einen Kaffee und fuhr den Computer hoch. Ich sollte einfach arbeiten, dafür wurde ich schließlich bezahlt und nicht dafür, dass ich mir Gedanken darüber machte, wie Caine das alles wohl sah und sich verhalten würde. Meine Freundin Jess war da sehr deutlich in ihren Worten gewesen.

Das Telefon klingelte. »Hallo, Judy!«, sagte ich erstaunt. Was wollte denn die Personalabteilung?

»Hallo, Olivia! Herzlichen Glückwunsch!«

»Bitte?« Was sollte das?

»Du hättest ruhig sagen können, dass du kurz vor Arbeitsantritt geheiratet hast, dann hätten wir deine Steuerklasse direkt geändert.«

»Was?« Ich verstand kein Wort.

»Heute kam die Änderungsmitteilung für deine Steuerklasse. Die wird doch angepasst, wenn du verheiratet bist.«

Ich … was? VERHEIRATET?!

»Ähm, ich verstehe nicht.« Wie sollte ich reagieren? Ich versuchte das Naheliegendste. »Judy, du hast dich bestimmt vertan«, sagte ich mit einem halbherzigen Lachen. »Du verwechselst mich.«

»Bitte?«, hörte ich die Personalfrau am anderen Ende der Leitung sagen. »Ich mache keine Fehler!«

Doch, gerade eben schon. Ich war viel, aber nicht verheiratet.

»Ich bin mir sicher, dass sich jemand einen Scherz erlaubt hat!«, sagte ich nun etwas energischer. Die Versuchung, jetzt einfach in Ohnmacht zu fallen, war groß. Meine Ohren machten langsam zu und Sternchen tanzten vor meinen Augen. Was bitte war hier los? Es musste sich um eine Verwechslung handeln oder um einen dieser albernen Willkommensscherze, die sich Angestellte gegenseitig immer wieder machten. Ich war definitiv nicht verheiratet. Zum Glück hatte ich meinen Ex entlarvt, bevor ich mit ihm zum Traualtar hätte schreiten können. Nur konnten das meine neuen Kolleginnen und Kollegen ja nicht wissen, wie ... wie schmerzvoll gerade dieses Thema für mich war. Oder doch? Denn wie sich herausgestellt hatte, kannte ich einige von ihnen. Sie hatten vorher für meinen ehemaligen Chef Bill gearbeitet, der jetzt Caines einstige Kanzlei in Vegas führte. Wie viele Zufälle gab es eigentlich im Leben? War das hier doch ein blöder Scherz? Energisch schüttelte ich den Kopf, um die Gedanken zu vertreiben und irgendwie ... wieder logisch zu denken.

»Ehrlich, Olivia, du hättest es einfach sagen können, so haben wir die doppelte Arbeit, aber ist okay. Brauchst du das Dokument für deine Unterlagen?«

»Aber ...« Welches Dokument?

»Dein Geheimnis ist hier sicher!«, sagte sie nun und klang leicht genervt. »Falls du nicht willst, dass es jemand erfährt.«

»Darum geht es nicht«, sagte ich und stockte. Meine Kehle wurde eng und ich japste nach Luft. Judy schien es nicht zu bemerken. Das musste eine ganz fiese Verwechslung sein. Vielleicht würde dieses Dokument Licht ins Dunkel bringen. »Ja, das wäre nett. Schick mir doch bitte eine Kopie des Dokuments, gern digital«, brachte ich schließlich mühsam hervor.

»Ich scanne es dir gleich ein und ... Olivia? Herzlichen Glückwunsch!«

»Ähm ... danke.«

Judy lachte wieder. »Und du schick mir bitte bei Gelegenheit eine Kopie der Heiratsurkunde.«

Bitte? Ich war nicht verheiratet, Herrgott!

»Für die Versicherung«, erklärte die Personalerin. Ich hörte sie seufzen. Wahrscheinlich dachte sie, ich wäre nicht ganz richtig im Kopf. Mein Herzschlag dröhnte in meinen Ohren und meine Finger wurden klamm. »Ja«, sagte ich deshalb schnell. »Die brauchen wir ja auch für die Versicherung.«

Es tutete in der Leitung, weil sie aufgelegt hatte. Wie gelähmt starrte ich den Hörer an. »Was zur verdammten Hölle?«, fragte ich laut und prompt kam die Antwort aus Caines Büro.

»Alles okay da draußen?«

»Sicher!«, rief ich etwas zu schrill und war froh, dass er nicht nachfragte und auch weiterhin an seinem Schreibtisch blieb. Hatte er etwas mitbekommen? Er konnte schließlich jedes Wort hören, das ich hier sagte. Nervös kaute ich auf meiner Unterlippe herum, während ich auf das erlösende PLING! meines E-Mail-Postfachs wartete. Meine Augen fixierten den Computerbildschirm und ich zog scharf die Luft in meine Lunge, als die E-Mail von Judy einging. Meine Finger zitterten beim Doppelklick auf den

Anhang. Schnell öffnete sich das Dokument. Tatsächlich! Bei *Familienstand* war nun *verheiratet* vermerkt und eine andere Steuerklasse.

»Was?« Ich suchte nach einem Datum. Wann zur Hölle hatte ich denn bitte geheiratet? Schwer schluckte ich in der Hoffnung, so den fetten Kloß in meinem Hals vertreiben zu können. Wo war das Datum? Hier musste doch ein verfluchtes Datum sein ...

Ah! Da stand es. Ich rechnete schnell zurück.

Vegas.

Das Wochenende, als ich in Las Vegas gewesen war.

Scheiße! Ich stieß die angehaltene Luft aus und stützte den Kopf in beide Hände. Wie konnte das sein? Also entweder ein extrem übler Scherz für mich als neue Mitarbeiterin ... Aber niemand hier wusste von Caine und mir in Vegas. Außer Caine und mir. Moment mal! Was war damals geschehen? Da war die Bar gewesen und Caine ... und jede Menge Alkohol ... die Hotel-Suite ... Hatte ich im Rausch etwa? Wann? Wen? Vor meinen Augen wurde es schwarz. Ich erinnerte mich an nichts mehr. Nur daran, dass ich mit Caine Sex hatte und mit einem fiesen Kater erwacht war. Ein beschissener Filmriss, der mir bisher egal gewesen war.

Plötzlich begann es, hinter meiner Stirn zu hämmern. Was war mit Caine? Konnte er sich daran erinnern? Aber hätte er dann nicht etwas dazu gesagt? Hätte er mir nicht irgendetwas erzählt? Er wusste doch, dass ich nicht allzu viele Erinnerungen an diese Nacht hatte ... Noch gestern hatten wir uns darüber unterhalten. Also wenn er irgendwas darüber wissen würde, dass wir in einer dieser elenden Kirchen waren, dann wäre das Thema doch auf den Tisch gekommen. Nein, er hätte es mir gesagt und längst dafür gesorgt, dass diese Ehe annulliert wurde. Es musste ein anderer Mann sein. Aber wer?

Hektisch kaute ich am Nagel meines Zeigefingers, bis mir eine Idee kam.

»Ich bin kurz in der Buchhaltung«, ließ ich Caine wissen, schnappte mir mein Handy und lief zu den Fahrstühlen. Natürlich war ich nicht auf dem Weg in die Buchhaltung, sondern auf dem Weg vor das Gebäude, damit ich Jess anrufen konnte. Nach dem zweiten Klingeln war sie dran.

»Wo brennt es diesmal?«, fragte sie direkt, und wenn die Situation nicht so absurd gewesen wäre, hätte ich gegrinst.

»Ich bin verheiratet!«, platzte es laut aus mir heraus. Einige der Anzugträger, die an mir vorbeiliefen, starrten mich an und grinsten. »Wusstest du das?«, zischte ich nun leiser und stellte mich so, dass ich Richtung Hausmauer sprach.

»Was redest du da?«, fragte Jess. Sie klang verwirrt. Mindestens genauso verwirrt wie ich. »Alles okay bei dir?«

»Ich. Bin. Verheiratet.«

»Mit wem?«

»Das weiß ich nicht.«

»Ich kann dir nicht folgen!« Jetzt klang die Stimme meiner Freundin genervt. »Mit wem?«

»Ich weiß es nicht. Judy aus der Personalabteilung hat mich gerade angerufen, mir zur Hochzeit gratuliert und mich davon in Kenntnis gesetzt, dass die Änderung meiner

Steuerklasse vorliegt und sie für die Krankenversicherung eine Kopie der Heiratsurkunde braucht.«

»Wie kann man denn nicht wissen, wen man geheiratet hat?«

»Es ist in Vegas passiert.«

»Du verarschst mich!«, sagte sie und lachte laut. »Oder ist das ein Willkommen-in-der-Kanzlei-Streich?«

»Nein, das ist kein beschissener Witz, ich habe ein offizielles Dokument mit Stempel und allem.«

»Entspann dich, Süße! Dann steht doch sicher auf diesem Dokument, wen du geheiratet hast, oder?«

»Nein.«

»Hoppla!«

»Wie konnte mir das nur passieren? Ich meine ... wie voll war ich bitteschön? Ich trinke nie zu viel, ich hatte noch nie einen Filmriss und jetzt war ich einmal wirklich betrunken und bin direkt verheiratet«, jammerte ich und rief: »Was zur Hölle stimmt eigentlich nicht mit mir?«

»Das wird schon! Man kann das bestimmt klären und annullieren lassen. Du bist doch nicht die Erste, die in Vegas aus Versehen heiratet, und bestimmt auch nicht die Letzte.«

Das stimmte, machte es aber nicht besser. »Vielleicht sollte ich einen Privatdetektiv anheuern, der da was rausfindet. Ich meine, ich kann nicht nach Vegas fahren und mir die Unterlagen sämtlicher Kirchen ansehen.«

»Das würde wohl etwas länger dauern«, stimmte mir Jess zu. »Abgesehen davon werden die dir das nicht verraten. Datenschutz und so.«

»Scheiße!«, rief ich wütend und hörte, wie eine vorbeilaufende Omi schimpfte. Ich ignorierte die alte Dame, denn waren wir mal ehrlich: Das, was hier gerade passierte, war ein verdammt großer Haufen Scheiße.

»Das kannst du wohl laut sagen!«, meinte auch Jess.

»Wieso kann ich mich nicht mehr erinnern, was passiert ist?«, fragte ich nun leiser. Ich schämte mich. Und ich hasste mich. »Ich hatte noch nie einen Filmriss.«

»Ich weiß, Süße. Aber wir finden das schon raus.«

»Aha! Und wie genau willst du das anstellen?«

»Hast du nicht letzte Woche erzählt, dass dein neuer Chef so einen Schnüffler kennt, der für ihn arbeitet? Vielleicht hat dein Boss den Typen ja auch auf dich angesetzt, um herauszufinden, ob du für den Job geeignet bist. Warte mal ...«, Jess machte eine Pause, als würde sie überlegen. »Was ist eigentlich mit deinem Boss? Ich meine, ihr beide in Vegas und so ...«

»Bist du irre?«, fragte ich entsetzt. »Ich soll meinen Boss fragen, mit dem ich in Vegas ahnungslos und volltrunken die Nacht verbrachte, ob er mich noch mit einem anderen Kerl gesehen hat, den ich eventuell geheiratet habe? Spinnst du?«

»War ja nur eine Idee. Was, wenn es er ist?«

»Dann hätte er doch was gesagt. Ich habe mitbekommen, wie viele Eisen der Mann im Feuer hat, ein Caine Stella will alles, aber niemals verheiratet sein.«

»Hm ...«, murmelte meine Freundin und ich wusste, sie dachte ebenfalls nach. »Vielleicht ist es ja auch am zweiten Abend passiert.«

»Was?« Skeptisch verzog ich das Gesicht, obwohl sie es

gar nicht sehen konnte. »Also hör mal, da weiß ich noch alles. Außerdem ist das Datum eindeutig.«

»Und wenn dir jemand was ins Glas getan hat?«, fragte sie und ich schüttelte den Kopf. Auch das konnte sie nicht sehen.

»Du bist irre.«

»... sagt die, die verheiratet ist und nicht weiß, mit wem.«

»Autsch!«

»Noch nicht witzig?«

»Wird es nie sein!«

»Tut mir leid.« Meine Freundin klang aufrichtig und um die Wahrheit zu sagen, hatte sie ja recht. Ich, die strikte, ein bisschen altmodische Olivia Mine, war verheiratet und hatte keinen blassen Schimmer, mit wem.

»Das Beste ist wohl, du sprichst mit deinem Boss.«

»Und was soll ich sagen? Hey, Chef, eine Frage, wir haben uns ja jetzt zwei Wochenenden nacheinander die Seele aus dem Leib gevögelt, kann es sein, dass wir zwischendrin irgendwann geheiratet haben?«

Jess lachte schallend und ich grinste ebenfalls. Es war einfach so abgefuckt, dass ich nicht anders konnte, als die Sache lächerlich zu finden.

»Okay, vielleicht doch die Variante mit dem Privatdetektiv.«

»Rein zufällig habe ich auch dafür keinen an der Hand.«

»Joe vielleicht?«

»Und dann sage ich: Hey, Joe, ich brauche einen Privatdetektiv, weil … Hoppla! Ich habe in Vegas geheiratet und weiß dummerweise nicht, wer der Glückliche ist. Also, wen kannst du mir empfehlen?«

»Okay, wir fragen keinen deiner Brüder.«

»Nein, keine gute Idee. Vielleicht sollte ich doch Caine fragen, also ohne das ganze Drumherum.«

»Und du meinst, er gibt dir den Kontakt, ohne dass du ihm sagst, worum es genau geht?«

»Hm …«, überlegte ich und wich ein paar Leuten aus. Warum war hier heute so viel los, mussten diese Menschen nicht langsam alle zur Arbeit? »Ich weiß noch nicht, wie oder was … aber ich denke darüber nach. Ich muss jetzt auch wieder hoch, nicht dass er den Macker raushängen lässt, der wissen will, wo ich war.«

Meine Freundin kicherte. »Ich dachte, eure Vereinbarung endete letzte Nacht um Mitternacht?«

»Ja, richtig. Darum wollte ich ihm heute auch eigentlich aus dem Weg gehen, meine Vagina sieht die Vereinbarung nämlich nicht als beendet an.«

Ein älterer Herr schüttelte entsetzt den Kopf und sah mich mit großen Augen an. Entschuldigend zuckte ich die Schultern, während Jess wieder lachte.

»Was?«, fragte ich. »Ist eben so.«

»Dann vögle noch mal mit ihm, und wenn er kurz davor ist zu kommen, dann frag ihn. Oder noch besser, du erpresst ihn. Sag ihm, du reitest nicht weiter, wenn er nicht die Nummer rausrückt.«

»Du bist ekelhaft, Jess.«

»Und du prüde!«

»Darum frage ich mich ja, warum ich diejenige bin, die

einen Filmriss und eine Heirat hinter sich hat.«

»Ich muss jetzt los, du böses Mädchen!« Jess lachte ironisch und ich ebenfalls. Mit ihr war alles so leicht – egal, wie abgefuckt eine Situation war. Sprach ich mit Jess darüber, änderte sich meine Sicht, und meistens sogar zum Guten.

Seufzend ging ich durch das Foyer und auf die Fahrstühle zu. Ich brauchte einen Plan. Einen richtig guten, wasserdichten Plan. Caine war ziemlich schlau und gewieft, er würde sofort merken, wenn ich versuchte, ihn zu verarschen. Trotzdem musste ich es irgendwie hinkriegen, dass er keinen Wind davon bekam, warum ich die Telefonnummer und den Namen seines Privatdetektives brauchte.

Als ich ins Büro zurückkam, war Caine nicht mehr da. Ich fand nur eine kurze E-Mail in meinem Posteingang, was ich zu tun hätte und dass er erst gegen Abend wieder hier sein würde, weil er zu einer Anhörung musste.

Warum wusste ich davon nichts? Ich war doch seine Assistentin und ... Es fühlte sich seltsam an, als hätte er mich ausgeschlossen. Dabei wollte ich es wissen, ich wollte ihm nahe sein, ein Teil von ihm ... und ich musste mehr wissen, schließlich war das mein Job. Je mehr ich wusste, umso mehr konnte ich im Vornherein abfangen und für ihn filtern. Das war meine Aufgabe als Assistentin, ihm den Rücken freizuhalten. In jeglicher Hinsicht. Ich kümmerte mich sogar darum, dass seine Hemden aus der Reinigung gebracht wurden und auch darum, dass Caine niemals einen Geburtstag vergaß. Als in meinem elektronischen Kalender eine entsprechende Info aufpoppte, dass ein Partner aus der Kanzlei in Las Vegas heute einen runden Geburtstag hatte, organisierte ich, dass ihm eine Flasche Whiskey geliefert wurde. Natürlich im Namen von Caine und natürlich eine exklusive Sorte. Am Wochenende hatte er mir nämlich erzählt, dass er seine Kollegen in Vegas – auch wenn sie gottverdammte Drecksäcke gewesen waren – schon vermisste und einer seiner liebsten Kollegen Geburtstag hatte, er aber nicht da sein würde, um das Ritual zu zelebrieren, mit ihm einen Drink zu nehmen. Scherzhaft hatte ich Caine vorgeschlagen, das Ganze per Video zu machen, aber das war wirklich nur ein Witz gewesen. Ich wusste, wie sehr Caine den persönlichen Kontakt liebte und auch brauchte.

Das alles war so vertraut gewesen ... gestern noch. Und jetzt musste ich mir eingestehen, dass ich tief in meinem Herzen unsere Vereinbarung längst bereute. Aber was nützte das? Konnte ich sie widerrufen, gab es vielleicht irgendein Schlupfloch? Der Gedanke, dass ich Caine Stella nie wieder berühren, nie wieder private Zeit mit ihm verbringen durfte, war schlichtweg zum Verrücktwerden. Wie würde es wohl sein, wenn er sich mit einer anderen Frau traf? Das würde über kurz oder lang passieren. Dann müsste ich ihm im Zweifel sogar seine Dates organisieren. Scheiße! Der Gedanke tat weh. Viel mehr, als er sollte.

Deshalb schob ich ihn postwendend zur Seite und zwang mich, meine Aufgaben zu erledigen. Da war zum

Beispiel dieser Anwalt, der seit Tagen versuchte, bei Caine einen Termin zu bekommen. Also stürzte ich mich in die Arbeit, plauderte in der Mittagspause mit einigen Kollegen und lenkte mich so gut wie möglich ab. Die Sehnsucht nach Caine, aber auch diese irre Sache mit der Heirat, traten in den Hintergrund, bis es später Nachmittag war.

Ich schaute mir gerade an, was ich als Nächstes anpacken sollte, als Caine Stella plötzlich in all seiner Pracht vor mir stand.

Und er sah ziemlich wütend aus.

21

CAINE

Probleme

Es gab Scheißtage … und es gab richtig miese Scheißtage.

Heute war so einer.

Es war etwas passiert, das mir noch nie passiert war. Ich hatte beinahe eine Anhörung vergessen. Ich, der niemals einen wichtigen Termin vergaß. Zudem war ich auch noch schlecht, was natürlich zum Teil mein Fehler war, aber zu einem anderen, riesigen Teil war es der Fehler dieses Junganwalts Mike, der mir zuarbeiten sollte. Hätte er seinen Job erledigt und wäre Olivia nicht ewig in der Buchhaltung gewesen … Ach, egal. Wie ich es auch drehte und wendete, ich war selbst daran schuld und verflucht wütend auf mich.

Ich hatte es versaut.

Ich bekam das satte Honorar.

Ich war nicht bei der Sache.

Letzte Woche war ich abgelenkt gewesen, weil Olivia mich so sehr aufregte. Am Wochenende hatte ich eigentlich die liegengebliebenen Akten nacharbeiten wollen, aber ich hatte ja nichts Besseres zu tun, als sie zwei Tage lang in sämtlichen Stellungen zu ficken. Und dann war ich auch noch froh gewesen, dass sie heute Morgen in die Buchhaltung verschwunden war, weil ich nicht wusste, wie ich mit der Situation umgehen sollte.

Verdammt, ich war nachlässig und unkonzentriert.

Das war der Tod eines jeden Anwalts.

»Das war die verdammte Akte!«, schnauzte ich Olivia an.

»Okay«, erwiderte sie und griff mit ihren schlanken Fingern nach dem Hefter, den ich ihr auf die Tastatur gepfeffert hatte.

»Es ist die Aufgabe meiner Assistentin, mir die Unterlagen zusammenzustellen.« Ich seufzte, denn ich war wirklich beschissen sauer.

»Aber …«, wollte sie sich rechtfertigen, doch ich unterbrach sie jäh.

»NEIN! Es ist deine Aufgabe, mich mit richtigen Informationen zu versorgen.« Es war unfair, aber ich konnte Schwäche nicht ausstehen. Nicht meine eigene.

»Ja, das schon, aber …«

»Ich will kein aber hören, Olivia!«, donnerte ich los – frustriert darüber, wie mies es heute gelaufen war und ich es nur einem inneren Impuls folgend geschafft hatte, das Drama abzuwenden. »Nur weil wir gefickt haben, sind dir solche Fehler noch lange nicht gestattet!«

Schock. Purer Schock stand in ihrem Gesicht. Schnell drehte ich mich um und verschwand in meinem Büro. Gott, ich war so ein Arschloch! Ich mahlte die Kiefer aufeinander, ballte die Hände zu Fäusten und warf knallend meine Bürotür ins Schloss.

»Fuck!«, sagte ich laut und riss mir mein Jackett von den Schultern. »Fuck! Fuck! Fuck!« Es war genau das passiert, was ich niemals wollte. Sie beeinflusste mich. Und dieser Einfluss war scheinbar negativ, denn ansonsten hätte ich es nicht so versemmelt. Mit einem wütenden Ruck lockerte ich meine Krawatte, öffnete die Knöpfe meines Hemdes und krempelte die Ärmel bis über die Ellbogen auf.

»Ich glaube, bei dir piept's wohl!«, rief Olivia aufgebracht in meinen Rücken.

»Ich habe dich nicht anklopfen hören!«

»Weil ich nicht angeklopft habe, du Arsch!«

»Bitte?« Meine Hände krallten sich um das dunkle Holz meines Schreibtisches, damit ich Olivia nicht über mein Knie legte und ihr den Hintern versohlte.

»Welchen Teil soll ich wiederholen? Das mit dem Klopfen oder das mit dem Arsch?« Sie stemmte die Hände in ihre Hüften, dieselben Hüften, die ich gestern noch hielt, als ich sie von hinten fickte. Auf allen vieren. Leidenschaftlich und hemmungslos.

»Du weißt aber schon, dass ich dein Boss bin?«

»Oh ja, du sorgst täglich dafür, dass ich es nicht vergesse! Wieso ist es meine Schuld, wenn dir jemand von den Anwälten die falschen Unterlagen heraussucht?«

»Du hättest das prüfen müssen!«

»Du hättest mich auch einfach in deinen Fall involvieren können. Ich wusste nämlich gar nicht, dass heute eine Anhörung ist.«

»Es ist deine Aufgabe, so etwas zu wissen!«

»Dann solltest du damit aufhören, mir solche wichtigen Informationen vorzuenthalten! Ich bin nicht der Feind, Stella!« Mittlerweile brüllten wir uns beide an. Einer lauter als der andere. Olivias Wangen waren gerötet und da sie die Haare heute aus dem Gesicht frisiert trug, erkannte ich, dass die Ader an ihrem Hals sehr schnell pochte. Sie war mindestens genauso wütend wie ich.

»Du warst heute Morgen nicht an deinem Arbeitsplatz.«

»Ich war kurz weg, das ist richtig.« Wild gestikulierte sie mit ihren Händen durch die Luft. Gott, sie war so unfassbar sexy.

»Das war weitaus länger aus kurz. Ich habe gewartet und ich warte nicht gern!«

»Ach so!«, brüllte sie völlig in Rage. »Weil der feine Herr warten musste!« Kopfschüttelnd sah sie mich an. »Sind wir hier im Kindergarten oder was?«

»DU brüllst doch mich an!«

»Weil du mich für etwas verantwortlich machst, das ich nicht wissen konnte. Und das weißt du selbst. Du bist sauer auf dich, weil du den Moment verpasst hast, mich in deinen Fall zu involvieren. Denn mit ein wenig mehr Informationen hätte ich gesehen, dass es die falsche Akte war. Aber nein, der Herr verbringt seine Zeit ja lieber damit, sauer zu sein, weil ich mal kurz nicht am Schreibtisch war.« Die letzten Worte setzte sie in imaginäre Gänsefüßchen.

Ohne, dass ich noch ein weiteres Wort erwidern konnte, rauschte sie davon und schlug die Tür hinter sich zu. Waren wir ehrlich, was hätte ich noch sagen können? Olivia hatte den verdammten Nagel direkt auf den Kopf getroffen. Ich war selbst daran schuld, mir war das auch vollkommen bewusst, aber ich machte sie dafür verantwortlich. Frustriert fuhr ich mir durch mein sowieso schon zerzaustes Haar, ging zu meiner kleinen Büro-Bar und genehmigte mir einen Scotch. Normalerweise trank ich während der Arbeitszeit kaum, nur zu besonderen Anlässen mit Mandanten oder Kollegen. Aber seit Olivia für mich arbeitete, herrschte eine Art Ausnahmezustand. Ich kippte den Drink hinunter und goss sofort nach. Fuck! Ernsthaft, was machte sie aus mir? Einen widerlichen Scheißkerl, der andere dafür beschuldigte, einen Fehler gemacht zu haben, wenn er es doch selbst verbockt hatte.

»Scheiße!«, brummte ich leise, knallte das Glas auf meinen Schreibtisch und riss die Tür auf. »Es tut mir leid, okay?«, sagte ich forsch. »Ich weiß nicht, was los ist, und das nervt mich. Es nervt mich so sehr, dass ich mich nicht auf meine Arbeit konzentrieren kann.«

Erschrocken hob sie den Blick, senkte ihn aber gleich wieder. Sie wirkte verletzt.

»Es tut mir leid, Olivia.« Wieder fuhr ich mir durch mein Haar und taxierte ihr hübsches Gesicht, ihre langen Wimpern, welche seidige schwarze Schatten auf ihre Wangen warfen. Sie war so schön, so verflucht perfekt.

»Mach mich nicht für deine Fehler verantwortlich.

Und ja, ich hätte es zumindest in Erwägung ziehen sollen, dass es vielleicht die falsche Akte ist. Aber es hätte zeitlich auch gepasst, wenn für den anderen Fall eine Anhörung gewesen wäre.«

»Das mag sein«, erwiderte ich leise. Unsere Tonlage und die erhitzten Gemüter hatten sich beruhigt. Wir sprachen wieder wie zivilisierte Menschen miteinander. »Ich …«, begann ich und seufzte tief. Verlegen steckte ich beide Hände in die Hosentaschen, damit ich sie tatsächlich bei mir behielt. »Ich versuche, dich mehr ins Boot zu holen, okay?«

Jetzt endlich sah sie mir in die Augen. »Ja, das wäre vernünftig.«

Wie ein Schuljunge stand ich vor ihr und hoffte, sie würde noch irgendetwas sagen. Ich entschuldigte mich schließlich nicht oft, jedenfalls nicht so. Am liebsten hätte ich sie in meine Arme gezogen und mich auf eine Art entschuldigt, die ich kannte. Aber unsere gemeinsame Zeit war abgelaufen – egal, was meine Hände, mein Schwanz oder mein Mund mit ihr tun wollten.

»Kann ich dir etwas Gutes tun, um es wiedergutzumachen?« Natürlich fragte ich nicht ohne einen Schimmer Hoffnung, aber Olivia ließ sich Zeit und mich zappeln.

»Tatsächlich gäbe es da etwas«, meinte sie schließlich zögerlich.

»Und was?«, fragte ich und ballte die Hände in meinen Hosentaschen erneut zu Fäusten.

»Ich brauche einen Privatdetektiv.«

Schockiert riss ich die Augen auf und Olivia senkte die

Lider. Sie schämte sich, das war mehr als deutlich. »Was ist passiert?«

Sie holte mehrmals tief Luft. Ich fragte mich, was geschehen war, wen ich töten oder wenigstens verprügeln müsste, was ich tun konnte, damit sie sich besser fühlte.

»Sag es mir, Olivia! Nichts kann so schlimm sein, dass ich es nicht regeln kann«, sagte ich mit einem Augenzwinkern. Ja, genau das wollte ich tun, die Sache für sie regeln, ihr helfen, sie aufmuntern.

Olivia lächelte schwach, knetete ihre Hände auf dem Schreibtisch, holte noch einmal tief Luft und sagte dann: »Ich habe aus Versehen geheiratet.«

22

OLIVIA

UNGLAUBE

Er hielt mich für bescheuert. Ich sah es. Es stand ihm deutlich ins Gesicht geschrieben. »Vergiss es!«, ruderte ich zurück. »Ich brauche deine Hilfe nicht.«

»Du hast aus Versehen geheiratet?«, wiederholte er ungläubig. Kein Grinsen, kein Zögern, kein Wimpernblinzeln. Da war nichts, das mir verraten hätte, dass er irgendetwas darüber wusste.

Nichts. Rein gar nichts.

»Und du kannst dich nicht erinnern?«

»Nein, verdammt! Musst du jetzt darauf herumreiten?«

»Sorry, Süße!«, murmelte er und die vertraute Anrede vom Wochenende gefiel mir mehr, als es sollte. »Willst du mir erzählen, was passiert ist?«

Nein, wollte ich nicht. »Es ist peinlich«, flüsterte ich.

Warum wollte er, dass ich ihm davon erzählte? Er wusste doch, dass ich einen Filmriss hatte. Aber sein Blick sagte mir, dass er nicht lockerlassen würde, deshalb fügte ich hinzu: »Na ja ... heute Morgen rief mich Judy aus der Personalabteilung an und gratulierte mir zur Hochzeit. Deshalb habe ich meinen Arbeitsplatz verlassen, ich war nicht in der Buchhaltung.«

So, jetzt war es raus! Die schmutzige Wahrheit. Ich war schlimmer als Bree in *Desperate Housewives*. Ich hatte nämlich richtig Dreck am Stecken.

»Okay«, kam es zögerlich von ihm. »Und Judy weiß das woher?«

»Meine Steuerklasse hat sich geändert.«

»Okay!«

Wieso immer dieses doofe Okay? Etwas arbeitete in seinem Hirn, das konnte ich mehr als deutlich erkennen. Er verachtete mich, so viel stand jetzt wohl fest.

»Und da steht der Name des Mannes, den du geheiratet hast?«

Traurig schüttelte ich den Kopf. »Nein, nur die Änderung der Steuerklasse. Aber Judy braucht noch eine Kopie meiner Heiratsurkunde für die Versicherung.«

»Verstehe.«

»Ich habe keine Heiratsurkunde.«

»Auch das habe ich verstanden.«

»Ich weiß nicht, wen ich geheiratet habe.«

»Okay.«

Wieder dieses Okay! Wollte er mich quälen?

»Und deshalb brauche ich einen Privatdetektiv, einen guten und verschwiegenen.«

»Und da bittest du mich um Hilfe«, fasste er zusammen. Warum benahm er sich so seltsam? Wusste er vielleicht doch etwas? Ich meine, er hatte schließlich keinen Filmriss, jedenfalls hatte er nichts davon erwähnt.

»Ich könnte auch meine Brüder fragen. Die fahren sofort nach Vegas und erschießen jeden, der infrage kommt«, versuchte ich die Flucht nach vorn.

»Das kann ich mir gut vorstellen ...« Caine zog seine Unterlippe zwischen die Zähne. Aber nicht auf die sexy Art, sondern so, als würde er über etwas Kniffliges nachdenken.

»Darum brauche ich deinen Kontakt zu diesem Kerl, den du öfter anheuerst.«

»Steve meinst du?«

»Ich weiß nicht, wie er heißt ... Informationen geben und miteinander teilen. Du erinnerst dich?« Ein zartes Lächeln schlich sich auf mein Gesicht, aber Caine blieb ernst und nachdenklich.

»Steve. Er heißt Steve.« Mit einem Stöhnen fuhr er sich über sein Kinn mit den Bartstoppeln, die zwar hart aussahen, aber sehr weich waren.

»Also?«, fragte ich ungeduldig, denn mir war das Thema wirklich unangenehm. »Gibst du mir seine Telefonnummer?«

Caine schluckte schwer. Warum zur Hölle machte er eine so große Sache daraus?

»Lass mich mit ihm telefonieren, okay? Steve ist ziemlich menschenscheu und ... er nimmt eigentlich keinen Klienten an, den er nicht kennt ...«

»Mist!« Deshalb also druckste er so herum.

»Aber er wird sicher eine Ausnahme machen, wenn ich dich empfehle.«

»Das ist sehr nett«, sagte ich erleichtert. »Ist er denn teuer?«

»Darüber mach dir mal keine Gedanken. Wir können es über die Kanzlei laufen lassen.«

»Das möchte ich aber nicht«, erklärte ich selbstbewusst. »Ich habe mich in diese Lage gebracht, also werde ich daraus lernen. Und wenn es Geld kostet, dass ich aus dieser Nummer wieder herauskomme, dann kostet es eben Geld.«

Er knurrte nur leise. »Darüber sprechen wir ein anderes Mal.« Wieder fuhr er sich durch sein Haar. Was genau machte ihm so zu schaffen, dass ich einen anderen geheiratet hatte?

»Was wirst du machen, wenn du Bescheid weißt?«

»Den Kerl aufsuchen und die Ehe annullieren lassen. Was sonst? Ich kann doch nicht mit einem Wildfremden verheiratet bleiben.«

»Verstehe!« Seit wann war er so einsilbig? Er verachtete mich, ganz sicher.

»Bitte denke jetzt nicht schlecht von mir«, bat ich und schluckte.

Mit einem zärtlichen Ausdruck in den Augen betrachtete er mich. »Das würde ich nie.« Sein Blick wurde dunkler, verlockender, sinnlicher. »Aber ich komme nicht drumherum, mir gerade zu wünschen, ich könnte dir dafür den Hintern versohlen.«

Obwohl es so eine abgefuckte Situation war, lächelte ich ihn an. Feuer erwachte in meinem Unterleib und ich hätte ihn gern darum gebeten, mich zu bestrafen und anschließend ... Herrgott, ich musste damit aufhören! Die Sache zwischen uns war vorbei. Endgültig! Vor allem jetzt, da er wusste, dass ich verheiratet war. Joe hatte da nämlich mal einen Kommentar fallen lassen, dass Caine Stella sich niemals mit verheirateten Frauen einließ.

Der zarte Wunsch, dass ich bereits wieder geschieden wäre, keimte in mir. Aber würde das etwas ändern? Schnell schüttelte ich den Kopf, um den Gedanken zu vertreiben. »Also hilfst du mir?«

»Natürlich helfe ich dir, Olivia.«

Er sah mich noch einmal abschätzend an, drehte sich dann um und ging in sein Büro. Die Tür ließ er offen. Ich starrte darauf, auch Minuten nachdem er verschwunden war.

Warum konnte ich nicht aus Versehen mit ihm verheiratet sein?

Die Woche verlief ohne größere Zwischenfälle. Caine involvierte mich in seine Fälle. Ich war erstaunt, wie sorgfältig er arbeitete. Natürlich war mir klar, dass sein Erfolg nicht von irgendwoher kam. Er bat mich nicht noch einmal darum, ihm einen Tisch in einem Restaurant zu reservieren, obwohl er mit Sicherheit nicht zu Hause aß. Dieser Umstand und jeder seiner Blicke ließen mein Herz hüpfen, meine Seele tanzen, aber das würde ich ihm nicht verraten.

Heute war Donnerstag, und nach einer wirklich

arbeitsreichen und aufregenden Woche hatte ich in meiner Mittagspause beschlossen, ihn darauf anzusprechen, was nun mit seinem Privatdetektiv war. Die Personalabteilung drängte, dass ich ihnen eine Kopie meiner Heiratsurkunde zuschickte. Und ich beharrte darauf, dass es sich um einen Fehler handeln musste. Aber auch nach erneuter Überprüfung wurde mir bestätigt, dass alles seine Richtigkeit hatte. Judy musste mich für völlig irre halten, wahrscheinlich hatte sie längst mit ihren Kolleginnen darüber getuschelt. Datenschutz hin oder her. Immer wieder flutete mich Panik, denn ich war mir nicht sicher, wie lange ich noch geheim halten konnte, dass ich verdammt noch mal aus Versehen in Las Vegas geheiratet hatte.

In Gedanken flüsterte ich mir zu, mutig zu sein und durchzuhalten. Nicht nur wegen dieser blöden Sache. In der kommenden Woche stand die zweite Anhörung in dem Fall an, bei dem Caine das letzte Mal die falschen Unterlagen dabeihatte. Deshalb arbeitete ich mir nun auch den Arsch ab. Es war eine Qual, so viel Zeit in seiner Nähe, in seinem Büro, an seinem Besprechungstisch zu verbringen, aber ich wollte ihm beweisen, dass ich gut in dem war, was ich tat. Nicht ohne Grund war meine Arbeit bisher so sehr geschätzt worden. Das ein oder andere Mal hatte mich sogar einer der Partner gefragt, ob ich nicht das Jurastudium nachholen wollte, um selbst Anwältin zu werden. Aber mit meinem Wirtschaftsstudium war ich mehr als zufrieden. Dass ich nun lediglich als Assistentin arbeitete, lag in meiner eigenen Verantwortung. Nach der Pleite mit meinem Ex war ich noch nicht bereit, mich um meine Karriere zu kümmern. Außerdem war ich noch nicht bereit, Caine hinter mir zu lassen.

Nein, nach wie vor nicht. Und ja, das war falsch.

Sei mutig!, flüsterte ich mir in Gedanken zu, umrundete meinen Schreibtisch und stellte mich in die offene Tür zu seinem Büro. Und da stand ich nun, meine Füße taten weh und ich sehnte mich danach, die High Heels auszuziehen, damit meine Zehen endlich wieder Gefühl bekommen würden. Aber ich ließ mir den Schmerz nicht anmerken, auch nicht jenen, den Caines Anblick in mir auslöste.

Er war in seiner Eleganz, in seiner Arroganz und in diesem unfassbar gut sitzenden Anzug einer der schönsten Männer, die ich jemals gesehen hatte. Wenn nicht sogar der schönste Mann. Ja, verdammt! Er war schön und stolz und stark und sinnlich ... und ich himmelte ihn heimlich an wie ein Groupie.

Gerade hielt er, hochkonzentriert, den Kopf gesenkt, seinen altmodischen Füllfederhalter in der Hand, der aus Uni-Zeiten stammte, wie er mir erzählt hatte. Die Krawatte lag auf dem Schreibtisch, der oberste Hemdknopf war geöffnet und seine Ärmel bis über die Ellbogen aufgerollt. Auch die Weste hatte er bereits abgelegt. Die Skyline New Yorks funkelte durch die Fensterfront hinter ihm und tauchte seine Silhouette in sanftes Licht, das nur von der Lampe auf seinem Schreibtisch verstärkt wurde. Er schien etwas zu suchen, denn in schneller Abfolge blätterte er die Seiten einer Akte durch. Immer noch stand ich im Türrahmen und bewunderte diesen schönen Mann, der mich offenbar nicht bemerkte.

Der Raum war erfüllt von seinem Duft und verstohlen leise atmete ich ihn ein. Wie hatte ich nur jemals ohne diesen Duft leben können? Ich vermisste ihn, wenn ich nicht hier war. Ich wurde nervös, wenn er mir in die Nase kroch. Und jedes Mal konnte ich mich nur mit äußerster Willenskraft davon abhalten, nicht in Caines Arme zu stürzen. Es fehlte mir, ihn zu berühren, ihn zu schmecken, ihn zu küssen und in seiner Nähe zu sein. Aber wie sollte ich es anstellen, noch einmal mit ihm zu schlafen? Jess und ich hatten eine kleine Wette laufen, dass er mich am Freitag erneut für das Wochenende in sein Penthouse einladen würde. Nur, was würde ich dann sagen? Sollte ich dieses verlockende Angebot annehmen? Aber was dann? Würde die Sehnsucht dann verschwinden? Ganz sicher nicht! Ich hatte Gefühle für diesen Mann, das konnte ich nicht länger abstreiten. Und sie würden wachsen, wenn ich nicht endlich einen Schlussstrich zog. Denn sonst würde ich daran zerbrechen, die Frage war nur: Wann?

»Wie lange möchtest du denn noch in der Tür stehen und mich anstarren?«, durchbrach eine raue Stimme meine Gedanken und ich fühlte, wie Röte meine Wangen überzog.

»Du warst so vertieft, ich wollte dich nicht stören.«

Lahme Ausrede.

»Dabei könnte ich in der Tat eine Pause vertragen«, sagte er und warf gleichzeitig den Füller auf den Tisch. Er lehnte sich in seinem Ledersessel zurück, fuhr sich mit beiden Händen durch die Haare und vor mein geistiges Auge schob sich ein Bild, wie ich hinter ihn trat und seine

Schultern massierte. In der Realität drückte ich mich vom Türrahmen ab und betrat sein Büro.

»Hast du Hunger?«, erkundigte er sich und fuhr sich jetzt müde über das Gesicht. »Ich hätte nämlich ziemlich Hunger.«

»Ich könnte uns was bestellen«, erwiderte ich schnell, bevor ich am Ende noch fragte, ob wir zu mir gehen wollten und ich ihm etwas kochen sollte. So etwas tat man schließlich nur in einer romantischen Beziehung, nicht mit seinem Chef. Einem Chef, mit dem man ein absolut fantastisches Sex-Wochenende hinter sich hatte.

»Das würdest du tun?«

Einen Moment dachte ich fieberhaft darüber nach, ob ich vielleicht laut gedacht hatte. Nein, er bezog seine Frage auf meinen Vorschlag, Essen ins Büro zu bestellen. »Klar, wieso nicht? Das ist doch mal eine ordentliche Aufgabe für eine Assistentin, oder?« Ein mildes Lächeln schlich sich auf seine Lippen und ich sah an den dunklen Schatten unter seinen Augen, wie müde er war. Ich wagte nicht, ihn zu fragen, ob er schlecht schlief, denn im Zweifel hätte ich seine Antwort nicht ertragen können. Caine widmete sich wieder seinen Unterlagen, und gerade als ich zur Tür hinauswollte, sah er noch einmal auf: »Gibt es eigentlich irgendwo noch eine Flasche Wasser?«

»Ich kümmere mich darum«, sagte ich und schenkte ihm ebenfalls ein Lächeln. Er betrachtete mich einen Moment zu lange, sein Blick fuhr von oben nach unten und wieder zurück, verweilte kurz auf meinem Busen, hing einige Sekunden an meinen Hüften fest, bevor er zurück zu meinen Augen wanderte.

»Ich danke dir, Olivia. Du bist wirklich grandios.« Ich ließ mir nicht anmerken, wie sehr mich dieses Kompliment freute, und ging zu meinem Schreibtisch, um den Lieferservice anzurufen. Wir hatten zwar nicht darüber gesprochen, was er essen wollte, aber ich hatte Lust auf Thai, also würde wohl auch Caine Thai essen müssen.

»Ich danke dir so sehr!«, sagte er aus vollem Herzen und schob sich die Gabel mit seinem Thai-Curry in den Mund. Ich hatte es ihm scharf bestellt, auch wenn ich gar nicht wusste, ob er es scharf wollte. Vielleicht dachte ich dabei eher an … Nein, ich musste damit aufhören!

Mit gierigen Bissen schlang Caine das Curry in sich hinein. Er hatte anders als ich, kein Mittagessen gehabt, so vertieft war er in seine Arbeit gewesen. Aber jetzt entspannten sich allmählich seine Züge, vielleicht war das der richtige Zeitpunkt, ihn nach dem Privatdetektiv zu fragen.

Jetzt oder nie.

»Ich gestehe, ich habe das nicht völlig uneigennützig getan.«

Sein Kopf hob sich, er sah mir direkt in die Augen und legte sein Besteck zur Seite. Schließlich verschränkte er die Arme vor der Brust und schaute mich mit einer stummen Aufforderung an.

»Ich weiß nicht … wie«, stammelte ich dümmlich herum.

»Spuck's einfach aus, Olivia! So schlimm wird es schon

nicht sein.«

»Es geht noch mal um die Sache mit dem Privatdetektiv.«

»Steve?«, wiederholte er unnötigerweise.

»Genau.«

»Was ist mit ihm?«

»Na ja, du wolltest ihn kontaktieren und mir eine Info geben?«, fragte ich und meine Augen weiteten sich. Das hatte er doch wohl nicht vergessen, oder?

»Habe ich auch.«

»Und was kam dabei heraus?« Er stellte meine Geduld ziemlich auf die Probe.

»Das wird dir nicht gefallen.«

»Und deshalb hältst du es für besser, die Sache einfach nicht mehr anzusprechen? Frei nach dem Motto, die dumme Assistentin wird es schon vergessen und gut sein lassen oder wie? Ich meine, ich habe dir vertraut, dass du mir hilfst, und glaube mir, ich nehme nur äußerst selten von jemandem Hilfe an. Also ... also frage ich mich, wieso du nichts gesagt hast. Du weißt doch genau, wie wichtig und brisant diese Angelegenheit für mich ist, und schaffst es trotzdem, meine Geduld so dermaßen auf die Probe zu stellen?«

Caine sagte nichts, schaute nur auf sein Essen, dann auf meines, das ich nicht mal angerührt hatte. Und ich plapperte weiter, machte mir Luft, ich konnte nicht anders.

»Jetzt sitzen wir hier und du erwähnst quasi nebenbei, dass mir die Antwort nicht gefallen würde. Was soll das? Wenn es so ist, hätte ich doch schon längst nach einer anderen Möglichkeit suchen können. Das ist große Scheiße, Caine! Ich dachte ernsthaft, du willst mir helfen.«

Nach meiner geschwungenen Rede holte ich tief Luft und sah ihm verletzt in die Augen. Ich war nicht einmal zornig, ich war einfach nur verdammt enttäuscht, weil er genau gewusst hatte, wie dringend die Klärung dieser blöden Sache für mich war. Abgesehen davon könnte ich längst wissen, wer mein Ehemann war.

Aber nein, der feine Herr sagte nichts, nicht mal jetzt.

»Man sollte sich einfach auf niemanden verlassen!«, zischte ich und griff nach meiner Gabel, um zumindest ein paar Happen zu essen. Ich wusste auch nicht, was ich sonst tun sollte. Mein Magen knurrte und doch war ich so verletzt, dass ich am liebsten sein schönes Gesicht in die Aluschale getaucht hätte. »Ich fasse es echt nicht!«, murmelte ich und fühlte seinen Blick auf mir. Stechend. Brennend.

Dort, wo ich glaubte, dass er mich ansah, versengte meine Haut.

Dort, wo mein Körper ihm am nächsten war, stand ich in Flammen.

Lichterloh.

»Irgendwie heiß, wenn du so wütend bist.«

»Ich bin nicht wütend!«, stellte ich klar und bemerkte, dass ich es doch war. Wütend auf ihn und wütend auf diese verfluchten Schmetterlinge, die jetzt durch meinen Bauch flatterten, weil er mich heiß fand.

»Was dann?«, erkundigte sich Caine und war so frech, mit seiner Gabel in meinem Essen zu picken.

»Enttäuscht!«

»Enttäuscht?«, wiederholte er erstaunt. »Du bist enttäuscht?«

»Wärst du es nicht, wenn du dich auf jemand anderen verlassen würdest und dann nichts rauskommt?«

»Du weißt doch gar nicht, was rausgekommen ist.«

»Nichts Gutes scheinbar.«

Ich war nicht ganz sicher, aber ich meinte, ihn »Ach, Babe!«, nuscheln zu hören.

»Steve will dich kennenlernen.«

»Okay«, sagte ich langsam und sofort kühlte sich mein erhitztes Gemüt ab. »Wieso sollte mir das nicht gefallen?«

»Weil er das in aller Herrgottsfrühe am Samstag will.« Caine hob den Blick und sah mir in die Augen. Er schien etwas darin zu suchen. »In den Hamptons!«

»In den Hamptons?« Meine Stimme klang schrill.

»Ich sagte doch, es wird dir nicht gefallen.« Wieder aß er aus meiner Aluschale, ich ließ ihn.

»Wie soll ich denn in die Hamptons kommen?«

»Hast du kein Auto?«

»Nein! In New York hat kein Normalsterblicher ein Auto.«

»Dann fahre ich dich.«

»Das kann ich nicht annehmen.«

»Kommen wir zu dem Teil, der dir nicht gefallen wird ...«, begann er vorsichtig und grinste beinahe spitzbübisch, als würde ihm der Teil ziemlich gut gefallen.

»Spuck's aus!«

»Ich soll dabei sein.« Er zuckte die Schultern und

grinste weiter. »Steve ist eigen. Der Beste seiner Zunft, aber eigen.«

»Mit dir?«

»Wäre es so schlimm, das Wochenende an meiner Seite verbringen zu müssen?«

»Das Wochenende?«

»Na ja …« Jetzt sah er weg und zuckte wieder mit den Schultern. Warum war der sonst so coole Caine plötzlich verlegen? »Wenn wir schon mal da sind, dachte ich, könnten wir zu meinem Haus fahren und nach dem Rechten sehen.«

»Wie bitte?«

»Erinnere dich bitte daran, dass ich dieses Gespräch mit den Worten begann: ›Es wird dir nicht gefallen.‹«

»Und wann genau wolltest du mir das sagen?«

»Weiß nicht. Heute Abend? Morgen? Jedenfalls so, dass du noch Zeit zum Packen hast.«

Da wir über Eck saßen, sah ich es nicht kommen, aber das machte es nicht weniger sexy. Caine zog an der Lehne meines Stuhls, die Gabel fiel mir aus der Hand, er hob mich mühelos hoch und platzierte meinen Hintern auf seinen Beinen. Ich war zu überrascht, um mich zu wehren, zu sehr flatterten die Schmetterlinge in meinem Bauch, als dass ich auch nur ein Wort des Protestes hervorbringen konnte.

»Ich brauche dich, Olivia«, seufzte er an meinen Hals. Es fühlte sich so gut an, als er mich dort küsste. »Ein Wochenende war nicht genug.«

»Wir können nicht …«, wisperte ich atemlos, grub aber dennoch meine Hände in sein dichtes Haar. Mein Gott, das fühlte sich so gut an, so richtig. Wie konnte etwas, das sich so fantastisch anfühlte, so falsch sein?

»Doch, wir können«, erklärte er und verschloss meinen Mund mit einem Kuss. Ich fühlte ihn zwischen meinen Beinen hart werden. Caine nestelte an meinem Oberteil, das locker im Bund meiner Marlene-Hose steckte. Stöhnend beugte ich mich ihm entgegen. »Wir waren die ganze Woche professionell zueinander. Wir haben nicht einmal gestritten. Und ... ich habe es wirklich satt, dagegen anzukämpfen, wie sehr ich dich will, Olivia. Ich verspreche dir nichts, das kann ich nicht ... so ein Mann bin ich nicht. Außerdem bin ich mir sicher, nach der Erfahrung mit deinem Ex willst du das gar nicht. Also, wie wäre es, wenn wir ... etwas Lockeres haben, eine Affäre. Exklusiv, versteht sich natürlich.«

»Eine Affäre?«, wiederholte ich und hätte geschockter klingen sollen, als ich es tat. Sein Angebot war so verlockend. Ich könnte mit ihm zusammen sein, wenn auch nicht richtig. Oder? Was bedeutete das in der Praxis? »Ich hatte noch nie eine Affäre«, sagte ich leise und stöhnte erneut, als seine Hand in meinen Ausschnitt griff.

Caine hielt inne und sah mir fest in die Augen. »Wir könnten Regeln festlegen. Olivia, wir sind erwachsen, es muss keinen Einfluss auf unsere Arbeit haben. Wenn ich mit dir zusammen bin, kann ich das trennen, nicht aber, wenn ich Nacht für Nacht an dich denken muss – allein.«

Wow! Das war mehr, als ich insgeheim gehofft hatte.

»Sag ja, Babe! Bitte! Ich ... ich drehe durch, wenn ich dich nicht bald wieder bei mir habe.«

Bettelte er hier gerade? Das war wirklich wow!

»Also eine Affäre mit Regeln und exklusiv und es wird keinen Einfluss auf unsere Arbeit haben?«, fragte ich sicherheitshalber nach.

»So in etwa, denke ich, würde das funktionieren.«

»Bist du dir da sicher?«, fragte ich noch einmal und senkte den Kopf, weil ich es einfach nicht mehr aushielt. Ich musste meine Lippen auf seine pressen, wollte all das, wonach ich mich vier Tage im Büro, vier Abende in der Stille und Einsamkeit meiner Wohnung und vier verdammt lange Nächte gesehnt hatte.

Ich brauchte ihn.

Also küsste ich Caine und hoffte, er würde es richtig deuten.

Nämlich als das, was es war: ein Ja.

23

CAINE

ZWECKENTFREMDET

Es mag etwas klischeehaft sein, aber ich wagte nicht, es derber zu formulieren. Obwohl der Höhlenmensch in mir schrie, ihr endlich die Klamotten vom Leib zu reißen. Aber Olivia war mehr als das … viel mehr, also ließ ich die sprichwörtlichen Hosen runter. Ich brauchte sie.

Und sie brauchte mich. Sie trug es offen zur Schau. Sie brauchte mich genauso dringend wie ich sie. War das nicht unglaublich?

Ich fühlte ihre Hitze, spürte ihre sehnsuchtsvollen Blicke auf mir, auch wenn sie wohl dachte, dass ich es nicht bemerken würde.

Ich wusste, dass das zwischen uns … mehr war.

Mehr als Ficken.

Aber mehr als …

Scheiße, eine Affäre.

Mehr durfte es nun wirklich nicht sein.

Also sprach ich den Gedanken aus, der mir schon die ganze Zeit durch den Kopf schwirrte. Natürlich würde sich Steve auch in New York und allein mit ihr treffen, denn immerhin war es ihre Privatangelegenheit, was die beiden zu besprechen hatten, aber ich war ein egoistischer Bastard und wollte sie nicht ziehen lassen.

Ob ich das jemals könnte?

»Wenn du jetzt nicht aufhörst, mich so zu küssen«, erklärte ich und schob sie von mir, »dann ficke ich dich hier auf dem Besprechungstisch.«

»Caine!«, entfuhr es ihr und sie rückte ein kleines bisschen von mir ab.

»Ernsthaft, ich bin so scharf auf dich, ich nehme dich direkt hier, bei offener Tür. Ist mir völlig egal.«

»Dann tu's!«, wisperte sie, rückte so nah an mich heran, dass kein Blatt zwischen uns mehr Platz hatte, und ich küsste sie. Meine Zunge glitt in ihren Mund und eroberte ihn.

Er war mein.

Sie war mein.

Gierig streichelte sie mit ihrer Zunge über meine, presste sich an mich und schob ihre Hand auf meinen harten Schwanz. Sie war unersättlich, sie war heiß. »Ich bin so feucht … lass es uns einfach tun. Scheiß drauf!«

Wahnsinn! Beinahe lachte ich, denn war es nicht genau das, was ich wollte, dass sie sich selbst vergaß, alles über Board warf und mich anflehte, sie zu ficken? Scheiße, wieso musste ich nun der vernünftige Part von uns beiden sein?

»Babe, das geht nicht«, keuchte ich an ihrem Mund. Fuck, ich war so hart. Warum konnte ich mich jetzt nicht ebenfalls einfach mal gehen lassen?

»Bitte!«, wimmerte sie weiter und küsste zärtlich meinen Hals. Sie bewegte sich auf und ab, schob ihr Becken vor und zurück und brachte mich damit fast zum Kommen. »Ich will dich ... Jetzt!« Ihre zarte Stimme, die gehauchten Worte an meinem Ohr ließen bei mir die Sicherungen durchbrennen.

Es war verdammt noch mal unvernünftig. Jegliche Kontrolle über meinen Körper, meinen Schwanz und meinen gottbeschissenen Verstand war völlig außer Kraft gesetzt.

Mit dieser unfassbar heißen Frau auf den Hüften stand ich auf, ging zum anderen Ende des Besprechungstisches, wo keine Aluschalen vom Thai-Imbiss standen, und setzte sie darauf ab. Sie gab einen sinnlichen Laut von sich, zerrte an den Knöpfen meines Hemdes und es war mir vollkommen gleichgültig, dass einer absprang. Scheiß drauf! Scheiß auf alles! Das Wichtigste war jetzt, dass ich mich in ihre heiße, feuchte Pussy versenken konnte. Ich öffnete den Knopf an ihrer Hose, deutete ihr mit meinen Augen, den Arsch zu heben, damit ich sie ihr über die Hüfte schieben konnte, und begann wie besessen zu grinsen, als darunter ein schwarzes Stückchen Stoff zum Vorschein kam. Es war ein String. Aus Spitze. Er offenbarte mehr, als er verbarg.

»Was hast du gedacht, würde heute noch passieren?«,

fragte ich mit strenger Stimme. »Für wen hast du dieses Höschen angezogen?« Olivia biss sich auf die volle Lippe, als ich mit der einen Hand an der Spitze zerrte und mit der anderen die Körbchen ihres BHs nach unten zog. Es war so ein trägerloses Teil, ebenfalls aus schwarzer Spitze. »Wieso trägst du diese sexy Unterwäsche?« Meine Stimme klang heiser. Wütend. Aufgeregt. Sie konnte nicht wissen, dass es heute wieder einmal zwischen uns explodieren würde und darum fragte ich mich, mit wem sie sich treffen wollte. Wenn eine Frau mir sagte, dass sie das nur für sich trug, hielt ich es für Schwachsinn. Niemand zog nur für sich selbst schöne Unterwäsche an. Olivia bog den Rücken durch und streckte sich meinen Händen entgegen.

Wieder kam ein Knurren tief aus meiner Kehle. »Für wen? Antworte!«

»Ich habe sie für dich angezogen«, seufzte sie, als ich über ihre Nippel strich. Ein lautes Wimmern folgte, als ich den String packte und mit einem heftigen Ruck die schwarze Spitze zerriss.

»Hast du gerade mein Höschen zerrissen?« Sie sollte entsetzt klingen, aber ihr Stöhnen klang eher wie das Schnurren einer rolligen Katze, die wusste, dass es gleich Sahne zum Abendessen gab.

»Wenn du sie wirklich nur für mich angezogen hast ...«

»Das habe ich.« Nur widerwillig löste sie ihre Hände von meiner Haut, damit ich ihr das rote Seidentop über den Kopf ziehen konnte. »Ich hatte gehofft, dass wir ...«

»Dass wir ficken?«, beendete ich ihren Satz, lehnte mich zurück und bewunderte ihren schönen Körper ... wie sie hier vor mir auf dem dunklen Holz lag, nackt und willig. Ihre sexy Titten quollen über den heruntergezogenen BH, die Nippel hart, beinahe angriffslustig. »Sieh dich nur an …«, murmelte ich mehr zu mir selbst. »Du bist so heiß wie die Sünde.« Ihre Brüste hoben und senkten sich hektisch, als ich mich über sie beugte und ihre Beine spreizte. »Du bist so unfassbar schön.« Ich hielt ihre Füße fest und fuhr mit meiner Zunge über ihre nasse Spalte. »Und du schmeckst so gut …« Ich wusste, dass meine Worte sie anheizten. »Es macht dich geil, wenn ich dich lecke, richtig?«

Wieder hörte ich ein leises Wimmern, das lauter wurde und in einem »Mehr!« eskalierte, während ich ruckartig zwei Finger in ihr versenkte und gleichzeitig an ihrem Kitzler saugte. Sie warf den Kopf hin und her, seufzte und stöhnte, während ich es ihr besorgte und die Nässe regelrecht aus ihr heraussprudelte. Ich liebte, wie sie schmeckte. Ich liebte ihren Geruch. Ich liebte, wie offen sie mit ihrer Sexualität umging und sich einen Scheiß dafür interessierte, dass ihre Lust auf den Tisch tropfte.

»Bitte!« Sie packte meinen Hinterkopf, um mich näher an sich zu drücken. »O Gott, jaaa!« Ich gab ihr drei Finger, massierte gleichzeitig mit dem Daumen ihren Kitzler und küsste die Innenseiten ihrer Schenkel. Olivia verlor jede Hemmung und stöhnte laut, als sie ihre Beine erst weiter spreizte und dann plötzlich zusammenzog. Kreischend bog sie den Rücken durch, bäumte sich auf, als sie kam. Und wie sie kam! Ich fingerte sie durch den Orgasmus und als ich merkte, dass er langsam abebbte, entzog ich ihr meinen Mund und meine Hand, öffnete meine Hose und schob mich mit einem heftigen Stoß in sie. Ich ließ ihr keine Zeit, sich an meine Größe zu gewöhnen, zog mich bis zur Eichel aus ihr zurück und stieß wieder mit voller Wucht in ihre tropfende Pussy. Sie zog sich um mich zusammen, empfing mich mit all ihrer Sehnsucht und massierte meinen Schwanz, der jeden Augenblick explodieren würde. Ich legte den Kopf in den Nacken, knurrte unzusammenhängende Worte und bewegte mich schneller in ihr.

Olivia schrie erneut, als sie das zweite Mal kam. Wir keuchten beide, atemlos ... in meiner Brust hämmerte mein Herz wie nach einem Marathon ... fest drückte ich mich in sie und schoss mein Sperma in ihre süchtig machende Spalte. Schnaufend ließ ich meinen Kopf auf ihren Bauch sinken. Sie umfasste ihn mit beiden Händen und streichelte mein Haar. Es fühlte sich großartig an.

Eine Weile blieb ich so und genoss dieses berauschende Gefühl, dann hob ich den Kopf, küsste ihren Mund und sie schmeckte sich selbst. Es war so gut, aber langsam meldete sich mein Verstand wieder. Ich küsste sie noch einmal und griff eines der Tücher aus der Taschentuchbox neben uns, die mit dem Essen geliefert worden waren, um meinen Schwanz abzuwischen und den nassen Fleck auf dem Tisch.

Olivia hatte sich keinen Millimeter bewegt, wie besessen starrte ich zwischen ihre gespreizten Beine.

»Wieso grinst du so?«

Grinste ich? Ja, das tat ich.

»Ich finde das hier extrem heiß ...« Ich meinte damit, wie sich ihre und meine Lust vermischt hatte und nun ein

Teil davon aus ihr heraussickerte. »Ich finde dich extrem heiß!«

Augenrollend seufzte sie. »Hör auf, mir zwischen die Beine zu starren wie ein Teenager und gib mir lieber was zum Abputzen.« Ich grinste immer noch, als ich meine Hose hochzog und sie schloss. Olivia hatte sich aufgesetzt und wischte nun mit dem von mir gereichten Tuch diese besondere Mischung unserer Leidenschaft fort. Etwas in mir war ein kleines bisschen traurig darüber.

»Das hier war verdammt nötig gewesen. Deine Laune war ja nicht mehr auszuhalten.«

»Was?«, fragte ich und hob abwehrend die Hände. Ich streifte mein Hemd von den Schultern, sammelte den abgerissenen Knopf auf und holte mir vom Kleiderständer ein frisches. »Danke übrigens, dass du dich um meine Hemden gekümmert hast.«

Sie nickte und bückte sich, um ihre Hose aufzuheben. »Du schuldest mir neue Unterwäsche«, erklärte sie mit heiserer Stimme und ich grinste wie ein Vollidiot.

»Vielleicht solltest du einfach keine mehr anziehen«, schlug ich vor.

»Damit du noch mehr ausflippst, weil du mich dann fragen kannst, warum ich keine trage?« Sie schüttelte den Kopf und stand schließlich wieder voll bekleidet neben mir. Sie gab mir einen Kuss auf mein noch nacktes Schulterblatt und schloss von hinten die Arme um meine Taille. Diese Geste war schön, sie fühlte sich nach Geborgenheit an. »Und ich habe das gern gemacht mit den Hemden.«

»Du weißt, du musst das nicht«, sagte ich leise.

»Ach! Ich dachte, das wäre meine Aufgabe als deine Assistentin?«

»Meine Assistentin, aber …«

»Aber? Das bin ich doch, oder?« Sie umrundete mich, ihre Finger zogen das Hemd über meine Schultern und schlossen die Knöpfe. Bevor sie es mir auch noch in den Bund meiner Hose steckte, machte ich das selbst und nahm schließlich ihr Gesicht in meine Hände.

In ihren Augen flammte etwas auf. Ich fühlte es, genauso wie sie, deshalb bewies ich Eier und sprach es aus. »Wir wissen beide, dass du mehr für mich bist. Viel mehr. Nicht nur meine Assistentin.«

Meine Lippen berührten beim Sprechen ihren Mund, deshalb blieb mir nicht verborgen, wie sie zittrig die Luft einatmete.

24

OLIVIA

Überraschung

»Was zur scheiß Hölle machst du da mit meiner Schwester?«, dröhnte plötzlich die Stimme meines Bruders über uns hinweg, und bevor ich auch nur meine Lider aufschlagen konnte, wurde Caine von mir fortgerissen und hatte Joes Faust im Gesicht.

»Nicht!«, brüllte ich und tat einen Satz nach vorn. »Hör auf!«

»Wieso fasst du meine Schwester an?«, schrie mein Bruder wieder und schubste Caine. Er hielt sich die Wange, hob den Blick, sagte aber nichts.

»Lass das, Joe!«, zischte ich und zog ihn von Caine weg.

»Wieso fasst der Wichser dich an?«

»Hör auf!«, sagte ich, diesmal etwas ruhiger. »Lass Caine in Ruhe.«

»Ach! Ihr nennt euch beim Vornamen, ja?«

»Reiß dich zusammen, Joe!«, donnerte jetzt Caine. »Du hast Glück, dass Olivia hier ist, sonst würde ich dich windelweich prügeln.« Die beiden Männer standen plötzlich Nasenspitze an Nasenspitze wie zwei kampfbereite Wrestler.

»Könnt ihr zwei Testosteron-Idioten jetzt bitte aufhören!« Seufzend stemmte ich jeweils eine Hand an die Brust der vermeintlichen Kontrahenten. »Ihr macht euch echt lächerlich.«

»Ich will wissen, was hier los ist!«, verlangte mein Bruder erneut, verschränkte die Arme und schaute mit prüfendem Blick zwischen uns hin und her.

»Du bist erwachsen, ich bin sicher, du kommst drauf«, brummte Caine. Er massierte seinen Kiefer. »Das hat wehgetan, du Arsch!«

»Das hast du verdient, du Penner!«

»Jetzt beruhigt euch mal!«, rief ich lauter als nötig. »Ihr führt euch auf wie zwei Vollidioten. Und danke, Joe, aber ich kann meine Ehre schon selbst verteidigen, denn ich habe die Pubertät längst hinter mir!«

Knurrend drehte sich Caine weg und ging zu dem kleinen Beistelltisch neben dem Sofa. Er nahm zwei Gläser und goss Scotch hinein. Anschließend hob er eines Joe entgegen. Beide stürzten das Zeug hinunter. »Jetzt besser?«, fragte ich, die Hände in die Taille gestemmt. »Wie kommst du überhaupt rein?«

»Der Wachmann kennt mich und weiß, dass der Penner und ich eigentlich Freunde sind.«

»Ich muss wohl mit dem Wachmann sprechen …«, murmelte Caine vor sich hin.

»Du vögelst mit deinem Boss?«, fragte Joe nun an mich gewandt und sah mir enttäuscht in die Augen.

»Du bist nicht Mama! Und abgesehen davon hätte nicht mal sie das Recht, sich in mein Leben einzumischen. Also lass das, Joe!«

»Hast du gar nichts aus der Sache mit deinem Ex gelernt?«

Frust schlug in mir zusammen wie eine meterhohe Welle. »Doch, habe ich. Und das hier ist etwas völlig anderes.« Ich pikte ihm meinen Zeigefinger in die Brust und schaute zu Caine. »Und du hör auf, so blöd zu grinsen!« Abwehrend hob er beide Hände und angelte nach Joes Glas, um beide erneut zu füllen. Schnaubend sah ich von einem zum anderen. »Wir sind erwachsen und ich kann ins Bett gehen, mit wem ich will.«

»Du bist nicht so ein Mädchen, Olivia!«, sagte mein Bruder mit fester Stimme. »Du bist keine Schlampe. Caine hingegen schon.«

»Danke, mein Freund!«, brummte dieser.

»Gern geschehen, Arschloch!«

»Hört jetzt verdammt noch mal auf!«, brüllte ich. »Dich geht es nichts an, mit wem ich ins Bett gehe, Joe. Und du hörst jetzt auf, meinen Bruder zu reizen, Caine!«

»Was mache ich denn?«, fragte dieser und hob Joe erneut einen Scotch entgegen.

»Atmen?«, schlug mein Bruder vor. »Und wenn es nach mir geht, nicht mehr lange.«

»Fick dich, Mine!«

»Ich kann echt nicht glauben, dass ihr zwei tatsächlich erwachsene und dazu noch angesehene Männer seid. Das gibt's echt nicht!« Ungläubig schüttelte ich den Kopf.

»Er hat angefangen!«

»Was?«, kam es von Caine. »Du stürmst hier ohne Anklopfen in mein Büro und ballerst mir eine.«

»Weil du meine Schwester geküsst hast.«

»Weil sie es wollte.«

»Das kannst du nicht wissen.«

»Hallo?«, schaltete ich mich erneut ein. »Ich bin noch hier.«

»Sie wollte es. Und ich wollte es auch. Also solltest du einfach nur froh sein, dass es ihr gut geht und sie Spaß hat und ... glücklich ist.«

»Damit du ihr genauso wehtun kannst wie ihr Ex?«

»Joe!«, sagte ich und legte ihm meine Hand auf den Arm. »Er hat mir nicht wehgetan, sondern mir beeindruckend gut darüber hinweggeholfen.« Bis gerade eben war mir das selbst gar nicht so bewusst gewesen ... aber ja, genau das war es, was ich empfand. Ich vermisste meinen Ex nicht, es tat nicht mehr weh. Alles war bestens. Na ja, bis auf diese blöde Hochzeitssache, aber sonst ...

Caine reckte das Kinn in die Höhe. »Siehst du?«

»Ich hasse dich, Mann!«, knurrte jetzt Joe und blickte Caine tief in die Augen, als wäre er ein hungriger Wolf. Was für eine Art Pisswettbewerb war das denn bitte?

Eine Weile war es still, die beiden Männer fixierten sich, als würden sie jeden Augenblick wieder aufeinander losgehen. Was verpasste ich gerade?

»Wenn du ihr wehtust und meine kleine Schwester dann traurig ist, bring ich dich eigenhändig um. Ich werde dich vernichten. Kapiert?«

Weitere Sekunden verstrichen, bevor Caine schließlich nickte und somit die Angelegenheit offenbar für erledigt erklärte.

»Was willst du hier überhaupt?«, fragte ich meinen Bruder und er hörte auf, Caine anzustarren.

»Ich wollte den Wichser hier abholen. Er hat scheinbar unser Donnerstagsbier vergessen. Und er ging nicht an sein Handy. Bei dir habe ich es auch probiert, weil ich mir dachte, es könnte ja durchaus möglich sein, wenn man für den Wichser Stella arbeitet, dass du noch im Büro bist. Und siehe da, jetzt weiß ich, warum ihr beide nicht an eure Telefone gegangen seid und wieso mein Kumpel das Bier vergessen hat.«

»Aha!«, erwiderte Caine ohne sonderliche Emotionen außer Sarkasmus. »Und dann kommst du gleich hoch, ja? Ich muss ein Wörtchen mit der Security reden.«

»Oh Mann!«, seufzte ich und fuhr mir durch meine lädierte Frisur.

»Ihr treibt es hier also, ja?«, stichelte Joe schon wieder, aber Caine blieb diesmal cool.

»Das geht dich nichts an, Kumpel. Bester Freund hin oder her, es gibt Dinge, die einfach nicht für dich bestimmt sind.«

»Wäre ich nicht ihr Bruder, wärst du nicht so geizig mit Informationen.«

»Bist du aber«, sagte Caine und holte sein Handy vom

Schreibtisch. »Und ein Mädchen noch dazu, wenn ich sehe, wie oft du angerufen hast.«

»Hey, ich habe mir Sorgen gemacht, dass du alter Bastard mit einem Herzinfarkt hier rumliegst und allein den Löffel abgibst.«

»Das würdest du dir wünschen, was?«

Beide lachten und ich war mir ziemlich sicher, dass sich die Situation entschärft hatte. Eines galt es allerdings noch klarzustellen: »Joe, du wirst das für dich behalten und niemandem aus unserer Familie auch nur ein Sterbenswörtchen erzählen! Haben wir uns verstanden?«

»Warum?«, fragte er und hob provokant die Brauen. »Das wäre doch ein super Gesprächsthema bei *Wendy's* morgen Abend.«

»Wendy's?«, fragte Caine neugierig.

»Ah, perfekt!«, grätschte Joe dazwischen. »Du kommst einfach mit. Andy und Jim fragen sowieso die ganze Zeit nach dir. Also kannst du ja einfach ein entspanntes Familiendinner nach dem Footballspiel mit uns genießen.«

»Habe ich nicht eben gesagt, dass ich nicht will, dass es jemand weiß?« Mit finsterem Blick schaute ich zwischen den beiden hin und her. »Dass *wir* das nicht wollen? Er ist mein Chef, verdammt!«

»Muss ja niemand erfahren, aber ich finde, wenn er dich schon vögelt, kann er dich auch zum Essen einladen. Oder uns.« Er zuckte die Schultern und grinste fröhlich. »Eine Art Schweigegeld und weil du mich heute versetzt hast. Außerdem kann ich Mom nicht schon wieder verklickern, dass ich morgen Abend nicht komme.«

»Na toll!«, sagte ich frustriert und zog einen Schmollmund.

»Das wäre perfekt«, kam es hingegen überschwänglich von Caine. »Wir müssen Samstag in den Hamptons sein. Da können wir morgen Abend nach dem Essen direkt losfahren.«

»Ihr fahrt zusammen in die Hamptons?«

»Beruflicher Natur«, stellte Caine im selben Moment klar, als ich sagte: »Es geht um die Arbeit.«

Mein Bruder wirkte skeptisch. Standhaft sah ich ihm in die Augen, denn es war ja … verdammt, es war nicht die Wahrheit. Aber wenn er nun schon das Geheimnis zwischen Caine und mir kannte, musste er nicht auch noch wissen, dass ich in Vegas irgendeinen Fremden geheiratet hatte.

»Also morgen Abend?«, fragte Joe und taxierte mich weiterhin skeptisch. »Essen bei *Wendy's* und …«, er deutete auf Caine, »das Arschloch zahlt.«

»Von mir aus.« Caine lächelte plötzlich schief und ich erkannte, dass ihm dieser Plan ausgesprochen gut gefiel. Wir würden also nicht nur Samstag und Sonntag miteinander verbringen, sondern auch schon den Freitag – tagsüber im Büro, abends mit meiner Familie und nachts …

Mein Körper kribbelte.

Mein Herz pochte.

Und meine Seele strahlte.

»Hör auf zu zappeln!«, flüsterte Joe. »Sonst merkt jeder gleich, was Sache ist.«

»Joe, bitte!«, murmelte ich genervt und zwirbelte nervös eine Haarsträhne. »Kannst du sofort damit aufhören, immer wieder zu betonen, dass du weißt, was los ist?«

»Ich find es nur irgendwie … befremdlich.«

»Aha! Befremdlich?« Verwirrt sah ich ihn von der Seite an. Wir saßen in seinem Auto, er hatte mich zu Hause abgeholt, weil Caine und ich beschlossen hatten, nicht gemeinsam bei *Wendy's* aufzutauchen. Es reichte schon, wenn wir das Diner nach dem Essen zusammen verließen. Sollte ich von unserem – natürlich rein beruflichen – Trip in die Hamptons erzählen? Während ich darüber nachdachte, parkte Joe den Wagen. Alles war wie immer. Na ja, fast wie immer.

Das *Wendy's* war sozusagen das Stammlokal meiner Familie. Natürlich trafen wir uns auch manchmal beim Italiener, aber die Familie Mine erfüllte einige amerikanische Klischees. Zum Beispiel jenes, dass man am Freitagabend immer gemeinsam ein Footballspiel anschaute, in unserem Fall das Spiel der Highschool-Mannschaft meines ältesten Bruders Andy. Mittlerweile war er Hilfstrainer an der Uni, weshalb Football auch am Samstag Thema war. Aber der Freitagabend gehörte der Familie, das war besonders unserer Mom wichtig, auch wenn sie es akzeptierte, dass man vielleicht einmal absagte.

»Ohne Scheiß, Joe, ich schwöre dir, ich spuck dir auf deinen Burger, wenn du auch nur den Hauch einer Anspielung machst.«

»Ich bin mir ziemlich sicher, meine Liebe, dass ich das gar nicht muss, denn unsere Brüder und vor allem unsere Eltern sind nicht blöd. Die werden merken, dass zwischen euch was läuft. Und dann wirst du Rede und Antwort stehen müssen ...«

»Ach, halt die Klappe!« Genervt schaute ich aus dem Fenster, als neben uns ein weiteres Auto parkte.

»Ah, da ist er ja!«, rief Joe und ich kapierte erst nicht, weshalb er so einen Aufriss machte. Dann erkannte ich Caine im Wagen neben uns. Mein Herz pochte heftig. Es fühlte sich auf der einen Seite so gut an, ihn gleich wiederzusehen, auf der anderen Seite war ich wahnsinnig nervös.

»Kommst du?«, fragte Joe, der bereits ausgestiegen war und Caine verschwörerisch zunickte. Wir warteten nicht auf ihn, sondern betraten allein das Diner.

»Da sind ja die beiden Nachzügler!«, hörte ich meine Mom rufen. Alle waren da, die komplette Familie. Na das konnte was werden ...

Meine Mutter und mein Dad standen wie immer auf und umarmten uns. »Schau mal, wer da kommt!«, flüsterte Mom mir ins Ohr und lächelte glücklich. Mir wurde heiß und kalt. Scheiße! Wusste sie etwas? Nein, das war doch völlig unmöglich. Caine stand direkt hinter mir. Ich begrüßte ihn, als wüsste ich nicht, dass er heute Abend am Familienessen teilnahm. Joe zwinkerte mir verschmitzt zu und zeigte auf die beiden noch freien Plätze. Dieser Arsch! Ich würde neben Caine sitzen. Sehr dicht neben Caine!

Das *Wendy's* war ein klassisches American Diner, mit rot gepolsterten Bänken, über denen etliche Schwarz-

Weiß-Fotos von diversen Stars und Sternchen aus den Fünfzigern und Sechzigern hingen. Alles war rundum kitschig und kuschlig, was ich ansonsten okay fand, nur heute nicht.

»Der große Caine Stella!«, sagte Jim gerade und wackelte mit den Augenbrauen, als wir uns auf die rote Kunstlederbank quetschten.

»Hm«, nuschelte ich und versteckte mein ebenfalls rotes Gesicht hinter der zum Glück großen Speisekarte. Caines Oberschenkel wurde gegen meinen gepresst. Dort, wo wir uns berührten, brannte meine Haut.

»Also«, begann mein Vater und krempelte die Ärmel seines Hemdes hoch. Offenbar war er direkt aus dem Büro gekommen. »Wie geht es dir, Junge?« Mühsam schaffte ich es, ein Kichern zu unterdrücken. Dass mein Dad Caine einen Jungen nannte, war einfach zu witzig.

»Danke, Mr. Mine, sehr gut. Der Umzug hat reibungslos funktioniert.«

»Du warst hier ja auch schon verwurzelt«, sagte meine Mom. »Und es ist schön, dich wieder näher bei uns zu haben.«

»Danke, das ist sehr freundlich.« Caine sprach mit meinen Eltern voller Respekt, das fühlte sich gut an.

»Das mit deiner Mutter tut mir sehr leid.« Traurig schüttelte meine Mom den Kopf. Seine Mutter? Was war mit seiner Mutter? »Ich bin froh, dass ich mich von Letizia verabschieden konnte.«

»Ja. Es war für alle schlimm.« Seine Stimme zitterte.

»Was ist mit deiner Mom passiert?«, fragte ich und vergaß, dass Caine hier offiziell nur mein Boss war.

»Gestorben, Olivia. Sie ist vor nicht allzu langer Zeit gestorben.« Caine drehte den Kopf und sah mir fest in die Augen. Er versuchte, mir zu vermitteln, dass ich nicht näher nachfragen sollte. Nicht jetzt. Stumm drückte er mein Knie und ich nickte kaum merklich. Seine Mutter war tot und ich wusste es nicht? Was war ich für ein Mensch? Wusste ich überhaupt irgendetwas über ihn?

»Aber es war auch für alle besser«, sagte er tonlos und richtete den Blick wieder auf meine Mutter. Ich wusste nicht mal, dass seine Mom und meine Mom sich gekannt haben.

Joe stieß mich von der Seite an. Andy beäugte mich skeptisch. Nein, ich hatte jetzt keinen Nerv für meine Brüder. Nach einem tiefen Seufzen studierte ich weiter die Karte, obwohl ich sie längst auswendig kannte.

»Ja, wenn jemand leiden muss und nicht mehr man selbst sein kann, ist das schrecklich«, sagte Mom einfühlsam und tätschelte Caine die Hand.

»Da stimme ich zu. Ich würde es niemals wollen, dass man mich künstlich am Leben erhält. Zum Glück hatte sie notariell alles festgehalten und vereinbart, wie sie es sich wünscht.«

»Ein harter Schritt, mein Junge«, schaltete sich jetzt mein Vater ein. »Du kannst sehr stolz auf dich sein, dass du das bewältigt hast.«

»Danke, Mr. Mine.«

»Wie oft müssen wir dir das noch sagen, Caine?« Meine Mutter tätschelte immer noch seine Hand und sah so aus, als wollte sie ihn am liebsten an ihr großes Herz drücken. »Wir sind Frank und Pauline.«

»Okay, Pauline. Danke«, erwiderte Caine.

Wow! Ich sollte dringend ein Bier trinken oder gleich etwas Stärkeres. »Habt ihr schon bestellt?«, wechselte ich das Thema und schaute zu Jim, der die Arme vor der Brust überkreuzt hielt und auf seinem Stuhl schaukelte, als würde er ein Geheimnis hüten. Er schüttelte den Kopf und gab der Bedienung ein Zeichen. »Bisher nur Getränke.«

Ein blondes Püppchen eilte Kaugummi kauend an unseren Tisch, zückte einen Notizblock und gaffte ungeniert und ausschließlich Caine an. »Familienzuwachs?«, fragte sie dreist und ich verkniff mir ein Stöhnen. Ging das schon wieder los? Jeden Freitagabend bediente sie uns, aber noch nie hatte sie sich so billig benommen wie diese blöde Tussi neulich im Bettenladen. Mit unverhohlener Neugierde betrachtete sie Caine und in mir brodelte die Wut. Hallo? Er saß neben mir, war offensichtlich keiner meiner Brüder und trotzdem flirtete sie mit ihm? Meine Eltern saßen ebenfalls am Tisch. Was zur Hölle war mit den Frauen los?

»Was darf ich dir bringen?«, fragte sie ihn direkt und ignorierte mich völlig. Mein Mund schnappte auf und zu wie bei einem Fisch auf dem Trockenen. Andy und Jim lachten. Joe stieß mich wieder an.

»Ich nehme ein Bier und das Rib Eye Steak mit Pommes.« Caine lächelte. Echt jetzt? Ich wollte ihm eine reinhauen. Meine Brüder amüsierten sich köstlich und warteten scheinbar darauf, dass ich explodierte. Meine Eltern hingegen waren so in ein Gespräch vertieft, dass sie nichts mitbekamen. Immerhin!

»Ich krieg bitte ebenfalls ein Bier und den Caesars

Salat.«

»Light?«, fragte sie und betrachtete mich abschätzend von oben bis unten.

War das Püppchen nicht nur blond und dreist, sondern auch noch blöd? Was an meiner Bestellung sollte bitte light sein, der Salat?

»Nein, ein Bier bitte!«, antwortete ich zwischen zusammengebissenen Zähnen. Ich sollte mich zusammenreißen, was aber alles andere als einfach war. Die Tussi hörte mir gar nicht zu, sondern leckte sich kokett die Lippen und machte Caine zwar stumm, dennoch vollkommen offensichtlich ein Angebot. Und dieser Scheißkerl lächelte. Was sollte das? Würden die beiden gleich auf der Toilette verschwinden oder wie? Hatten wir nicht gerade erst beschlossen, dass wir – wenn auch heimlich – monogam wären? Hatte er mir nicht gestern Abend versichert, dass er nur mich wollte?

»Sally, Bier und Salat!«, zischte ich wütend und es war mir gerade vollkommen gleichgültig, ob ich mich verraten würde. Die Bedienung – Schmollmund-Sally – reckte ihr Kinn in die Höhe sowie ihre beachtliche Oberweite noch etwas weiter heraus, nahm endlich unsere Bestellung auf und wackelte nicht ohne ein hübsches Augenzwinkern in die Küche.

»Also«, sagte Jim herausfordernd, »was verschafft uns die Ehre, dass der berühmte Caine Stella heute bei uns ist?« Jim ahnte etwas. Ich wusste es. Seine Art, Dinge anzusprechen, war mir durchaus bekannt.

»Dein Bruder hat mich eingeladen.«

»Unser Bruder also«, ergänzte er mit spöttischem

Unterton. »Aha!«

Mir klopfte das Herz bis zum Hals.

»Und?«, stieg Andy in das vermeintliche Verhör ein. »Wie ist es so, mit Olivia zu arbeiten?«

»Sie ist eine fantastische Assistentin.«

»Assistentin, was?« Jim, der Arsch, wackelte wieder mit den Augenbrauen. »Ähnlicher Job wie damals bei deinem Ex?«, fragte er an mich gewandt.

Ich nickte. »Ähnlich, nur besser.«

»Das will ich auch hoffen!« Jetzt schenkte Caine mir ein Lächeln. Wieder stieg die Röte in meine Wangen und ich senkte verlegen den Blick. Sally – Miss Titti, wie ich sie in meinen Gedanken nannte – kam gerade mit unseren Getränken. Für meinen Geschmack beugte sie sich etwas zu tief und zu nah an Caine, als sie das Bier vor ihm abstellte. Mein Glas knallte sie lieblos hin. Natürlich!

»Ich bin ziemlich sicher, dass Sally Interesse hat«, stellte Joe fest und schaute ihr hinterher. Vermutlich hatte er mal was mit ihr, wundern würde es mich jedenfalls nicht.

»Ja, das ist wohl mehr als offensichtlich«, stieg Jim darauf ein und auch Andy ließ nicht lange auf sich warten. »Und du, Stella? Was ist mit dir? Sie hat dir ihre Titten quasi ins Gesicht gepresst.«

»Könnt ihr bitte aufhören?«, zischte ich und bereute es sofort.

»Oh, lá, lá! Ist da jemand eifersüchtig?«, zog Andy mich auf. Jetzt wollte ich ihm eine reinhauen.

»Ja, sieht so aus.« Jim konnte es einfach nicht lassen.

»Ihr könnt mich mal, ihr Idioten!« Warum konnte ich

nicht einfach meine Klappe halten? Mein zickiges Benehmen machte doch alles nur noch schlimmer.

»Hört auf, eure Schwester zu ärgern!«, schaltete sich jetzt Mom ein und ich war ihr verdammt dankbar. »Olivia geht es nach der Sache mit diesem bösen Mann sowieso nicht so gut. Also seid nett zu ihr!«

Joe grinste nur und schüttelte den Kopf. Meine Mutter nannte meinen Ex nie beim Vornamen, seit unserer Trennung sagte sie immer nur »der böse Mann« und irgendwie hatte sie recht. Außerdem würde Caine auf diese Weise gleich mal erfahren, wie meine Familie mit Männern umging, die mich schlecht behandelten.

»Sag mal, Stella, wie war denn dein Start in New York?« Warum fragte ausgerecht Joe danach? Er war doch sonst kein Freund von Smalltalk, außerdem hatte er Caine seither schon mehrfach getroffen.

»Ich war ja nie wirklich weg, nur dass ich jetzt hier wohne und arbeite.«

»Und Frauen datest«, ergänzte Joe. Oh, ich würde ihm eine reinhauen. Nicht jetzt, aber irgendwann.

»Das war vorher auch schon so«, erwiderte Caine salopp. Ich hoffte, dass es nur für die Show war, aber es störte mich trotzdem, denn seine Worte waren Benzin für meine Eifersucht. »Nur, dass ich sie jetzt mit mehr Bedacht auswähle.«

Aha!

»Also warst du früher nicht wählerisch, aber jetzt schon?«, platzte es aus mir heraus und mein Vater sah mich böse an, als würde er sagen wollen, dass sich solch eine Frage für eine Frau nicht gehörte.

»Ich weiß nicht.« Caine verengte die Augen. Eine Warnung? Aber ich war so sauer auf meine Brüder, weil sie keine Ruhe gaben, auf Miss Titti, weil sie es schaffte, dass ich eifersüchtig war, und auf mich, weil ich tatsächlich darauf bestanden hatte, dass wir allen verheimlichten, was zwischen uns lief. »Bin ich denn wählerisch?«

»Woher soll ich das wissen?« Meine Stimme klang schrill, viel zu schrill. Ich holte tief Luft und fügte hinzu: »Bei deinen Mandanten bist du es jedenfalls.«

»Oh ja, ich entscheide mich für nichts, das mir keinen Erfolg verspricht und an das ich nicht glaube. Ein bisschen Spaß sollte schließlich auch dabei sein, richtig?« Sein Blick war durchdringend und scharfsinnig.

Meine Wangen färbten sich schon wieder rot und ich war tatsächlich froh, als Miss Titti auftauchte, um das Essen zu bringen. Der Abend war eine Katastrophe, ich verhielt mich wie ein tollpatschiges Lamm, das keine Ahnung vom Wolf hatte. Verflucht! Ich manövrierte mich hier wirklich in die Scheiße, und das so richtig.

Zum Glück wechselte Andy endlich das Thema. Jetzt ging es nicht mehr um mich oder um Caine oder Miss Titti, sondern um Football. Diese Auszeit ermöglichte es mir, mich zu beruhigen und meinen Salat zu essen. Er schmeckte bitter, meine Laune war auf dem Tiefpunkt und nach wie vor kochte die widerliche Essenz der Eifersucht in mir. Ich musste dringend einen Gang runterschalten, wenn ich unsere gerade beschlossene Zweisamkeit nicht sofort wieder ruinieren wollte.

Zwei Stunden später saßen wir in seinem schwarzen

Porsche und fuhren Richtung Hamptons. Ich wagte nicht, mit ihm zu sprechen – aus Angst, ihn anzubrüllen.

So tief saß die irrationale Frucht der Verzweiflung.

So weit reichte mein Verlangen, ihn für mich haben zu wollen.

So sehr wünschte ich mir, dass es alle Welt wusste.

25

CAINE

Die Ausnahmen

Ich war kein Idiot.

Ich war kein verdammter Anfänger, was Frauen anging.

Genau deshalb merkte ich natürlich, dass Olivia stinkwütend war, obwohl ich nichts gemacht hatte. Ich wusste es, weil es mir genauso gehen würde, wenn ein Kerl sie anbaggerte. Nur im Auto oder im Beisein ihrer Familie war es nicht sinnvoll gewesen, dass ich etwas gegen ihre Verzweiflung unternahm, dass ich sie irgendwie beruhigte oder ihr half, wieder klar denken zu können.

Als Teenager damals, bei meiner ersten Freundin, als ich noch an die Liebe glaubte, ging es mir ähnlich. Ich entwickelte eine ungesunde Eifersucht, die meine damalige Freundin eher von mir wegtrieb, als in meine Arme. Und scheiße, wenn ich mit Olivia zusammen war, dann fühlte es sich genauso an. Deshalb war ich tatsächlich erfreut, dass sie wütend auf diese Bedienung im Diner gewesen war, und gleichzeitig machte es mir mehr Spaß, als es sollte, sie noch weiter zu reizen. Ich wusste, das würde in wahnsinnig scharfem Sex enden.

Gerade eben brausten wir die Straße entlang und in wenigen Minuten wären wir in meiner Villa direkt am Strand. New York City lag hinter uns und ich fühlte mich unfassbar gut, dass ich Olivia nun das ganze Wochenende für mich allein hatte.

Bis auf die Ausnahme morgen zum Frühstück mit Steve.

Yepp, ich war ein Arschloch, denn nachdem wir das gestern Abend alles ausgemacht und beschlossen hatten, rief ich meinen Vertrauten und Kumpel Steve an, um ihn zu informieren, wie es ablaufen würde. Zuerst war er skeptisch gewesen, denn er hielt nichts von Lügen. Ich eigentlich auch nicht, sah aber in diesem Fall keinen anderen Weg. Würde Olivia erfahren, mit wem sie verheiratet war, würde sie ausrasten und unsere Verbindung lösen. Klar, ich wollte nicht einmal verheiratet sein, aber irgendetwas in mir hatte mich nun mal dazu getrieben, es so lange vor ihr geheim zu halten und darüber hinaus die Frist für die Annullierung zu versäumen. Und das war überhaupt nicht fair. Und dann auch noch dieser Mist mit der Steuerklasse. Warum war ich nicht darauf gekommen? Zum Glück lief meine Gehaltsabrechnung nicht über die Personalabteilung. Trotzdem war das alles ein riesengroßer Haufen Scheiße. Diese Heiratsgeschichte hing über uns wie ein verfluchtes Damoklesschwert, die Lüge würde uns um die Ohren fliegen. Deshalb galt jetzt nur eins: Schadensbegrenzung.

Und solange musste ich diese Scharade weiterspielen. Aus einem guten Grund, denn ich wollte nicht, dass das zwischen uns vorbei war.

»Wann genau wirst du wieder mit mir reden?«, brach ich schließlich das Schweigen, als wir die Auffahrt zu meiner Villa passierten und sich das gusseiserne Tor hinter uns schloss. Ich schaltete den Motor meines Porsches aus und wandte mich zu ihr.

»Weißt du, Caine«, sagte sie mit einem Unterton, der mir ganz und gar nicht gefiel. »Ich habe das Gefühl, du hast dieses Spielchen mit meinen Brüdern und Miss Titti genossen.«

»Miss Titti?«, wiederholte ich lebensmüde. Ja, ich wusste, dass es sie maßlos ärgern würde, wenn ich so tat, als hätte ich keine Ahnung, wovon sie sprach. Olivia schnaubte. Das war zu erwarten. Und ich fand es zuckersüß. Auch wenn mich Eifersucht und ein besitzergreifendes Verhalten bei all meinen Affären immer abgeschreckt hatte, bei Olivia war es anders, bei ihr machte es mich geil.

»Die Bedienung?«, zischte sie, schnallte sich ab und stieg aus. Wütend knallte sie die Tür und zischte weiter über das Autodach: »Die Tussi, die dir ihre Titten quasi ins Gesicht gepresst hat!«

»Ach so«, erwiderte ich gelassen. »Die hübsche Kellnerin meinst du.« Ich umrundete das Auto und war bei ihr, bevor sie sich auch nur einen Millimeter von mir entfernen konnte. »Du meinst die Kleine mit den blonden Haaren und dem kurzen Röckchen? Die, bei der man beinahe das Höschen gesehen hat, richtig?« Ich drückte Olivia gegen den Porsche und fand es wirklich niedlich, wie sie die Nase in die Höhe zog, die Arme vor ihren Titten verschränkte und wütend schnaubte wie eine Stute.

»Das war widerlich von dir!«

»Von mir?« Meine Brauen schnellten in die Höhe. Ich fühlte die Hitze deutlich, die von ihr ausging. Sie war richtig sauer.

»Und meinen Brüdern. Aber vor allem von dir, denn von meinen Brüdern habe ich nichts anderes erwartet.«

»Und was genau habe ich getan?« Okay, ich hatte diese Sally angelächelt, aber nicht flachgelegt. Also konnte sie mir eigentlich gar nichts vorwerfen, faktisch jedenfalls.

»Pass mal auf, Casanova!«, begann sie und wedelte mit dem Zeigefinger. »Wie hättest du dich gefühlt, wenn Miss Titti ein Mr. Body gewesen wäre, hm? Wenn mich ein Kerl anbaggert, der mich offensichtlich heiß findet, dass er beinahe in seinen Unterhosen kommt. Und du sitzt neben mir, während er seinen Schwanz an mir reibt. Na, wie würdest du das finden? Würdest du lächeln oder wärst du angepisst?«

Ein tiefes Knurren entkam meiner Kehle. Ich wollte mir nicht einmal vorstellen, wie es sich für mich anfühlen würde.

»Ich würde ihn töten.«

»Gut.« Olivia nickte zufrieden. »Also wie wäre es dann mit etwas mehr Dankbarkeit, dass ich diese blöde Kuh nicht erledigt habe und dich gleich dazu?« Nun klimperte sie mit den Wimpern, als würde sie mich nach einer neuen Handtasche fragen. Ich lachte.

»Hey, aber ich habe nicht zurückgeflirtet.«

»Hm ...« Sie sah weg und kaute auf ihrer Unterlippe.

»Lass das!«, brummte ich und befreite ihre Lippe mit meinem Daumen von ihren Zähnen. »Ich weiß was Besseres.« Mit einem weiteren Knurren presste ich meine Lippen auf ihren Mund. Mein Knie wanderte zwischen ihre Beine. Mit sanftem Druck begann ich damit, ihre Brüste zu massieren. Ich wollte sie so sehr. Sie war eifersüchtig und besitzergreifend, das machte mich an. Olivia ließ mit einem Seufzen meine Zunge in ihren Mund und grub ihre Hände in meinen Kapuzenpulli, den ich heute Abend trug. Sie krallte sich regelrecht hinein.

»Wenn du nicht aufhörst, nehme ich dich gleich hier draußen.«

Sie kicherte und sofort zogen sich meine Eier in einem süßen Schmerz zusammen. Was war nur mit mir los? Wann war ich so ein Weichei geworden?

So konnte das nicht weitergehen! Ich warf sie mir kurzerhand über die Schulter. Olivia schrie lachend auf, protestierte aber nicht, als ich sie zur Haustür trug und die Verriegelung mit meinem Fingerprint öffnete.

Ich würde sie jetzt dahin bringen, wo sie hingehörte.

In mein Bett.

Es passte mir nicht.

Es passte mir nicht, wie abschätzend Steve sie ansah,

wie er den Blick über ihren Körper gleiten ließ und schließlich nickte. Es war so, als würde er eine Art Ware begutachten. Nein, das konnte ich nicht leiden. Das war unterste Schublade!

»Sie gehört mir, also fick dich!«, sagte ich leise zu ihm, als Olivia uns allen Kaffee eingoss. Die Haushälterin war heute schon sehr früh in der Villa gewesen, um alles für das Treffen mit Steve vorzubereiten. Das war der Vorteil, wenn man reich war. Man musste sich nicht selbst um solche Dinge kümmern. Allerdings beanspruchten wir nur heute Vormittag die Dienste von Samantha. Den Rest des Wochenendes hatte ich vor, mit Olivia allein zu sein.

Die letzte Nacht war immer noch nicht genug gewesen und ich war mir sicher, dass es nie genug sein würde.

Wenn wir wieder in New York waren und dieses seltsame Gefühl in meiner Magengegend anhielt, würde ich sie fragen, ob wir es richtig versuchen wollten.

Kaum zu glauben, dass ich das wirklich in Erwägung zog, aber die Nacht mit Olivia in meinem Bett, das Essen gestern mit ihrer Familie ... all das machte wahrscheinlich mein Hirn weich und ließ mich tatsächlich zu der Überlegung verleiten, ihr zu gestehen, was ich fühlte. Mittlerweile würde ich alles tun, damit sie bei mir blieb. Ich würde sie sogar heiraten. Noch einmal, richtig.

Und so eine Hochzeit war keine verdammte Kleinigkeit. Der Termin heute mit meinem Privatdetektiv erinnerte mich immer wieder daran.

»Bleib ruhig!«, sagte Steve und grinste verschlagen. »So kenne ich dich ja gar nicht. Eigentlich teilst du doch gern.«

»In deinen Träumen, Kollege!«

Abwehrend hob er die Hände und zwinkerte mir zu. »Okay, verstanden.«

Als hätte er seine Manieren endlich wiedergefunden, lobte Steve jetzt die Künste meiner Haushälterin und bedankte sich für die Einladung in die Hamptons.

Olivia bedachte mich mit skeptischem Blick. »Ich dachte, wir könnten ihn nur hier treffen.«

»Wenn das heißt, dass ich das Wochenende dann mit dir verbringen kann, dann geht das nur hier«, wollte ich mich herausreden. Gott, sie war so klug!

»Du hast mich angelogen.«

»Ausgetrickst würde ich bevorzugen.«

Sie beugte sich in meine Richtung und der Duft ihres Haarshampoos, das sie heute Morgen bei unserer gemeinsamen Dusche benutzt hatte, kroch mir verlockend in die Nase. Süße Zitrone, blaue Veilchen … es erinnerte mich an den Zauber meiner Kindheit, als ich, obwohl ich ein überaus cooler Junge war, einen Limonadenstand in der Auffahrt zu unserem Haus hatte.

»Du hättest deinen Willen auch so bekommen.« Sie grinste und drückte meine Hand. »Du hättest nur fragen müssen, ob ich Lust auf ein Wochenende mit dir habe.«

»Werde ich das nächste Mal berücksichtigen, Babe.«

Das war wohl noch einmal gut gegangen. Aber reichte das? Ich hasste Lügen. Als Anwalt hatte ich einen Kodex, der vor allem Ehrlichkeit beinhaltete, und zwar nicht nur im Job.

»Also, Olivia«, begann Steve nun und nahm sich von den Pancakes mit Erdbeeren und Sahne. »Du brauchst Hilfe, meinte Caine.«

Sie nickte und ihre Wangen färbten sich zartrosa.

»Keine Sorge, unser Gespräch ist vertraulich. Alles, was wir besprechen und gegebenenfalls tun werden, bleibt unter uns.« Das war so eine Floskel, die ich meinen Mandanten stets vorsetzte. Na ja, aber wenigstens das stimmte.

»Okay, gut«, murmelte sie. »Es ist mir nämlich richtig peinlich.«

»Du hast keine Ahnung, mit welchen Aufträgen mich der Kerl hier schon bedacht hat. Sei versichert, dir muss nichts peinlich sein.« Steve zwinkerte ihr zu. Er hatte es drauf, Vertrauen zu stiften. »Hast du denn das Dokument dabei?«

Olivia griff auf den Stuhl neben sich und reichte es ihm. Ich aß derweil mein Rührei mit Speck. Männerfrühstück. Nach der letzten Nacht hatte ich einen Bärenhunger.

»Hm …«, murmelte Steve und ich hoffte, er würde jetzt nichts Unüberlegtes sagen, sondern sich an unsere Vereinbarung halten. »Ich schätze, damit kann ich arbeiten.«

»Das ist gut. Die Personalabteilung drängelt nämlich, ich soll ihnen eine Kopie der Heiratsurkunde zukommen zu lassen.«

Ja, das war in der Tat das Problem.

»Und du hast absolut keine Ahnung oder Erinnerung, wer es sein könnte?«, fragte Steve und tat ungläubig.

»Nein«, erwiderte Olivia und warf einen schnellen Seitenblick auf mich. »Ich hatte noch nie einen Filmriss und es ist mir so peinlich, aber ich weiß es nicht, in meinem Kopf ist alles leer. Ich kann mich nicht mal daran erinnern, dass ich überhaupt die Bar verlassen habe. Was ja definitiv der Fall war, sonst wäre ich nicht ...«

»... neben mir aufgewacht.« Freundlicherweise ergänzte ich das gern, damit Steve nochmals eingenordet wurde und wusste, dass sie tabu war.

»Genau genommen nicht, denn du warst schon weg, als ich aufwachte.«

»Du weißt, was ich meine«, sagte ich mit dunkler Stimme.

»Mit wem warst du denn in Vegas?«, fragte jetzt wieder Steve.

»Mit meiner Freundin Jess.«

»Und sie weiß auch nichts?«

»Gar nichts, leider. Wir hatten beide ... nennen wir es, Dinge zu vergessen und deshalb sind wir überhaupt nach Vegas geflogen.« Steve hielt seinen Blick auf Olivia gerichtet, aber er wusste, dass ich jede seiner Gesten beobachtete. Ich würde ihn umbringen, wenn er etwas verriet. Natürlich hatte ich ihn eingeweiht und unmissverständlich erklärt, dass ich es Olivia selbst sagen wollte. Irgendwann.

»Wieso warst du eigentlich in Vegas?«, sprach er jetzt mich an.

»Die Beerdigung meiner Mutter«, sagte ich nüchtern zwischen zwei Bissen Rührei. In Olivias Augen trat wieder dieses Mitleid, das ich hasste. Wie auch schon letzte Nacht, als sie mich erneut nach meinen Eltern gefragt hatte. Ich hatte ihr dann erzählt, dass mein Vater schon lange tot war und meine Mom an jenem Wochenende in Vegas begraben wurde. Also ja, auch ich wollte Dinge vergessen.

»Sorry, Mann!« Kaum merklich nickte ich und schaufelte mehr Rührei und mehr Speck auf meinen Teller.

»Und kannst du es zeitlich eingrenzen?«, richtete Steve nun wieder die Frage an Olivia.

»Freitagnacht, definitiv. Am Samstag habe ich nichts getrunken und Sonntag sind wir zurückgeflogen.«

»Und du hast auch nichts gesehen?«, fragte er nun wieder an mich gewandt. Ich wusste, dass er mir Fragen stellen würde, denn das hatte er bereits bei unserem Telefonat angekündigt.

»Nein, ich habe Olivia erst weit nach Mitternacht getroffen.«

»In der Bar?«

»Nein, an einem Imbissstand.« Und hier war sie. Die zweite große Lüge, die ich ihr auftischte. Natürlich hatte ich Olivia in der Bar angesprochen, aber wenn ich das jetzt sagte, würde sie eins und eins zusammenzählen können. Nein, ich wollte es ihr allein sagen, in einem anderen Rahmen. Nicht, wenn Steve dabei war.

»Na ja«, sagte meine *Ehefrau* nun, »wenn Caine nicht mit mir verheiratet ist, dann muss es wohl ein Kerl aus der Bar gewesen sein. Nur frage ich mich erstens, wie ich auf diese bescheuerte Idee gekommen bin, in irgendeiner dieser Vegas-Kirchen zu heiraten, und zweitens ... Na ja, ich muss also zwischendurch aus der Bar gegangen sein, mit wem auch immer, dann auf den Strip und wieder zurück in die Bar. Oder zu diesem Imbiss?«

»Ja, das ist in der Tat sehr verwirrend.« Nachdenklich legte Steve den Kopf schief. »Ich bin mir aber sicher, dass wir herausfinden, wer der Glückliche ist, der nichts mehr von seinem Dusel weiß.« Er lächelte. Hatte er etwa Mitleid? Das konnte ich gut verstehen, aber Steve musste dringend sachlich bleiben.

»Ich brauche deine Hotel-Rechnung, eine unterschriebene Vollmacht, dass ich die Log-in-Daten eurer Zimmerkarte prüfen darf, und dann sehe ich mir im Radius von zwanzig Meilen entsprechende Kirchen an. Wenn du so heftig betrunken warst, dann wirst du nicht durch die ganze Stadt gelaufen sein. Abgesehen davon sind die meisten dieser Churchs auch direkt am Strip.«

»Das habe ich mir auch schon überlegt, aber es sind wahrscheinlich verdammt viele Verrückte, die da heiraten. Ich meine, allein aus Datenschutzgründen dürfen die mir das doch gar nicht sagen, oder?«

Steve schüttelte den Kopf. »Nicht ohne Ermittlerlizenz.«

»Die hast du?«

»Selbstverständlich. Ich arbeite nur sauber ... und manchmal eben ein wenig ... nennen wir es staubig, in der Grauzone, aber meistens sauber.«

Grinsend trank ich meinen Kaffee. Ich wusste genau, was er meinte.

»Also kriegst du das hin?«, fragte Olivia.

»Davon ist auszugehen«, antwortete Steve und schaute zu mir.

»Es gibt nichts, was er nicht rauskriegt. Er hat seine Methoden.« Warum ich diesen Satz noch obendrauf setzte, wusste ich nicht, aber er war schneller ausgesprochen, als ich Luft holen konnte.

»Richtig, die habe ich. Ich weiß, wie man Menschen zum Reden bringt.«

»Wieso macht mir das jetzt Angst?«

»Weil du die Unschuld in Person bist, Babe.«

»Scheinbar nicht, denn ich wage zu bezweifeln, dass eine unschuldige Frau ahnungslos verheiratet wäre.«

Ich zwinkerte ihr zu. »Wir wissen es bald.« Oh ja, das würden wir. Und wenn ich ehrlich war, machte genau das mir Angst.

Steve ermahnte mich, als er die Villa verließ, dass ich es nicht übertreiben sollte. Er war davon überzeugt, dass sich Olivia in mich verliebt hatte. Ich lachte nur und wies ihn darauf hin, dass er keine Ahnung von echten Gefühlen hätte. Er jedoch schlug mir auf die Schulter und sagte: »Es ist nicht zu übersehen, mein Freund. Bei euch beiden!« Meine Augen weiteten sich und ich betrachtete Olivia, die in einem klischeehaft weißen Sommerkleid auf der Terrasse stand, die direkt zum Strand führte.

Steve war schon einige Zeit weg, als ich sie immer noch ansah und feststellte, dass ich mich tatsächlich in sie verliebt hatte.

So richtig.

In meine Ehefrau, die nichts davon wusste, dass wir verheiratet waren.

26

OLIVIA

WELTEN

Ich war nicht gerade in armen Verhältnissen groß geworden. Unsere Eltern hatten den Kauf unserer Wohnungen bezuschusst, und die waren in New York City nicht gerade billig. Wir hatten zu Weihnachten und unseren Geburtstagen wirklich das bekommen, was wir uns wünschten. Meine Brüder und ich hatten alle das Privileg genossen, eine Elite-Universität zu besuchen, was über einen Treuhandfond finanziert wurde, in den schon meine Großeltern eingezahlt hatten. Gott habe sie selig! Und meine Eltern besaßen ebenfalls ein Haus in den Hamptons, das wunderschön und großzügig war, aber nicht so unverschämt übertrieben wie das von Caine Stella.

Dass er Kohle hatte, dass er angesehen war, dass er sich vermutlich mehr leisten konnte, als so manch anderer Anwalt und die meisten Menschen, war nicht zu übersehen, aber wie reich er wirklich war, erkannte ich erst, als wir seine Villa betraten. Das Haus war riesig. Auf meine Rückfrage hin erzählte mir Caine, dass es seit Generationen im Familienbesitz gewesen war, es seine Urgroßmutter jedoch verkaufen musste, weil ihr Mann sich an der Börse verspekuliert hatte. Von seinem ersten richtig dicken Bonus hatte Caine es dann zurückgekauft und von seinem zweiten Bonus komplett umbauen und restaurieren lassen. Das hatte er seiner Großmutter versprochen. Ich fand es irgendwie romantisch und war auch ein Stück weit stolz, dass er mir vertraute und die Geschichte erzählte. Er war mit mir durch die Villa gelaufen, hatte mir jeden Winkel gezeigt, aber nicht, um anzugeben, sondern weil er mir zeigen wollte, welche Umbauten er hatte vornehmen lassen. Und Caine erzählte mir auch, dass er eigentlich Architekt werden wollte, aber in die Fußstapfen seines Vaters treten musste. Mittlerweile machte ihm sein Job Spaß, aber seine Leidenschaft galt immer noch der Architektur. Und genau das sah man. Das Haus war absolut perfekt. Offene Räume, riesige Glasfronten mit unverhangenem Blick in die Natur. Die Küche war genauso wie die in seinem Apartment komplett weiß, auch hier stand keinerlei Kram herum, bis auf eine alte Milchkanne, in der ein Strauß weißer Rosen steckte. Die Arbeitsplatte war in hellem Grau gehalten und passte vom Ton her genau zu den acht Stühlen, die um den Esstisch standen. Dort war ebenfalls ein weißer Rosenstrauß arrangiert worden. Egal, wo man war, von überall konnte man die grandiose

Aussicht auf den Privatstrand genießen, der zum Haus gehörte. Wenn die Türen offen standen, so wie gerade eben, konnte man die Möwen kreischen und das Meer rauschen hören. Das Wohnzimmer wurde dominiert durch ein überdimensionales Sofa, das in den Boden eingelassen war, und einen riesigen Flatscreen an der Wand. Mehr nicht. Alles hier war gradlinig, aber nicht steril, vielmehr ruhig. Nichts lenkte ab vom Eigentlichen: dem Blick aufs Meer.

Im Foyer, und anders konnte man diese Eingangshalle nicht bezeichnen, stand ebenfalls ein duftendes Blumenarrangement unter der geschwungenen breiten Treppe, die hinauf zu den Zimmern im ersten Stock führte. An den Wänden hingen diverse Kunstwerke, die Sanddünen und Wellen zeigten, manchmal auch eine Möwe. Auch im übrigen Haus war alles schlicht gehalten, nur hier und da ein farblicher Akzent. Ich fühlte mich wohl in dieser schlichten Eleganz und so wunderbar frei, als hätten sich die Eisenketten um meine Brust gelöst. Mein Ex war vergessen, all der Schmerz und die Ohnmacht des Betrugs. Das war Caines Verdienst nach nur zwei Wochen. Aber was würde die Zukunft bringen? Was, wenn er schon in ein paar Tagen das Interesse an mir verlor? Ich würde mehr verlieren und tiefer stürzen als je zuvor.

Mein Magen zog und zwickte, in mir rumorte es und ich konnte wohl eine Tatsache nicht länger ignorieren: Ich hatte mich in Caine Stella verliebt. Auch wenn es absurd war, weil man sich binnen zwei Wochen doch gar nicht verlieben konnte. Auch wenn es vollkommen unangebracht war, denn auf meinem Gehaltsscheck stand immer noch sein Name. Und auch wenn das womöglich einige weitere Probleme nach sich ziehen würde, weil Caine nur eine Affäre wollte und nicht das Gleiche für mich empfand ... trotz allem wurde mir wohlig warm ums Herz.

»Was machst du?«, fragte er plötzlich hinter mir. Ich stand mit meiner Kaffeetasse auf der Terrasse und blickte aufs Meer.

»Ich denke nach«, murmelte ich und umfing mit einer Hand seine Arme, die sich um meine Mitte legten.

»Das sieht nach was Ernstem aus.«

Ja, das war es.

»Nein, nicht der Rede wert.«

»Willst du es nicht mit mir teilen?«, bohrte er nach. Caine war Anwalt. Durch und durch. Architektenleidenschaft hin oder her.

»Nicht jetzt.«

»Okay, Babe«, brummte er in mein Ohr und löste damit eine Gänsehaut aus, die sich über meinen Körper zog. »Worauf hast du jetzt Lust?«

Matt lächelte ich. »Definitiv nicht essen. Das Frühstück, was deine Haushälterin hier gezaubert hat, war großartig, aber auch verdammt viel.«

»Möchtest du spazieren gehen?«, fragte er und ich nickte.

Langsam nahm er mir die Tasse ab, stellte sie auf den Esstisch, wo noch die Reste unseres Frühstücks standen, und griff nach meiner Hand. Sanft verschränkte er unsere Finger, als könnte er bei einer hastigen oder abrupten Bewegung irgendetwas zerbrechen.

Gemeinsam traten wir in die Hitze der Hamptons und machten uns auf den Weg zum Strand.

»Dieses Haus ist wirklich zum Verlieben«, sagte ich und warf einen Blick zurück. Die großzügige Terrasse mit dem riesigen BBQ-Grill, an dem nur er grillen durfte, wie er mir versicherte. Der gepflegte Garten mit einem knallgrünen Rasen, der so ebenmäßig war, dass er an einen englischen Golfplatz erinnerte, den zumindest ich nur im Fernsehen zu sehen bekam, wenn Tiger Woods seinen Schläger schwang. Auf der anderen Seite des Hauses, gesäumt von ein paar Pinienbäumen, war ein großzügiger Pool mit einigen Liegestühlen. Alles hier schrie förmlich nach Urlaub mit der Familie. Natürlich sagte ich das nicht, ich war ja nicht bescheuert.

»Das Haus liebt dich auch.«

Das Haus liebt mich? Okay, was war das für eine Metapher und warum? Ich blinzelte Caine entgegen. Er sah so unfassbar gut aus in seinen Shorts, die ihm bis zu den Knien reichten. Dazu trug er ein hellblaues Poloshirt, das sich perfekt um seine Muskeln schmiegte. Bei dem Anblick musste wohl jeder Frau das Wasser im Mund zusammenlaufen. Zum Glück war ich die einzige weit und breit.

»Wie meinst du das?«

»Ich meine, dass du sehr gut in dieses Haus passt.«

Wow! Seine Worte waren noch schöner als er selbst.

»Okay, verstehe«, erwiderte ich unsicher. Was sollte ich darauf sagen?

»Nein, ich glaube nicht, dass du das verstehst.«

»Dann musst du deutlicher werden«, wagte ich mich langsam vor. Konnte es wirklich sein, dass er eventuell auch etwas für mich empfand? Dieses tiefe, allumfassende Gefühl ... dass er genauso glücklich war, sobald ich mich in seiner Nähe aufhielt? Dass auch er sich fragte, was ich tat, wenn wir nicht zusammen sein konnten? Dass auch Caine sich wünschte, er würde ewig so mit mir diesen Strand entlanglaufen? Überdeutlich spürte ich seine Finger verschlungen mit meinen.

»Ich ... ich bin nicht gut in so was, Olivia«, kam es leise von ihm.

»Du bist einer der bestbezahltesten Anwälte New Yorks, du hast eine Erfolgsquote von hundertsiebenunddreißig zu eins. Ich würde also sagen, dass du so etwas kannst, Caine.« Ich wollte ihm Mut machen, aber die Zweifel nagten auch an mir. Wenn er sich jetzt so sehr zierte, dann empfand er womöglich nicht das Gleiche für mich wie ich für ihn, oder? Er müsste doch fühlen, dass es mir ähnlich ging. Er müsste glücklich sein, aber Caine fühlte sich unwohl. Deutlich merkte ich es ihm an. »Spuck es einfach aus, es wird schon nicht so schlimm sein.«

»Nein«, sagte er plötzlich lächelnd. »Ist es nicht.«

»Dann sag das, was du mir sagen musst.«

»Ich ... später, okay? Ich war schon ewig nicht mehr hier am Strand. Lass uns einfach das Meer und die Stille genießen.«

Ich drängte ihn nicht weiter. So wie ich Caine kannte, war er ein Mann, der vollkommen dichtmachte, wenn man versuchte, ihn zu etwas zu bewegen. »Wieso warst du schon länger nicht mehr hier?«

»Na ja, von New York ist man schnell hier, aber von Vegas sind das knapp zweitausendsiebenhundert Meilen.«

»Du warst aber doch immer wieder in New York.«

Er nickte. »Das ist richtig, aber die letzten Monate eigentlich überwiegend in Vegas. Meiner Mom ging es nicht so gut, da wollte ich bei ihr sein.«

»Das mit deiner Mutter tut mir sehr leid.«

»Mir auch.« Er zuckte scheinbar belanglos die Schultern. Vor Gericht hatte er gelernt, keinerlei Gefühle zuzulassen. Nur war ich kein gegnerischer Anwalt, sondern seine … Partnerin. Irgendwie. Für den Moment. »Der Herzinfarkt und der damit verbundene Schlaganfall kamen plötzlich. In einem Moment war sie gesund und im nächsten wurde sie von der Haushälterin auf dem Boden gefunden.«

»Das war bestimmt furchtbar.«

»Wäre ich dort gewesen, hätte ich vielleicht das Schlimmste verhindern, den Notruf früher wählen können.«

Machte er sich etwa Vorwürfe?

»Ich bin überzeugt, dass du alles getan hast, was in deiner Macht stand. Du hast ihr mit Sicherheit die bestmögliche medizinische Betreuung zukommen lassen, die es für Geld zu kaufen gibt.«

»Ja, das habe ich. Aber die Ärzte meinten, wenn man sie früher gefunden hätte, dann wäre die Chance höher gewesen, dass sie das alles unbeschadet überlebt.«

»Ich weiß, dass das hart klingt, aber du hast keine Schuld daran.«

»Hm …«, murmelte Caine zustimmend, jedoch war ich

nicht sicher, ob er das wirklich glaubte oder nur sagte, damit ich still war. »Das Verhältnis zu meiner Mom war recht ... emotionslos. Sie konnte besser mit Geld umgehen, als Gefühle zu zeigen.«

»Das ist sehr schade.«

»Deine Mutter ist völlig anders, so warmherzig und offen.«

Ich lächelte. »Ja, das ist sie. Ich war überrascht, dass sich meine und deine Mutter kannten.«

»Das kam durch Joe und unsere gemeinsame Harvard-Zeit. Über unsere Freundschaft lernten sie sich kennen und verstanden sich wirklich gut. Deine Mutter ist großartig.«

»Du warst aber nie bei uns, oder?«

»Doch, sogar häufiger, aber irgendwie haben wir uns wohl immer verpasst.«

»Meinst du, wir wären sonst schon früher der Anziehung zwischen uns erlegen?«

»Der Anziehung zwischen uns erlegen?« Sein dunkles Lachen mischte sich in das sanfte Meeresrauschen. »Du meinst, die Tatsache, dass ich in deiner Nähe dauergeil bin und dich spüren will?«

Na ja, so plump hätte ich es nicht gesagt, aber ich nickte trotzdem. Nachdenklich legte er den Kopf schief und ich fühlte seinen Blick auf mir haften. »Was?«, fragte ich. »Was ist?«

»Joe hat mir wohl nicht ohne Grund verschwiegen, dass er so eine heiße Schwester hat.«

»Ich glaube nicht, dass er etwas dagegen hat, wenn wir ...« Beinahe hätte ich ›uns lieben‹ gesagt, aber ich hielt mich gerade so noch davon ab. Seine letzte Bemerkung hatte mir deutlich gezeigt, dass das zwischen uns für ihn nicht mehr war als eine Affäre.

»Nein, das denke ich auch nicht. Er hat mich nach seinem Auftritt im Büro am Donnerstagabend noch einmal angerufen und mir eindringlich geschildert, was er mit mir machen wird, wenn ich dir wehtue.«

»Du wirst mir aber nicht wehtun«, sagte ich mit fester Stimme, obwohl ich nicht wirklich überzeugt war. Er besaß durchaus die Macht, mir richtig heftigen Schmerz zuzufügen.

»Nein, das werde ich nicht.«

Meine Wangen glühten. Ich musste unser Gespräch auf ein anderes Thema lenken, das unverfänglicher war. »Meinst du, Steve wird was finden?«

»Ja, das wird er. Er ist der Beste. Mach dir keine Sorgen, er wird diese Angelegenheit regeln.« Caines Stimme klang belegt.

Nachdenklich hingen wir beide unseren Gedanken nach. Ich versuchte wieder einmal, mich zu erinnern, was in Las Vegas passiert war. Caine brach irgendwann das Schweigen und erzählte mir davon, wie sehr er sich in New York City zu Hause fühlte. Er ließ mich an seiner Sichtweise, wie er die Stadt sah, teilhaben, und wenn ich ehrlich war, dann fühlte es sich für mich auch viel schöner an, seit er in meiner Heimatstadt lebte. Es war nicht auszudenken, dass das zwischen uns irgendwann vorbei war.

27

CAINE

FRIEDE

»Bist du satt geworden?«, fragte ich Olivia und räumte ihren Teller ab. Samantha hatte, während wir drei Stunden am Strand spazieren waren, das Frühstücksgeschirr abgeräumt und uns einen Zettel hinterlassen, dass sie uns ein schönes Wochenende wünschte. Am frühen Nachmittag, nicht ohne vorher eine Runde Sex auf dem großen Esstisch gehabt zu haben, fuhren wir in den örtlichen Supermarkt und kauften ein paar Lebensmittel für unseren Grillabend. Olivia hatte gerade den letzten Happen vertilgt und lehnte sich nun auf ihrem Stuhl zurück, eine Strickjacke über die Schultern gelegt, und hielt sich den Bauch.

»Ich glaube, ich platze gleich.«

»Sehr gut! Ich will, dass du satt bist, ich habe noch

etwas mit dir vor.« Mit einem zarten Lächeln auf ihren Lippen ließ sie sich von mir hochziehen. Ich wollte es ihr heute am Strand schon sagen, aber gelinde gesagt kackte ich mir beinahe in die Hosen. Jetzt konnte und wollte ich es nicht länger ignorieren. Ihre Blicke. Ihre Unsicherheit. Ich kannte sie so nicht, ich wollte sie so nicht und ich glaubte, Olivia brauchte mehr Sicherheit, dass das zwischen uns gut so war, wie es war, und dass es weiterging.

»Und was?«, fragte sie und seufzte überrascht, als ich meine Lippen auf ihre legte.

»Ich will, dass du weißt …«

»Nein, Caine!«, unterbrach sie mich plötzlich, die Augen aufgerissen. »Bitte nicht!«

Nachdenklich legte ich den Kopf schief. Was? Wie? Ich war gut darin, Menschen zu lesen, und ich hatte mich ganz sicher nicht getäuscht.

»Wieso nicht?«

»Weil das alles ändern würde.«

»Aber wir können es nicht mehr ignorieren.«

»Das sollten wir aber, wir arbeiten zusammen. Ich werde dann kündigen müssen und … ich will mir nicht schon wieder eine Stelle suchen.«

»Du musst nicht kündigen.«

»Doch, weil ich es nicht ertragen werde, wenn wieder Tussis bei dir ein- und ausgehen.«

»Was?« Völlig perplex starrte ich sie an. »Ich glaube, ich kann dir nicht folgen.«

»Wenn du das jetzt zwischen uns beendest, dann werde ich nicht mehr für dich arbeiten. Wir haben vereinbart, dass wir uns dieses Wochenende noch gönnen … und …

scheiße, ich brauche noch mindestens vierzehn Tage, damit ich meinen ersten Gehaltsscheck bekomme.« Ihre Worte trafen mich wie eine Ohrfeige.

»Was?« Das hier lief vollkommen falsch. Angst und Panik stand in ihrem Gesicht. »Geld? Es geht um Geld?« Ruckartig ließ ich sie los. »Du wirst dein Geld schon bekommen, wenn es das ist, was dir Sorgen bereitet.«

Ich drehte mich weg, damit sie die Wut in meinen Augen nicht sehen konnte. Beinahe wäre ich so bescheuert gewesen und der widerlich romantische Teil in mir hätte ihr gestanden, dass ich mich in sie verliebt hatte und wollte, dass das mit uns offiziell war. Mein Gott, wieder einmal lernte ich, was Gefühle anrichten konnten. Geld? Ich konnte es nicht fassen.

»Keine Sorge, Olivia, du bekommst dein Geld auch ohne Monatsfrist.«

»Es geht mir nicht ums Geld.«

»Ach, nein?«, warf ich ihr wütend an den Kopf und drehte mich wieder um. Sie war so gottverdammt schön, wie sie in dem weichen Licht der Terrassenbeleuchtung stand und in der sanften Meeresbrise ein paar Haarsträhnen um ihr Gesicht wehten. »Das hast du doch gerade eben gesagt.«

»Nein. Es geht darum, dass ich es nicht aushalten würde, dich mit einer anderen Frau zu sehen. Nicht nachdem, was und wie es zwischen uns ist. Ich … ich kann es nicht noch einmal ertragen, dich mit so einer Barbie zu teilen, wie damals in deinem Büro, oder mit so einer Tussi wie im Diner oder im Bettengeschäft, die dich angafft und blickfickt. Ich ... ich halte das nicht noch einmal aus, Caine. Ich kann das einfach nicht.«

»Du musstest mich nie teilen.«

»Du hörst nur das, was du hören willst, oder?«, warf sie mir an den Kopf und ich fragte mich, wie dieser wunderschöne Tag nur so hässlich enden konnte. Streit, Gebrüll, Vorwürfe und ... Missverständnisse über Missverständnisse.

»Ich habe mich in dich verliebt!«, rief sie und warf die Hände in die Luft. »So! Jetzt weißt du es und kannst mich darüber belehren, was wir ausgemacht haben. Aber ich will nicht nur eine Affäre. Was ich will ... was ich will ... ist ... ist das!« Sie deutete mit den Händen zwischen uns hin und her und ihr Dekolleté rötete sich vor lauter Aufregung, der Puls an ihrem Hals pochte schnell und heftig.

»Sag doch bitte was!«, flüsterte sie und ich verstand sie kaum über das Rauschen des Meeres hinweg.

»Du bist in mich verliebt?«, frage ich leise und gequält schloss sie die Augen. Waren da Tränen?

»Ja, das bin ich. Keine Ahnung, wie das passieren konnte, weil du manchmal wirklich ein begriffsstutziger Vollidiot und darüber hinaus ein gewaltiges Arschloch sein kannst, aber es ist passiert.«

»Du bist eine der übelsten Zicken, die ich kenne, und jede andere hätte ich schon lange vor die Tür gesetzt, aber ... ich habe mich auch in dich verliebt«, erklärte ich und räusperte mich. »Glaube ich.«

»Glaubst du?«, fragte sie verwirrt. »Wie kann man denn nur glauben, dass man verliebt ist?«

»Ich bin nicht vertraut mit diesem Gefühl. Noch für

keinen Menschen habe ich das empfunden und deshalb keine Vergleichsmöglichkeiten. Aber was ich definitiv weiß, ich drehe durch, wenn du nicht da bist. Ich hasse es, wenn du einen anderen Mann ansiehst, ich kann meine Finger nicht von dir lassen und ich will, dass jeder beschissene Scheißkerl in New York weiß, dass du nicht mehr zu haben bist und zu mir gehörst. Inklusive deiner Brüder, die mich verprügeln werden.«

»Du willst, dass jeder in der Stadt weiß, dass ich zu dir gehöre?«, wiederholte sie und grinste breit. »Ehrlich?«

»Ja, verdammt!«

»Wieso dann der Vorschlag mit der Affäre?«

»Weil ich glaubte, eine Affäre wäre besser, als dich gar nicht zu haben.« Jetzt wusste sie es. Alles hatte ich vor ihr ausgebreitet und sie konnte es mit nur ein paar wenigen Worten zerquetschen, wenn sie wollte. Ich hasste es, Gefühle zu zeigen, angreifbar zu sein, verletzt zu werden.

»Caine!« Sie trat auf mich zu, nahm mein Kinn zwischen ihre Finger und suchte meinen Blick. »Ach, Caine ...«

Mit einem tiefen Knurren legte ich meine Lippen auf ihre und hob sie sofort hoch, damit sie sich nicht wieder von mir lösen konnte. Sie schlang die Arme und Beine um mich, wie von Sinnen küssten wir uns, eroberten uns gegenseitig, obwohl das schon lange zuvor geschehen war.

Mit ihr auf den Hüften lief ich am Strand entlang.

»Lass mich nicht los«, wisperte sie und legte ihren Kopf an meine Schulter.

»Ich lasse dich nicht los, Babe.« Über uns kreischten die Möwen, als ich mich mit ihr auf den weichen Sand sinken ließ, meine Hand an ihrer Wange. »Ich will dich, Olivia … ich will dich so sehr.«

Statt mir zu antworten, hielt sie meinen Blick gefangen und griff nach dem Saum meines Shirts. Sie schob es nach oben und ich antwortete ihr stumm, indem ich es über meinen Kopf zog und achtlos zur Seite warf. Olivia seufzte wohlwollend, ihre Fingerspitzen tanzten über meine Haut. Knurrend presste ich meinen Mund auf ihren, massierte ihre Lippen mit sanftem Druck und vertiefte den Kuss, hielt sie fester in meinen Armen, während unsere Zungen miteinander spielten. Sinnlich, lustvoll, zärtlich. Es fühlte sich richtig an, dass wir uns küssten, schmeckten und so nah beieinander waren. Sie seufzte tief und ich tat es ihr gleich, als ich mit meinen Händen über ihre vollen Brüste fuhr. Wortlos verstand sie, setzte sich auf und ich zog ihr das bereits über ihre Hüften geraffte weiße Sommerkleid samt Strickjacke über den Kopf. Sie trug einen trägerlosen, makellos weißen BH, der schlicht und einfach war, genau wie die Pants. Keine Spitze, keine Raffinesse, einfach nur sie. Unsicher lächelte sie mich an, aber meine Augen hatten noch nichts Erotischeres erblickt.

»Du bist so wahnsinnig schön, Olivia«, flüsterte ich, küsste die zarte Haut an ihrem Hals, fuhr mit meiner Hand zwischen ihre Schulterblätter und ließ ihren BH mit einer geübten Bewegung aufschnappten. Andächtig, denn sie war wirklich das Kostbarste, das ich jemals in meinen Händen gehalten hatte, strich ich mit meinen Daumen über ihre bereits aufgerichteten Nippel. Olivia stöhnte, als ich ihre Diamanten leckte und anschließend sanft darüber blies. Sie wurden noch härter, sofern das überhaupt möglich war. Seufzend reckte sie sich mir entgegen. Olivia war so wunderschön im hellen Schein des Mondes, als sich ihr Keuchen mit dem Rauschen des Meeres vereinte. Ich spürte die unfassbare Hitze an ihrer Mitte, sie streckte sich mir entgegen ... und ich kam ihrem Willen nach und streifte den weichen, schneeweißen Stoff der Pants von ihrer gebräunten Haut. Und während sie nun nackt vor mir lag, nahm ich mir einen Moment und genoss den Anblick und das berauschende Gefühl wie bei einer süchtig machenden Droge.

»Was?«, fragte sie leise. Unsicher? Nein, das musste sie nicht sein, nicht, wenn sie mit mir zusammen war. Nicht, wenn die Art, wie ich sie kennengelernt hatte, echt war. Hungrig ließ ich meinen Blick über sie gleiten und stöhnte, als sie zwischen meine Beine griff. Mein Schwanz war knüppelhart und wollte zu ihr. Ich sehnte mich nach ihr, nach ihren Fingern, ihrem Mund, ihrem Körper. Ich wollte sie ... jeden Tag und jede Nacht.

»Es wäre nur fair, wenn du auch nackt wärst.« Mit einer schnellen Bewegung hatte ich meine Hose und Boxershorts von den Beinen gestreift. Sie landeten irgendwo neben ihrem Kleid im Sand. Die Wellen rauschten, die Grillen zirpten. Es war warm und beinahe zu schön, um wahr zu sein.

Lächelnd beugte ich mein Gesicht zu ihr. Meine Hände zupften an ihren harten Knospen, kneteten ihre Brüste. Aber sie schob mich von sich, bis ich seitlich lag, einen Ellbogen aufgestützt, und ihre Berührungen empfing. Erst sanft, dann immer schneller massierte sie meinen Schwanz. Süßer Schmerz zuckte in ihm, sie machte mich so an, niemals mehr könnte ich ihrer Anziehung widerstehen.

Ein tiefes Grollen drang aus meiner Kehle und ich genoss den Augenblick. Wenn sie so weitermachte, würde ich kommen. Olivia lächelte, als sie bemerkte, dass ich mich immer wieder in ihre Faust schob. Sinnlich und langsam küssten wir uns, lernten uns besser kennen, entdeckten uns neu. Ich wusste, dass ich nie wieder eine Frau auf diese Art küssen könnte, ohne dabei an sie zu denken. Ich wusste, dass ich nie wieder auch nur den Hauch einer Chance hatte, eine andere Frau so zu lieben wie sie. Und ich wollte es auch gar nicht. Dieses Feuer – geboren aus Leidenschaft, gefestigt in Verzweiflung – fühlte sich jetzt wie ein nicht enden wollender Strom aus Endorphinen an, die mich umschwärmten wie die Bienen den Honig.

Rhythmisch bewegte ich meine Hüften, schob mich immer wieder in ihre Faust und streichelte weiter ihre Brüste, ließ dann meinen Zeigefinger über ihren Bauch und dann langsam über ihren Rippenbogen gleiten, hinunter zu ihrem Becken. Ich strich sanft von links nach rechts, von Hüftknochen zu Hüftknochen, und Olivia löste sich von meinen Lippen, um leise zu wimmern. Ihre Finger schlossen sich fester um meinen Schwanz, während sie ihren Kopf nach hinten sinken ließ und ihre Beine öffnete. Geduld war etwas, das sie noch lernen musste.

»Langsam, Süße!«, flüsterte ich, küsste sie tief und fuhr gleichzeitig mit meinen Fingern über ihre äußeren Schamlippen. Sie spreizte ihre Beine noch ein Stückchen weiter und ich tauchte ein in ihre Nässe, fand ihr Knötchen, diesen empfindlichen Punkt, der all ihre Sinne vereinte, und sofort stöhnte sie. Ich verschloss ihre Lippen mit einem weiteren Kuss, drang mit der Zunge in sie, während meine Finger in ihr versanken.

Es war so schön, so anders. Kein Ficken. Ich wollte, dass sie den Unterschied erkannte. Ich wollte in ihr sein, aber nicht mehr nur, um sie zu besitzen, sondern um uns zu vereinigen. Sie war die Richtige, die Eine.

»Ich will dich, Caine. Bitte!«

Ich verlagerte den Winkel, legte mich zwischen ihre Beine und es fühlte sich so an, als wäre das hier genau mein Platz. Genau hier sollte ich sein und nirgendwo sonst. Genau hier musste ich sein, um weiter atmen, weiter existieren zu können.

Olivia zog die Beine an und ich glitt mühelos in sie. Meine Ellbogen stützte ich neben ihrem Kopf ab und legte die Hände an ihre Schläfen. Ich musste sie berühren, mit jeder mir möglichen Art und Weise. Olivia seufzte tief, legte ihre Hände an meinen Hintern und drückte zu. Ich verstand, sie wollte, dass ich mich bewegte.

Langsam schob ich meine Hüften in einer Ruhe, als wäre ich nicht selbst kurz vor dem Platzen, vor und zurück. Das Rauschen des Meeres hüllte uns ein, und auch als ich etwas schneller wurde, wir uns fest in die Augen sahen und sich meine Pobacken im ältesten Rhythmus der Welt an- und entspannten, konnte ich den Blick nicht von ihrer Zartheit, von der Liebe in ihren Augen lösen. All das war neu für mich und ich hatte keine Ahnung, wie ich so viele Jahre ohne dieses unfassbare Gefühl leben konnte.

Olivia verkrampfte sich um mich, als ich den Rücken streckte und so tief in sie stieß, dass ich ihren G-Punkt traf. Wir stöhnten beide auf dem Gipfel der Leidenschaft. Höher könnten wir wohl kaum kommen, oder?

Wie würde ich jemals wieder ohne dieses Gefühl leben können?

Es gab nur eine einzige Antwort darauf:

Gar nicht.

28

OLIVIA

Spannungen

Nach diesem unglaublichen Sex am Strand war die Stimmung angespannt. Das war vollkommen falsch, denn alle Karten lagen nun auf dem Tisch. Caine plauderte auf dem Heimweg vermeintlich locker und belanglos. Es wirkte übertrieben, irgendwie künstlich und ich fragte mich, wo der Mann hin war, der keine Beziehung einging, der sich nicht verliebte. Es war so wahnsinnig untypisch für Caine, dass sich der Gedanke in mir breitmachte, ob er in eine Rolle geschlüpft war. Eine Art Schutzmechanismus, der mich langsam darauf vorbereiten sollte, dass das hier schneller zu Ende war, als ich mich umsehen konnte. Und plötzlich schien es so, als wäre der Zeitpunkt bereits gekommen.

Als wir am Sonntag erwachten, erzählte mir Caine, dass er am Montagmorgen ein Frühstücksmeeting hätte, zu dem er ausgeschlafen erscheinen musste und deshalb die folgende Nacht allein verbringen wollte. Okay. Was war anders? Sonst hatte es ihn doch auch nicht gestört, wenn er zu wenig schlief.

Mit wem traf er sich? Tatsächlich erst zum Frühstück? Mussten wir deshalb heute schon so zeitig zurück? Ich kramte in meinem Hirn, ging in Gedanken seinen Kalender durch, aber ich konnte mich nicht an ein Frühstücksmeeting erinnern und auch an keinen Abendtermin. War es also so weit, hatte er genug von mir und deshalb dieses Meeting erfunden?

Während eines frühen Mittagessens und dem anschließenden Strandspaziergang sprach ich ihn mehrfach durch die Blume darauf an, ob alles gut sei oder zwischen uns irgendetwas geschehen war, das ich verpasst hätte. Aber er schüttelte nur jedes Mal lächelnd den Kopf. Und genau das machte mich so unsicher. Noch nie hatte ich so intensiven Sex gehabt, noch nie für einen Mann so tief empfunden. Ich war mir nicht sicher, ob ich mich richtig verhielt oder alles kaputt machte mit dieser blöden Unsicherheit. Obwohl wir uns gegenseitig unsere Gefühle gestanden hatten, war für mich immer noch unklar, ob wir nun zusammen waren oder nicht. Meine Vernunft sprach nämlich dagegen, mein Herz war dafür und erinnerte mich an seine Worte der vergangenen Stunden. Doch das Bild in meinem Kopf war verschoben, nicht alle Puzzleteile passten zusammen.

»Möchtest du noch mit nach oben kommen?«, fragte ich, als er seinen Porsche vor meinem Haus parkte und den Motor abstellte. Caine schüttelte traurig den Kopf.

»Ich denke, das ist keine gute Idee. Ich vermute stark, dann würde ich nicht mehr gehen.«

»Klingt doch gut«, versuchte ich es noch einmal, ihn zu locken.

Der Mann, der mir die letzten Stunden buchstäblich den Atem geraubt hatte, legte seine Hand auf mein Knie und drückte leicht zu. »Keine gute Idee!« Wie eine sanfte Drohung schwangen die Worte zwischen uns hin und her. Es war liebevoll ausgesprochen, beinahe so, als würde es ihn quälen, mir sagen zu müssen, dass es heute nicht klappte. Aber es änderte nichts daran, dass es war, was es war: eine Zurückweisung.

»Lass uns morgen erst gegen elf im Büro sein, dann kannst du den Sonntagabend noch genießen und dich mit deiner Freundin treffen, vielleicht geht ihr morgen auch frühstücken. Sie hat doch schon letztes Wochenende auf euren Mädelsabend verzichten müssen.«

Ich lehnte mich zurück und betrachtete ihn verständnislos. »Sagte der Mann, der sonst immer pünktlich um sieben im Büro ist und das auch von seiner Assistentin verlangt. Dir ist schon klar, dass das seltsam ist?«

Lässig zuckte er die Achseln. »Aber ich bin der Boss, und ich bin morgen früh definitiv nicht im Büro.«

»Aha! Mag ja sein, dass du als Chef dir das locker erlauben kannst. Ich kann es nicht, da kochen die Gerüchte noch mehr.«

»Oh!«, sagte er schelmisch grinsend. »Brodelt etwa die

Gerüchteküche schon?«

»Ich habe keine Ahnung. Niemand wird so dumm sein und es mir sagen.«

»Dir ist das doch egal, oder?«, fragte er offenbar rein rhetorisch.

Nein, war es nicht und würde es niemals sein, denn auch das war ein großer Punkt, mit dem ich in der alten Kanzlei und meinem Ex kämpfen musste. Für viele Kollegen war ich auf einmal nur noch die Geliebte des Anwalts, keine eigenständige Person, die ihren Job gut machte. Ich verdiente sogar weniger als alle anderen, die in einer ähnlichen Position waren, damit es nicht hieß, ich würde die Kohle nur kriegen, weil mich der Junior-Partner vögelte. Immer öfter verstummten spontan die Gespräche meiner Kollegen, wenn ich in die Kaffeeküche kam. Kaum jemand wollte noch mit mir die Mittagspause verbringen und ich habe darüber hinweggesehen. Meine Brüder und meine Mutter hatten mich darin bestärkt, dass ich klüger sei als jene, die sich über mich das Maul zerrissen. Aber es geschah nun einmal nichts im Leben, das nicht auch ein paar Spuren hinterließ.

Also ja, es machte mir etwas aus, sollte die Belegschaft reden. Nur ließ ich mir das nicht anmerken.

»Wir sehen uns dann morgen im Büro«, sagte ich und umklammerte den Türgriff. Caine beugte sich in meine Richtung und küsste mich tief. Wieder streichelte seine Zunge so geschickt über meine, dass ich mir beinahe augenblicklich wünschte, er würde doch mit hochkommen. Vollkommen bescheuert, klar, aber ich wünschte es mir eben.

Letztendlich stieg ich natürlich allein aus dem Wagen, hob meine Tasche vom Rücksitz und sah dem Porsche hinterher, bis er um die nächste Ecke bog. Dieser schwarze Flitzer stand Caine außerordentlich gut. Wie viele Frauen er darin wohl schon mitgenommen und verführt hatte? Vermutlich zu viele. Seufzend drückte ich die Tür zum Apartmenthaus auf. Das mulmige Gefühl, welches sich mit jedem meiner Schritte mehr manifestierte, drohte, mich zu ersticken.

Ich fühlte, dass irgendetwas im Busch war.

Ich wusste nur nicht, was.

Und ich verstand es nicht.

Unser Wochenende war nicht nur wunderschön gewesen, sondern auch produktiv. Steve würde mich bereits nächste Woche kontaktieren, dass ich diesen Scheiß mit der Hochzeit loswerden konnte – auch wenn, das musste ich dummerweise zugeben, mein Fokus eher auf Caine lag, als die doofe Angelegenheit zu klären. Ich war mir mittlerweile ziemlich sicher, dass der Kerl oder vielleicht war es ja auch eine Frau, die ich geheiratet hatte, ebenfalls nichts davon wusste, ansonsten würde doch jemand versuchen, mich zu finden. Wenn meine Steuerklasse geändert wurde, dann war es doch auf der anderen Seite auch so, richtig?

Nachdem ich meine Wohnung betreten hatte, schrieb ich Jess eine Nachricht. Vielleicht sollten wir tatsächlich frühstücken gehen, auch wenn das die Gerüchte anheizen würde, wenn sowohl ich als auch Caine erst gegen elf im Büro eintrudelten. Andererseits sollte es mir vielleicht tatsächlich egal sein. Heute wollte ich in Ruhe über alles nachdenken, aber morgen Vormittag könnte ich Jess bei einer schönen Tasse Milchkaffee auf den neuesten Stand bringen.

Ich hoffte, dass sie Rat wusste.

»Guten Morgen, Sonnenschein!«, begrüßte mich Jess, die mit ihrer übergroßen Sonnenbrille auf der Nase so aussah, als wäre sie Puck, die Stubenfliege.

»Ich hätte dich ja fast nicht erkannt.« Freudestrahlend stand ich auf und umarmte meine beste Freundin.

»Wir haben uns zwei Wochen nicht gesehen und du vergisst, wie ich aussehe? Das kannst du nicht ernst meinen.« Grinsend ließ sie sich auf den freien Stuhl mir gegenüber fallen und nahm die Sonnenbrille ab. »Na ja, was soll ich sagen? Ich bin eben zu beliebt, um nur eine Freundin zu haben.«

»Oh, dann danke ich dir aus tiefstem Herzen, dass du dich bei all deinen Freunden heute so spontan für mich freischaufeln konntest.«

Wir beide lachten, denn ich wusste, dass Jess sehr wählerisch war, was Freunde anging. Außer mir und meinen Brüdern zählte da nämlich nicht mal ihre eigene Schwester dazu. Das Verhältnis der beiden war … kompliziert.

»Wie war dein Hamptons-ich-vögle-mir-das-Hirn-raus-Wochenende?«, fragte sie und griff nach dem Glas mit meinem Orangensaft, um einen Schluck zu trinken.

Ein gelangweilter Kellner kam zu unserem Tisch und wir beide bestellten das, was wir immer bestellten, wenn wir in dem kleinen Laden am Eck frühstückten, der genau zwischen unseren Wohnungen lag. Jede von uns hatte nur zwei Blocks zu laufen, hier hatten wir schon sehr viele, sehr schöne Abende und Vormittage verbracht.

»Es war … feucht.«

»Will ich das wissen?«, fragte sie skeptisch und trank wieder aus meinem Glas. Das tat sie immer. Jess wollte sich nur keinen eigenen bestellen, weil sie diese Kalorien sparen wollte. Wenn sie mal kurz an meinem nippte – im Endeffekt trank sie das ganze Glas, denn ich mochte keinen Orangensaft –, dann war das ja nicht so schlimm, glaubte sie jedenfalls felsenfest.

»Hamptons? Meer? Baden?«, sagte ich und zwinkerte ihr zu.

»Fang bitte von vorn an und sprich in vollständigen Sätzen!«

»Na ja, wir waren in seiner Villa …«

»Villa?«, krächzte sie schrill. »Der Kerl hat da eine Villa?«

»Yes, romantische Geschichte inklusive.«

»Aha!«, sagte Jess und winkte ab. Ihr Milchkaffee wurde serviert und sie gab – wie immer – drei Süßstoff-Tabletten hinein. Noch so eine seltsame Angewohnheit.

»Freitag kamen wir erst spät an, weil wir vorher bei *Wendy's* waren.«

»Ja, das hast du gesagt. Meinst du eigentlich, dass das mit dem Privatdetektiv nur eine Ausrede war, also der Typ konnte sich nicht woanders mit dir treffen, um deinen Auftrag – Überraschung! – anzunehmen?«

»Hm, Caine hat das nur vorgeschoben.«

»Und du hast es ihm durchgehen lassen?«

»Ich hatte gehofft, dass die Hamptons ein wenig Licht ins Dunkel bringen würden.«

»Und das wäre?« Jess bekam ihre Bratkartoffeln mit Speck und Spiegelei, während ich ein Avocado-Sandwich aß. Ich würde heute Abend bei meiner Mom vorbeischauen, da ich gestern nicht zum Sonntags-Lunch gewesen war ... und ich hoffte auf richtig gutes Essen, deshalb hielt ich mich jetzt zurück.

»Jess?«, fragte ich und holte tief Luft. »Ich glaube, ich habe mich in Caine verliebt.«

»Da bin ich mir ziemlich sicher!«, erklärte sie mit einem warmen Lächeln und legte ihre Finger auf meine. »Das hast du auch verdient.«

»Findest du nicht, ich hätte leiden müssen, nachdem es mit dem Arsch so schlimm geendet ist? Ich hätte doch ... ich weiß nicht, in ein Loch fallen sollen und trauern, Eis essen und mich betrinken müssen, oder?«

»Du hast dich betrunken. So sehr, dass du geheiratet hast.« Wir kicherten beide, obwohl es gar nicht lustig war. »Aber ich glaube, das zeigt nur einfach, wie schwerwiegend die Verletzungen deines Ex über all die Jahre waren und wie sehr es deine Liebe zu ihm zerstört hat. Ich denke, wenn von einer Pflanze nichts mehr übrig bleibt, weil sie kaputt und eingegangen ist, dann ist es im Endeffekt egal, ob du sie komplett entwurzelst und wegschmeißt, sie ist schon tot.«

»Du meinst also, dass ich die beiden erwischt habe ... war nur der letzte Sargnagel für die Beziehung?«

»Das denke ich, ja. Überlege doch mal, wie viel davor schon passiert ist. Wie oft haben wir genau hier gesessen und du warst in Tränen aufgelöst, weil er dich wieder mal wie ein Stück Scheiße behandelt hat. Erinnerst du dich?«

Nachdenklich biss ich in mein Sandwich und kaute langsam, damit ich nicht sofort antworten musste. Ja, sie hatte recht, aber trotzdem ziepte es, wenn sie mich so überdeutlich draufstieß. »Ja, stimmt schon. Wie auch immer, Caine tut mir gut.«

»Erwidert er denn deine Gefühle?«

»Ich denke schon«, murmelte ich und fühlte, wie mir die Röte in die Wangen schoss.

»Du denkst?«

»Er hat es gesagt, ja.«

»Ich liebe dich, das hat er gesagt?«

»Nein«, kreischte ich beinahe. »Aber dass da etwas ist«, fuhr ich wesentlich leiser fort. »Und da ist was, das lässt sich nicht leugnen.«

»Und was hat es dir verraten, Sherlock?«, fragte Jess ironisch und setzte einen Blick auf à la ›Ich habe es dir ja gleich gesagt‹.

»Ich war eifersüchtig.«

»Du warst was?« Meine Freundin brach in schallendes Gelächter aus.

Grinsend nickte ich. »Ja, wie eine dieser krassen Furien, die Joe immer anschleppt.«

»So richtig, richtig?«

»Frag lieber nicht! Ich habe mich fremdgeschämt, obwohl ich es selbst war.«

»Autsch!«

»Hast du ihm so richtige Szenen gemacht?«

Ich nickte verlegen, weil Eifersucht etwas war, das ich

nie zuvor empfunden hatte. »Es war so peinlich. *Ich* war so peinlich.«

»Wie hat Stella reagiert?«

»Mit Sex.«

Jetzt lachte Jess lauthals los. Ich zuckte die Schultern. Es war ja die Wahrheit. Jedes Mal, wenn ich mich wie ein bescheuerter Teenager aufführte, weil ich dachte, dass ihm etwas anderes wichtiger war, hatten wir Sex gehabt. »Aber ich habe mir schon vorgenommen, dass das nicht mehr passieren darf. Ich meine ... ich bin erwachsen, ich kann nicht so tun, als wäre ich fünfzehn und hätte irgendeinen Anspruch auf ihn.«

»Na ja, irgendwie schon, oder?«

»Ich weiß nicht. Trotzdem werde ich nicht mehr ausrasten, das ist kindisch.«

»Aber wenn ihr dann Sex habt?«, warf sie ein. »Es gibt schlechtere Methoden, es zu treiben.«

»Nicht, wenn dich dein Bruder beinahe erwischt, weil du im Büro so ausgerastet bist, dass dein Boss dich auf dem Besprechungstisch vögelt.«

»Was?«, fragte sie kichernd. »Dein Bruder hat euch erwischt?« Jess filterte eben nur die wichtigen Informationen heraus. »Welcher?«

»Joe natürlich. Er ist der Einzige, der einfach in Caines Büro platzen würde, ohne sich vorher anzumelden.«

»War es sehr übel für Caine?«

»Nein, wir waren schon wieder angezogen. Aber ja, das war nicht cool!«

»Natürlich war das nicht cool, ich meine, wer will seine kleine Schwester beim Sex sehen?«

»Nicht Sex. Damit waren wir fertig.«

»Was dann?«

»Küssen. Kuscheln«, ich zuckte die Schultern, »solche Dinge eben.«

»Und was sagt er?«

»Dass er es für sich behält, solange Caine kein Flachwichser ist und mir wehtut, dann würde er ihn vernichten. Seine Worte.«

»Typisch Joe!«

»Ja, ist es. Darum auch das Essen. Er hat uns beinahe erpresst. Und dann waren wir bei *Wendy's* und er hat ständig dumme Anspielungen gemacht wegen Miss Titti.« Irritiert schüttelte sie den Kopf. »Miss Titti?«

»Die Kellnerin.«

»Ah!«

»Die Kellnerin, die ein überdeutliches Interesse an Caine zeigte.«

»Bitch!«

Ich liebte es, dass Jess solidarisch dieselben Dinge hasste, die ich scheiße fand. Andersherum war es genauso.

»Aber das Essen verlief ohne Zwischenfälle?«

»Hm, ich denke schon. Allerdings war ich gestern nicht beim Sonntagslunch, von daher kenne ich noch nicht die Meinung meiner Familie.«

»Sie würden niemals hinter deinem Rücken über dich herziehen.«

»Auch das ist mir klar, aber austauschen, analysieren und vor allem sich einmischen ... das würden sie.«

»Hm ...«, murmelte Jess kauend. Nachdem sie die Bratkartoffeln vertilgt hatte, legte sie die Stirn in Falten. »Meinst du, sie wissen was von der Sache in Vegas?«

Seufzend gab ich das Essen auf und legte das angebissene Sandwich zurück auf den Teller. »Ich hoffe nicht. Aber wer weiß schon, wie tief meine Brüder in meinem Leben stochern.«

»Nicht tief genug, sonst hätten sie das mit …«

Abwehrend hob ich die Hand. Ich wollte nicht wieder über meinen Arschloch-Ex sprechen. »Sag es einfach nicht!«

»Aber du weißt, worauf ich hinauswill?«

»Ja, das weiß ich und ich denke, damit hast du recht.«

»Caine weiß es aber, oder?«

»Was, das mit meinem Ex?«, fragte ich und nickte. »Ja. Und auch das mit Vegas. Er wollte natürlich wissen, wofür ich einen Privatdetektiv brauche.«

Wir lachten beide. Jess, weil sie wusste, dass es mir peinlich war. Und ich, weil ich an das ungläubige Gesicht meines Chefs denken musste, als ich ihm die ganze Misere erklärt hatte.

»Sicher hat er bald Ergebnisse. Mann! Ich verstehe es echt nicht. Wie konntest du so etwas Wichtiges wie Heiraten tun, und ich war nicht dabei?«

Verwirrt schaute ich sie an.

»Sorry, aber den wollte ich schon die ganze Zeit bringen«, sagte Jess kichernd.

»Wie lange hast du drauf gewartet?«

»Lange genug. Am Telefon ging das ja nicht, ich wollte dein Gesicht sehen.«

»Du bist so kaputt. Das weißt du, oder?«, murmelte ich

und schaute auf mein Handy. Keine Nachricht von Caine. Ich hatte seit unserer Verabschiedung gestern Nachmittag nichts mehr von ihm gehört.

»Ich bin kaputt, ehrlich? Süße, DU bist diejenige, die nicht weiß, mit wem sie verheiratet ist.« Sie betonte das »DU« überdeutlich und schob sich noch eine Gabel voll mit Speck und Ei in den Mund.

»Jaja. Aber eigentlich warst du bei meiner Hochzeit, jedenfalls indirekt. Du hättest ruhig besser auf mich aufpassen können.«

»Wie, beim Vögeln Händchen halten?« Ungläubig schüttelte Jess den Kopf. »Ich liebe dich, O, aber alles hat Grenzen. Außerdem konnte ich nicht wissen, dass du so verrückt bist und gleich heiratest.«

Seufzend legte ich den Kopf schief. »Dann liebst du mich doch nicht.«

»Lenk nicht vom Thema ab!«

»Oh! Dann liebst du jemand anderen?«, stichelte ich, obwohl ich spürte, dass es Jess unangenehm war.

Ihr Zeigefinger schnellte in die Höhe. »Können wir uns bitte ausschließlich auf dich konzentrieren?«, fragte sie plötzlich ernst und sah mir fest in die Augen. »Ich bin noch nicht so weit, aber ich kann dir verraten, dass auch ich die letzten Abende nicht einsam und orgasmuslos verbracht habe.«

»Aha!« Ich schämte mich innerlich ein kleines bisschen dafür, dass ich die Veränderung an meiner Freundin nicht bemerkt hatte. Jess war schon so lange an meiner Seite, wir hatten diese besondere Verbindung, die einem Glücksgriff gleichkam. Wir verstanden uns blind, beendeten die Sätze füreinander und das Wichtigste: Egal, wie abgefuckt oder mies es war, wir hielten nichts voreinander geheim. Ich wusste also, auch wenn sie es mir jetzt noch nicht erzählen wollte, dass sie es tun würde, sobald sie bereit dafür war. »Sicher, dass du nicht auch schon verheiratet bist?«, fragte ich scherzhalber und schüttelte den Kopf. »Okay, das klingt nicht mal witzig, wenn ich mich selbst damit verarsche.«

»Wollen wir die Nacht in Vegas noch mal durchgehen?«, fragte mich Jess aufmunternd und drückte wieder meine Hand. »Vielleicht haben wir etwas übersehen.«

»Vor dem Treffen mit diesem Steve habe ich lange darüber nachgedacht und auch nach seinen direkten Fragen bin ich die Nacht noch einmal durchgegangen ... da ist alles schwarz. Absolute Dunkelheit. Ich erinnere mich, dass wir beide an der Bar saßen und dann wieder, als ich mit Caine in unserer Suite war und er mich ...«

»Okay!«, abwehrend hob meine beste Freundin die Hände. »Ich verstehe, bitte erspare mir Details.«

Grinsend kam ich zurück zum eigentlichen Thema. »Alle Stunden dazwischen sind einfach weg, als hätte mir jemand was in den Drink gemischt. Mein Kater am nächsten Morgen war schon die Hölle, aber auch nicht extrem. Weißt du doch, wir haben gemeinsam was gegessen und dann war es auch schon wieder gut.«

»Hm ...« Jess warf ihre Gabel auf den Teller und lehnte sich zurück. »Wir könnten am Wochenende nach Vegas fliegen.«

»Können wir nicht, denn am Wochenende ist Jims Geburtstag.«

»Ach ja, richtig …«, sagte sie abwesend. »Ganz vergessen.«

»Du?«, fragte ich skeptisch. »Du bist ein Geburtstagskalender auf zwei Beinen, du vergisst nie einen Geburtstag.« Jess schob sich ihr langes Haar aus dem Gesicht. Eine Geste, die ich nur zu gut kannte. Sie war nervös.

»Du kommst doch?«

»Ich weiß nicht«, murmelte sie und verschränkte die Arme. »Eigentlich steht am Wochenende was anderes an.«

»Aber er will eine Neunziger-Revival-Party zu seinem Geburtstag machen. Du musst kommen, das wird megacool! Wir werden zu den *Spice Girls* und zu *Take That* abgehen oder zu *Criss Cross.*« Ich deutete mit meinen Armen die für *Criss Cross* typische überkreuzte Bewegung an. »Das wird die Party des Jahrhunderts.«

Jess räusperte sich. »Ich schau, dass ich mir Zeit nehmen kann.«

»Zeit nehmen?«, fragte ich verdutzt. »Jess, was ist los? Jim ist wie ein Bruder für dich.«

»Ich weiß.« Sie kaute auf ihrer Unterlippe herum. »Aber ich habe da doch diesen Kerl …« Sie wich meinem Blick aus, da stimmte etwas ganz und gar nicht. Für einen Moment überlegte ich, nachzuhaken, entschied mich dann aber dagegen. Sie hatte deutlich gemacht, dass sie noch nicht bereit war, darüber zu sprechen. Das war okay. Ich war schließlich auch noch nicht bereit, darüber zu sprechen, dass mich Caine vielleicht längst abgeschrieben hatte.

Deshalb plauderten wir nur noch über dies und das, was es bei ihr in der Klinik Neues gab, wie es für mich in der Kanzlei lief und einiges mehr. Ende des Jahres würde ein Treffen unseres Highschool-Jahrgangs anstehen und wir beide waren im Organisationsteam. Hierzu machten wir uns ein paar Notizen und ich schaffte es, sehr gut zu verdrängen, dass sich Caine nicht mehr gemeldet hatte.

Nach beinahe zweieinhalb Stunden verabschiedeten wir uns und ich machte mich auf den Weg ins Büro. Ich hatte keine Ahnung, was mich dort erwartete, aber ich beschloss, das Beste daraus zu machen. Nach dem schönen Wochenende und dem tollen Frühstück mit Jess wollte ich mir meine gute Laune auf keinen Fall versauen lassen, selbst wenn Caine vielleicht etwas sagte, das ich nicht hören wollte.

Beschwingt und in dem festen Glauben, dass ich mir seine Abfuhr vielleicht nur einbildete und es einen triftigen Grund dafür gab, weshalb Caine sich nicht gemeldet hatte, lief ich die sechs Blocks bis zum Bürohaus der Kanzlei. Die Sonne schien vom Himmel, tauchte Manhattan in dieses warme und weiche Licht, das diese Stadt so besonders für Touristen machte. Die Rushhour war vorbei, die Mittagspause hatte noch nicht begonnen, weshalb ich mich nicht durch Menschenmassen quetschen musste. Entspannt setzte ich einen Fuß vor den anderen und hätte beinahe angefangen, ein Liedchen zu trällern, aber nur beinahe, bis ich auf die andere Straßenseite blickte.

Was ich dort sah, ließ mein Herz für mehrere Schläge aussetzen. Es war Caine Stella, der aus einem Restaurant kam. Ein Frühstücksrestaurant – so wie das, in dem ich gerade gewesen war.

Und er war nicht allein.

29

CAINE

VORAHNUNG

Es gibt manchmal diese winzigen Momente der Vorahnung, jene, die dir zwei Sekunden, bevor etwas Schlimmes passiert, ein Gefühl übermitteln, dass gleich eine Bombe explodieren wird.

Gerade eben war so ein Moment.

Maria und ich kamen aus dem Frühstücksladen und wollten uns gerade ein Taxi rufen, als ich neben mir ein Räuspern hörte.

Scheiße!

Verdammte, verfluchte Scheiße!

»Olivia?«, rief ich mindestens eine Oktave zu hoch. »Hi!« Ich fuhr mir durch mein Haar. Nicht, dass ich nicht mit ihr umgehen konnte, nein, es lag eher daran, dass ich

Maria gerade versprochen hatte, niemandem zu sagen, dass sie hier in New York war. Und bleiben würde.

»Maria«, sagte ich aus Gewohnheit, »darf ich dir Olivia vorstellen?«

»Hallo!«, antwortete sie mit höflicher Stimme und streckte der wunderschönen Frau neben mir die Hand entgegen. Olivia sah heute wieder so verdammt gut aus in ihrem gelben Sommerkleid. Es schmiegte sich oben eng an ihren vollen Busen, bedeckte ihre Schultern auf eine züchtige, erahnende Art, und fiel ab der Taille, die mit einem Gürtel zusammengehalten wurde, locker bis zur Mitte ihrer Waden. Ich fragte mich sofort, ob sie einen Slip darunter trug oder ich ihr nachher einfach mal den Stoff über den Hintern ziehen sollte, um das zu kontrollieren. Der Rundhalsausschnitt konnte über eine Knopfleiste bis zur Taille geöffnet werden, und bei Gott, genau das würde ich heute noch tun. Die Haare trug sie in großen, seidigen Wellen. Es war wie stummes Betteln, dass ich mir eine Faust voll davon griff und sie über den Schreibtisch beugte, während ich sie von hinten nahm.

Na super, mein Kumpel wurde hart.

»Guten Morgen!«, erwiderte Olivia vorsichtig. Sie konnte den Namen Maria scheinbar nicht einordnen, aber ich würde es ihr nicht auf offener Straße erklären. »Hier hast du also gesteckt«, sagte sie an mich gewandt und legte ihre schmale Hand auf meinen Arm. Sie wollte ihr Revier markieren. Nach allem, was am Wochenende war, wollte sie jetzt deutlich zeigen, wer hier wen vögelte.

Es war auf der einen Seite extrem süß, dass sie sich

Mühe gab, keine voreiligen Schlüsse mehr zu ziehen, auf der anderen aber höchst unprofessionell, denn immerhin hätte das hier auch eine neue Mandantin sein können.

»Caine war so lieb und hat mich zum Frühstück eingeladen«, plapperte Maria jetzt los und grinste schelmisch. Ich hatte ihr bei unserem ersten Treffen, nachdem ich Vegas endgültig verlassen hatte, heute Morgen natürlich gleich von Olivia erzählt. Maria war viele Jahre meine engste Vertraute gewesen, wusste über die meisten Dinge in meinem Leben Bescheid, und da wollte ich ihr nicht die Chance nehmen, zu erfahren, dass ich vielleicht dabei war, sesshaft zu werden. Schließlich hatte sie mehr als nur ein Dutzend Frauen für mich abwimmeln müssen.

»Lieb?«, wiederholte Olivia mit hochgezogener Augenbraue. Sie unterdrückte ihre Eifersucht. Die pochende Ader an ihrem Hals verriet sie. Ich grinste wie ein ertappter Idiot. Hatte mich bei all den anderen Frauen die Eifersucht immer gestört, fand ich sie jetzt ziemlich sexy. Das hier war eben Olivia und nicht irgendeine Frau.

»Ja, findest du das nicht?« Maria sah sie provokant an. Ich wusste, sie wollte Olivia nur testen, denn ich hatte ihr erzählt, dass wir am Wochenende in den Hamptons zwar die nächste emotionale Base erreicht hatten, aber ich mir nicht sicher war, ob Olivia das auch vor ihren Freunden und ihrer Familie so durchziehen würde.

Und weil meine ehemalige Assistentin aus Vegas schon immer so war, dass sie mich beschützen wollte, was ich selbstverständlich allein auch ganz gut konnte, fand ich diesen weiblichen Balzkampf gerade irgendwie ganz amüsant. Olivia wusste nicht, dass Maria sich einen Scheiß für mich interessierte; zumindest körperlich.

»Ich bin gerade auf dem Weg ins Büro, Caine«, erklärte Olivia an mich gewandt. Sie hätte gern einen Kosenamen oder vielleicht sogar ein Schimpfwort benutzt, ihre Augen sprachen nämlich Bände. »Kommst du gleich mit?«

Ihre Augen funkelten und ich konnte an nichts anderes denken, als sie hier auf der Stelle zu küssen, mit ihr ins Büro zu gehen, um ... Nein, ich konnte nicht. Nicht jetzt. Ich würde Maria das Gästezimmer in meiner Wohnung überlassen, bis sie etwas Bezahlbares gefunden hatte. New York City war schließlich ein extrem teures Pflaster.

»Ich ... muss noch etwas erledigen«, erklärte ich also vorsichtig und Maria schulterte ihre Reisetasche. »Wir reden später, wenn ich im Büro bin.«

Olivia ließ den Blick zwischen uns hin- und herwandern. Kurz verdunkelte er sich. »Klar«, antwortete sie und schluckte schwer. Es tat mir leid, dass ich sie hier so hängen ließ wie ein Fisch auf dem Trockenen, aber Maria hatte mich um Diskretion gebeten und ich war ein Anwalt. Verschwiegenheit gehörte zu meinen Kompetenzen.

»Bis bald mal, Olivia«, sagte Maria und hielt gerade ein Taxi an. Ich öffnete die Tür des Yellow Cab und fühlte Olivias Blick auf meinem Rücken. Sicherlich hörte sie, was Maria sagte, als wir einstiegen. »Deine Sekretärin, oder?« Maria konnte es nicht lassen. Sie wusste doch längst, wer Olivia war, aber ... na ja, sie wollte eben testen, ob ich mich nicht Hals über Kopf in die Falsche verliebt hatte. Ich nickte und sah den traurigen Blick dieser wunderschönen Frau. Wie gern wäre ich wieder ausgestiegen und hätte sie in meine Arme gezogen, aber das Taxi fuhr bereits an. Ich nannte dem Fahrer die Adresse meiner Wohnung.

»Upper East, Stella? Ernsthaft?«

»Wer kann, der kann«, antwortete ich und Maria lachte laut. Ich hatte ihr Lachen vermisst. »Deine Olivia ist wahnsinnig eifersüchtig auf mich und hat versucht, es sich nicht anmerken zu lassen.«

Maria war eine tolle Frau und großartige Assistentin, aber für meinen Geschmack besaß sie zu viel Feuer. Vermutlich war das ihren mexikanischen Wurzeln geschuldet.

»Du hast sie gereizt, Maria.«

»Klar. Ich wollte sie prüfen«, bestätigte sie nun meine Interpretation oder vielmehr meine Befürchtung. »Es sieht doch ein Blinder mit Krückstock, dass sie bis über beide Ohren in dich verliebt ist.«

»Das sagst du.«

»Habe ich dir schon mal gesagt, dass du bisweilen das unwahrscheinliche Verlangen in mir auslöst, dich zu verprügeln?«

»Ich stelle es mir gerade vor«, erwiderte ich sarkastisch.

»Wäre ich nicht auf dich und deine Bude angewiesen, würde ich ins Hotel gehen.«

»Du kannst ins Hotel gehen. Fühle dich mir gegenüber nicht verpflichtet.«

»Auf keinen Fall! Dann bekomme ich doch gar nicht mit, was aus dieser romantischen Geschichte wird.«

Ja, was wurde daraus? Auf jeden Fall hatte ich Olivia einiges zu erklären. Ich schob den Gedanken beiseite, jetzt würde ich mich Maria widmen, das war ich ihr schuldig.

Sie hatte oft genug meinen Arsch gerettet – beruflich und privat. Deshalb behielt ich meinen Sarkasmus bei, um das schlechte Gewissen Olivia gegenüber irgendwie zu überspielen.

»Maria, du musst jetzt stark sein …«, begann ich so theatralisch wie möglich und tätschelte ihre Hand. »Ich habe keinen Pool.«

»WAS?«, rief sie aus und schob meine Hand weg. Sie sprang auf meine Parodie an und tat übertrieben entsetzt. »Dann bin ich raus. Also dieses Mindestmaß an Wohnqualität habe ich schon von dir erwartet. Upper East und kein Pool? Eine Frechheit!«

»Du wirst dich wohl mit einer freistehenden Wanne begnügen müssen.«

»Oh!« Ihre Augen leuchteten, während sie einen verzückten Gesichtsausdruck mimte. »Ich wusste doch, dass du einer von den Guten bist.«

»Halt nein, mein Fehler. Nicht so voreilig, gnädige Frau!« Ich verkniff mir ein Lachen, als mir Maria einen perfekt einstudierten Rehblick präsentierte. »Diese Luxusbadewanne steht in meinem Bad.«

»Dann gib mir dein Bad! Das kann doch nicht so schwer sein.«

»Nur über meine Leiche!«

»Challenge accepted.«

Wir lachten beide lauthals und der Taxifahrer schmunzelte. Erst jetzt wurde mir klar, wie sehr mir Maria gefehlt hatte. Natürlich als Assistentin, also bevor Olivia aufgetaucht war, aber darüber hinaus als Freundin. In Vegas waren wir Verbündete gewesen, wir beide gegen den Rest der Welt. Und genau deshalb würde ich ihr jetzt die nötige Starthilfe geben, die sie für ihren Neuanfang in New York brauchte. Maria würde morgen mit in die Kanzlei kommen und an einer Recherche meines aktuellen Falles mitarbeiten. Es waren nur noch zwei Wochen bis zur nächsten Anhörung und ich wollte keinesfalls wieder wie ein Idiot dastehen, weil ich falsche Unterlagen dabei hatte. Olivia und ich konnten in unserem Team noch jemanden brauchen. Außerdem wollte ich Maria anbieten, dass sie die Junganwälte unter ihre Fittiche nahm. Ich war mir sicher, wer die harte Schule bei Maria überstand, der würde auch einen heiklen Prozess gewinnen können. Ich musste nur noch mit dem Vorstand sprechen, aber da die Jungs allesamt Maria von unserer gemeinsamen Arbeitszeit und damit ihre exzellenten Qualitäten kannten, würde das kein Problem darstellen. Dafür sprach vor allem die Nachricht meines Partners in Vegas, die ich am Sonntagnachmittag erhalten hatte. Er beschwerte sich darüber, dass ich Widerling es jetzt also auch noch geschafft hatte, ihm Maria wegzunehmen. Zu diesem Zeitpunkt hatte ich noch keine Ahnung gehabt, doch dann war die Nachricht von Maria eingetrudelt, dass sie Montagfrüh um sieben landen würde und gern mit mir frühstücken gehen wollte. Und sie hatte mich um Diskretion gebeten, da sie noch nicht genau wusste, wie es weiterging.

Maria war wegen ihrer kranken Mutter in Vegas geblieben. Nun war das Traurige eingetroffen und sie war schneller als erwartet verstorben. Nach der Beerdigung hatte es Maria in der Stadt der Sünde nicht mehr ausgehalten. Ihre Mutter war tot, ihren Vater kannte sie nicht einmal und ihr Exfreund war ein wirklich ekelhafter Typ, der lange Zeit auf ihre Kosten gelebt hatte und sie deshalb nicht in Ruhe ließ. Sie hielt also nichts mehr in Vegas und ich freute mich über ihre Entscheidung, hier am Big Apple ein neues Leben zu beginnen. Und es würde gut werden, dafür wollte ich sorgen. Maria hatte nämlich nur das Beste verdient.

Sie strich eine ihrer dunklen Haarsträhnen zurück und seufzte tief.

»Was ist los?«

»Nichts, es fühlt sich nur alles so unwirklich an.«

Aufmunternd griff ich nach ihrer Hand und drückte sie, um ihr zu vermitteln, dass ich genauso für sie da wäre, wie sie es für mich war. Zwischen dem Tod unserer Mütter lagen nur wenige Wochen, ich wusste also ganz genau, wie Maria sich fühlte. Schließlich hielt das Taxi vor meinem Apartmenthaus, der Portier kam, öffnete Maria die Tür und half ihr mit dem Gepäck, während ich den Taxifahrer bezahlte.

»John, das hier ist Maria«, sagte ich und legte dem Portier eine Hand auf die Schulter. »Sie wird für einige Zeit bei mir bleiben, was bedeutet, dass sie uneingeschränkten Zugang zur Wohnung hat.« John nickte und rollte Marias Koffer ins Foyer.

»Kein Wunder, dass du nicht mehr zurück nach Vegas kommst«, sagte Maria und schaute sich anerkennend um, während wir zu den Fahrstühlen gingen. »Alle Achtung! Das hier ist pompöser, als ich es mir vorgestellt habe.«

Das Foyer machte wirklich etwas her. Unter einem antiken Kronleuchter blitzte blankpolierter heller Marmor an den Wänden, auf dem Boden und am Empfangstresen, hinter dem John jetzt wieder Platz nahm.

»Penthouse, ja?«, staunte Maria weiter, als ich im Fahrstuhl auf den obersten Knopf drückte.

»Du weißt doch, ganz oder gar nicht.« Ich rollte ihren Koffer aus der Fahrstuhltür, die sich soeben geöffnet hatte, und zeigte Maria das Gästezimmer mit begehbarem Kleiderschrank und eigenem Bad. Es war fast wie eine eigene Wohnung, außer dass der separate Eingang fehlte und sie keine Küche und kein Wohnzimmer hatte.

Maria ließ sich ausgestreckt aufs Bett fallen. Ich lehnte am Türrahmen und lachte. Deshalb mochte ich sie so gern. Wenn Maria Lust darauf hatte, sich vollbekleidet wie ein Teenager auf ein Bett zu schmeißen, tat sie es eben.

»Ich schätze mal, diese lumpige Absteige wird es einige Zeit tun«, scherzte sie und wieder lachte ich.

»Richte dich gern häuslich ein, ich mache uns derweil Kaffee.«

Dreißig Minuten später saßen wir beisammen in der Küche, tranken Kaffee und tauschten uns weiter über Neuigkeiten aus. Während unseres Frühstücks hatten wir die meiste Zeit über Privates gesprochen, jetzt war unser Gespräch eher beruflicher Natur. Ich erzählte Maria von meinen aktuellen Mandanten, öffnete meinen Laptop, um entsprechende Unterlagen zu zeigen, und wir diskutierten die Strategie meines aktuellen Falls. Maria kannte mich schon sehr lange, und sie wusste, dass ich gern mit ihr das Vorgehen besprach, damit ich etwaige Fehler erkannte oder neue Ideen bekam. Wir waren beide so gefesselt, dass ich nicht eine Sekunde an Olivia dachte.

Aber so war es mit Maria immer, wenn wir gemeinsam an einem Fall arbeiteten. Ich vergaß völlig Raum und Zeit, ich vergaß Dinge, die zuvor meine Gedanken beherrschten, und ging ganz in meiner Arbeit auf. Es war ein wenig so, als wären Maria und ich in der Arbeitswelt wie Ying und Yang. Fakten, von denen ich dachte, sie wären absolut irrelevant, waren im Endeffekt das fehlende Puzzleteil, damit ich einen Fall gewinnen konnte.

Ich hatte doch erwähnt, dass sie die beste Assistentin aller Zeiten war, oder? Wobei ich gestehen musste, dass Olivia ihr gerade den Rang ablief.

»Hast du Hunger?«, fragte sie und schaltete das Licht an. War es wirklich möglich, dass es draußen bereits dämmerte?

»Verdammt! Wie viel Uhr ist es?« Hektisch suchte ich nach meinem Handy, das in den vergangenen Stunden unbeachtet in der Tasche meines Sakkos gesteckt hatte. Als ich darauf sah, blinkten mir sieben Anrufe in Abwesenheit entgegen. Zwei davon waren vom Staatsanwalt, mit dem ich nächste Woche ein Gespräch hatte. Einer war aus der Kanzlei in Vegas, das konnte warten. Und vier waren von Olivias Apparat im Büro. »Scheiße!«

»Wir haben Olivia vergessen!« Maria erkannte den Schreck in meinen Augen.

»Nicht wir, *ich*!«, sagte ich entsetzt. »Sie wird sonst was denken. Sie wird wahnsinnig wütend sein und im Büro wahrscheinlich gerade Amok laufen.«

»Du magst sie wirklich«, stellte Maria grinsend fest. Ein ehrliches Lächeln schlich sich auf ihr makelloses

Gesicht. Sie kreuzte die Arme vor der Brust und schüttelte grinsend den Kopf. »Dass ich das noch mal erleben darf!«

»Lass das!«, knurrte ich beinahe und drückte wie ein Irrer auf meinem Handy herum. Auch wenn ich Olivia die Sache schleunigst erklären wollte, musste ich mich zuerst dem Staatsanwalt widmen. Seit ich wieder in New York war, stand mein Leben kopf. Wie konnte ich nur so die Zeit vergessen. Meinen Job. OLIVIA!

Der Staatsanwalt und ich wechselten ein paar Worte. Erleichtert stellte ich fest, dass es lediglich darum ging, den Termin für unser Gespräch einen Tag nach hinten zu verschieben. Mir war es egal, die Sachlage des aktuellen Mandats lag so klar und deutlich auf der Hand, dass ich wusste, wir hätten den einschlägigen Beweis, um den Prozess in jedem Fall zu gewinnen.

»DAS hast du also den ganzen Tag getan?«, kam es von Olivia, die plötzlich in meiner Küche stand. Mein Alibi war also geklärt, dachte ich und fühlte, wie das schlechte Gewissen weit weniger stark an mir nagte. Olivia konnte jetzt nicht mehr glauben, dass ich Maria vögelte. Auf dem Tisch, auf der Anrichte und am Boden lagen diverse Unterlagen verteilt, mein Laptop stand aufgeklappt vor uns und Maria saß auf einem Hocker vor dem Tresen der Kochinsel. Okay, sie war leger gekleidet. Anders als heute Morgen trug sie jetzt ein lässiges Shirt, das eine Schulter entblößte, und dazu verdammt enge Leggings. Hm, Marias Outfit könnte wahrscheinlich doch bei Olivia den Eindruck erwecken, dass wir …

»Was geht hier vor sich?« Olivias Blick huschte von mir zu Maria, auf deren nackte Füße und das Shirt, unter dem sie übrigens keinen BH trug, wie ich gerade feststellte. Scheiße! Mir war gar nicht aufgefallen, dass Maria so wirkte, als wäre sie nicht nur frisch gevögelt, sondern wäre hier zu Hause.

»Ich habe auf dich gewartet!«, sagte Olivia vorwurfsvoll. Flammen der Eifersucht flackerten deutlich in ihren dunklen Augen. Das war definitiv kein gutes Zeichen.

Ich hatte einige brisante Situationen mit Frauen erlebt, aber noch nie wollte ich mich so dringend entschuldigen und das Missverständnis aufklären wie in diesem Moment. »Das klingt jetzt ziemlich abgedreht, aber es ist nicht so, wie du denkst.«

»Was denke ich denn?«, sagte Olivia und legte den Kopf schief.

»Dass da was lief«, brachte ich es auf den Punkt. »Aber da war nichts.«

»So, da war also nichts«, griff sie meine Worte auf.

Ich nickte wie ein Schuljunge, kam um die Kücheninsel herum und griff nach ihrer Hand. »Auf keinen Fall!«

»Aha! Und weshalb hast du dann mich und sogar die Kanzlei vergessen?« Sie hob eine Braue und riss sich von mir los. »So willst du eine Beziehung führen? Nein, Caine!« Schmerz stand auf ihrem schönen Gesicht.

Ich hob meinen Zeigefinger und sah ihr in die Augen. »Dafür möchte ich mich entschuldigen. Allerdings will ich auch betonen, dass ich dich nicht vergessen habe, sondern so in die Arbeit vertieft war, dass ich sogar mein Handy links liegen ließ.«

»Habe ich gemerkt.«

»Das tut mir wahnsinnig leid, Olivia.«

»Der Bezirksstaatsanwalt wollte dich sprechen, darum habe ich dich angerufen.«

»Nicht, weil du wissen wolltest, was ich mit Maria treibe?«

»Hallo?«, fragte sie und wirkte fassungslos. Echt jetzt? Wo war die Zicke hin?

»Verstehe«, erwiderte ich und fixierte jede Regung in ihrem Gesicht. »Warst du nicht eifersüchtig? Ich wäre ausgerastet.«

»Tja, du«, sagte sie und reckte das Kinn. Sie spielte mir und Maria die coole Frau vor. Wow! »Ich bin eine Mine. Und eine Mine läuft niemandem hinterher. Sie explodiert unverhofft, wenn du am wenigsten damit rechnest.«

»Ich schwöre dir, mit Maria lief und läuft nichts. Sie ist meine …«

»… ehemalige Assistentin, ich weiß«, beendete Olivia meine jämmerliche Erklärung so verflucht tough und verflucht sexy. »Aber mit deiner derzeitigen Assistentin läuft was, oder?«

War das jetzt eine Fangfrage? Olivia hätte eine erstklassige Strafverteidigerin abgegeben, selbst ich hatte gerade Angst vor ihr. »Äh, ja. Das hoffe ich doch.«

»Gut. Aber versetze mich nie wieder!«

Ich hob die Hand wie zum Schwur. »Ich werde dich nie wieder versetzen.«

Und endlich lächelte Olivia. Sie lehnte sich an mich und gab mir einen Kuss, dann stöckelte sie in ihren High Heels am Küchentresen vorbei und begutachtete die Unterlagen. »Was wollte der Staatsanwalt? Hast du ihn endlich zurückgerufen? Und was ist das hier, der aktuelle Fall?« Sie deutete auf das Papierchaos zu ihren Füßen.

»Ja, mit dem Staatsanwalt ist alles geklärt. Ging nur um eine Terminverschiebung, das hätte er auch mit dir absprechen können. Und das hier …« Vorsichtig trat ich in die Lücken auf dem Boden, wo kein Papier lag. »Ich habe alles noch mal ausgedruckt. Maria war so viele Jahre meine Assistentin, dass wir wie früher den Fall besprochen und dabei die Zeit vergessen haben.«

»Aha!« Olivia hob das ein oder andere Papier hoch und ließ es dann auf den Küchentresen segeln. Ihre Stimme klang gekränkt. »Und mit mir kannst du das nicht?«

»Doch, na klar«, wandte ich ein und kassierte ein heimliches Grinsen von Maria. Wenigstens sie schien sich gerade köstlich zu amüsieren.

»Ich glaube auch«, sagte Olivia und schaute jetzt ebenfalls zu Maria, sprach sie aber nicht direkt an. »Bist du wenigstens weitergekommen?«

»Ja, das bin ich …« Was war das nur für ein Gefühl in mir, dass ich mich so abgefuckt fühlte und mich wie ein Trottel benahm? Olivia hatte den dominanten Part übernommen, was mir durchaus gefiel, aber nicht meinem Macho-Ego. »Hör mal, Olivia …«, begann ich also erneut. Nach wie vor war ich nicht ganz sicher, ob sie sauer war oder tatsächlich so cool. »Ich war einfach vollkommen vertieft in meine Arbeit. Sorry.«

»Macht nichts. So bist du eben. Ein Anwalt mit Leib und Seele.«

Und verknallt in dich, aber das sagte ich nicht laut. Ein erwachsener Mann meines Kalibers verknallte sich nicht, rechtfertigte sich nicht oder entschuldigte sich dafür, dass er arbeitete.

»Ja, so bin ich«, erwiderte ich knapp und fügte dann hinzu: »Ich schöpfe Ressourcen aus, und das bis zum letzten Tropfen. Deshalb möchte ich auch, dass Maria wieder für mich arbeitet. Wir sind wie ein gut funktionierendes Uhrwerk, unsere Rädchen laufen ineinander und sie braucht einen Job.«

»Also wird sie in New York bleiben?«

Jetzt war ich mir nicht sicher, wen Olivia von uns beiden fragte.

»Wahrscheinlich«, antwortete Maria und stand auf. »Ich lasse euch mal lieber allein und bestelle uns Pizza.«

Skeptisch schaute Olivia ihr nach und beäugte dann die benutzten Weingläser. Maria und ich hatten uns bereits ein Glas gegönnt.

»Und sie wohnt bei dir!« Ihre Stimme klang schrill, jetzt war es ihr kaum noch möglich, die Eifersucht zu unterdrücken. Da war sie also wieder, die süße Zicke.

»Wir sind auch Freunde, Olivia. Und ich lasse meine Freunde nicht hängen. Maria hat noch keine Wohnung gefunden, die bezahlbar ist. Außerdem weiß sie noch nicht wirklich, ob sie tatsächlich in New York bleibt. Und ich werde jemanden, der einem Familienmitglied am nächsten kommt, nicht einfach im Hotel wohnen lassen«, erklärte ich ihr geduldig und langsam sickerte in meinen Verstand, wie das alles bei ihr ankommen musste. Ich an ihrer Stelle wäre spätestens jetzt ausgerastet.

»Aber das ist nur vorübergehend. Und bitte, verstehe

das nicht falsch, du bist die einzige Frau, mit der ich ins Bett gehe.«

Abschätzend sah sie mich an. »Wie würdest du dich fühlen, wenn ein Freund von mir, den ich schon ewig kenne, der für mich beruflich die absolut perfekte Ergänzung ist, jetzt bei mir wohnen würde? Und ich darüber hinaus eine Frau wäre, die bisher alles gevögelt hat, was nicht bei drei auf dem Baum ist, und die es jetzt mal mit diesem Ding versuchen will, das sich monogam nennt?«

»Autsch! Das war hart.«

»Nein, Caine, das war die Wahrheit.«

»Und ich habe dir gesagt, wie es ist. Ganz ehrlich«, verteidigte ich mich schon wieder. »Maria ist eine Freundin. Eine platonische Freundin.« Ich holte tief Luft. »Du würdest sie mögen, wenn du ihr eine Chance gibst.«

»Ich glaube dir, dass du ehrlich bist, Caine. Ich versuche es jedenfalls, aber nach ... nach allem, was mit meinem Ex war, ist das eben ziemlich schwer.«

»Ich weiß. Aber ich bin ehrlich. Ich habe nichts getan, das dir schadet oder wehtut. Das ist die Wahrheit, Olivia.« Wahrheit. Ich hatte da noch so einiges offen an Wahrheit. »Hat sich Steve schon gemeldet?«, fragte ich deshalb vorsichtshalber.

»Lenk nicht ab!« Olivia nahm einen großen Schluck Rotwein aus einem der Gläser. Es war ihr offenbar egal, ob es vielleicht das von Maria war. So sehr konnte Olivia sie also nicht hassen oder war sie einfach nur verzweifelt? Ihre Worte waren gerade schmerzhaft gewesen, aber sie entsprachen tatsächlich der Realität.

»Noch einmal«, sagte ich also erneut, »ich habe nichts

mit Maria. Ich hatte nie etwas mit ihr. Und ich werde niemals etwas mit ihr haben. Okay?« Nachdenklich, als würde sie meine Aussage prüfen wollen, schaute Olivia aus dem Fenster, hinter dem die Lichter New Yorks zu sehen waren. Schließlich nickte sie.

»Dann glaube ich dir das.«

»Ich würde dich niemals anlügen, dafür gibt es keinen Grund.«

Na ja ... Ich musste ihr noch die Wahrheit bezüglich unserer Hochzeit in Vegas sagen. Mit jedem Tag, der verstrich, erhöhte ich die ohnehin schon absolut realistische Chance, dass sie ausrasten würde. Oder? Doch, sie wäre maßlos enttäuscht angesichts der Lüge, die ich nun schon so lange mit mir herumschleppte.

Vor zwei Wochen, als sie in mein Büro kam, als mir klar wurde, dass ich nicht nach ihr suchen musste, um die Ehe annullieren zu lassen, wäre es so leicht gewesen. Wir hätten die Angelegenheit bereinigt und uns anschließend darüber unterhalten und vergnügt, was wir beide Verrücktes getan hatten. Vielleicht wären wir essen gegangen und anschließend miteinander im Bett gelandet. Aber ich hatte nichts gesagt, ich hatte es ihr im vollen Besitz meiner geistigen Kräfte verschwiegen.

Und ich tat es immer noch. Obwohl das mit den geistigen Kräften so eine Sache war. Vor Gericht würde ich mir mildernde Umstände bescheinigen, denn erst hatte mein Schwanz gedacht und später dann mein Herz. Aber letztlich war das kein Grund, sich wie ein Weichei zu benehmen. Ich musste die Sache klären. Mein schlechtes Gewissen flüsterte mir zu, dass ich sie verlieren würde, wenn ich noch länger wartete. Aber letztlich wusste ich, das wäre so oder so der Fall, wenn sie diese eine Wahrheit erfuhr. Dann würde Olivia mich verlassen. Für immer! Heute hatte sie gezeigt, wie gut ihr Selbstschutz funktionierte. Die Zicke war nur da, wenn es um oberflächlichen Kram ging. Aber heute war die Situation weitaus brisanter gewesen als neulich im Diner oder Bettengeschäft. Maria war eine reale Bedrohung für Olivia, auch wenn ich alles getan hatte, dieses Missverständnis aus dem Weg zu räumen. Trotzdem war mir klar geworden, dass Olivia knallhart reagierte, wenn der Schmerz zu groß war. Davor hatte ich größten Respekt. Nur was nützte mir das? Ich wollte und konnte es nicht als Ausrede gelten lassen, denn es änderte nichts an der Tatsache. Denn Fakt war, wäre ich etwas weniger ein Arschloch und ein bisschen mehr der Mann, den sie verdiente, hätte ich ihr heute zumindest eine kurze Nachricht geschickt, dass ich es nicht ins Büro schaffen würde. Ich hätte sie als Wiedergutmachung abends zum Essen ausgeführt. Und vor allem hätte ich ihr schon längst gebeichtet, dass sie mit mir Feigling verheiratet war.

Aber nichts davon hatte ich getan.

Ich war ein feiges, verlogenes Arschloch. Da konnte ich ihr noch hundertmal sagen, dass ich mich in sie verliebt hatte …

30

OLIVIA

Einsicht

Oh, ich war angepisst, richtig sauer! Aber, sorry, wer wäre das denn nicht?

Schlimm genug, dass ich ihn mit dieser Maria zufällig getroffen hatte. Als er sagte, er komme bald ins Büro, war das noch irgendwie okay gewesen. Doch in meiner Welt war ›bald‹ ein Zeitraum von zwei, vielleicht drei Stunden und nicht ... gar nicht!

Also ja, ich war ziemlich sauer, während ich im Büro auf ihn wartete und diverse Anrufer vertrösten musste, aber vor allem, als ich in seiner Wohnung ankam und dann diese Maria so aussah, als wären die beiden gerade mit Vögeln fertig. Ja, verdammt, ich wusste mittlerweile, wer Maria war. Ich hatte schließlich ausreichend Zeit gehabt, in meinem Gedächtnis zu kramen und zur Sicherheit auf der Kanzleiseite im Internet zu recherchieren. Trotzdem! Wer sagte mir denn, dass zwischen ihr und Caine nichts gelaufen war ... nichts lief? Deshalb war es doch wohl mehr als legitim, dass ich mir in allen Farben ausmalte, wie er diese Maria fickte. Scheiße!

Und dann erklärte mir Caine auch noch, wie ausgezeichnet, wundervoll und fabelhaft die beiden zusammenarbeiten konnten. Ich wollte diejenige sein, mit der er diese grandiose Strategie entwickelte. Ich wollte es sein, die ihn dazu brachte, den ganzen Tag sein Handy zu ignorieren und es nicht einmal in die Hand zu nehmen.

Ich wollte das.

Meine Vernunft allerdings sagte mir, dass es sehr wohl für unser privates Verhältnis besser wäre, er würde das mit Maria besprechen. Vielleicht war es sowieso besser, mir einen neuen Job zu suchen – egal, wie es mit uns weiterging.

»Wieso hast du mir gestern nicht einfach gesagt, dass Maria kommt? Ich habe mir Sorgen gemacht, weil du so lange nicht ans Telefon gegangen bist und dich offenbar auch sonst niemand erreicht hat«, sagte ich jetzt geradeheraus. Er wollte doch immer Ehrlichkeit, richtig? Hier war sie, auf einem Silbertablett serviert.

»Maria hat mich um Stillschweigen gebeten«, erklärte er und sah mir in die Augen. In seinem dunklen Braun stand nichts außer Aufrichtigkeit. »Und wenn mich jemand um meine Verschwiegenheit bittet, nehme ich diese sehr ernst.«

»Verstehe.«

»Olivia?« Seine Stimme klang jetzt weich, als er auf

mich zukam. »Ich war noch nie in festen Händen, immer, so lange ich zurückdenken kann, habe ich getan, wonach mir der Sinn stand, und ich … ich kann mich selbst nicht von heute auf morgen umprogrammieren. Kannst du das verstehen?«

Schüchtern lächelte ich ihn an. Ich liebte den heißen Scheißkerl, der mich gegen die Wand vögelte, weil er die Finger nicht von mir lassen konnte, den kalten Bastard, der mich am ausgestreckten Arm verhungern ließ und sein Spielchen mit mir trieb … und ich liebte den einfühlsamen Mann, der sich mir erklärte, weil er Angst hatte, mich zu verlieren. Oder? Das war es doch, was ihn antrieb? Die Angst, mich zu verlieren.

»Okay«, war alles, was ich dazu sagte. »Ich würde mich freuen, wenn ich Maria vielleicht ein bisschen näher kennenlernen könnte«, sagte ich in dem Wissen, wie wichtig sie ihm war. Nicht ohne Grund würde er sie bei sich wohnen lassen. »Was macht die Pizza-Bestellung? Ich habe nämlich richtig Hunger.«

»Ich frage Maria. Kümmerst du dich um den Wein?«

»Klingt gut«, murmelte ich und sah ihm hinterher, wie er aus dem Raum ging. Eigentlich wollte ich heute Abend mit ihm über Steve reden. Ich wollte wissen, wie es sein konnte, dass ein so gefeierter Privatdetektiv mich heute anrief, um mir mitzuteilen, dass er bisher nichts herausfinden konnte. Steve hatte mir zugesichert, sich direkt Sonntag an die Arbeit zu machen, da er kein Wochenende kannte. Und ich hatte ihm vertraut.

Langsam wurde es nämlich brenzlich, denn die Personalabteilung drängte auf eine Kopie der Heiratsurkunde.

Eine Urkunde, die ich nicht besaß. Seufzend öffnete ich mehrere Schranktüren in der Küche, bevor ich saubere Gläser und eine weitere Flasche Wein fand.

»Alles gut? Ist die Luft rein?«, fragte es plötzlich von der Tür aus. Maria stand am Tresen. Wie es aussah, hatte sie sich einen BH unter das Shirt gezogen. Offenbar war das ein subtiles Freundschaftsangebot und ein Fingerzeig, dass sie Caine mit ihren durchscheinenden Nippeln nicht unnötig aufgeilen wollte. Immerhin! Also beschloss ich, nett zu ihr zu sein. Vielleicht ... nein ... hoffentlich war es wirklich so, wie Caine es geschildert hatte.

»Alles gut«, antwortete ich also auf ihre Frage, drehte mich um und lächelte. »Er ist schließlich noch in einem Stück, richtig?«

Jetzt lächelte auch Maria. »Ich würde meinen Lover umbringen, wenn er mich so versetzt wie Caine heute dich.«

»Ich meinen auch.«

»Äh, ich denke, ihr seid zusammen?«

»Das denke ich auch«, erklärte ich lachend und goss Wein in drei Gläser. Maria wirkte vollkommen natürlich, nicht so künstlich und tussig, wie es die Frauen in Caines Nähe normalerweise waren. Maria wirkte schlicht ... echt, obwohl sie hübsch war und sehr gepflegt wirkte. Ja, das Wort, welches mein Gefühl ihr gegenüber wohl am besten beschrieb, war echt oder authentisch.

»Ich ziehe meinen Hut vor dir, dass du es mit diesem Kerl versuchen willst.« Sie deutete hinter sich Richtung Wohnzimmer, wo Caine gerade telefonierte. »Ich wollte ihn früher schon vor dem ersten ›Guten Morgen‹ im Büro töten.«

»Verstehe«, erwiderte ich lachend. »Geht mir auch so.«

Maria beugte sich über den Küchentresen und nahm meine Hand. »Ich habe ihn noch nie so glücklich gesehen, Olivia. Und ich denke, das liegt an dir.«

»Und ich denke, das liegt an seinem schlechten Gewissen.« Ich zwinkerte ihr zu, hob mein Rotweinglas und ließ es gegen ihres klirren. »Wobei ich das wohl eher haben sollte.«

»Wie meinst du das?«, hakte sie nach und aus irgendeinem unerfindlichen Grund erzählte ich es ihr.

»Ich bin verheiratet«, platzte es aus mir heraus.

Maria riss ihre blauen Augen weit auf und pfiff durch die Zähne. »Keine Ahnung, ob ich dir für deinen Mut nun meine Bewunderung aussprechen soll oder dich für komplett bescheuert halten muss.«

»Vielleicht beides. Es ist nicht so, wie du denkst.«

»Herrje! Dieser Satz kommt doch sonst immer nur von Männern, die in flagranti erwischt werden.« Feixend sammelte sie die Unterlagen zusammen und ordnete sie zu säuberlichen Stapeln. »Aber mal ehrlich: Wie verheiratet bist du denn, wenn nicht so, wie ich denke?« Sie schien die Papiere nach einem bestimmten System zu sortieren, das so in ihr verankert war, dass es nebenbei lief. Nicht eine Sekunde dachte ich daran, ob sie mir überhaupt richtig zuhörte.

»Ich weiß nicht, mit wem ich verheiratet bin«, sprach ich diese komplett bescheuerte Wahrheit aus. Jetzt hielt sie mich bestimmt für eine Vollidiotin. Wieso erzählte ich ihr das eigentlich? Ich sollte einfach meine Klappe halten. Normalerweise trug ich mein Herz nicht so offen auf der Zunge, sondern behielt zumindest die brisanten Dinge für mich.

Ihre Augen wurden noch größer, ihre Brauen verschwanden fast in ihrem Haaransatz. »Du verarschst mich doch!«

Traurig schüttelte ich den Kopf. »Nope, das ist die bittere Wahrheit.«

»Vegas?«

»Jepp, Vegas.«

»Scheiße!«

»Denk bitte nicht, dass ich immer so bin. Ich trinke normalerweise nicht so viel, dass ich mich an nichts mehr erinnern kann. Bei der Verfassung der Vereinigten Staaten von Amerika, ich schwöre, das war das erste Mal in meinem Leben. Und dann gleich so was …«

»Das ist gelinde gesagt die krasseste Story, die ich je gehört habe. Und vertrau mir, ich habe schon so einiges gehört.« Sie legte die Stapel ordentlich auf eine Seite des Küchentresens, griff nach der Flasche Bodegas Roda und goss nach. Mir stieg der Rotwein schon allmählich zu Kopf. Ich sollte aufpassen, nicht zu viel zu trinken, sonst würde sie mir das mit dem »Ich trinke sonst nie« wohl kaum glauben.

»Wie hast du davon erfahren, wenn du dich an nichts erinnern kannst?«

»Die Personalabteilung hat mir gratuliert und mich nach der Heiratsurkunde gefragt.« Ich stützte den Kopf in beide Hände. Das war so peinlich, aber es tat auch gut, es nicht noch länger für mich zu behalten. Wenn Caine – der oberkritischste Mensch auf diesem gottverdammten Planeten – ihr vertraute, dann konnte ich das auch. Und darum sagte ich es ihr. »Ich habe Steve beauftragt.«

»Steve?«, fragte sie verwirrt und ihre Augen nahmen einen leichten Glanz an. »Caines Steve?«

»Ja, du kennst ihn ja sicher aus Vegas, oder?«

»Allerdings. Er ist schon vor ein paar Jahren nach New York gezogen.«

»Das klingt sehnsüchtig …«, sagte ich und hörte auf mein Bauchgefühl.

»Wir hatten nur einmal Sex. Aber er war echt gut. Richtig gut. So intergalaktisch gut, so … Gott, ich würde mein Erstgeborenes geben, wenn ich ihn noch mal haben könnte.«

»Du hast Kinder?«

»Was? Nein! Aber wenn … dann würde ich.«

»Verstehe.«

Marias Blick wanderte schwärmerisch über die Skyline New Yorks. Steve musste ja eine wahre Sex-Granate sein. Doch sie fing sich wieder und fragte: »Und was sagt Steve? Er ist der Beste der Besten, er wird dir helfen.«

»Na ja, das ist es, was mich so sehr beschäftigt. Er rief mich heute an und meinte, dass er dran sei, aber bisher nichts finden konnte.«

»Was? Steve ist der beste Schnüffler mit Lizenz, der ruft einfach sämtliche der Pseudo-Vegas-Kirchen an und lässt sich die Heiratslisten schicken.«

»So ähnlich habe ich mir das eigentlich auch gedacht.«

»Und er sagt, er hat nichts?«

»Er sagt, dass er nichts finden kann und es wie verhext wäre.«

»Verhext? Sicher?« Maria schüttelte energisch den Kopf. »Also das klingt ganz und gar nicht nach Steve.«

»Keine Ahnung.« Ich zuckte die Schultern. Was Maria gerade gesagt hatte, ließ mich noch mehr an der Sache zweifeln. »Aber ich finde es auch eigenartig. Okay, dass sie mir nichts sagen dürfen wegen Datenschutz oder so, das mag ja sein, aber Steve ... Seltsam, oder?«

»Allerdings«, murmelte sie und rieb sich nachdenklich das Kinn. »Ich kann dir vielleicht helfen, wenn du willst.«

»Wie denn?«, fragte ich skeptisch. Wie wollte Maria mir bitte helfen, wenn nicht einmal dieser beste Schnüffler mit Lizenz herausfand, was passiert war?

»Ich bin nicht nur eine erstklassige Assistentin – nichts für ungut, Olivia –, ich kann auch vortrefflich mit dem Computer umgehen.«

»Äh, und?« Ungläubig sah ich sie an.

»Hacken, Schätzchen«, sagte Maria einfach so, als würde sie mir gerade erklären, dass sie kochen konnte.

»Hacken, wie in ein Firmensystem hacken?«

»Genau«, bestätigte sie und nickte mit leuchtenden Augen. »Caine hat dir nie erzählt, wieso meine Arbeitskraft so besonders für ihn war, hm?«

Völlig entgeistert schüttelte ich den Kopf. »Wenn es was ist, das mich in Schwierigkeiten bringt, falls ich vor Gericht unter Eid aussagen muss, will ich es nicht wissen.«

»Wird es nicht«, erklärte sie lachend. »Aber es ist schon von Vorteil, wenn man die eine oder andere Firewall umgehen kann. Allerdings …«, sie hob den Zeigefinger und wollte mir damit signalisieren, dass das, was jetzt kam, wichtig war, »… alles legal, na ja, fast legal. Gesetzliche Grauzone sozusagen. Bisweilen tiefes Dunkelgrau oder vielmehr eine hellere Schwarznuance, die es eigentlich gar nicht gibt. Also …«

»Ich glaube, ich habe verstanden«, unterbrach ich Maria. Ihre Euphorie war ansteckend. Sie versprühte gute Laune, selbst wenn man ein ernstes Thema mit ihr besprach. Ich beschloss in diesem Augenblick, sie zu mögen.

»Jedenfalls kann ich morgen gern mal bei dir mit meinem Laptop in der Kanzlei vorbeikommen und wir schauen uns das an.«

»Und dann kann man das zurückverfolgen und die Kanzlei ist am Arsch. Auf keinen Fall!«

»Nein, ich bin doch keine Anfängerin. Ich setze mich in ein hübsches Café irgendwo am Central Park oder so. Und sobald ich was habe, komme ich zu dir.«

»Okay …«

»Ich wette, ich bin schneller als Steve und mir musst du nichts zahlen. Geh du einfach weiterhin mit dem Scheißkerl da drüben ins Bett, damit er gute Laune hat.«

Wir lachten beide und das brachte uns die Aufmerksamkeit von Caine ein. Er legte sein Handy zu den Papieren auf den Küchentresen, stellte sich neben mich und schob eine Hand unter mein Haar.

»Na, worüber redet ihr?«

»Ach …«, wiegelte Maria ab. »Nur ein bisschen Ladys-

Talk. Nagellack, Promi-News, die neuen Tampons, das Übliche. Willst du dich beteiligen?«

Caine hielt sich mit der freien Hand die Augen zu. »Okay. Kapiert. Mir egal.«

Maria reckte einen Daumen in die Höhe und zwinkerte mir zu. Sie wollte morgen das Heirats-Geheimnis also lüften ... auf ihre Weise. Na hoffentlich ging das gut, ganz zu schweigen vom Ergebnis. Was sollte ich machen, wenn ich endlich wusste, mit wem ich verheiratet war? Ich trank noch einen großen Schluck Rotwein und nahm mir vor, erst dann in Ohnmacht zu fallen, wenn ich es wusste. Bis dahin würde ich jetzt einfach den Abend genießen. Aufregung hatte ich heute definitiv genug.

In dieser Nacht, nachdem wir lachend viel zu viel Pizza vertilgt und Rotwein getrunken hatten, schlief ich beruhigt und wie eine mit Sahne gesättigte Katze in Caines Bett ein. Er hatte mir einen Orgasmus nach dem nächsten beschert und ich war mir beinahe sicher, dass Maria uns gehört hatte.

Es war mir egal, denn ich war glücklich und wollte den Moment einfangen, in mein Herz schließen, richtig fest dort einbrennen, damit ich in dunklen Stunden auf diese hellen, strahlenden Wohlfühlerinnerungen zurückgreifen konnte.

Denn diese dunklen Stunden würden irgendwann kommen, da war ich mir sicher.

31

CAINE

Das Unvermeidbare

Ruf mich dringend an!, stand in der Nachricht meines Mitarbeiters und Kumpels Steve. Er hatte gestern schon versucht, mich zu erreichen. Es ging garantiert um Olivias Auftrag, weshalb es unmöglich gewesen war, die schmutzigen Details am Telefon auszutauschen, während nicht nur Olivia, sondern auch Maria anwesend waren.

Jetzt saß ich in meinem Büro und Olivia war gerade in die Teeküche gegangen. Der Abend gestern war lang und schön gewesen. Erst hatten wir zu dritt zwei riesige Pizzen verdrückt und meinen Rotweinvorrat geplündert und dann ... Hm, die Nacht war heiß und kurz gewesen. Und ich genoss es wie ein Weichei. Alles. Auch das Frühstück heute Morgen in meiner Küche. Olivia hatte eine E-Mail erhalten und mir aufgeregt erzählt, dass ein Bett für sie geliefert worden war, das nun vor ihrer Wohnung stünde. Auftraggeber wäre ein gewisser Caine Stella. Sie verlangte eine Erklärung, und die gab ich ihr.

Nach anfänglichem Trotz fand sie es letztendlich furchtbar süß von mir, dass ich ein Bett für ein tolles Geschenk für den Tagestag unserer Beziehung hielt. Obwohl sie es erst nicht annehmen wollte, endete die Diskussion in Gelächter, das vor allem von Maria ausgegangen war, denn sie fand den Begriff ›Tagestag‹ zu putzig. Na ja, wie sollte es sonst heißen, wenn man einen Tag Beziehung hinter sich hatte?

Der Morgen war also rundherum positiv verlaufen und ich war mehr oder weniger entspannt, bis ich wieder auf die Nachricht von Steve schaute. Die Lüge stand zwischen uns wie ein gottverfluchter Galgen. Ich wusste, das Unausweichliche würde passieren, wagte aber nicht, es Olivia endlich zu sagen. Steve hätte mit Sicherheit eine Lösung, könnte die Dokumente aus sämtlichen Staatsarchiven löschen und ich würde Olivia einfach sagen, dass ich die Angelegenheit zu ihrer Zufriedenheit geregelt hatte.

Ja, das war das Beste.

Beschwingt von diesem Gedanken, nutzte ich also die Gelegenheit, dass Olivia nicht an ihrem Schreibtisch saß, und rief ihn zurück.

»Das hat ja ewig gedauert!«, eröffnete Steve das Gespräch.

»Was ist denn los?«, fragte ich. Vielleicht ging es ja doch um etwas anderes.

»Olivia ist nicht sehr geduldig. Sie hat mich gestern angerufen und gefragt, wie der Stand der Dinge ist. Ich hatte sie auf abends vertröstet in der Hoffnung, vorher mit dir zu sprechen, aber du bist nicht an dein Handy gegangen.«

»Ich hatte zu tun«, sagte ich kurz angebunden. Mein Magen zog sich schmerzhaft zusammen. Was Steve da von sich gab, klang irgendwie nicht wirklich gut.

»Du musst es ihr sagen, Mann!«, ermahnte mich mein Kumpel und ich kniff mir mit Daumen und Zeigefinger in den Nasenrücken.

»Ich habe einen besseren Plan«, erklärte ich ihm zwischen zusammengebissenen Zähnen. »Du nutzt deine Kontakte und lässt dich in die Datenbank schleusen wie damals bei dem Fall Stone gegen Stone, nur diesmal wirst du alles löschen. Zack! Auf Nimmerwiedersehen. Das automatische System der Finanzbehörde wird ein Schreiben ausspucken, dass ihre Steuerklasse noch einmal geändert wurde und alles ist gut.«

»Und wie willst du ihr das verkaufen?«

»Ich sage Olivia, dass ich mich darum gekümmert habe, weil du nichts gefunden hast.«

»Stell jetzt nicht meine Fähigkeiten infrage! Ich weiß, wer es ist.«

»Nur, weil ich es dir gesagt habe, mein Freund.«

»Sicher nicht! Es bedurfte zwei Klicks, die Heiratskurkunde zu finden. Übrigens mit Foto. Herzlichen Glückwunsch, Elvis!«

»Fick dich, Arschloch!«, brummte ich.

»Der Plan ist scheiße. Sag es ihr, Caine, sonst geht das übel nach hinten los.«

»Nicht, wenn du dich an den Plan hältst.«

»Du bist ein Wichser, das weißt du, oder? Jetzt hast du endlich mal eine anständige Frau kennengelernt, die du nicht nur ficken willst, bist sogar mit ihr verheiratet, und dann lügst du ihr so ins Gesicht. Was ist mit deiner Ehre als Anwalt, Stella?«

»Fang nicht davon an!«, knurrte ich. Ich wusste um meine Berufsehre. Aber ich wäre niemals an Olivia rangekommen, hätte ich das nicht gemacht. Sie hätte sich enttäuscht von mir abgewandt und irgendwann war der beschissene Moment, die Wahrheit zu sagen einfach vorbei gewesen. Auch wenn ich ein Anwalt war, der andere sehr gut aus der Scheiße boxen konnte und stets für die Wahrheit plädierte, konnte ich das bei mir selbst nicht. Es war frustrierend und beängstigend und … Ich schluckte die aufsteigende Panik hinunter. »Sag ihr das einfach.«

»Ich kann das nicht einfach sagen, ich muss es dann auch tun. Oder du bleibst einfach mit ihr verheiratet und wenn es irgendwann zwischen euch wirklich so weit ist, kannst du sagen: Hoppla! Wir müssen ja gar nicht mehr heiraten. Huch! Das habe ich wohl vergessen, dir die letzten xyz Jahre zu erzählen. Vergib mir bitte, meine Teuerste.«

»Leck mich! Und erledige, wofür ich dich bezahle!«

»Aber nur damit du es weißt, wenn es doch irgendwann rauskommt und sie mich fragt, ob ich es gewusst habe, werde ich nicht lügen.«

Ich holte tief Luft und räusperte mich, da ich gerade Olivia kommen hörte.

»Alles klar, dann verbleiben wir so, und Sie informieren mich, sobald es erledigt ist. Bis später!« Ich legte auf und fühlte mich beschissen.

Wie lange hatte ich wohl noch, bis die Bombe platzte? Nicht mehr lange. Definitiv! Um mich zu beruhigen, schickte ich Steve noch eine Nachricht auf sein Handy, dass dieses Thema oberste Priorität hätte.

Alles, was ich jetzt tun konnte, war, mich auf meine Arbeit zu konzentrieren.

Der Stein war ins Rollen gebracht, ich sollte besser beten, dass er mich nicht unter sich begrub.

32

OLIVIA

Verzweiflung

Die Sonne strahlte über New York und ich war einfach nur glücklich, fühlte mich locker und leicht und beschwingt. Da war nur eine Kleinigkeit, dass ich dieses doofe Heiratsproblem noch lösen musste, aber ansonsten … momentan konnte es nicht besser laufen.

»Hi, Mom!«, rief ich fröhlich in die Küche und zog wie immer meine Schuhe aus. Eigentlich wollte ich gestern schon vorbeischauen, aber dann war ja alles irgendwie komplett anders verlaufen. Also nutzte ich die Mittagspause. Gegen drei würde Maria ins Büro kommen und mit ein bisschen Glück hätte sich mein Problem bald erledigt.

»Hallo, meine Kleine!« Meine Mutter trug wie immer die geblümte Schürze und ich stöhnte genervt, als ich Joe am Küchentresen sitzen sah. Eigentlich wollte ich mit meiner Mom ein vertrautes Mutter-Tochter-Gespräch führen und mit ihr über Caine sprechen. »Wieso treibst du dich hier rum?«

»Weil ich Hunger habe!« Joe beugte sich zu mir und gab mir einen Kuss auf die Wange. Ich war froh, dass wir Mine-Geschwister so ein inniges Verhältnis hatten, aber jetzt gerade wünschte ich Joe zum Mond.

»Und alle Restaurants in New York City haben zu?«, fragte ich deshalb sarkastisch.

»Ich kann unsere Mom besuchen, wann ich möchte«, erwiderte er grantig.

Ja, da hatte er recht. »Alles okay bei dir? Ich mach doch nur Witze.«

»Alles bestens!«, knurrte Joe und schaufelte sich Hackbraten in den Mund.

»Möchtest du auch etwas essen, Kleines?«, fragte mich unsere Mutter und ich nickte. Ich hatte riesigen Hunger, außerdem konnte niemand so hervorragend kochen wie meine Mom.

Ich griff mir eine Cola light aus dem Kühlschrank und wartete, bis ein Teller mit dampfendem Essen vor mir stand. Joe und ich waren die Jüngsten der Familie und wenn wir früher aus der Schule nach Hause kamen, saßen wir immer bei unserer Mutter am Küchentresen und vertilgten mit viel Appetit all die Köstlichkeiten.

»Du klingst nicht so, als wäre alles bestens, Bruderherz.«

»Aha! Wie klingt denn jemand, bei dem alles bestens ist?«

»Na ja, nicht so genervt wie du, vermute ich.«

»Kümmere dich um deinen eigenen Kram!«

»Wow!«, erwiderte ich und meine Gabel schwebte auf halbem Weg zu meinem Mund. »Was ist denn mit dir los? Ich bin nicht der Feind oder irgendeine Tussi, auf die du gerade Hass schiebst. Ich bin deine Schwester.«

»Sorry«, murmelte er wieder und reichte meiner Mutter seinen leeren Teller, die ihm eine weitere Portion auftat. »Miese Nacht gehabt.«

»Hm, sieht man.«

»Ach, ist doch egal«, brummte Joe übellaunig und stapfte davon, ohne seine zweite Portion anzurühren.

»Was ist los?«, fragte ich meine Mom, die ihrem Sohn hinterherschaute.

»Es geht ihm nicht gut.«

»Dann braucht er es aber nicht an mir auszulassen.«

»Schätzchen, er ist wie du. Joe ist nicht sonderlich gut darin, seine Gefühle der Familie gegenüber zu verbergen, geschweige denn zu offenbaren. Er ist sogar, um ehrlich zu sein, noch schlechter darin als du. Ganz anders als Andy oder Jim eben ... Aber jedem hier steht es zu, mal miese Laune zu haben. Auch deinem Bruder.«

Ich runzelte die Stirn und sah sie verständnislos an. »Ich mach euch aber nicht so an, wenn ich beschissene Laune habe.«

»Du hast dich auch besser unter Kontrolle.«

Joe kam zurück, setzte sich wortlos wie ein kleiner Junge zurück auf den Barhocker und zuckte die Schultern. »Mein Hunger überwiegt eben.«

Diese Aussage entlockte meiner Mutter ein Lächeln

und mir ein herzhaftes Lachen. Vielleicht hatte sie ja recht und jeder durfte mal richtig miese Laune haben.

»Wie geht es dir, Schätzchen?«, fragte meine Mom nun und knetete einen Teig mit Schokostückchen. Zum Nachtisch würde es Cookies geben.

»Sehr gut. Die Hamptons waren …«

»Feucht?«, ergänzte Joe und wackelte mit den Augenbrauen.

Ich schlug ihm gegen den Oberarm. »Schön!«

»Das freut mich sehr zu hören, Mäuschen. Caine ist auch wirklich ein netter Kerl. Ich mochte ihn schon immer.«

»Wir sind jetzt zusammen«, ließ ich die Bombe platzen. Meine Mutter hob den Kopf, Joes Gabel fiel mit lautem Klappern auf den Teller.

»Was?«, fragte er entsetzt. »Du und Stella?« Er schüttelte so energisch den Kopf, dass ich schon Angst hatte, er würde ohnmächtig vom Hocker knallen. »Nur über meine Leiche!«

»Bei allem Respekt, mein Junge, ich glaube, das kann deine Schwester durchaus selbst entscheiden.«

Mein Bruder knurrte dunkel und massierte sich den Nacken. Ich wusste, dass er gern etwas sagen wollte, weil er ja wusste, dass wir schon vorher etwas miteinander hatten, aber er war einfach nur still und sah mich schockiert an.

»Danke, Mom. Und ja, kann ich.«

»Ich freue mich sehr für euch, Liebling, und euer Vater gewiss auch. Hach, das sind tolle Neuigkeiten.« Meine Eltern konnten meinen Exfreund nie wirklich ausstehen, sagten mir das allerdings erst, nachdem ich ihnen erzählt hatte, dass er ein verlogener Fremdgeher war.

»Ich weiß auch nicht, mit Caine ist es so ... leicht und anders. Ich fühle mich wohl, wenn ich mit ihm zusammen bin und einsam, wenn ich es nicht bin ... und ... Mom, er macht mich glücklich.« Ich zuckte die Schultern, als wäre das keine große Sache, obwohl sie eigentlich riesig war, und aß weiter.

»Er macht dich glücklich?«, erkundigte sich Joe und knirschte laut mit den Zähnen. »Das hoffe ich für ihn, ansonsten werde ich ihm wohl seine Eier rausreißen und zum Frühstück servieren.«

»Joseph!«, donnerte meine Mutter und er senkte entschuldigend den Kopf.

»Ist doch so. Nach allem, was O durchmachen musste.«

»So schlimm war es gar nicht. Caine hat es mich schnell vergessen lassen.«

Joe schaute von mir zu unserer Mutter. »Auch wenn er ... vielleicht einen gewissen Ruf hat, ist Caine doch ein Mann von Ehre und würde niemals so eine Scheiße abziehen wie der Wichser. Niemals! Wenn er sich für etwas entscheidet, dann zieht er es auch durch. Und wenn er die nächste Frau trifft, die ihm gefällt, dann würde er nicht lügen, sondern die Sache regeln wie ein richtiger Kerl und vorher Schluss machen.«

Drehte mein Bruder jetzt vollkommen durch? Ich zwängte mir ein breites Lächeln aufs Gesicht, beugte mich in Joes Richtung und drückte ihn überschwänglich an mich. »Danke, Joe. Danke, dass du davon redest, dass er sich von mir trennt, bevor es richtig begonnen hat. Das ist halt ein echter Bruder, dem das Glück der geliebten Schwester am Herzen liegt.« Sarkasmus war alles, was mir jetzt einfiel.

»Hey, so meine ich es nicht«, sagte er geknickt. »Ich wollte dir damit sagen, dass Stella einer der Guten ist und dass ich es cool finde, wenn er ab jetzt öfter mal beim Familien-Lunch oder Freitagabendessen dabei wäre.«

Ich kratzte den restlichen Hackbraten auf meinem Teller zusammen und dachte über Joes Worte nach. Wahrscheinlich hatte er es wirklich nett gemeint. »Ich sehe mal, was ich tun kann«, sagte ich deshalb und leckte die Gabel ab. »Aber ich kann nichts versprechen, vielleicht findet er solche Familien-Aktivitäten auch doof.«

»Frag ihn doch, ob er nächsten Sonntag zum Lunch kommen möchte. Solange es warm ist, könnte euer Vater den Grill anheizen. Das wird bestimmt schön«, schlug meine Mutter vor.

»Kommt er denn zu Jims Feier mit?«

Die Geburtstagsparty. Darüber hatte ich noch gar nicht nachgedacht. Bis Freitag hatte ich ja nicht mal gewusst, dass Jim und Caine ebenfalls befreundet waren. »Mal sehen, wir haben noch nicht darüber gesprochen.«

»Oh, Caine muss kommen!«, sagte meine Mutter und schlug die mehligen Hände aneinander. Bettelte sie etwa? Sie musste Caine wirklich mögen.

»Ich rede mit ihm«, erklärte ich und wollte Joe am liebsten das selbstgefällige Grinsen aus dem Gesicht schlagen.

»Nächste Woche ist er ja erst mal bei uns in der Redaktion. Ich bin gespannt.«

»Ja, er hat mir davon erzählt.«

»Witzig, oder?«, fragte Joe. »Einer der begehrtesten Männer in New York ist weg vom Markt, und das wegen meiner Schwester. Yes, das wird eine Schlagzeile!«

»Haha!«, erwiderte ich trocken und trank einen großen Schluck von meiner Cola. »Ich lache mich tot.«

»Oh, ich finde auch, das wird ein Spaß.«

Wollte er das wirklich als Aufhänger für seinen Artikel bringen? Das konnte doch nicht sein Ernst sein. Andererseits war mein Ego geschmeichelt, denn ganz New York oder vielmehr die weite Welt würde erfahren, dass ich die neue und einzige Frau an der Seite des großen Caine Stella war. Hm, das fühlte sich irgendwie seltsam an, aber auch gut.

»Der Joe, der mies drauf war, gefiel mir besser«, neckte ich meinen Bruder und er nahm mich in den Arm.

»Ich muss zurück zur Redaktion. Soll ich dich mitnehmen?«

»Ja, das wäre cool.« Und plötzlich fühlte ich mich wieder als kleine Schwester, behütet und umsorgt. Ein schönes Gefühl.

»Aber du warst ja gar nicht lange da, Liebes.« Meine Mutter hob das Backblech mit den Keksen in die Höhe, es waren Cookies, wie recht ich doch gehabt hatte.

»Heb die mal für Dad auf und drück ihn von mir. Wir sehen uns Freitag!«

»Alles klar, ihr zwei.« Seufzend wischte sich unsere Mom die Hände an der Schürze ab. Sie hob uns ihre Wange entgegen, wir gaben ihr jeweils ein Küsschen darauf und eilten zur Tür hinaus. Das geplante Mutter-

Tochter-Gespräch musste also warten, aber wenigstens wusste meine Mom und damit bald die komplette Familie, dass Caine und ich zusammen waren. Kein Versteckspiel mehr beim nächsten Familientreffen, das war gut. Von den Hamptons und wie es sich für mich angefühlt hatte, warum er diese Villa besaß und wie er mich auf Händen trug, würde meine Familie noch früh genug erfahren. Und dann ... dann würde auch Joe erkennen, dass der größte Womanizer des Planeten sesshaft geworden war.

Mit mir. Wow!

»Bin ich zu spät?«, fragte ich wenig später, als ich Maria auf der Kante meines Schreibtisches sitzen sah.

»Nein, ich bin zu früh.« Lächelnd hüpfte sie vom Schreibtisch und schaute sich um. »Hübsch habt ihr es hier. Ehrlich!«

»Äh, ja«, sagte ich und sah auf meine Uhr. »Caine müsste für die nächste Stunde in einer Besprechung sein.«

»Ja, er ist eben weg, meinte aber, du würdest sicher bald wiederkommen.«

»Hast du was rausfinden können?« Ich konnte beim besten Willen meine Neugier nicht länger zurückhalten.

»Ja, habe ich.«

»Und was?« Mein Herz pumpte schneller, mein Magen rebellierte und etwas bündelte sich zu einem Knoten in meiner Brust. Ich ließ mich auf meinen Bürostuhl sinken und blickte Maria erwartungsvoll an.

»Ich weiß, wann es passiert ist und in welcher Kirche.«

»Bitte, Maria, lass doch die unwichtigen Details weg.« Ich wedelte mir Luft zu. Wenn sie nicht gleich mit der Sprache herausrückte, würde ich in Ohnmacht fallen. »Wer ist es? Wer ist der Kerl?«

»Ich dachte mir, dass wir das Dokument gemeinsam öffnen. Du solltest die Erste sein, die erfährt, mit wem du verheiratet bist.«

»Wie süß von dir«, sagte ich sarkastisch, rutschte mit meinem Stuhl ein wenig zur Seite und machte ihr Platz, dass sie ihren Laptop auf den Schreibtisch stellen konnte. Das Teil wirkte, als hätte sie es vom Elektroschrott. Seit wann hatte sie diesen Laptop, seit den Neunzigern? Verschrammt, klotzig, weder ein schickes Logo noch die gewohnte Eleganz im Design. Na ja, mir war es egal, Hauptsache, ich würde jetzt endlich erfahren, wer mein Ehemann war.

Sie klappte den Laptop auf und statt der üblichen bunten Oberfläche war auf dem schwarzen Bildschirm nichts als ein einziger Link in seltsam weißer Schrift zu sehen. Das musste ein Hacker-Computer sein. Auch egal. Der heftige Herzschlag in meiner Brust erinnerte mich daran, was gerade wirklich wichtig war. Unbehagen beschlich mich. Was, wenn ich es gar nicht wissen wollte? Natürlich, ich musste mich stellen, ich musste die Angelegenheit klären, denn nach den Wochen der Ungewissheit, könnte ich jetzt endlich für geordnete Verhältnisse sorgen und mich scheiden lassen.

Und dann ... wäre ich eine geschiedene Frau. Es würde mich eine hübsche Stange Geld kosten und ...

»Alles okay?«, fragte Maria und legte mir ihre Hand auf den Arm. »Wir müssen das nicht machen, wenn du nicht willst. Oder du klickst allein drauf und ich gehe raus.«

Langsam schüttelte ich den Kopf. »Ich ... ich weiß nicht.«

»Wir können auch einfach wieder zuklappen und warten, bis die Personalabteilung wieder Stress macht. Oder wir fälschen deine Heiratsurkunde und lassen einfach alles, wie es ist. Hm, was wäre dir lieber?«

»Das ist doch Schwachsinn! Ich muss das jetzt hinter mich bringen, schließlich will ich irgendwann mal richtig heiraten ... mit Brautkleid ... und einen Mann, den ich kenne und liebe.« Tränen stiegen in meine Augen. Erst jetzt, und obwohl ich Maria im Grunde gar nicht kannte, merkte ich, wie sehr mich das Thema belastete. Auch wenn ich es bis dato nicht zugegeben hatte, nicht mal vor mir selbst. »Und damit meine ich, dass ich mich daran erinnern will. Ich will Fotos, ich will meine Brüder und meine Eltern dabeihaben. Jess muss meine Trauzeugin sein und du vielleicht meine Brautjungfer, wenn du willst. Ich wünsche mir diese Mini-Krabbensnacks und eine riesige Torte und ...« Schluchzend hielt ich die Hände vor meine Augen. Gefühlsmäßig fuhr ich gerade Achterbahn. Ich wurde hin- und hergeworfen, vor und zurück. »Ich will es wissen, daran besteht kein Zweifel. Ich muss es wissen, auch wenn es mir nicht gefällt, ich habe keine andere Wahl. Das hier ist meine Möglichkeit, diese blöde Geschichte endlich abzuschließen und hinter mich zu bringen, aber ... ich habe auch Angst.«

»Wovor hast du denn Angst?«, fragte Maria leise.

Schniefend rieb ich mir die Nase. Ich durfte jetzt nicht heulen. »Dass Caine ausflippen wird.«

»Wieso denn? Ihr habt doch darüber gesprochen und helfen wollte er dir auch.«

»Ja, schon. Aber er weiß auch, dass ... scheiße, es ist so peinlich, also ... er weiß, dass ich mich an nichts erinnern kann und fragt sich vielleicht, ob ich mit diesem anderen Kerl auch im Bett ...« Eine einzelne Träne tropfte durch meine Finger. Ein Vorbote, gleich würden noch mehr kommen. Ich drückte die Hände fester vor meine Augen.

»Er liebt dich, Olivia!«

Meine Schultern bebten. »Ich weiß.«

»Und du liebst ihn. Ihr kriegt das hin.«

»Danke«, sagte ich und schniefte erneut. »Du bist echt nett und gar nicht so scheiße, dass ich dich hassen will.«

»Dankeschön.« Maria lachte und strich mir sanft über den Kopf. »Du bist auch nicht so scheiße.«

»Er hatte bisher echt nur Schnallen, oder?«

»Das kannst du laut sagen.«

»Er wird sich nicht von mir trennen, oder?« Ich sprach endlich das aus, was mein Herz in zwei Teile brach, was mich kaum mehr atmen ließ, was schwer wie ein Stein in meinem Magen lag.

»Nein, wird er nicht. Er wird sich nicht von dir trennen, da bin ich mir sicher.« Maria sah mir fest in die Augen. Es war absolute Aufrichtigkeit in ihnen. Sie spielte nicht, wollte mich auch nicht in Sicherheit wiegen, sie sagte nicht einfach nur das, was ich hören wollte ... sie ... sie war einfach ehrlich. Und ich war in diesem Moment froh, dass sie hier war.

»Also, liebe Olivia, bist du bereit zu erfahren, wer dein Bräutigam ist?«

»Nein, bin ich nicht. Aber ich muss es ja wohl irgendwann erfahren und der Wahrheit ins Auge blicken, richtig? Also ja, zeig es mir!«, erklärte ich und es fühlte sich so verflucht seltsam an. Mein Herz pumpte in meiner Brust, mein Blut rauschte in meinen Ohren und ich wusste, ich wusste einfach, dass ab jetzt alles anders sein würde.

»Bist du sicher? Ich meine, was wenn er ein Schwerverbrecher ist oder berühmt. Du könntest binnen einer Sekunde die Ehefrau eines Mafia-Bosses sein und deine Freizeit mit Knastbesuchen verbringen, oder aber steinreich mit Villa und so ... oder beides ...« Sie klickte nebenbei auf das Dokument. Ihre Bemerkung machte mir so überhaupt gar keinen Mut, aber jetzt gab es keinen Weg mehr zurück. Die Datei war geöffnet, ich las das Wort *Heiratsurkunde* und wurde panisch.

»Was, wenn er kein Er ist, sondern eine Sie? Was, wenn er ...«

Mein Blut gefror ... und mit ihm mein Herz. Mir wurde schwindelig, als Maria ihren Satz nicht beendete. Wir starrten beide auf den Namen, der in akkurater Maschinenschrift eingesetzt worden war.

»Caine Stella ist ...?«, flüsterte ich und erbrach mich in meinen Papierkorb.

33

CAINE

Lüge

»Wann wolltest du es mir sagen? Wann wolltest du Arschloch mir sagen, dass wir beide geheiratet haben?«, empfing mich Olivia, als sich die Fahrstuhltüren öffneten. Ich hörte ihr Brüllen durch die Glasfront. Scheiße! Sie schäumte vor Wut. Wieso war ich Blödmann nicht darauf gekommen, dass Marias Besuch einen besonderen Grund hatte? Warum bin ich einfach in meine Besprechung gegangen und habe sie hier auf Olivias Schreibtisch sitzen lassen? Mit jedem Schritt, den ich auf die beiden zuging, wurde mein Puls schneller.

Ihre Körperhaltung sagte alles. Natürlich war sie außer sich, aber mit Wut hätte ich vielleicht noch umgehen können. Mit finsterem Blick fixierte sie mich, ihre Augen waren kalt, ohne dieses Gefühl von Vertrauen und Liebe.

Es war vorbei.

Die Erkenntnis bohrte sich in mein Herz.

»Woher weißt du es?«, kam es schließlich nach einer gefühlten Ewigkeit von mir, obwohl ich es längst wusste. Maria hatte Möglichkeiten, sich Informationen zu beschaffen. Deshalb war sie hier.

»Das ist es, was dich nachdenklich stimmt? Woher ich es weiß? Mich stimmt eher nachdenklich, wieso du mir verdammt noch mal nichts gesagt hast!« Olivias Stimme zitterte. »Maria hat die Heiratsurkunde besorgt.«

Diese Verräterin! Gerade, als ich etwas dazu sagen wollte, hob Olivia die Hand. »Nein, sie hat dich nicht verraten, sie ist wirklich loyal und ehrlich. Und komisch, Maria und auch ich dachten dasselbe von dir. Darum wollte sie, dass ich die Erste bin, die erfährt, welchen Idioten ich geheiratet habe. Aber Überraschung, er war die ganze Zeit vor meiner Nase!« Ihre Brust hob und senkte sich schnell. Sie zitterte. Ihre Wangen waren feucht. Hatte sie geweint? »Oh und erspar uns beiden weitere Lügen, indem du jetzt sagst, du wusstest es nicht. Denn wenn du nicht willst, dass man Dinge erfährt, dann lass verdammt noch mal nicht die entsprechenden Unterlagen herumliegen!«

»Du hast in meinen Sachen geschnüffelt?«, kam es nun aufgebracht von mir. Es war die absolut falsche Frage, aber ich war in die Enge gedrängt wie ein Löwe, der verzweifelt versuchte, sich aus seinem Käfig zu befreien. Ich stand mit dem Rücken zur Wand, völlig überrumpelt, und hatte mir keine Strategie zurechtgelegt, wie ich mich verteidigen sollte, außer die Krallen auszufahren. Wie erbärmlich!

»Wage du es nicht, mir irgendetwas vorzuwerfen, Caine Stella. Wage es nicht!« Sie fuchtelte mit ihrem Zeigefinger vor mir auf und ab. »Was wurde aus ›Ich habe einen Kodex‹? Was wurde aus ›Ich lüge nicht‹? Was wurde aus ›Ich habe mich in dich verliebt, Olivia‹? Du hast mich belogen, während dein Scheißschwanz in mir war!« Sie strich sich die Haare zurück, die vor lauter Zorn und ihren hektischen Bewegungen aus dem Zopfgummi geschlüpft waren. Ich wollte nichts mehr, als sie festhalten und ihr erklären, warum ich es getan hatte.

»Olivia, hör mir bitte zu!«, begann ich also und atmete tief durch.

»Lass mich raten, Caine ...«, der Sarkasmus triefte aus jeder ihrer Poren, »es ist nicht so, wie es aussieht, und du hast eine gute Erklärung dafür.«

»Ja. Nein. Also doch, es ist so, wie es aussieht, aber ...«

»Dann muss ich nicht mehr wissen«, unterbrach sie mich. Tränen quollen aus ihren Augen, ihre Wangen wurden blass, beinahe aschfahl. »Weißt du, obwohl ich mit dir nicht die letzten Jahre verbracht und dich auch nicht beim Fremdficken überrascht habe, tut diese Lüge, dieser Verrat von dir, wesentlich mehr weh als bei meinem Ex. Ich habe dir vertraut. Ich habe dir dein scheiß Gelaber von Loyalität und dass ich dich verändere und du mich willst, tatsächlich geglaubt. Ich habe dir jedes beschissen erlogene Wort von den Lippen abgelesen und es in mein Herz eingeschlossen, um es wie einen Schatz zu hüten. Und jede Minute dachte ich, dass ich nicht gut genug für dich sei. Aber weißt du was, Caine? Du bist nicht gut genug für mich! Denn du bist ein Arschloch, ein verlogener Feigling und ich verfluche den Abend, an dem ich dich getroffen und auch noch geheiratet habe.« Sie stieß einen verächtlichen Laut aus und ich fühlte mich, als würden glühend heiße Ketten um meine Brust zugezogen, die mich jeden Augenblick erstickten. Vor der Glasfront unserer Büros waren die ersten Mitarbeiter stehen geblieben, um zu gaffen. Was für eine hervorragende Bühne, was für ein grandioser Auftritt!

»Du hast dir sicher ins Fäustchen gelacht, wie die dumme Olivia Mine versucht hat, herauszufinden, mit wem sie verheiratet ist.« Stocksteif stand sie vor mir. Gebrochen, verletzt … und vor allem fertig mit mir.

Ihre tränennassen Augen funkelten und plötzlich schien ihr ein Licht aufzugehen. »Steve wusste es.« Olivia brüllte nicht mehr, ihre Stimme klang jetzt kalt, eiskalt. »Steve wusste es, darum hat er ›nichts herausgefunden‹!«

Mir blieb nichts anderes übrig, als zu nicken. Ich presste die Kiefer aufeinander, so sehr, dass sie zu schmerzen begannen. Aber dieser Schmerz war nichts zu dem in meinem Herzen.

»Habt ihr euch wenigstens auf meine Kosten amüsiert, ja? Schön darüber lustig gemacht, dass ich keine Ahnung hatte?«

»Olivia, hör bitte auf!«, sagte ich schwach. Jeder, der mich schon einmal im Gerichtssaal oder Richterzimmer erlebt hatte, würde mich lauthals auslachen, wie armselig ich war, wie angreifbar, wie … empfindlich.

»Womit denn?« Nun klang sie wieder sarkastisch. »Dir die Wahrheit zu sagen? Dabei ist dir doch Wahrheit sooo wichtig und sooo wertvoll. Predigst du das nicht immer wieder? Ganz ehrlich, Stella? Ich würde mich jetzt gern betrinken und dann würde ich gern kotzen, mir all die Lügen aus dem Leib würgen, die du mir aufgetischt hast.«

»Olivia, bitte …«

»Nein! Ich bin fertig mit dir. Mit dir und deiner Art, Menschen und gerade Frauen zu behandeln. Ich hätte einfach all die Artikel im Internet ernst nehmen sollen. Du bist ein Playboy mit einem eiskalten Pokerface, der vielleicht vor Gericht ein ganzer Kerl ist, aber im Privatleben nichts weiter als ein Versager. Du bist nichts, außer ein armer Hund, der es nicht einmal auf die Reihe bringt, die Wahrheit zu sagen, wenn *offensichtlich* ist, dass dein Gegenüber sie herausfinden wird. Wir beide sind so was von fertig miteinander. Aber hey, du hast Glück, Maria ist in der Stadt, so hast du wenigstens noch eine Assistentin, die dir beruflich den Arsch retten wird. Ich werde es jedenfalls nicht mehr tun. Ich bin weg!«

»Olivia, bitte …«, bettelte ich und es war mir egal, dass ich mich benahm wie ein Weichei. »Komm schon, lass uns reden. Bitte!« Mit einem Blick Richtung Glasfront fügte ich leise hinzu: »Allein.«

»Du kannst mich am Arsch lecken, Caine Stella!«, erklärte sie mit bebender Stimme, drehte sich um, griff nach ihrer Handtasche, die bereit auf dem Schreibtisch stand, und hob im Laufen den Mittelfinger in meine Richtung. »Und falls es nicht deutlich genug war …«, mit einer energischen, allumfassenden Endgültigkeit riss sie die Glastür auf, sodass sogar die paar Schaulustigen auf dem Gang die Beine in die Hand nahmen und sich schleunigst aus der Schusslinie begaben.

»Ich will die Scheidung!«

»Ich sage es nur ungern, Kumpel«, kam es eine Stunde später von der Tür her und Steve betrat unaufgefordert mein Büro. »Aber du bist erbärmlich.«

»Woher weißt du es?«

»Nachdem Maria mich versucht hat zu erreichen und anschließend von Olivia eine ziemlich … nennen wir es, eindeutige Nachricht kam, dass ich ein Arschkriecher und Idiot sei, war mir klar, dass sie es weiß.«

Schwach nickte ich. Der Alkohol – danke an die Erfinder der Scotch-Destillerie –, vernebelte endlich meine Sinne. »Ja, Maria. Sie ist ein wahrer Schatz!«

»Ich wusste, es wird Ärger geben, wenn sie in der Stadt ist.« Steve nahm sich eines der Whiskeygläser und goss zwei Fingerbreit der bernsteinfarbigen Flüssigkeit hinein.

»Das denkst du jedes Mal, wenn sie auf der Bildfläche auftaucht. Aber ich habe dir von Anfang angesagt, fick nicht dort, wo du isst.«

Steve drehte sich zu mir und schwenkte sein Glas. »Möchtest du diesen Satz überdenken, Arschloch?«

»Fick dich!«

»Deine Laune ist am Tiefpunkt.«

»Jepp!« Ich kippte den Whiskey hinunter. Es war bestimmt der zehnte Drink. Ich war schon so besoffen, dass ich nichts mehr spürte außer Taubheit. Meine Glieder waren tonnenschwer, in meinem Hirn waberte Nebel, aber das machte nichts, es milderte den Schmerz.

»War es so schlimm?«

»Sie hat mich angebrüllt.«

»Zu Recht.«

»Sie will die Scheidung.«

»Das ist hart.«

Schwerfällig stand ich auf und goss den nächsten Drink in mein Glas. »Nicht, dass ich mit ihr verheiratet bleiben wollen würde, aber ich meine ... Hat sie das so dramatisch sagen müssen? Ich meine, sie hätte mir ja wohl mal die Chance geben können, es zu erklären.«

»Was hättest du denn gesagt?«

»Wieso ich sie angelogen habe.«

»Und wieso hast du sie angelogen?«

»Ich weiß nicht. Zuerst habe ich es vergessen, dann stand sie plötzlich vor mir und wir beide hatten genug damit zu tun, uns zu entscheiden, ob wir uns professionell verhalten oder die Klamotten vom Leib reißen ... und plötzlich war der richtige Moment irgendwie vorbei.«

»Du hättest es ihr sagen können, als sie dich darum gebeten hat, ihr zu helfen.«

»Ich weiß. Da dachte ich aber noch nicht, dass es mich so sehr treffen würde, wenn sie mich verlässt.«

»Du bist in sie verliebt«, stellte mein Freund fest und es brach mir das Herz.

»Das geht dich einen Sch... einen Scheiß an!«, lallte ich und ließ mich auf die Couch fallen. Auf dieselbe Couch, wo Olivia und ich ... Nein, ich durfte nicht mehr daran denken, Scheiße noch mal!

»Da ich momentan offenbar der Einzige bin, der mit

dir reden will, denn ich kann auch Maria nicht entdecken, solltest du ein bisschen netter zu mir sein.«

»Ich habe dich nicht gebeten, herzukommen oder hierzubleiben.«

»Du nicht, aber dein erbärmliches Erscheinungsbild.«

Ich sah an mir herunter, das Hemd hing mir aus der Hose, meine Krawatte baumelte lose um meinen Hals, die Weste stand offen und das Jackett … ich hatte es scheinbar irgendwann auf den Boden geworfen, genau wie meine Schuhe. Frustriert schaute ich auf meine Socken und leerte mein Glas. Ich war so beschissen jämmerlich. »Schenk mir bitte nach!«

»Aber natürlich, mein Freund, sehr gern!«, sagte Steve übertrieben, bewegte sich allerdings nicht. »Du weißt, dass du genug hast.«

»Wann ich genug habe, entscheide immer noch ich.«

Seufzend trat Steve mit der Flasche auf mich zu und goss mir noch einen großen Schluck ins Glas. Schweigend trank ich. Es war alles gesagt, es brauchte nicht noch mehr Worte.

Olivia hatte mich verlassen und das, wenn ich ehrlich war, vollkommen zu Recht. Ich würde darüber hinwegkommen, irgendwann, das wusste ich, ich war kein Trottel, aber ich wusste beim besten Willen nicht, wie ich es ohne sie aushalten sollte.

Das stand in keinem gottverdammten Handbuch.

Bitter leerte ich das Glas, griff nach der Flasche und stellte fest, dass Steve nicht mehr hier war. Mein einziger Freund war jetzt also der Scotch. Ich drehte die Flasche auf, goss mir nach und hoffte, dass morgen der Schmerz vorbei wäre.

Das war doch immer so.

Am Anfang war man verliebt und es waren wunderbare Ehejahre, doch irgendwann ... irgendwann wollte dann einer von beiden die Scheidung. Okay, wir hatten die wunderbaren Ehejahre übersprungen.

Aber vielleicht kamen wir so ins Guinnessbuch der Rekorde.

Ein schwacher Trost.

34

OLIVIA

TRAUER

Es tat weh.

Es schmerzte wie ein offener Bruch. Es fühlte sich an, als hätte man mein Herz herausgerissen, und ich müsste jemandem dabei zusehen, wie er mein Herz genüsslich in der eigenen Hand zerquetschte und mich langsam sterben ließ.

So, genau so fühlte es sich an.

Hatte ich bisher gedacht, dass der Verlust meiner Highschool-Liebe geschmerzt hatte, täuschte ich mich. Oder damals im Studium, als ich den Quarterback des Footballteams mit einer anderen erwischte. Oder die Tatsache, dass mein Ex-Verlobter es mit seiner Sekretärin in unserem Bett getrieben hatte. Nein, jetzt fühlte ich den wahren Schmerz, den ultimativen Liebeskummer.

Nachdem ich Caine gestern alles an den Kopf geschleudert hatte, war ich heute selbstverständlich nicht zur Arbeit erschienen. Gleich morgens war ich bei meiner Gynäkologin gewesen und ließ mich krankschreiben. Warum bei der Gyn? Nun, da würde niemand nachfragen. Das wusste ich von Jess.

Und letztlich war ich auch krank. In mir war nichts außer Leere und Dunkelheit, als würde es nie mehr hell werden. Tränen rollten in einer Tour über meine Wangen und ich war es leid, sie wegzuwischen oder zu unterdrücken. Mein Kopf hämmerte und ich konnte es nicht fassen, dass das, was Caine und ich erlebt hatten, wirklich vorbei war. Die Enttäuschung, die maßlose Enttäuschung darüber, wie er mich verarscht, sich vermutlich ins Fäustchen gelacht hatte, war so allumfassend. Beinahe greifbar. Der Kloß in meinem Hals war übermächtig, hart, bereitete mir Schmerzen beim Schlucken, und es fühlte sich so an, als könnte ich nicht mehr atmen.

Caine hatte nicht versucht, mich zu erreichen. Deshalb ging ich davon aus, dass all meine Punkte der Anschuldigung auch der Wahrheit entsprachen. Wobei ich dafür keine Bestätigung brauchte, ich hatte sie schließlich schwarz auf weiß in Form einer Heiratsurkunde vor mir liegen. Gestern Abend hatte ich eine kurze Nachricht an Steve gesendet, dass ich seine Dienste nicht weiter benötigen würde. Keine Erklärung, keine Vorwürfe. Ich hielt sie für unangebracht. Mit Sicherheit hatte Caine ihm gesagt, dass er so tun sollte, als würde er nichts herausfinden. Denn nur so fügten sich alle Puzzleteile zu einem Bild zusammen.

Wie blind war ich gewesen? Wie dumm! Selbst mit Filmriss aufgrund des Alkohols hätte ich mich doch daran erinnern müssen, wäre da ein anderer Mann gewesen. Vielleicht nicht im Detail, aber irgendeinen Funken Erinnerung. Jess trank wesentlich öfter als ich, war geübter, sie hätte mitkriegen müssen, wenn ich die Bar mit einem anderen Mann verlassen hätte. Wie konnte ich mich nur so wenig auf mich selbst verlassen? Wie konnte ich nur zulassen, dass ich mich von Caine einlullen ließ und mit seiner Geschichte zufriedengab?

Fragen über Fragen, aber eines stand felsenfest: Ich hasste nicht nur Caine, ich hasste mich. Zum Glück war Jess gestern Abend bei mir gewesen. Nach einem verheulten Anruf von mir war sie sofort in meine Wohnung gekommen. Ich gestand ihr unter Tränen alles, was sich ereignet hatte. Es dauerte ewig, weil ich immer wieder von Weinkrämpfen geschüttelt wurde und dann kein Wort herausbrachte. Aber Jess hatte Geduld mit mir, sie schenkte immer wieder Rotwein nach. Eigentlich völlig bescheuert, denn der Alkohol hatte mich ja erst in diese Situation gebracht.

Irgendwann schaffte ich es schließlich, mich ein wenig zu beruhigen. Jess ließ den Strom an Umarmungen und frischen Taschentüchern nicht abreißen. Ich war ihr so dankbar. Immer wieder erzählte ich dieselben Dinge, wie er mich angesehen, was ich empfunden hatte. Er war geschockt gewesen. Warum eigentlich? Hielt er mich für so blöd? Dachte er wirklich, ich würde das nicht irgendwie erfahren? Hatte er tatsächlich geglaubt, ich würde mich so leicht abspeisen lassen und einfach irgendwann vergessen, dass ich mit einem Fremden verheiratet war? Da war doch nicht nur das Drängen der Personalabteilung, ich wäre doch niemals einfach so verheiratet geblieben. Also was dachte er denn, wie das alles abgelaufen wäre?

Genau diese Fragen hatte ich Jess gestellt, aber natürlich wusste auch sie keine Antwort. Sie hatte immer wieder über meinen Kopf gestreichelt und mich fest in den Armen gehalten, während ich den Stoff ihrer Bluse durchnässte. Und immer, wenn ich glaubte, mich gerade zu beruhigen, war mir ein neuer Gedanke gekommen, eine andere Frage und die Tränen begannen zu laufen. Caine hatte mich nicht angerufen, keine E-Mail geschickt, keine Nachricht geschrieben. Er hatte auf keine Art und Weise versucht, Kontakt zu mir aufzunehmen, auch nicht über Steve oder Joe. Und das traf mich.

Es traf mich so sehr, dass er nicht einmal versuchte, mir irgendetwas zu erklären. Ja, ich hatte ihn nicht ausreden lassen, aber wenn ihm daran gelegen wäre, mit mir irgendetwas zu klären, hätte er sich gemeldet. Jess war derselben Meinung, natürlich war sie das, wir waren die besten Freundinnen und gingen durch dick und dünn. Im Laufe des Abends, als ich glaubte, den größten Schmerz überwunden zu haben, hievten wir gemeinsam das gelieferte Bett aus dem Hausflur in meine Wohnung. Es konnte nicht ewig da draußen stehen. Und obwohl ich geglaubt hatte, schon genügend Schläge in die Fresse bekommen zu haben, stieß mich dieser brutal zu Boden. An der Verpackung klebte eine Notiz, handgeschrieben. Caine musste sie nachträglich angebracht haben. Dort stand, dass er sich darauf freute, das Bett mit mir einzuweihen. Das konnte er vergessen. Ich würde es zurückgeben oder verschenken oder verbrennen. Darin hatte ich ja schon Übung.

Die Tränen begannen erneut zu laufen, als ich jetzt auf das riesige Paket des Bettengeschäftes starrte, das ungeöffnet in meiner Wohnung stand. Ich zog meine Beine auf das Sofa, schlang meine Arme darum und versuchte, mich durch die äußere Haltung innerlich zusammenzuhalten. Ich versuchte, den Schmerz zu ertragen, indem ich bewusst mehrmals tief durchatmete, aber es klappte einfach nicht. Es hörte nicht auf. Mit jedem Atemzug, mit jedem Herzschlag tat es noch mehr weh.

Und noch mehr.

Und noch mehr.

Er hat mich angelogen.

Immer wieder drang dieser Gedanke in meinen Kopf. Jedes Mal, wenn ich ihn zuließ, und das war verdammt oft, wurde ich wütend und anschließend brach mein Herz erneut.

Wie oft konnte ein Herz brechen, bevor es nicht mehr zusammenzusetzen war?

Auf dem Wohnzimmertisch vibrierte mein Handy. Ich zuckte zusammen, warf einen schnellen Seitenblick darauf, aber es war nicht Caine. Die Hoffnung, dass er sich melden würde, war immer noch da. Und die Enttäuschung, dass es sich lediglich um eine E-Mail der Personalabteilung handelte, in der mir gute Besserung gewünscht wurde. Gute Besserung. Nichts würde gut sein oder besser. Mit etwas Glück würde ich nach meiner Kündigung wenigstens einen Gehaltsscheck erhalten. Na ja ... aber es gab keine Alternative, ich musste den Job kündigen. Auf gar keinen Fall würde ich für einen Lügner und Betrüger arbeiten. Jetzt, da ich die Wahrheit über Caine Stella kannte, die bittere, unumstößliche Wahrheit, würde ich sicher keinen Fuß mehr in die Kanzlei setzen. Lügen war für mich eines der schlimmsten Dinge, die man einem Menschen antun konnte. Jess sah das ähnlich, nur hielt sie es für besser, wenn ich mir seine Gründe anhörte. Caine sollte ihrer Meinung nach die Möglichkeit bekommen, mir zu sagen, warum er es getan hatte. Ein Teil von mir gab ihr recht, der andere weinte schon wieder.

Was, wenn ich ihm diese Chance gab und er mich dann immer noch belog? Woher sollte ich denn wissen, ob er nach all dem die Wahrheit sagte?

Andererseits hatte Jess recht. Sie hatte mir damals auch zugehört, als ich etwas Unverzeihliches beichten musste. Auch ich hatte gelogen, hatte meine Freundin hintergangen. Es war ganz am Anfang unserer Freundschaft gewesen, als wir uns noch nicht so gut kannten und ich mit einem Typen ausging, von dem ich später erfuhr, dass er ihr Exfreund war. Es war ein ungeschriebenes Gesetz zwischen Freundinnen, sich nicht an einem Exfreund der anderen zu vergreifen. Um die Wahrheit zu sagen, als ich es bei unserem dritten Date erfuhr, dass die beiden eine Zeit lang zusammen gewesen waren, nagte das schlechte Gewissen an mir, aber ich traf mich dennoch drei weitere Male mit ihm. Das Heftige an der Sache war, bei unserem sechsten und letzten Date, als ich ihm sagte, dass wir uns nicht weiter treffen würden, erwischte uns Jess. Sie war wütend, aufgebracht, stinksauer und verpasste mir eine Ohrfeige.

Das war die erste und letzte Ohrfeige in meinem Leben.

Und ich hatte sie verdient.

Es kostete mich einige Tage, zu Jess durchzudringen, um mich ihr zu erklären. Man bedenke jetzt, dass wir uns ein Zimmer an der Uni teilten. Gestern Abend, als sie mich tröstete und mir vorschlug, Caine eine Chance zu geben, hatte ich erst richtig verstanden, was damals ihr Problem gewesen war.

Vertrauensbruch.

Ich hatte ihr Vertrauen missbraucht, wie Caine meines missbraucht hatte.

Gab es also Hoffnung? Konnte ich wie Jess irgendwann vergeben? Ich hatte mich gestern erneut bei ihr entschuldigt, doch sie hatte nur lachend einen Arm um mich gelegt und gemeint, dass die Zeit alle Wunden heilte. Der Spruch war abgedroschen und doch so wahr.

Ich musste es Caine erklären lassen, jeder Mensch sollte das Recht haben, wenn er Scheiße baut, sich zu entschuldigen und es zu erklären. Diese Möglichkeit hatte ich ihm verweigert, aber ich war so unfassbar wütend. Immer noch!

Es tat so wahnsinnig weh, der Verrat schmerzte so sehr und mein Herz blutete bei dem Gedanken, wie er sich ins Fäustchen gelacht haben musste. Die Vorstellung, wie er und Steve sich darüber amüsierten, was ich ihnen in den Hamptons erzählt hatte. Die bittere Pille mit dem Geschmack von ›nicht gewollt werden‹ zerfloss auf meiner Zunge. Also ja, vielleicht würde ich ihn eventuell irgendwann zu Wort kommen lassen, aber sicher nicht die nächste Zeit. Ich wollte ihn nicht sehen. Es war schon schwer genug, nicht jede Sekunde an ihn zu denken und ständig im Internet nach Anzeichen Ausschau zu halten, ob er mich schon ersetzt hatte.

Die letzte Nacht konnte ich kaum schlafen, immer wieder hatte ich mein Handy zur Hand genommen, um nachzusehen, ob da eine Nachricht von ihm war oder eine Schlagzeile im Netz. Mit Sicherheit vergnügte er sich längst mit einer anderen, denn wenn es schon eine Lüge gewesen war, dass er nicht wusste, mit wem ich verheiratet war, dann war es mit Sicherheit auch eine Lüge, dass er mit mir eine Beziehung wollte. Wenn ich einen Menschen bei einer Lüge ertappte, dann stand Schuldbewusstsein in seinem Gesicht, nicht aber Schock. Doch Caine war gestern nicht schuldbewusst gewesen, sondern lediglich überrascht. Als ich ihn mit der Wahrheit konfrontierte, hatte er doch lediglich nach weiteren Ausreden gesucht.

Nahmen wir jetzt noch hinzu, dass er als Anwalt der Wahrheit verpflichtet war, fühlte sich das jedenfalls für mich an wie eine Doppelmoral. Okay, das war leicht dramatisch formuliert, denn wir saßen nicht in einem Gerichtssaal, dennoch tat es noch mehr weh. Ich hielt Caine immer für einen Mann der Ehre, für einen Mann, dem die Wahrheit über alles ging, genau deshalb wog seine Lüge so schwer. Er hatte mich vorsätzlich belogen, mehrfach, und vorgeführt. Und das nicht nur bei Steve oder meiner Freundin Jess oder Maria, sondern auch bei der Personalabteilung und mir völlig fremden Menschen. Das Schlimmste an der ganzen Sache war, dass ich ihm geglaubt hatte, dass ich seine Version der Geschichte nicht ein einziges Mal hinterfragt hatte. Zu sehr ließ ich mich von seiner einnehmenden, charmanten Aura blenden, von seinem strahlenden Lächeln und der Tatsache, dass er mich begehrte.

Und noch eine Frage hämmerte in meinem Kopf: Warum zum Teufel hatte er die Ehe nicht einfach annullieren lassen? Er besaß die Heiratsurkunde und hatte nichts unternommen – warum? Er kannte meinen Bruder, meine Familie, meinen Namen, er wusste all die Zeit, was Sache war. Er hätte mich nicht einstellen müssen, mich nie wiedersehen müssen, sondern einfach nur ein paar Formalitäten klären, was für ihn als Anwalt ein Leichtes gewesen wäre.

War es ihm vielleicht egal? Bedeutete es ihm so wenig, verheiratet zu sein? Bedeutete ICH ihm so wenig? Hatte ich mich wirklich so sehr in ihm getäuscht?

Er kannte doch meine Eltern und wusste, dass ihre Ehe für mich der Inbegriff einer perfekten Beziehung war. Ich hatte es ihm gesagt. Wie also konnte er davon ausgehen, dass es mir vollkommen gleichgültig war, verheiratet zu sein? Ich hatte ihm von meinem Ex erzählt, wie sehr mich der Verrat schmerzte, und ich hatte ihm erklärt, wie sehr ich darunter litt, nicht zu wissen, was in jener Nacht in Vegas passiert war. Wenn er also tatsächlich etwas für mich empfand, hätte er mir doch geholfen, mich zu erinnern. Oder?

Wieso passierte mir das? Ich wollte doch einfach nur glücklich sein.

Und dummerweise, das wurde mir jetzt gerade klar, wollte ich es mit ihm.

Immer noch.

Erneut schossen Tränen in meine Augen, rollten über meine Wangen und ich hörte das Blut in meinen Ohren rauschen. Ich wusste nicht, wie viel Uhr es war, wann ich zuletzt gegessen hatte oder wie das alles weitergehen würde.

»Reiß dich zusammen!«, sagte ich zu mir, griff nach einem Kissen und umarmte mich selbst. Es half nichts. Ich konnte mich keinen einzigen Millimeter bewegen, um irgendetwas zu tun – nicht essen, nicht aufräumen, nicht die einschlägigen Internetseiten nach einem Job durchforsten ... geschweige denn dieses Bett entsorgen, das mahnend meine Wohnung dominierte. Ich saß einfach nur auf meinem Sofa und starrte nach draußen. Es lief kein Fernseher, kein Radio. Ich griff nicht nach meinem Handy oder Laptop ... ich wollte einfach nur meine Ruhe.

Und vergessen, dass es Caine Stella gab.

Dass ich mich in ihn verliebt hatte.

Dass ich ihn sogar jetzt noch liebte, obwohl er mich gerade stückchenweise umbrachte.

35

CAINE

MIST

Es gab Dinge, die waren scheiße.

Es gab Dinge, die waren riesige Oberscheiße.

Und mein Leben war riesige, abgefuckte Oberscheiße.

Es war jetzt acht Tage her. Am Dienstag vor einer Woche war die Bombe geplatzt. Bis Mittwochabend war ich im Alkoholnebel verschwunden gewesen, dann war ich aktiv geworden. Doch Olivia ignorierte meine Anrufe, meine Nachrichten, öffnete nicht, wenn ich an ihrer Tür klingele. Jeden Tag, seit knapp einer Woche, schickte ich ihr zwei Blumensträuße. Ich hatte keine Ahnung, was sie mit den vielen Blumen tat, aber soweit ich es beobachten konnte, warf Olivia sie nicht in den Müll und die Lieferanten kamen auch nicht wieder mit den Blumen aus ihrer Wohnung.

Sie nahm sie an. Gab es Hoffnung?

Ich hatte versucht, mit ihrer Freundin Jess zu reden, aber da war leider nichts zu machen. Nachdem ich mich am Telefon gemeldet hatte, beschimpfte sie mich als Dreckssack und drohte mir, mich zu verklagen, weil ich unerlaubt an ihre Nummer gelangt war. Halleluja, die Frau hatte Eier! Dabei stand sie einfach nur im Telefonbuch und waren wir mal ehrlich ... ich war hier der Anwalt.

Heute war der Termin mit Joe und seinem Magazin. Mir graute davor. Ich wusste nicht, was Olivia ihm und ihrer Familie erzählt hatte. Okay, vermutlich nicht allzu viel, denn ansonsten wären ihre Brüder schon längst hier aufgetaucht und hätten mir die Meinung gegeigt. Und wenn nicht alle ihre Brüder, dann zumindest Joe. Er wusste definitiv von uns.

Gab es noch ein uns?

Scheiße!

Verdammte, verfickte Scheiße!

Dieses alles einnehmende Gefühl überkam mich wieder, das mir zeigte, wie sehr sie mir fehlte. Ich konnte Olivia einfach nicht vergessen. Natürlich hatte ich daran gedacht, mir wie sonst das Hirn rauszuvögeln, aber nicht einmal dazu war ich in der Lage. Nichts und niemand konnte sie ersetzen. Vielleicht war es die Strafe für meinen Lebenswandel oder aber Schicksal, dass mich die erste Frau verließ, die mir wirklich etwas bedeutete.

Sie fehlte mir so wahnsinnig. Ich gab es Steve oder Maria gegenüber nicht zu, aber sie fehlte mir. Also joggte ich wie blöd, obwohl ich joggen hasste. Jeden Tag war ich noch vor dem Morgengrauen im Büro und rackerte mir den Arsch ab. Ich hatte in den letzten Tagen zwei neue Fälle angenommen, in die ich mich zusätzlich stürzte, um mich davon abzulenken, wie einsam meine Nächte waren, wie verflucht einsam mein Leben ohne Olivia war.

Okay, ich war nicht allein. Da waren Jim, Jack und Johnnie. Maria schimpfte mit mir, dass ich billigen Fusel in mich hineinschüttete, aber der Effekt war doch derselbe. Der Alkohol half mir, zu vergessen. Jeden Abend, wenn ich einsam in meinem Apartment hockte, das mir noch nie so groß und so leer vorgekommen war, sendete ich ein Stoßgebet gen Himmel, sobald diese matte Taubheit einsetzte. Es war wie eine Art Schwebezustand, die Realität war noch da, aber sie schmerzte nicht mehr so sehr. Ich schaffte es, diesen Zustand für zwei bis drei Stunden zu halten, wenn ich jedoch weitertrank, wurde es übel. Dann wählte ich Olivias Nummer, laberte ihr irgendeinen Scheiß auf die Mailbox, schrieb Nachrichten und lief zu ihrem Wohnhaus, wo ich stundenlang lauerte wie ein räudiger Köter und zu ihrem Fenster hinaufstarrte.

Nicht mal Maria konnte mich davon abhalten. Sie kam nicht an mich ran. Es war das erste Mal und ich wusste, es tat ihr weh, aber … es ging nicht. Würde ich mit Maria darüber sprechen, wäre das in meinen Augen ein erneuter Verrat Olivia gegenüber – auch wenn das vielleicht egal war, weil ich sie nie wieder in meinen Armen halten durfte.

Steve kam jeden Tag in der Kanzlei vorbei. Zumindest so lange, bis ich ihn anbrüllte, dass ich erwachsen sei und auch zuvor schon hervorragend ohne ihn zurechtgekommen wäre.

Er hatte mir den Mittelfinger gezeigt und sich verpisst.

Maria konnte und durfte ich nicht so verprellen. Sie war mein Anker, auch wenn sich unsere Gespräche derzeit ausschließlich auf die Arbeit konzentrierten. Sie hatte den Arbeitsvertrag unterschrieben und arbeitete in der Kanzlei an meiner Seite. Und natürlich funktionierte es blendend. Wir waren ein gutes Team und ihr musste ich auch nicht erklären, warum ich miese Laune hatte und die dunklen Ringe unter meinen Augen immer größer wurden.

Zu allem Überfluss hatte mich das Möbelhaus darüber informiert, dass das Bett zurückgegeben worden war. Natürlich! Warum sollte sie es behalten? Eigentlich konnte ich froh darüber sein, denn der Gedanke daran, dass es Olivia mit einem anderen Mann in diesem Bett trieb, war wie ein Messerstich in mein Herz. Wenn ich es mir noch intensiver vorstellte, fühlte es sich so an, als würde eine imaginäre Person das Messer herumdrehen und mich ausweiden.

Aber das Schlimmste, der wirklich krasseste Tiefpunkt in diesem ganzen Scheiß war, dass ich in meiner Not bei sämtlichen Social-Media-Portalen Fake-Profile erstellt hatte, um mit Olivia in Kontakt zu treten. Ja, scheiße, das war so furchtbar armselig. Aber ich vermisste sie so sehr. Nicht nur ihren Körper, der sich an mich schmiegte, nein, ich vermisste sie. Ihr Lachen, ihren Duft, ihre lockere Art, ihren Witz und ihren Charme. Ich vermisste, dass sie mir Geschichten über ihre Kindheit und ihre Brüder erzählte – obwohl ich die Drecksäcke ja wirklich gut kannte. Und ich vermisste es, dass sie auf meinen Schoß gekrochen kam, wenn wir auf dem Sofa saßen. Ich vermisste ihre Hände auf meiner Haut, ihr langes dunkles Haar, das mich kitzelte und in meiner Nase pikte. Ich … ach, scheiße, ich vermisste einfach alles.

Maria kam aus ihrem Schlafzimmer, sagte aber nichts. Was auch? Sie hatte tagelang auf mich eingeredet, doch es hatte nichts gebracht. Insgeheim hoffte ich, dass sie bald ihr eigenes Apartment fand. Als sie hier aufgetaucht war, freute mich das und ich hatte bereits mit dem Gedanken gespielt, dass Maria in Olivias Wohnung ziehen konnte, sobald wir … Aber jetzt war alles anders, wir würden niemals zusammenziehen und keine Zukunft haben.

Der Schmerz überwältigte mich erneut. Nur konnte ich ihn gerade nicht im Alkohol ertränken. Ich musste ihrem Bruder gegenübertreten, der mich entweder mit einem Schlag in den Magen begrüßen würde oder eben von nichts wusste.

»Hi!«, sagte ich am Empfang, als ich den Firmensitz des Magazins betrat. »Ich habe einen Termin mit Joe Mine.«

»Ah, Mr. Stella!«, rief die Dame hinter dem Tresen und schenkte mir ein Lächeln. Mit ihren sinnlichen Lippen und der tollen Figur entsprach sie genau meinem Beuteschema.

Normalerweise.

Aber nicht heute.

Laszív stand sie auf und wiegte ihre Hüften. »Hier entlang!«

Ich ging ihr hinterher und starrte auf den engen Bleistiftrock, der ihren Arsch betonte. Mein Blick huschte über die schlanken Waden, die schwindelerregend hohen High Heels. Früher hätte mich das angemacht. Heute schob sich vor dieses Bild Olivia, die mit ihrem sexy herzförmigen Hintern, der schmalen Taille und ihrem üppigen Busen der Inbegriff meiner Leidenschaft war. Schmerz durchzuckte mich und ich rieb über die Stelle, wo mein Herz unruhig pochte.

»Mr. Mine?«, flötete die Blondine und leckte sich die Lippen. »Mr. Stella ist hier.«

»Ah, sehr gut! Danke, Charlotte.« Joe flirtete sie nicht an, das hieß wohl, er hatte sie schon oder er hielt sich an den verdammten Kodex, mit keiner Frau aus der eigenen Firma zu ficken.

Ein Kodex, den ich auch immer verfolgt hatte.

»Stella, du Sack!«, begrüßte er mich und wir zogen uns in eine kurze Umarmung.

Was bedeutete das? Wusste er tatsächlich nichts?

»Joe!«, begrüßte ich ihn mit rauer Stimme und fuhr mir durch die zerzausten Haare. Ich sah furchtbar aus, müde, verkatert und obendrein auch noch leger gekleidet. Ich konnte heute keinen Anzug tragen, warum auch immer. Vielleicht wollte ich, dass Joe mich genau so sah, wie ich war: ein abgefucktes Weichei.

»Wie kommt's, dass du allein hier bist? Warum ist Olivia nicht bei dir?«

Was sollte ich antworten? Ich, der Star-Anwalt, der sonst so großartig eloquent war, hatte keine verdammte Ahnung. Ich starrte ihn nur an, den beschissenen Tränen nahe. Und endlich betrachtete mich Joe näher, begutachtete mein Outfit, meine rot geäderten Augen.

»Fuck!«, sagte er und deutete auf mich mit seinem blöden Füller, den er sich genau wie ich während unserer Uni-Zeit zugelegt hatte. »Ihr habt Stress.«

»Kann man so nicht sagen«, antwortete ich ausweichend und ließ mich auf einen der beiden Besucherstühle vor seinem Schreibtisch fallen.

»Du hast Augenringe bis zum Kinn.« Nachdenklich legte er den Kopf schief. »Zu wenig Schlaf, zu viel Alkohol.«

»Danke für diese exzellente Diagnose, Herr Doktor.« Meinen Humor hatte ich noch nicht gänzlich verloren.

Joe setzte sich nun ebenfalls und legte die Fingerspitzen aneinander. »Ich meine, der große Caine Stella sitzt in Pullover und Jeans vor mir – und das, obwohl nicht Freitag ist. Was ist passiert?«

»Sie hat mit mir Schluss gemacht«, spuckte ich die bittere Wahrheit aus. Weshalb sollte ich Joe etwas vormachen? Das brachte doch nichts. Er würde es sowieso erfahren.

»Sie hat sich von dir getrennt?«, fragte er skeptisch und taxierte mich weiter. »Letzte Woche hat sie meiner Mutter noch erzählt, wie sehr sie in dich verliebt ist.«

»Tja, das war …«

»Das war?«, fragte er und verengte die Augen zu Schlitzen. »Hast du Wichser ihr wehgetan?«

»Ja«, war meine schlichte Antwort. Ich hatte keine Kraft mehr, mich zu rechtfertigen. Warum auch? Ich hatte Scheiße gebaut. Punkt!

»Aha! Mich überrascht, dass sie nichts erzählt hat.«

»Glaube mir, mich auch.« Meine Stimme klang so

widerlich mitleiderregend, dass sogar Joe offenbar seine Drohung vergaß, mich zu vernichten, sollte ich seiner Schwester jemals wehtun.

»Hm, die Jungs und ich haben schon spekuliert, warum sie weder Sonntag zum Familien-Lunch noch am Freitag bei *Wendy's* aufgetaucht ist. Mom meinte, sie wäre verliebt und wäre eben lieber mit dir zusammen.«

»Nein, nicht mehr.«

»Was ist passiert? Hast du sie betrogen?«

»Was?«, fragte ich entsetzt. »Nein!«

Erneut fuhr ich mir durch mein Haar, hielt dem Blick von Joe aber stand. Ja, ich hatte Scheiße gebaut, aber ich würde jetzt nicht kneifen.

»Alter!«, zischte er. »Sag jetzt oder ich rufe sie an.«

»Ich habe deine Schwester angelogen. Sie hat es herausgefunden. End of Story.«

Joe legte den Kopf schief, was weitaus gefährlicher wirkte, als wenn er losgebrüllt hätte. »Du hast meine Schwester belogen?«, wiederholte er meine Worte und schürzte die Lippen. »Du hast meine Schwester belogen, obwohl ich dir gesagt habe, ich reiße dir den Arsch auf, wenn du ihr wehtust?«

»Entspann dich! Ich werde gerade genug bestraft.«

»Du hast meiner Schwester wehgetan, Arschloch!«

Ich seufzte wie ein kleines Mädchen. »Du hättest bestimmt ähnlich gehandelt.«

»Ach so?«, fragte er und verschränkte die Arme. »Hätte ich das, ja?«

»Ja, hättest du.«

»Und warum?«

Sollte ich Joe tatsächlich die ganze Geschichte erzählen? Ich hatte schon Steve vergrault, Maria verachtete mich sicher längst und jetzt auch noch mein ältester und bester Freund?

»Was weißt du über Vegas?«

Joe schien nicht zu verstehen. »Was soll ich über Vegas wissen? Du hast dort gelebt, na und?«

»Ich meine, in Bezug auf deine Schwester«, half ich ihm auf die Sprünge. »Deine Schwester war nach ihrer Trennung mit ihrer Freundin in Vegas. Und ich schwöre dir, ich wusste nicht, dass sie deine Schwester ist.«

»Aha!« Joe legte die Stirn in Falten, bedeutete mir aber mit diesem Drecksfüller, mit meiner Erklärung fortzufahren.

»Ich habe sie angesprochen, in einer Bar, wir haben was getrunken und sind dann zusammen raus.«

»Wo war Jess?«

»Die hat mit irgendjemandem geflirtet und deine Schwester meinte, dass Jess alt genug wäre und sie mit ihr besprochen hätte, dass wir die Suite ganz für uns allein haben könnten.«

»Aha!« Joe holte tief Luft, als würde er sich darauf vorbereiten müssen, mir gleich eine reinzuhauen.

»Wir verließen also die Bar …«

»Erspare mir Details, Mann, sie ist meine Schwester!«

Ich ignorierte seine Bemerkung und fuhr fort: »Wir sind aus der Bar raus und einfach durch die Straßen gelaufen. Deine Schwester war angetrunken, sie erzählte mir, dass sie vor Kurzem noch dachte, sie würde heiraten. Wie sehr sie sich gefreut hatte, endlich im weißen Kleid vor dem Traualtar zu stehen und all so Kram.«

»Will ich hören, was jetzt kommt?«

»Halt die Klappe und hör mir bitte zu!«, brummte ich und holte tief Luft, damit ich ihm von der hellsten und dunkelsten Stunde meines Lebens erzählen konnte. »Sie tat mir leid und ja, ich wollte sie ins Bett kriegen, also meinte ich, dass ich sie sofort heiraten würde.« Joes Augen weiteten sich, er war ein schlaues Kerlchen, er würde sich den Rest des Puzzles schon zusammensetzen können, aber ich sprach dennoch weiter. Irgendwie sprudelte es förmlich aus mir heraus. »Sie sagte mir, dass ich es beweisen sollte, also zog ich sie in die nächstbeste Vegas-Kirche und wir heirateten.«

»Bist du eigentlich völlig bescheuert?«, brüllte er los. »Wie dumm seid ihr beide?«

Ich beachtete ihn nicht weiter, nicht seine pulsierende Halsschlagader, nicht seine geballten Fäuste. »Na ja und dann haben wir es getan, sind in ihr Hotelzimmer und verbrachten die – wie sie es nannte – Hochzeitsnacht miteinander.«

»Erspare mir Details! Ernsthaft, von deinem Schwanz und meiner Schwester will ich nichts hören.«

»Am nächsten Morgen hatte ich es eilig, meinen Flug nach New York nicht zu verpassen. Ich nahm mir vor, sie von dort aus zu kontaktieren, um die Ehe annullieren zu lassen.«

»Und du hast dir nicht denken können, dass es vielleicht eine Verbindung zu der Frau geben könnte, die sich bei dir beworben hat? Du kanntest ihren Namen!«

»Joe!«, sagte ich genervt. »Denkst du nicht, ich habe mich das schon hundertmal gefragt? Die Bewerbung war ohne Foto, denn dank Datenschutz muss sie heutzutage ohne Foto sein. Und normalerweise darf nicht mal ein Name oder ein Geburtsdatum darin vermerkt werden, damit das Gleichbehandlungsgesetz greift. Aber egal, das sind nur Ausreden. Ich hatte ehrlich keine Verbindung von der Olivia Mine in Vegas zu der, die bei mir einen Arbeitsvertrag unterschrieben hat und deine Schwester ist.«

»Ich fasse es nicht! Ihr habt die Ehe annullieren lassen?«

»Nein.«

»Bist du eigentlich total übergeschnappt? Was stimmt bitte nicht mit dir?«

»Ich wollte es ihr sagen, aber als sie dann in meinem Büro auftauchte … Na ja, ich musste erst mal den Schock überwinden, dass mein One-Night-Stand aus Vegas, quasi am anderen Ende Amerikas, deine Schwester ist.« Frustriert schnaubte ich und leckte mir über die Lippen. Sie waren trocken, ich hatte höllischen Durst. »Was glaubst du, wie ich geguckt habe? Und dann war da eben die Tatsache, dass ich plötzlich an nichts anderes mehr denken konnte, als an deine heiße Schwester.«

Joe verzog angewidert das Gesicht. »Rede nicht so über sie!«

Ich zuckte nur die Schultern. »Ich dachte, wenn ich noch mal mit ihr ins Bett gehen würde, könnte ich sie aus dem Kopf kriegen.«

»Ja, das habe ich verstanden«, knurrte Joe. »Wann kommt die Sache mit der Scheidung?«

»Jedenfalls hat sich natürlich irgendwann die Personalabteilung gemeldet und wollte von ihr eine Heiratsurkunde. Olivia wusste nicht, was passiert war, sie hatte einen totalen Blackout.«

Wieder knurrte Joe, doch ich sprach unbeirrt weiter.

»Und irgendwann hat sie es mir erzählt und ich konnte ihr einfach nicht die Wahrheit sagen. Ich konnte es nicht.«

»Du hast ihr verheimlicht, dass sie mit dir verheiratet ist?«

»Ja, das habe ich.«

»Du bist so ein Idiot.«

»Ich weiß.«

»Wie hat sie es herausgefunden?«

»Maria. Also Steve wurde von Olivia engagiert. Das war, als wir in den Hamptons waren.«

»Und weil Steve dein Kumpel ist, hast du ihn eingeweiht, richtig?«

»Richtig. Wir hatten den perfekten Plan.« Ich machte eine Pause und dachte darüber nach, dass ich Joe zwar alles offenbaren wollte, aber nichts darüber, dass wir auf illegalem Wege die Heiratsurkunde löschen wollten. »Ich wollte ihr sagen, dass Steve und ich uns darum gekümmert hätten und sie nicht weiter darüber nachdenken müsste.«

»Und du wärst trotzdem mit ihr verheiratet geblieben?«

»Ja. Nein. Ich liebe sie, Mann! Und ich hatte Angst, sie zu verlieren. Deshalb wollte ich auf den richtigen Zeitpunkt warten, aber der war dann vorbei.«

Joe riss die Augen auf, aber es war mir egal.

»Dummerweise hat sie Maria, meine Assistentin aus Vegas, kennengelernt. Und noch beschissener, die beiden verstanden sich. Wie ich erst später erfuhr, wollte Maria ihr helfen und fand mit ihren ganz eigenen Methoden die Heiratsurkunde im Netz.«

»Und dann wusste sie, dass du ein verlogenes Arschloch bist.«

»Ja.« Wieder fiel meine Antwort kurz aus, Joe hatte es auf den Punkt gebracht.

»Daraufhin, lass mich raten, ist Olivia ausgeflippt.«

»Gelinde gesagt.«

»Meine Schwester hasst es, angelogen zu werden.«

»Ich weiß.«

»Du bist Anwalt!«, sagte mein Kumpel. »Bei dir ist es irgendwie noch erbärmlicher, wenn du lügst, als bei allen anderen Menschen.«

»Ich weiß.«

»Wie lange ist das her?«

»Das war Dienstag vor einer Woche.«

»Und seitdem hast du nicht mit ihr gesprochen?«

»Nein. Ich habe versucht, es ihr zu erklären, aber sie hörte mir nicht zu. Seit acht Tagen haben wir keinen Kontakt, sie reagiert nicht auf meine Anrufe, nicht auf die Blumen, auf nichts.«

Joe legte nachdenklich den Kopf schief. »Ich sollte dich hier und jetzt vermöbeln«, erklärte er schließlich. »Oder noch besser, ich sollte meine Brüder anrufen, und wir alle vermöbeln dich.«

»Ehrlich gesagt, hatte ich damit gerechnet«, gab ich zu und er seufzte, öffnete eine Schublade unter seinem Schreibtisch und stellte zwei Gläser auf den Tisch, dazu eine Whiskey-Flasche mit dem Label der Destillerie seiner Familie. Wow! Damit hatte ich nicht gerechnet.

»Und jetzt ist sie stinksauer auf dich.«

»Das hast du schön gesagt. Sie hasst mich, da war Olivia sehr deutlich. Ihre letzten Worte waren: ›Ich will die Scheidung!‹«

»Autsch!« Er schob mir eines der halb gefüllten Gläser über den Schreibtisch und stumm prosteten wir uns zu. »Ich kenne Olivia, sie ist verletzt.«

»Ich weiß.«

»Mehr als ihr Ex hast du es nun geschafft, sie vollends aus der Bahn zu werfen.«

»Ich weiß.« *Sie mich aber auch.* Das sagte ich nur nicht laut.

»Und du liebst sie?«

»Ja.« Das hatte ich laut gesagt. Mehrfach sogar. Und ich würde es immer wieder sagen.

»Hm ... Und wie willst du sie zurückgewinnen? Hast du einen Plan, Arschloch?«

»Tja, das ist die Frage aller Fragen.«

Sollte ich Joe darum bitten? Nein, das war jämmerlich. Würde er mir von sich aus helfen oder jetzt seine Brüder anrufen? Er trommelte nervös mit den Fingern auf seiner Schreibtischunterlage. Ich konnte es ihm nicht verübeln. Zum einen hatten wir uns eigentlich wegen des Artikels für sein Magazin getroffen, zum anderen ging es eben um seine Schwester.

»Ich will ehrlich sein ...«, begann ich.

»Ach! Das ist ja was ganz was Neues.«

»Halt die Schnauze!«, brummte ich und ließ mich nicht

aus der Ruhe bringen. »Ich hätte eine Idee, und ich finde sie genial, weiß aber nicht, wie du dazu stehst … oder euer Redaktionschef.«

»Ich bin der Art Director, wenn ich was geil finde, findet das hier jeder geil.«

»Halleluja! Du bist echt von dir überzeugt, was?«

»Das ist eine Tatsache!« Er nippte an seinem Drink, ich ebenfalls. Der Whiskey war seidig weich. Sein Vater wusste echt, was er tat.

»Ich brauche den Artikel.«

Skeptisch runzelte Joe die Stirn. »Wie meinst du das?«

»Ganz genau so, wie du es verstehst.«

»Du willst meiner Schwester in dem Artikel eine Liebeserklärung machen?« Er schüttelte den Kopf. »Alter, wir sind ein Männermagazin. Es geht um Sport, Titten, Steaks. Nicht um Liebe und Herzchen und rosarotes Geschwafel.«

»Ihr würdet die Exklusiv-Story kriegen, dass ich vom Markt bin. Offiziell. Und dass ich verheiratet bin und natürlich nicht vorhabe, mich scheiden zu lassen.«

»Wenn ich da irgendwo einbauen darf, dass du ein widerlicher Drecksack bist, der …«

»… nie wieder eine andere Frau anfassen wird, wenn mich Olivia nicht will.«

»Ehrlich jetzt?«, fragte Joe erstaunt. »Du bist echt in die kleine Zicke verliebt?«

»Das bin ich. Hals über Kopf und mit allem Drum und Dran.«

»Na ja, du siehst aus wie ein Stück Scheiße. Also ich würde dir glauben, dass es dir kacke geht.«

»Danke, Arschloch!«

»Sehr gern.« Joe zwinkerte mir zu. »Ich hätte dir auch eine reinhauen können.«

»Du kannst auch einfach das Wohlergehen deiner Schwester im Sinn haben und mir helfen.« Plötzlich fühlte ich, wie meine Lebensgeister zurückkehrten, wie mein Herz wieder kräftig und stark in meiner Brust pochte und wie sich ein Gefühl in mir breitmachte, das ich lange Zeit nicht mehr gespürt hatte.

Hoffnung.

Pure, einfache Hoffnung, dass ich Olivia wieder für mich gewinnen konnte.

Hoffnung, dass sie mir vergab.

Hoffnung, dass sie immer noch mein war.

Hoffnung, dass ich sie lieben durfte.

36

OLIVIA

DER PREIS

Es war der Tag der Party.

Seit heute Morgen war ich bei meinem Bruder Jim, um ihm bei den Vorbereitungen zu helfen. Er wollte es an seinem fünfunddreißigsten Geburtstag mit einer sagenhaften Neunzigerjahre-Revival-Party so richtig knallen lassen. Seine Laune war super, meine hingegen war ... besser als die letzten Tage, an denen ich im Selbstmitleid versunken war, trotzdem musste ich mich zusammenreißen, nicht jeden Moment loszuheulen. Meine Brüder nervten mich und fragten die ganze Zeit, was los war, aber ich erzählte nichts. Was auch? Weder Jim noch Andy wussten davon, dass ich mit Caine liiert gewesen war und auch sonst hatte ich niemandem erzählt, dass ich ihn verlassen hatte.

Vor dem Augenblick, als Joe eintraf, hatte ich Schiss. Auch mit ihm hatte ich in den vergangenen Tagen kein Sterbenswörtchen geredet, weshalb ich nicht wusste, was er wusste. Da war der Termin mit Caine gewesen. Ob die beiden über mich gesprochen hatten? Und selbst wenn, Joe würde hoffentlich die Klappe halten. Heute war Jims Party, da hatte mein persönliches Elend nichts zu suchen.

Meine Mom nahm mich fest in den Arm. Sie kannte mich, sie wusste, sobald ich Redebedarf hatte, würde ich zu ihr kommen und mit ihr sprechen.

Er fehlt mir so, sagte ich in Gedanken zu ihr. Irgendwann würde ich mit meiner Mom über meinen Kummer sprechen, aber nicht heute.

Seufzend griff ich nach der Schubkarre und schob eine Riesenladung Eiswürfel zum Pavillon, wo schon jetzt getrunken und gelacht wurde. Jim war wirklich stilecht in seinem Wunsch, die Neunzigerjahre wieder aufleben zu lassen, und hatte haufenweise Desperados, Red Bull, Wodka und Tütchen mit verschiedenfarbigen Brausepulvern geordert. Andy und Joe öffneten Beutel um Beutel und schütteten die Eiswürfel in die große Badewanne, die Jim extra dafür gekauft hatte. Er schwor darauf, dass genau diese Getränke in den Neunzigern angesagt waren. Ich hatte keine Ahnung, es war mir auch egal.

Meine Brüder alberten herum, während meine Eltern eng umschlungen über die Skyline von New York City blickten. Jim hatte sich für eine Wohnung mit einer riesigen Dachterrasse in der Upper West entschieden. Na ja, er konnte es sich leisten und war darüber hinaus der

Meinung, dass man als Schönheitschirurg hier wohnen musste. Zum Glück war mein Bruder normal geblieben und stand nicht auf diese perfekten Frauen, die er operierte. Dennoch wurde er in der Branche extrem gehypt und gefeiert. Aber ganz ehrlich? Für mich würde er immer der große Bruder mit den aufgeschürften Knien bleiben, der für mich Tom Nox in der dritten Klasse verdroschen hatte.

»Hey!«, rief plötzlich Jess. Sie kam immer früher als alle anderen, worüber ich gerade heute sehr dankbar war.

»Der Portier hat mich reingelassen.«

Das war interessant. Mein Bruder hatte eigentlich, soweit ich wusste, nur die Familie auf der Liste stehen. Na gut, eventuell war das heute eine Ausnahme.

Jess sah etwas verloren aus. »Hallo!«, rief sie meinen Brüdern zu und winkte meinen Eltern. Irgendwie benahm sie sich seltsam.

»Alles okay?«, fragte ich vorsichtig und schob die Schubkarre zurück in diese kleine Hütte am Ende der Dachterrasse, die größer war als der Garten meiner Eltern.

»Alles prima«, erklärte Jess und schaute sich um. »Kann ich noch wo helfen?«

»Hey, Jim!«, rief ich laut. »Jess fragt, wo sie helfen kann.«

»Hallo, Geburtstagskind!«, begrüßte meine Freundin Jim und umarmte ihn flüchtig. »Alles Liebe und Gute!«

»Danke schön, Jess – Mess.«

»Lass das, du Penner!«

»Hey, ich habe heute Geburtstag. Da solltest du wohl nett zu mir sein.«

»Ich kann gern wieder gehen.« Ich hörte meinen Bruder leise knurren. Fragend sah ich zwischen den beiden hin und her. Sie benahmen sich seltsam. Lief da etwa doch wieder was zwischen ihnen? Ich musste Jess bei Gelegenheit die sprichwörtliche Pistole auf die Brust setzen, ihr oder Jim. Irgendetwas musste vorgefallen sein, irgendetwas war heute anders.

»Nein, du darfst nicht gehen«, rief ich beinahe ängstlich und hakte mich bei ihr unter. »Ich halte das allein mit diesen Schnöseln nicht aus.«

»Es kommen keine Schnösel.«

»Doch, bestimmt. Du bist plastischer Chirurg, sicher kommen viele, viele, viele Schnösel.«

»Ihr zwei habt sie nicht mehr alle.«

»Das wirst du merken, wenn wir auf die Musik abgehen.«

»Ich habe extra eine Playlist zusammengestellt, auf der keine *Spice Girls* sind, Ladys!« Mein Bruder zwinkerte uns zu.

»Du schaffst es sicher nicht, uns zu verarschen«, rief Jess.

»Auf keinen Fall!«, stimmte ich mit ein und war froh, dass meine Stimmung allmählich besser wurde. Jim ging, nachdem er uns gesagt hatte, wo der Caterer, der gerade ankam, das Essen hinstellen sollte.

»Wie geht's dir heute?«, fragte mich Jess und legte ihre Hände auf meine Schultern, als wir wieder allein waren. »Du siehst gut aus.«

»Danke, ich habe mir auch echt Mühe gegeben. Das volle Beauty-Programm.«

»Mit Augenbrauen und Wimpern färben?«

Ich nickte und lächelte. »Das volle, volle Programm.«

»Ach, Süße ... Du hast immer noch nicht mit ihm gesprochen?«

»Nein«, sagte ich tonlos und die Tränen bahnten sich ihren Weg. »Und ich weiß auch nicht, wann oder wie oder ob überhaupt.«

»Hast du es Joe und deiner Mom erzählt?«

»Nein, ich will heute nicht darüber reden.«

»Verstehe ich gut, Süße ... verstehe ich gut.«

Die Tränen hatten meine Augen erreicht. »Ich ruiniere mir jetzt nicht wegen dieses Idioten mein Make-up!«

»Nein, das hat er nicht verdient. Ich meine ... volles Programm und so, richtig?«

»Richtig!« Ich lächelte matt. »Komm, lass uns den Kerlen vom Catering den Kopf verdrehen und uns ablenken!«

Wir lenkten uns ab, verdrehten aber keine Köpfe, denn die beiden Männer, die das Essen brachten, standen nicht auf Frauen. Na ja ...

EPILOG

OLIVIA

LIEBE

Es war bereits nach neun und die Party in vollem Gange, als ich eine Veränderung wahrnahm. Den ganzen Tag schon lag etwas in der Luft, das ich nicht greifen konnte, als hätte das Universum irgendeinen hinterhältigen Plan. Nur hatte ich keine Ahnung, was der Grund für dieses seltsame Gefühl war. Wir standen in der warmen Sommerluft auf der Terrasse, aus den Musikboxen im Retro-Style dröhnte gerade *Sweet Dreams* von *La Bouche* und ich nippte an einem der Desperados mit Limette. Der zarte Geschmack nach Tequila erinnerte mich an Las Vegas. Ich stellte die Flasche ab, weil die Gedanken an Caine übermächtig wurden. Ich wagte nicht, Jim zu fragen, ob er ihn auch eingeladen hatte. Aber hätte er dann nicht wenigstens eine Bemerkung fallen gelassen? Wollte ich, dass

Caine hier auftauchte? Nein. Also ja, eigentlich doch. Aber lieber nicht, nein. Er würde gute Laune haben, wahnsinnig umwerfend aussehen und vermutlich flirten, wie er es immer tat. Mittlerweile hatte ich nämlich das Internet leer gesaugt, was Informationen über Caine Stella betraf.

Peinlich, sage ich nur. Jedenfalls in den Klatschspalten.

Na ja, ich stand unter Strom, war mit meinen Gedanken nicht wirklich bei der Sache und schaute permanent zur Tür, die in Jims Wohnung führte. Ich lauschte dem typischen Party-Smalltalk, beteiligte mich aber nur selten. Jess und mein Bruder Joe tauschten sich gerade darüber aus, ob Starbucks-Kaffee nun in Bezug auf Umweltschutz okay war (Joe) oder eben nicht (Jess). Mir war es gerade echt egal. Ich gab mir Mühe, an den passenden Stellen zu lächeln und warf ab und zu eine Frage ein, wenn ich glaubte, dass es von mir erwartet wurde.

»... aber das kannst du nicht wissen. Das sind alles Behauptungen und Gerüchte«, sagte Joe gerade, als sich auf seinem Gesicht ein breites Lächeln bildete. All meine Antennen waren hypersensibel. Ich wusste, wer hinter mir stand, ohne dass ich mich umdrehen musste. All die Stimmen der mehr als zwanzig Gäste, die um mich herum tosend laut waren, die Musik von *La Bouche*, das Geschirrgeklapper und sogar der Großstadtlärm, der von unten zu uns heraufdröhnte, gerieten in den Hintergrund. Mein Gesicht war meiner Mutter zugewandt, die sofort einen besorgten Blick in meine Richtung warf. Sofern ich bis gerade eben noch den geringsten Zweifel gehabt hatte, ob Caine Stella aka der heißeste Mann auf dem Planeten Erde hier auftauchen würde … jetzt wusste ich es.

Er war da.

Caine Stella war gekommen.

Mein Herz setzte aus.

Jetzt war es an mir, eine verdammt gute Schauspielerin zu sein. Jess griff nach meiner Hand, nachdem sie dem Blick von Joe gefolgt war, und langsam drehte ich mich um. Die bunten Lichterketten, die kreuz und quer über uns gespannt waren, tauchten Caine in ein warmes Licht. Ich japste nach Luft, als er meinem Blick begegnete.

Ich wollte ihn nicht sehen.

Ich wollte ihn ansehen.

Meine Gefühle rasten allesamt durcheinander.

Er war das Schönste, was ich jemals erblickt hatte, aber ich wollte ihn nicht so ansehen, als wäre er das Einzige, was zählt. Ich wollte ihn nicht anhimmeln, als wäre er Mitglied einer Boyband, auch wenn das zum Neunzigerjahre-Motto der Party gut gepasst hätte.

Mein Herz pumpte in meiner Brust, das Blut rauschte in meinen Ohren, mein Puls überschlug sich … aber nicht, weil ich ihn hasste. Das war plötzlich vorbei. Ich blöde Kuh liebte diesen Mann. Schmerzlich brannte sich sein Anblick in meine Netzhaut.

Er hatte mich belogen.

Ich hatte ihn verlassen.

Und nun?

Caine erntete bewundernde Blicke der Damen und neidische der Männer. Kein Wunder, er sah wahnsinnig gut aus, lächelte einnehmend und strahlte eine positive

Präsenz aus. Ich schluckte schwer, der Kloß in meinem Hals war jetzt mindestens so groß wie die Rocky Mountains.

Ganz locker, Olivia, ganz locker! Du schaffst das. Du bist nicht blöd, nicht hässlich und du wirst jetzt nicht heulen!, redete ich mir Mut zu. Doch das Teufelchen auf meiner Schulter tanzte Samba und lachte mich aus. Meine Hände waren schweißnass, sie zitterten, ich zitterte wie ein Fähnchen im Wind.

Caine kam auf mich zu, als würde er einen roten Teppich entlanglaufen. Seine langen Beine steckten in schwarzen Jeans, seine Füße in klassischen Adidas-Turnschuhen. Das schlichte schwarze Shirt mit V-Ausschnitt fiel lässig und dennoch sexy um seine Muskeln. Bilder rasten vor meinem geistigen Auge … meine Finger auf seinem sagenhaften Oberkörper … seine Hände auf mir …

Ich räusperte mich, streckte den Rücken durch und hob das Kinn. Ich würde keine Schwäche zeigen, ich würde so tun, als wäre alles wunderbar, als ginge es mir großartig, als würde ich nicht jeden Moment vor Aufregung in Ohnmacht fallen oder ihm vor die Füße kotzen.

»Olivia?«, sagte er mit dieser dunklen, seidigen Höschen-Stimme, auf die ich jedes Mal reagiert hatte wie eine dressierte Stute.

»Caine!«, brachte ich krächzend hervor. Er war keine dreißig Zentimeter entfernt, ich konnte ihn riechen und erkennen, dass unter seinen Augen dunkle Schatten waren, seine Wangen wirkten eingefallen. Vermutlich arbeitete er zu viel und aß zu wenig. Ansonsten war seine gebräunte Haut immer noch gebräunt, die Lippen voll und zum Küssen geschaffen. Ich sah an seinem Hals, den ich so gern geküsst hatte, eine schmale Silber-Kette aufblitzen und an seinem Finger der linken Hand einen goldenen Ring. Was? Wen wollte er hier verarschen? Er zeigte, dass er verheiratet war? War das sein scheiß Ernst?

Die dringend benötigte Wut stieg endlich in mir auf. Sie würde mir Kraft geben.

»Olivia, können wir bitte reden?«, fragte er mich leise und fügte etwas fester hinzu: »Allein!«

Ich schaute mich in aller Seelenruhe um, fühlte die Blicke meiner Eltern auf uns und spürte, wie meine Brüder plötzlich hinter mir standen. Joe legte mir eine Hand auf den Rücken und schob mich sanft nach vorn. Ich hörte Jess »Mach schon!« flüstern und schließlich räusperte ich mich. Die Musik wechselte zu *Take me to the Limit* von *Mr. President* und selbstverständlich entging mir nicht die Ironie des Textes. Bring mich an die Grenze, treibe mich zu dem gewissen Punkt ... In dem Video damals hatten sich zwei Frauen lasziv auf einem Hotelbett geräkelt. Als Kind hatte ich den Song ganz unschuldig mitgesungen, jetzt aber hielt ich die Klappe, denn ich wusste längst, dass der Text eine Anspielung auf Sex und Orgasmen war.

»Du kannst mir hier sagen, was du sagen willst«, kam es schließlich von mir, und das war die perfekte Lösung. Ich wollte nicht mit ihm allein sein. Ich konnte nicht mit ihm allein sein. Ich brauchte den Schutz von Jess und meinen Brüdern, ich brauchte die Arme der Familie, die mich in diesem grenzenlosen Fall auffangen würden, falls ich zusammenbrach oder zu brüllen begann oder zu heulen.

Er hob in dieser sexy Arroganz eine Braue und sagte damit wortlos: Ganz wie du möchtest. Da war keine Unsicherheit. Wie er es auch bei Gericht schaffte, dominierte er nun einen Radius um sich herum, der sämtliche Anwesende in seinen Bann zog. Sein Duft nach Mann und Meer schlich sich tiefer in meine Nase, doch ich hielt mich gerade und seinem Blick stand. Still fochten wir einen Kampf aus, von dem ich gerade merkte, dass es mein eigener war.

»Ich liebe dich«, kam es plötzlich von ihm. »Ich liebe dich so sehr und ich habe keine Ahnung, wie ich jemals ohne dich leben soll.«

»Wirst du wohl müssen«, sagte ich schnippisch und kassierte dafür von Jess einen Rempler. Aus dem Augenwinkel sah ich ihren verzückten Blick. Joe knurrte irgendwas, das ich nicht verstand.

»Das hast du mir überdeutlich gesagt, aber … ich kann es nicht und ich will es auch nicht.«

»Das ist keine Entscheidung, die du allein treffen kannst, Caine.«

»Ich weiß«, sagte er und griff hinter sich. Nicht ohne Neugier folgte ich seiner Hand, in der er jetzt eine Ausgabe von Joes Männer-Magazin hielt. Eine Ausgabe, die es noch nicht auf dem Markt gab. Ich sah sein Gesicht auf dem Titelblatt. »Aber lieber bleibe ich mein Leben lang allein, als in mein altes Leben zurückzukehren.«

Caine hielt die Zeitschrift hoch, dass alle sie sehen konnten.

Der Header war eindeutig.

Wie du es schaffst, mit deiner Traumfrau verheiratet zu bleiben, auch wenn sie es gar nicht will.

Er blätterte bis zur Hälfte, präsentierte uns schließlich den Artikel auf einer Doppelseite, in dem es um ihn ging. Ich verstand gar nichts mehr. Sollte er nicht interviewt werden, um Tipps zu geben, wie man Karriere und das fröhliche Singleleben als Mann diskret auf die Reihe brachte?

Wie gelähmt starrte ich ihn an. Mein Blick wanderte zu seinem Mund, als er zu lesen begann …

»›Ich bin weg vom Markt, und ich liebe es!‹, sagt Caine Stella, einer der heißbegehrtesten Junggesellen in den Vereinigten Staaten. Caine Stella ist verliebt. Wer hätte das gedacht? Wer hätte gedacht, dass es tatsächlich eine Frau schafft, diesen Mann vom Markt zu nehmen? Also wir würden das nicht unterschreiben. ›Ich habe sogar geheiratet‹, erklärt uns der sympathische Star-Anwalt im Interview mit unserem Chefredakteur und verrät uns, dass er verliebt ist wie noch nie. ›Ich bin nicht so gut in diesen Dingen und habe großen Mist gebaut, aber ich werde nicht eher ruhen, bis ich die Frau, die ich liebe, zurückbekomme.‹ Die Beziehung der beiden sei wohl für kurze Zeit auf Eis gelegt, erklärt uns der charismatische Mann aus Vegas. Er sei davon überzeugt, dass seine Ehefrau

ihn trotz allem noch liebt. ›Ich habe das noch nie gefühlt. Bisher fand ich mein Leben als Single okay, doch dann traf ich die Eine, die Frau, mit der die Welt bunter und besser ist. Na ja, und ich hatte keine Ahnung, wie ich damit umgehen soll. Ich habe ihr Vertrauen missbraucht, weil ich Angst hatte, sie zu verlieren.‹«

»Hör auf!«, flüsterte ich und starrte ihn mit Tränen in den Augen an. Sie ließen sich einfach nicht länger zurückhalten. »Bitte hör auf!«

»Ich kann nicht, Olivia. Ich liebe dich so sehr und ich halte es nicht mehr aus ohne dich. Frag Maria, frag Steve, frag Joe! Ich bin ein Wrack, fühle mich wie ein ausgesetztes Kind, das keine Freude mehr empfinden kann. Es tut mir so wahnsinnig und aufrichtig leid, ich wollte dich niemals anlügen. Ich wollte es dir sagen, ehrlich, aber ich konnte nicht. Genau vor dem, was passiert ist, hatte ich Angst. Denn schon damals wusste ich, dass du die Eine bist, mit der ich alt werden möchte.« Er klappte die Zeitschrift zu. Jetzt wirkte er nervös, unsicher und aufrichtig. Anders konnte ich es nicht deuten. Ein Caine Stella würde sich doch nicht vor aller Welt auf diese Weise entblößen, wenn er es nicht aufrichtig meinte.

»Ich will dir das schon so lange sagen, aber du ignorierst mich. Also waren der Artikel und die Party hier meine einzige Hoffnung.« Sein Blick wanderte zu Jim, der neben mir stand. »Alles Gute, Mann! Sorry, dass ich deine Party sprenge.«

Mein Bruder antwortete nicht, und da ich den Blick

von Caine nicht losreißen konnte, wusste ich nicht, wie seine Reaktion ausfiel. Aber offenbar nicht sonderlich negativ, sonst hätte er Caine doch längst die Fresse poliert.

»Wenn du mir jetzt sagst, dass du immer noch die Scheidung willst, dann ... dann werde ich alles Nötige veranlassen, aber ... aber wenn du nur einen Funken Hoffnung spürst, dass das zwischen uns irgendwie wieder werden könnte, dann gib uns eine Chance. Bitte, Olivia!« Er kam noch ein Stückchen näher und tat etwas, das ich ihm niemals zugetraut hätte. Caine Stella, der nicht dafür bekannt war, zu bitten und zu betteln, ging vor mir auf die Knie. »Ich ... ich bitte dich hiermit in aller Form, mir zu vergeben. Und ich flehe dich an, mich zurückzunehmen.«

Sprachlos starrte ich ihn an, hinter mir hörte ich ein leises Murmeln. Irgendwer hatte die Musik ausgeschaltet, wahrscheinlich beobachteten mittlerweile alle Partygäste gespannt diese unwirkliche Szene. Caine hob mir die Zeitschrift entgegen und ich nahm sie an mich. Unsere Finger berührten sich nicht, aber es war wie ein elektrischer Schlag, der durch das Papier übertragen wurde ... und mich aufweckte.

»Was ist das für ein Ring?«, fragte ich und deutete mit einem Kopfnicken auf seine linke Hand.

»Na ja«, erklärte er mit weicher Stimme. »Wenn man verheiratet ist, trägt man doch einen Ring, oder?«

Ich hob meine Hände und wackelte mit den Fingern. »Ich bin sicher, dass ich verheiratet bin, auch wenn ich keinen Beweis an meinem Finger trage.«

»Das können wir ändern!« Caine griff in seine Hosentasche und holte ein kleines smaragdgrünes Kästchen hervor. Ein Raunen ging durch die Menge, ich hörte das verzückte Jauchzen von Jess und meiner Mom.

Caine Stella, dieser große und mächtige Mann, kniete vor mir, öffnete die kleine Schachtel und hob mir einen goldenen Ring entgegen. Er war das perfekte Gegenstück zu seinem.

»Olivia Mine, ich liebe dich und ich bereue meinen Fehler zutiefst. Ich will keine andere Frau als dich, ich kann nicht ohne dich sein. Du machst meine Welt so viel besser und bunter, ich will keinen Tag mehr ohne dich leben. Damals in Vegas hast du mich gefragt, ob ich dich heiraten würde. Jetzt frage ich dich, nüchtern und vor Zeugen: Olivia Mine, willst du meine Frau bleiben und ab sofort ganz offiziell Mrs. Olivia Stella sein?«

Die Zeitschrift fiel zu Boden, meine Hände waren frei, und alles, was ich wollte, war, mich in Caines Arme zu werfen. Und das tat ich. Ich warf ihn um und wir fielen beide der Länge nach auf den Boden. »Ich bin immer noch sauer auf dich«, stellte ich klar und er nickte. Sein Gesicht kam meinem immer näher. »Und du wirst dich anstrengen müssen, dass ich dir wieder vertrauen kann.« Wieder ein Nicken. »Aber du hast Glück, dass ich eine gute und gütige Ehefrau bin und dir deinen Fehler vergebe.«

Er nickte erneut. »Ich liebe dich so sehr, Olivia … Olivia *Stella*.«

Mein Name aus seinem Mund klang so wundervoll in meinem Herzen nach, dass ich den tosenden Applaus aller Anwesenden um uns herum gar nicht mehr wahrnahm. Ich küsste ihn. Und dieses Gefühl, keine Luft zu bekommen, hatte endlich ein Ende. Caine steckte mir im Liegen, während wir uns küssten, den Ring an den Finger.

Er passte perfekt.

Er schmiegte sich an meine Haut.

In mein Herz.

Und ich wusste, manche Dinge, die in Vegas passierten, könnten nicht in Vegas bleiben, denn sie zogen sich durch unser weiteres Leben.

Und manchmal machten sie es besser, auch wenn es eine Weile dauerte.

Bei mir war es so.

Niemals hätte ich gedacht, dass ein One-Night-Stand mein Leben auf diese wundervolle Weise bereichern würde. Aber in diesem speziellen Fall ließ ich mich gern eines Besseren belehren.

Ende

Um keine Neuigkeiten zu verpassen, melde dich zu meinem Newsletter an.

https://emily-key.de/newsletter

Kennst du schon Band 2 & 3 der MINE Reihe?

KENNST DU SCHON …

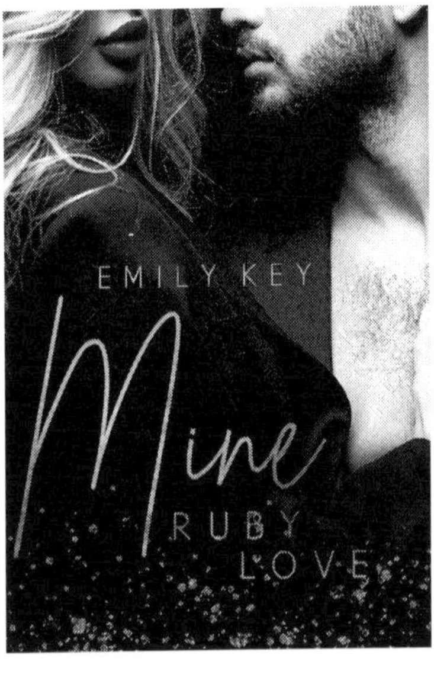

»MINE - RUBY LOVE«

… und darum geht's:

Eine Nacht, die dein Leben verändert.

Eine Nacht, von der niemand etwas erfahren darf.

. . .

Jim Mine hat alles, was man sich nur wünschen kann.

Ein Apartment mitten in Manhattan, dazu das Aussehen eines griechischen Gottes. Einen absoluten Traumjob als Schönheitschirurg und die besten Freunde, die man sich nur vorstellen kann.

Niemals hätte er gedacht, dass genau *sie* ihm zum Verhängnis werden kann ...

... Jessica Montgomery. Chefärztin der Herzchirurgie, nicht an Beziehungen interessiert, vollkommen freiheitsliebend und die beste Freundin seiner kleinen Schwester.

Die hübsche Frau hat nämlich so ganz und gar keinen Bedarf, den arroganten Kerl, der ihr den letzten Nerv raubt, ständig sehen zu müssen. Auch wenn Jim eindeutig andere Pläne verfolgt.

Immer wieder verwischen die Grenzen zwischen Hass und Leidenschaft. Immer wieder übertreten sie die Linie zwischen Vernunft und Verlangen. Immer wieder entsteht ein Drahtseilakt zwischen Eifersucht und Hingabe.

RUBY LOVE

Der dritte Teil der Familie »Mine«, der dir den Atem rauben wird. Das Buch ist abgeschlossen und ist unabhängig von den anderen Bänden zu lesen.

KENNST DU SCHON ...

»MINE - Sapphire Obsession«

Niemals hätte es passieren dürfen ...

... und doch hatte das Schicksal einen anderen Plan.

Gegensätze ziehen sich an. An diesem Satz muss definitiv etwas Wahres sein!

Wie sonst sollte sich der Starcoach der New York High School und Inhaber eines Familienimperiums, Andy Mine, erklären, dass die kleine Danielle Walker immer wieder in seinem Kopf herumspukt? Und das, obwohl sie mit ihrem Aussehen so gar nicht seinem Beuteschema, Typ klassische Schönheit, entspricht.

Genau das könnte auch Danielle behaupten, trägt der - zugegeben – extrem heiße Trainer nicht ein Tattoo an seinem Körper. Und doch fühlt sie sich ausgerechnet zu diesem Typen hingezogen! Wie lange soll sie dagegen ankämpfen diesen tiefbraunen Augen zu widerstehen? Weiss sie doch, dass sie von Andy weit mehr als nur eine Nacht braucht, um ihre Masterarbeit zu retten.

Widerworte prallen auf Leidenschaft. Hitzige Diskussionen auf Begehren.

Kostest du auch nur einmal von der verbotenen Frucht, wirst du in den Abgrund gezogen und kannst nie wieder daraus auftauchen.

Hier vorbestellen ...

Der vierte Teil der Familie »Mine« der dir den Atem rauben wird. Das Buch ist abgeschlossen und ist unabhängig von den anderen Bänden zu lesen.

KENNST DU SCHON ...

»MINE - ONYX PASSION«

...und darum geht's:

Alles, was sie will, ist eine Beziehung.

Alles, was er will, ist ein Abenteuer.

Maria Hernandéz und Joe Mine könnten nicht unterschiedlicher sein.

Sie ist ehrgeizig, auf ihrem Gebiet ein Genie und ... auf der Suche nach ihrem perfekten Gegenstück. Maria sehnt sich nach Familie, Geborgenheit und einer Beziehung.

Joe Mine, Art Director bei einem weltberühmten Männermagazine, will das Leben in vollen Zügen genießen. Selten sieht er eine Frau zwei Mal, nie bleibt jemand über Nacht in seinem Bett und seine Telefonnummer ist besser geschützt als die des Präsidenten.

Als die beiden aufeinandertreffen, vermischen sich Leidenschaft, Sehnsucht und Verlangen zu einem explosiven Cocktail.

Eifersucht prallt auf Liebe.

Begehren wird eins mit Hingabe.

https://amzn.to/3tZIHkM

Der zweite Teil der Familie »Mine« der dir den Atem rauben wird. Das Buch ist abgeschlossen und ist unabhängig von den anderen Bänden zu lesen.

DANKSAGUNG

Ihr Lieben,

wieder einmal ist ein Buch entstanden und hat es in eure Arme geschafft. Ich habe es so sehr geliebt diesen Zweiteiler zu schreiben und ich hoffe, dass ihr alle gespannt seid, wie es weitergeht.

Ohne euch alle dort draußen, eure lieben Worte, eure Motivation ... einfach nur EUCH ... wäre das nicht möglich gewesen.

Besonderer Dank geht an die Mädels von der Baumpflanzgruppe. IHR ROCKT!

Das wunderbare Kleidchen für mein Buch hat mir Sabrina von Art for your book designt und ich liebe es. Ich danke dir tausend Mal, dass du auch die kleinste Änderung und Nörgelei von mir hinnimmst. „Die Textwerkstatt“ hat die KorrekturPlus gemacht und Sarina einen nochmaligen Korrektur Durchgang. Danke dafür.

Ich möchte meinen Alphaleserinnen danken, die die Geschichte in der Rohfassung kennen ... ich bin ziemlich überzeugt, dass euch auch die Endversion gefallen wird.

Dann gibt es meine Testleser Mädels und die Blogger, die die Rezensionsexemplare vorab bekommen. Ihr seid Wahnsinn. Eure Liebe zu diesem Buch macht mich fertig. Wie groß eure Mühen sind, was ihr alles für mich tut.

DANKE, DANKE, DANKE. Und DANKE, dass ich euch habe.

Ich danke meinem Mann, der nicht nur diese harte Zeit mit mir durchgestanden hat, oh nein ... er steht auch alle anderen mit mir durch. Er ist an meiner Seite. Er hilft mir, er unterstützt mich, er plottet sogar mit mir und er hält mir den Rücken frei, damit ich arbeiten kann.

Wenn ich mich noch mal für einen Menschen entscheiden müsste, ich würde wieder ihn wählen. Er und meine zwei Mädels sind mein Leben.

Jede Veröffentlichung ist für mich besonders und ich vermutlich werde ich mich niemals an das Gefühl gewöhnen, das es in mir auslöst, wenn ich weiß, das Buch ist jetzt dann gleich online, aber das macht es nicht weniger liebenswürdig. Etwas anderes zu tun kann ich mir gar nicht mehr vorstellen.

Ich kann euch nur, wie in jedem meiner Bücher, nahelegen, dass ihr euren Träumen nachjagt, sie einfangt und verwirklicht. Gebt einen Wunsch nicht auf, nur weil er vielleicht kurz von Schattenseiten überzogen wird.

Mut ist der Stoff, aus dem Träume gemacht sind, vergesst dies niemals, auch dann nicht, wenn es am Horizont düster ist.

Mut wird belohnt. Man muss sich nur überwinden. Alles Liebe,

Emily

ÜBER DEN AUTOR

Emily Key ist das Pseudonym, einer mehrfach ausgezeichneten #1 Kindle und Bildbestsellerautorin, die mit ihrem Mann und ihren zwei Töchtern im wunderschönen Bayern lebt.

Sie liebt es in fremde Welten abzutauchen und diese in Worte zu fassen.

Prickelndes Verlangen, atemraubende Leidenschaft, fesselnde Liebe und verhängnisvolle Hingabe, all diese Attribute vereint sie zu einem Happy End.

Denn jeder hat ein Happy End verdient ... oder?

Weil Bücher der Schlüssel für's Herz sind!

Um Schnipsel, Gewinnspiele und noch mehr Neuigkeiten zu erfahren, folge ihr auf Instagram (EmilyKeyAuthor), Facebook oder abonniere ihren Newsletter unter

http://www.emily-key.de

BÜCHER VON EMILY KEY

Canadian Winter

Canadian Summer

Canadian Secrets: Sammelband

Hannah (Malibus Gentlemen 1)

Melissa (Malibus Gentlemen 2)

Malibus Gentlemen: Sammelband

Black Tie Affair

Whiskey on the Rocks

Bourbon on Ice

Scotch and Soda

It's always been you

Three Damn Nights: Für drei Nächte mein

Bodyguard - Jackson's Story

Owen Black

Two glorious Mornings (New York Lovestorys Band 1)

Velvet Nights (New York Lovestorys Band 2)

Underground Princess Band I (New York Lovestorys Band 3)

weiter auf der nächsten Seite ...

Underground Princess Band II (New York Lovestorys Band 4)

Gentleman's Secret (New York Lovestorys Band 5)

Mine - Smaragd Desire (Mine Family Reihe 1)

Mine - Onyx Passion (Mine Family Reihe 2)

Mine - Ruby Love

Mine - Sapphire Obsession (ab 01.01.2022 // Mine Family Reihe 4)

Bodyguard - Jacksons Story

Owen Black - Black Family

Printed in Poland
by Amazon Fulfillment
Poland Sp. z o.o., Wrocław

87638668R00230